6 짙은 어둠의 시간

6 짙은 어둠의 시간

2019년 7월 10일 1쇄 발행
2024년 5월 30일 6쇄 발행

지은이 에린 헌터 | **옮긴이** 서나연

기획 이성애 | **편집** 한명근 | **교정·교열** 권혜정
마케팅 한명규 | **디자인** 김성엽의 디자인모아

발행처 ㈜가람어린이

출판등록 2002년 9월 16일 제2002-000291호
주소 경기도 고양시 덕양구 삼원로 63, 1015호
전화 02-323-2160 | **팩스** 02-6008-2150
전자우편 garambook@garambook.com
블로그 blog.naver.com/garamchildbook
인스타그램 instagram.com/garamchildbook
X(트위터) twitter.com/garamchildbook **유튜브** 가람어린이tv
카카오톡채널 가람어린이출판사

ISBN 979-11-87777-88-5 74840
ISBN 979-11-87777-68-7 (세트)

예언의 시작

WARRIORS 전사들

6 짙은 어둠의 시간 The Darkest Hour

에린 헌터 지음 | 서나연 옮김

가람어린이

체리스 볼드리에게
특별한 감사의 뜻을 전합니다.

이 책은
파이어하트의 운명을 찾을 수 있게 해 준
비키 홈즈와 매트 하슬럼을 위한 것입니다.

차례

WARRIORS 전사들

등장하는 고양이들 • 8
고양이 지도 • 14
두발쟁이 지도 • 16

프롤로그 • 19

1 고결한 지도자 • 26

2 마지막 인사 • 45

3 별족과 나누는 꿈 • 64

4 아홉 개의 목숨 • 78

5 무시무시한 예언 • 92

6 옳은 선택 • 104

7 속 깊은 훈련병 • 120

8 다홍색 열매 • 130

9 특별한 임명식 • 139

10 다크스트라이프의 충성심 • 162

11 수상한 동맹 • 177

12 타이거스타의 제안 • 188

13 사자와 호랑이 • 202

14 뼈 무더기 • 215

15 반쪽짜리 종족 고양이 • 231

16 구출 작전 • 242

17 디딤돌 위의 전투 • 255

18 집을 떠난 훈련병 • 263

19 피를 타고 흐르는 맹세 • 281

20 전투 전야 • 291

21 선택의 순간 • 298

22 새로운 적 • 309

23 사흘의 시간 • 323

24 피에 굶주린 종족 • 335

25 별족의 도움 • 353

26 넷은 하나가 되어 • 361

27 결전의 날 • 380

28 사자족의 함성 • 389

29 다섯 번째 종족 • 407

30 찬란한 새벽 • 416

등장하는
고양이들

천둥족

지도자

파이어스타(불꽃별) 적갈색 수고양이로, 용모가 수려하다. 훈련병 브램블포를 가르친다.

부지도자

화이트스톰(하얀폭풍) 흰색 얼룩무늬 수고양이로, 몸집이 크다.

치료사

신더펠트(잿빛털가죽) 진회색 암고양이.

전사(수고양이와 새끼가 없는 암고양이)

다크스트라이프(짙은줄무늬) 암회색 얼룩무늬 수고양이로, 몸이 날렵하다. 훈련병 펀포를 가르친다.

롱테일(긴꼬리) 진한 흑색 줄무늬가 있는 옅은 얼룩무늬 수고양이.

마우스퍼(쥐색털) 몸집이 작은 흑갈색 암고양이. 훈련병 쏜포를 가르친다.

브래큰퍼(고사리빛털) 황금빛이 도는 갈색 얼룩무늬 수고양이. 훈련병 토니포를 가르친다.

더스트펠트(흙색털가죽) 흑갈색 얼룩무늬 수고양이. 훈련병 애쉬포를 가르친다.

샌드스톰(모래폭풍) 옅은 황갈색 암고양이.

그레이스트라이프(회색줄무늬) 회색 수고양이로 털이 길다.

프로스트퍼(서릿발털) 파란 눈의 아름다운 흰색 암고양이.

골든플라워(황금꽃) 옅은 황갈색 암고양이.

클라우드테일(구름꼬리) 털이 길고 하얀 수고양이.

훈련병(태어난 지 6개월이 넘어 전사가 되기 위해 훈련을 받는 고양이)

쏜포(가시발) 황금빛이 도는 갈색 얼룩무늬 수고양이.

펀포(고사리발) 진회색 얼룩이 군데군데 있는 연회색 암고양이로, 눈이 연녹색이다.

애쉬포(회색발) 진회색 얼룩이 군데군데 있는 연회색 수고양이로, 눈이 짙푸른 색이다.

브램블포(가시나무발) 암갈색 얼룩무늬 수고양이로, 눈이 호박색이다.

토니포(황갈색발) 삼색얼룩 암고양이로, 눈이 초록색이다.

로스트페이스(잃어버린얼굴) 흰색 바탕에 황갈색 점무늬가 있는 암고양이.

보육실의 어미 고양이(임신 중이거나 새끼 고양이를 기르는 암고양이)

윌로펠트(버드나무가죽) 아주 옅은 회색 고양이로, 흔치 않은 푸른 눈을 가졌다.

원로 (은퇴한 전사와 보육실에서 나온 암고양이)

원아이(하나의눈) 천둥족에서 가장 나이가 많은 연회색 암고양이로, 눈이 거의 보이지 않고 귀도 잘 들리지 않는다.

스몰이어(작은귀) 귀가 아주 작은 회색 수고양이로, 천둥족 수고양이 중 가장 나이가 많다.

대플테일(얼룩꼬리) 한때 무척 예뻤던 삼색얼룩 암고양이로, 사랑스러운 얼룩무늬 털을 가졌다.

스페클테일(점박이꼬리) 옅은 얼룩무늬 암고양이.

그림자족

지도자

타이거스타(호랑이별) 짙은 갈색 얼룩무늬 수고양이로, 몸집이 크고 앞발톱이 유난히 길다. 천둥족에 속해 있었다.

부지도자

블랙풋(검은발) 덩치가 큰 흰색 수고양이로, 커다랗고 새까만 발이 특징이다.

치료사

러닝노즈(흐르는코) 몸집이 작은 회백색 수고양이. 수습 치료사 리틀클라우드를 가르친다.

전사

오크퍼(떡갈나무털) 몸집이 작은 갈색 수고양이.

볼더(둥우리돌) 비쩍 마른 회색 수고양이로, 떠돌이 고양이였다.

러셋퍼(적갈색털) 적갈색 암고양이로, 떠돌이 고양이였다. 훈련병 시더포를 가르친다.

재그드투스(삐죽한이빨) 덩치가 큰 얼룩무늬 수고양이로, 떠돌이 고양이였다. 훈련병 로언포를 가르친다.

보육실의 어미 고양이

톨파피(키큰양귀비) 밝은 갈색 얼룩무늬 고양이로, 다리가 길다.

바람족

지도자

톨스타(키큰별) 흑백 얼룩무늬 수고양이로, 꼬리가 매우 길다.

부지도자

데드풋(죽은발) 검은색 수고양이로, 발이 뒤틀렸다.

치료사

바크페이스(거친얼굴) 갈색 수고양이로, 꼬리가 짧다.

전사

머드클로(진흙색발톱) 얼룩덜룩한 암갈색 수고양이.

웹풋(거미줄발) 짙은 회색 얼룩무늬 수고양이.

톤이어(찢어진귀) 얼룩무늬 수고양이.

원위스커(수염하나) 갈색 얼룩무늬 수고양이. 훈련병 고스포를 가르친다.

러닝브룩(흐르는냇물) 연회색 얼룩무늬 암고양이.

보육실의 어미 고양이

애쉬풋(잿빛발) 회색 고양이.

모닝플라워(아침꽃) 삼색얼룩 고양이.

화이트테일(흰꼬리) 몸집이 작은 흰색 고양이.

강족

지도자

레퍼드스타(표범별) 얼룩무늬 암고양이로, 보기 드문 금빛 점무늬가 있다.

부지도자

스톤퍼(돌멩이색털) 회색 수고양이로, 귀에 전투의 상처가 남아 있다. 훈련병 스톰포를 가르친다.

치료사

머드퍼(진흙색털) 밝은 갈색 수고양이로, 털이 길다.

전사

블랙클로(검은발톱) 흐릿한 흑색 수고양이.

헤비스텝(무거운걸음) 땅딸막한 얼룩무늬 수고양이. 훈련병 돈포를 가르친다.

셰이드펠트(그늘진털가죽) 아주 짙은 회색 암고양이.

미스티풋(안개낀발) 회색 암고양이로, 눈이 푸른색이다. 훈련병 페더포를 가르친다.

라우드벨리(시끄러운배) 진갈색 수고양이.

보육실의 어미 고양이

모스펠트(이끼털가죽) 삼색얼룩 암고양이.

피족

지도자

스커지(채찍) 몸집이 작은 검은색 수고양이로, 발 하나만 하얀색이다.

부지도자

본(뼈) 흑백 얼룩무늬 수고양이로, 몸집이 크다

종족에 속하지 않는 고양이

발리(보리) 흑백 얼룩무늬 수고양이로, 숲 근처의 농장에 산다.

레이븐포(칠흑색발) 몸집이 작고 마른 검은색 수고양이. 가슴에 작은 흰색 얼룩점이 있으며, 꼬리 끝도 흰색이다.

프린세스(공주) 애완 고양이로, 연갈색 얼룩무늬에 가슴과 발만 흰색으로 도드라져 보인다.

스머지(얼룩이) 통통하고 상냥한 흑백 얼룩무늬 새끼 고양이로, 숲 언저리에 있는 두 발쟁이 집에서 산다.

높은 돌산
발리의 농장
나무 네 그루
바람족 진영
폭포
고양이 지도
해 드는 바위
강
강족 진영
나무 쪼개는 곳

죽은 짐승 버리는 곳
그림자족 진영
천둥길
올빼미나무
커다란 단풍나무
천둥족 진영
뱀바위
모래 분지
큰 소나무 숲
두발쟁이 영역
종족 이름
천둥족
강족
그림자족
바람족
별족
북 쪽

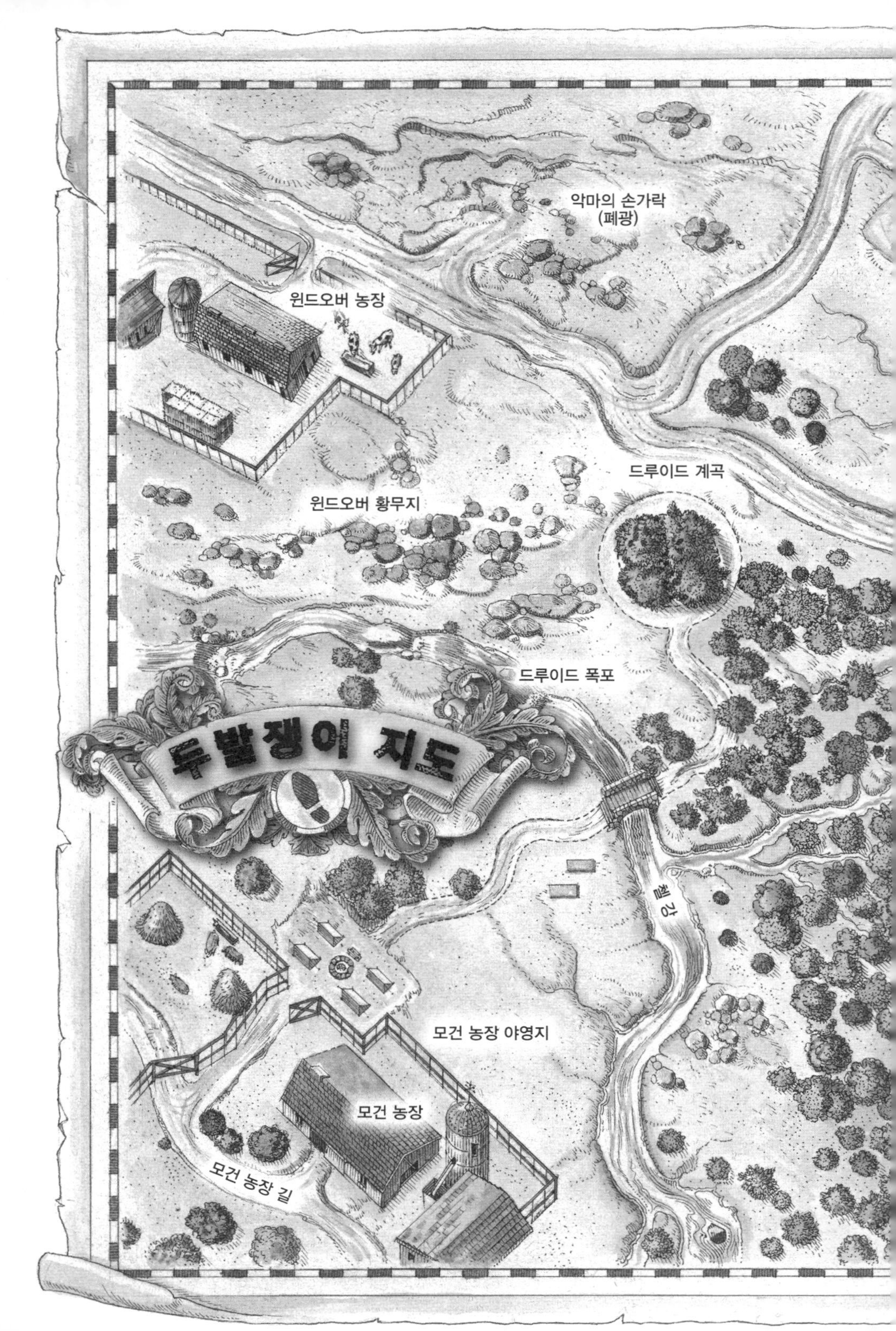
악마의 손가락
(폐광)
윈드오버 농장
드루이드 계곡
윈드오버 황무지
드루이드 폭포
두발쟁이 지도
첼 강
모건 농장 야영지
모건 농장
모건 농장 길

노스 앨러튼
쓰레기장
지형 기호
낙엽수림
침엽수림
습지
낭떠러지와 바위
하이킹 도로
북쪽
윈드오버 도로
화이트하트 숲
첼포드 숲
첼포드 제재소
첼포드

프롤로그

비는 단단하고 검은 천둥길을 두드리며 끊임없이 내렸다. 돌로 만든 두발쟁이 보금자리들이 끝도 없이 늘어서 있고, 천둥길은 그 사이로 이어져 있었다. 이따금 눈을 번득이는 괴물이 우르릉거리며 지나갔다. 길을 따라 급히 달려가던 두발쟁이 하나가 괴물의 반짝이는 털가죽 안으로 몸을 웅크리고 들어갔다.

보금자리의 가장 짙게 드리워진 그늘 아래, 고양이 둘이 있었다. 그들은 벽에 바짝 붙은 채 조용히 모퉁이를 돌았다. 한쪽 귀가 찢어진 깡마른 회색 수고양이가 잔뜩 경계하는 눈빛으로 앞장서 움직였다. 비에 젖은 털이 검은빛으로 번들거렸다.

어깨가 떡 벌어진 건장한 얼룩무늬 고양이가 그 뒤를 따르고 있었다. 비에 젖은 털가죽 아래로 근육이 유연하게 움직였다. 그는 강렬한 빛 속에서 호박색 눈동자를 번뜩이며, 마치 공격에 대비하듯 시선을 이리저리 돌리고 있었다.

얼룩무늬 고양이가 두발쟁이의 보금자리로 들어가는 어두운 입구에 잠시 멈춰 서서 말했다.

“얼마나 더 가야 하지? 여긴 냄새가 너무 지독하군.”

“이제 멀지 않았습니다.”

회색 수고양이가 뒤를 돌아보며 대답했다.

“멀지 않아야 할 거야.”

짙은 갈색 얼룩무늬 고양이는 찌푸린 얼굴로 다시 걷기 시작했다. 그는 신경질적으로 꼬리를 흔들어 빗방울을 털어 냈다. 강렬한 노란빛이 비스듬히 그의 몸을 비추더니, 괴물 하나가 요란한 소리를 내며 모퉁이를 돌아 나왔다. 괴물은 두발쟁이의 쓰레기 냄새가 나는 더러운 물결을 토해 내며 지나갔다. 지저분한 물이 발에 밀려들고 털에 물방울들이 튀자, 얼룩무늬 고양이는 으르렁거리는 소리를 냈다.

두발쟁이 영역의 모든 것이 그의 속을 뒤집어 놓았다. 발밑에 닿는 딱딱한 바닥, 배 속에 두발쟁이들을 넣고 다니는 괴물들의 악취, 낯선 소음들이 모두 거슬렸다. 무엇보다도 안내자의 도움 없이는 이곳에서 살아남을 수가 없다는 사실이 마음에 들지 않았다. 얼룩무늬 고양이는 평소 어떤 일이든 다른 고양이에게 의지하는 법이 없었다. 숲에서 그는 모든 나무와 모든 물줄기, 심지어 토끼 구멍 하나하나까지도 다 알고 있었다. 또한 그는 모든 종족 고양이 중에서 가장 강하고 위험한 전사로 알려져 있었다. 하지만 지금은 그가 갈고닦은 기량과 감각도 아무 쓸모가 없었다. 마치 귀가 먹고 눈이 멀어 제대로 걷지도 못하는 고양이가 된 기분이었다. 그는 힘없이 어미를 졸졸 쫓아가는 새끼 고양이처럼 동행을 따라가고 있었다.

하지만 그럴 만한 가치가 있는 일이었다. 얼룩무늬 고양이의 수염이 기대감으로 씰룩거렸다. 그는 이미 자신이 가장 증오하는 적들을 무력한 먹잇감으로 만들어 버릴 계획을 실행에 옮긴 상태였다. 개들이 공격해 올 때, 어떤 고양이도 그 개들의 걸음걸음마다 미끼를 놓아 그들의 진영으로 유인했다는 사실을 눈치채지 못할 것이다. 그리고 일이 계획대로 진행된다면, 두발쟁이 영역으로 들어온 이번 원정은 그가 원했던 모든 것을 줄 수 있을 것이다.

앞장서 가던 회색 고양이가 두발쟁이 괴물들의 악취가 진동하는 탁 트인 공간을 가로질렀다. 군데군데 보이는 물웅덩이에는 부자연스러운 주황색 빛이 반사되어 떠다니고 있었다. 그는 좁은 길의 입구에 멈춰 서서 입을 벌리고 냄새를 맡았다.

얼룩무늬 고양이도 걸음을 멈추고 냄새를 맡아 보았다. 그는 썩어 가는 두발쟁이 음식의 악취에 혀로 입술을 훑었다.

"여기인가?"

"그렇습니다."

회색 고양이가 긴장한 목소리로 대답했다.

"제가 한 말을 명심하십시오. 이제부터 우리가 만날 고양이는 많은 고양이들을 지배하고 있습니다. 존중하는 태도를 보여야 합니다."

"볼더, 내가 누군지 잊었느냐?"

얼룩무늬 고양이가 앞으로 한 발 걸어 나와, 동행을 내려다보며 우뚝 섰다.

깡마른 회색 고양이가 귀를 납작하게 붙였다.

"아닙니다, 타이거스타. 잊지 않았습니다. 하지만 여기서는 종족 지도자가 아니니까요."

"어서 가자."

타이거스타가 으르렁거리듯 말했다.

볼더가 좁은 길로 들어섰다. 하지만 몇 걸음 못 가서 거대한 형체가 그들 앞에 나타났다.

"누구냐?"

어깨가 넓은 흑백 얼룩무늬 고양이가 어둠 속에서 걸어 나왔다. 비에 젖어 달라붙은 털 아래로 튼튼한 근육이 드러났다.

"정체를 밝혀라. 우리는 낯선 자들을 들이지 않는다."

"안녕하신가, 본?"

회색 고양이가 침착하게 말했다.

"날 기억하는가?"

흑백 얼룩무늬 고양이는 눈을 가늘게 뜨고 잠시 말이 없었다.

"돌아온 거군. 그렇지, 볼더? 숲에서 더 나은 삶을 찾겠다고 했었잖아. 그런데 여기서 뭘 하는 거지?"

그는 한 걸음 앞으로 나왔지만, 볼더는 울퉁불퉁한 땅에 발톱을 찔러 넣고 제자리를 지켰다.

"스커지를 만나고 싶어."

본이 콧방귀를 뀌었다. 반쯤은 무시하고 반쯤은 우습다는 듯한 태도였다.

"스커지가 너를 만나고 싶어 할지 모르겠군. 그리고 같이 온 녀석은 누구지? 모르는 녀석인데."

"내 이름은 타이거스타이다. 너희 지도자에게 할 말이 있어서 숲에서 왔다."

본은 초록색 눈동자로 타이거스타와 볼더를 차례로 살피다가, 타이거스타에게 시선을 고정했다.

"스커지에게 무슨 볼일이 있다는 거지?"

본이 따지듯 물었다.

타이거스타의 호박색 눈동자가 이글거렸다. 마치 그들을 둘러싼 젖은 돌에 반사된 두발쟁이의 불빛 같았다.

"너희 지도자와 직접 얘기하겠다. 경계 순찰병이 아니라."

본이 털을 곤두세우고 발톱을 드러냈다. 하지만 볼더가 재빨리 그들 사이에 끼어들었다.

"스커지가 꼭 들어야 할 일이야. 모두에게 도움이 될 수도 있어."

본은 잠시 망설였다. 그러다 곧 뒤로 물러나 볼더와 타이거스타가 지나가게 해 주었다. 그는 적대적인 눈빛으로 두 고양이를 태워 버릴 듯 노려보았지만 아무 말도 하지 않았다.

이제 타이거스타가 앞장섰다. 뒤쪽에서 그들을 비추던 빛이 희미해지면서 발걸음도 조심스러워졌다. 길 양쪽에 있는 쓰레기 더미들 뒤로 슬금슬금 움직이는 깡마른 고양이들이 보였다. 두 불청객을 좇는 그들의 시선이 번득였다. 타이거스타는 근육을 긴장시켰다. 이 만남이 뜻대로 되지 않는다면 이곳에서 빠져나가기 위해 싸워야 할 것이다.

좁은 길의 끝은 벽으로 막혀 있었다. 타이거스타는 두발쟁이 영역에 사는 고양이들의 지도자를 찾아 주위를 두리번거렸다. 본

보다 덩치가 큰 고양이일 거라 예상했기 때문에, 어두운 그늘 속에 웅크리고 있는 작고 검은 고양이는 눈여겨보지 않았다.

볼더가 타이거스타를 슬쩍 치더니 검은 고양이를 향해 고갯짓을 했다.

"저기 스커지가 있어요."

"저 고양이가 스커지라고?"

깜짝 놀라 되묻는 타이거스타의 목소리가 떨어지는 빗소리 위로 울려 퍼졌다.

"고작 훈련병만 하잖아!"

"쉿!"

볼더의 눈에 공포가 어렸다.

"이들은 우리가 아는 종족과는 다릅니다. 하지만 이 고양이들은 지도자가 명령하면 우리를 죽일 수도 있습니다."

"손님이 오신 것 같군."

검은 고양이가 깨진 얼음처럼 날카롭고 거슬리는 목소리로 말했다.

"너를 다시 만나리라고는 생각도 못 했다, 볼더. 숲으로 갔다고 들었는데."

"네, 스커지. 그랬습니다."

볼더가 대답했다.

"그런데 여기는 무슨 일이냐?"

스커지의 목소리가 으르렁거리듯 변했다.

"마음이 변해서 다시 기어들어 온 것이냐? 내가 널 환영해 줄 거라고 생각하느냐?"

"아닙니다, 스커지."

볼더가 검은 고양이의 냉랭한 푸른 눈을 마주 보며 말했다.

"숲에서는 잘 지내고 있습니다. 싱싱한 먹이도 많고, 두발쟁이도 없고……."

"숲 생활의 좋은 점을 찬양하려고 여기 온 건 아닐 텐데!"

스커지가 꼬리를 획 휘두르면서 볼더의 말을 잘랐다.

"다람쥐들이나 나무숲에 사는 거지, 고양이들은 아니야. 원하는 게 뭐지?"

타이거스타가 회색 전사를 옆으로 밀치며 앞으로 나섰다.

"난 그림자족의 지도자 타이거스타요. 당신에게 제안할 게 있어서 왔소."

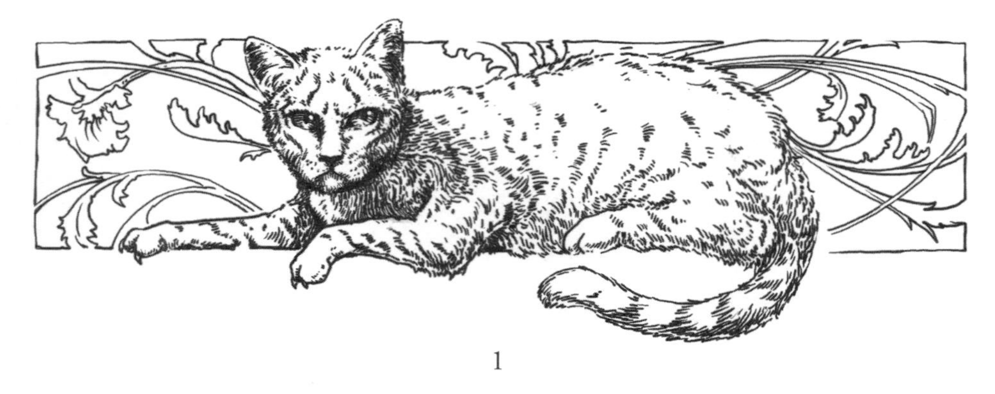

1

고결한 지도자

희미한 빛줄기가 헐벗은 나무들 사이로 새어 들어오는 가운데, 파이어하트는 지도자의 몸을 마지막 안식처로 옮기고 있었다. 그는 이빨로 지도자의 목덜미를 단단히 물고, 천둥족의 용감한 전사들이 개 떼를 유인해 파멸에 이르게 한 길을 되짚어 갔다. 온몸에 감각이 없었고, 블루스타가 죽었다는 끔찍한 깨달음으로 머리가 빙빙 돌았다.

지도자가 없으니 숲 자체가 달라 보였다. 심지어 애완 고양이 시절 처음 숲에 들어왔던 날보다 더 낯설었다. 어떤 것도 진짜처럼 느껴지지 않았다. 나무와 바위들이 금방이라도 안개처럼 스러져 버릴 것 같았다. 방대하고 부자연스러운 침묵이 모든 것을 뒤덮고 있었다. 미친 듯이 날뛰던 개들이 먹잇감을 모조리 쫓아 버렸기 때문이었다. 하지만 슬픔에 잠긴 파이어하트에게는 숲 전체가 블루스타의 죽음에 충격을 받아 애도하고 있는 것만 같았다.

계곡에서 있었던 일들이 머릿속에 맴돌았다. 개 떼를 이끌던 우두머리가 입을 벌리고 침을 흘리던 모습이 다시 보였고, 자신의 목덜미에 닿았던 날카로운 이빨이 다시 느껴졌다. 갑자기 블루스타가 나타나 우두머리 개에게 몸을 던져 함께 낭떠러지로 떨어지던 모습도 떠올랐다. 지도자를 구하기 위해 강물에 뛰어들었을 때의 섬뜩하고 차가운 기운이 다시 느껴져 파이어하트는 몸을 부르르 떨었다. 강족 전사인 미스티풋과 스톤퍼가 도와줄 때까지 그들은 물속에서 희망 없이 몸부림쳐야 했다.

강기슭에 누워 죽어 가는 지도자의 곁을 지키면서, 그는 블루스타가 마지막 목숨을 희생해서 개 떼로부터 자신과 천둥족을 구했다는 사실을 깨달았다. 그 순간 느낀 절망과 슬픔이 무엇보다도 기억에 생생하게 남아 있었다.

미스티풋과 스톤퍼가 블루스타의 시신을 진영으로 옮기는 것을 도와주었다. 파이어하트는 개 냄새가 나지 않는지, 계속 멈춰 서서 공기를 확인했다. 개들을 계곡으로 유인하던 중에 혹시 붙잡힌 고양이가 있는지 살피기 위해 그레이스트라이프를 보냈지만, 다행히도 아직까지는 아무런 흔적도 발견되지 않았다.

가시나무 덤불을 빙 둘러 가면서 파이어하트는 숨을 거둔 지도자를 다시 내려놓고 고개를 들어 공기를 들이마셨다. 다행히 신선한 숲의 냄새만 날 뿐이었다. 잠시 후에 그레이스트라이프가 죽은 고사리 덤불을 돌아서 나타났다.

"아무 이상 없어, 파이어하트. 짓밟힌 덤불이 많지만, 다른 문제는 없어."

회색 전사가 보고했다.

"좋아."

파이어하트의 마음에 희망이 샘솟았다. 낭떠러지로 떨어지는 걸 가까스로 피한 개들은 겁에 질려 달아났고, 숲은 다시 종족 고양이들에게 돌아왔다. 천둥족은 지난 석 달 동안 자신들의 영역에서 먹잇감이 되어 쫓기는 끔찍한 경험을 했지만, 결국 살아남았다.

"서두르자. 종족이 돌아가기 전에 먼저 진영이 안전한지 확인해야 해."

파이어하트는 강족 전사 둘과 함께 블루스타의 시신을 다시 물고 숲을 통과해 갔다. 진영 입구로 이어지는 골짜기의 꼭대기에 도착한 그는 잠시 걸음을 멈추고 아침에 있었던 일을 돌이켜 보았다. 그는 동료 전사들과 함께 죽은 토끼의 냄새를 따라갔었다. 그 토끼들은 타이거스타가 개 떼를 천둥족 진영으로 유인하기 위해 놓아둔 미끼였다. 그 끝에는 상냥한 어미 고양이 브린들페이스의 시신이 있었다. 타이거스타가 사나운 개들에게 고양이의 피를 맛보게 하려고 그녀를 희생시킨 것이었다. 하지만 이제 모든 것은 평화로워 보였다. 공기 중에는 진영에서 풍겨 오는 고양이의 냄새만 맴돌고 있었다.

"여기서 기다리고 있어. 내가 먼저 가서 살펴볼게."

파이어하트가 말했다.

"나도 같이 갈게."

그레이스트라이프가 즉시 나섰다. 그러자 스톤퍼가 꼬리를 들어 회색 전사의 앞을 가로막았다.

"아니야, 이 일은 파이어하트 혼자 해야 할 것 같아."

파이어하트는 강족 부지도자에게 감사를 표하고, 조심스럽게 골짜기를 내려가기 시작했다. 앞에 도사리고 있을지도 모를 위험에 대비해 귀를 쫑긋 세웠지만, 숲에는 여전히 낯선 침묵만이 가득했다.

가시금작화 굴길을 빠져나와 진영 공터로 들어선 파이어하트는 주의 깊게 경계하며 주변을 둘러보았다. 계곡으로 가지 않고 남아 있는 개가 있을지도 모르고, 타이거스타가 그림자족 전사들을 보내 진영을 점령했을 가능성도 있었다. 하지만 사방이 고요했다. 텅 빈 진영이 낯설어서 털이 곤두서긴 했지만 위험한 낌새는 없었다. 개들이나 그림자족의 냄새도 나지 않았다.

확실히 하기 위해 그는 재빨리 거처들과 보육실을 살펴보았다. 돌이키고 싶지 않은 기억들이 찾아들었다. 개 떼에 대해 들은 종족 고양이들의 당혹스러운 얼굴, 우두머리 개의 뜨거운 숨결이 느껴질 정도로 아슬아슬하게 쫓기고 있을 때 느꼈던 두려움이 다시 생각났다.

파이어하트는 '높은 바위' 아래에 서서 나무 사이로 불어오는 바람 소리에 귀를 기울였다. 타이거스타는 종족을 배신했다는 사실이 밝혀졌을 때에도, 진실을 알게 된 종족 동료들을 바로 이곳에서 태연히 마주 보았다. 그리고 추방되면서도 끝까지 복수를 맹세했다. 피에 굶주린 타이거스타는 그 맹세를 지키려고 계속 시도할 것이다. 천둥족 진영에 개 떼를 끌어들이려고 시도한 것으로 그칠 리가 없었다.

마지막으로 파이어하트는 신더펠트의 거처로 통하는 고사리 굴길을 조심스럽게 지나갔다. 거처 입구에서 안을 들여다보니, 한쪽 벽을 따라 가지런히 정리되어 있는 치료 약초가 보였다. 파이어하트의 마음에 가장 뚜렷하게 새겨진 기억이 밀려왔다. 바로 스파티드리프와 옐로팽에 대한 기억이었다. 신더펠트에 앞서 천둥족의 치료사였던 이 두 고양이를 파이어하트는 진심으로 좋아했다. 그들을 잃은 슬픔이 새삼 밀려들면서, 지도자를 잃은 비통함과 뒤섞여 그의 마음을 더욱 아프게 했다.

'블루스타가 별족에게 갔어요. 지금 함께 계신가요?'

그는 마음속으로 두 치료사에게 물었다.

파이어하트는 발길을 돌려 진영을 나와 골짜기 꼭대기로 돌아갔다. 그레이스트라이프가 주변을 경계하고 있었고 미스티풋과 스톤퍼는 죽은 지도자의 몸을 부드럽게 핥아 주고 있었다.

"이상 없어."

파이어하트가 말했다.

"그레이스트라이프, '해 드는 바위'로 가서 종족에게 블루스타의 죽음을 알리도록 해. 자세한 내용은 말하지 말고. 내가 직접 만나서 모든 걸 설명할 거야. 집에 돌아와도 된다는 것만 말해 줘."

그레이스트라이프의 노란 눈동자가 반짝였다.

"지금 당장 갈게."

그레이스트라이프는 즉시 돌아서서, 천둥족 고양이들이 피신해 있는 해 드는 바위를 향해 내달렸다.

블루스타의 곁에 웅크리고 앉아 있던 스톤퍼가 재미있다는 듯 가르랑거리는 소리를 냈다.

"저 녀석의 충성심이 어디를 향해 있는지 누구라도 쉽게 알 수 있겠어."

"맞아, 그레이스트라이프가 강족에 계속 머물 거라고 생각한 고양이는 아무도 없을 거야."

미스티풋이 동의했다.

그레이스트라이프의 새끼들은 강족의 어미 고양이에게서 태어났다. 그레이스트라이프는 새끼 고양이들과 함께하기 위해 한동안 강족에 가 있었지만, 그의 마음은 한 번도 천둥족을 떠난 적이 없었다. 강족과 천둥족이 맞붙은 전투에서 그레이스트라이프는 강족을 배신하고 파이어하트의 목숨을 구했고, 그 일로 레퍼드스타는 그를 종족에서 쫓아내 버렸다. 레퍼드스타가 결정을 내려 준 덕분에 회색 전사는 진정으로 소속감을 느끼는 천둥족으로 돌아올 수 있었던 셈이다.

파이어하트는 동의한다는 뜻으로 강족 전사들에게 고개를 끄덕여 주고, 다시 블루스타를 물어 올렸다. 세 고양이는 블루스타의 시신을 물고 골짜기를 내려와 진영으로 들어섰다. 마침내 그들은 높은 바위 아래에 있는 지도자의 거처에 블루스타를 내려놓을 수 있었다. 종족이 작별 인사를 하고, 현명하고 고귀한 지도자에게 걸맞은 예를 갖추어 묻어 줄 때까지 그녀는 그곳에 머무르게 될 것이다.

"도와줘서 고마워."

파이어하트는 강족 전사들에게 인사했다. 그리고 잠시 머뭇거리다가 덧붙였다.

"블루스타의 추모 의식에 참석하겠어?"

파이어하트는 이 초대가 어떤 의미인지 너무 잘 알기에 망설였던 것이다.

"초대해 줘서 고마워."

스톤퍼가 대답했다. 파이어하트가 천둥족끼리 치러야 할 의식에 경쟁 관계에 있는 종족의 전사를 참여시키려 했다는 사실에 조금 놀란 얼굴이었다.

"하지만 우리도 해야 할 일이 있어. 이제 돌아가야 해."

"고마워, 파이어하트."

미스티풋이 말했다.

"우리에겐 정말 고마운 일이야. 하지만 우리가 계속 머물러 있으면 천둥족 고양이들이 이상하게 생각할 거야. 블루스타가 우리 어머니라는 걸 다들 모르잖아, 그렇지?"

"그레이스트라이프만 알고 있어. 하지만 아까 강기슭에서…… 너희가 블루스타와 나눈 얘기를 타이거스타가 들었어. 다음 모임에서 타이거스타가 그 사실을 밝힐지도 몰라. 마음의 준비를 해 두는 게 좋을 거야."

스톤퍼와 미스티풋이 서로 눈길을 주고받았다. 스톤퍼가 푸른 눈동자를 번득이며 몸을 일으켰다.

"멋대로 지껄이라지. 강족에게는 내가 오늘 직접 말할 거야. 우리는 어머니가 부끄럽지 않아. 블루스타는 고결한 지도자였어. 우리 아버지는 훌륭한 부지도자였고."

"맞아, 그건 아무도 반박할 수 없는 사실이야. 서로 다른 종족 출신이라고 해도 말이야."

미스티풋이 동의했다.

용감하고 결단력 있는 그들의 모습은 블루스타를 떠올리게 했다. 블루스타는 새끼 고양이들을 아버지인 오크하트에게 보냈고, 스톤퍼와 미스티풋은 자신들이 강족에서 태어났다고 믿으며 자라 왔다. 처음 그 사실을 알게 되었을 때 그들은 블루스타에게 증오심을 보였지만, 오늘 아침 강기슭에서 죽어 가는 그녀를 그들은 진심으로 용서했다. 파이어하트는 고통스러운 상황에서도 지도자가 별족에게 가기 전에 자식들과 화해했다는 사실에 말할 수 없는 안도감을 느꼈다. 다른 종족에서 커 가는 자식들을 지켜보면서 블루스타가 얼마나 괴로워했는지 아는 고양이는 오직 파이어하트밖에 없었다.

"어머니에 대해 더 잘 알았더라면 좋았을 텐데."

스톤퍼가 파이어하트의 생각을 읽기라도 한 것처럼 말했다.

"넌 운이 좋은 거야, 파이어하트. 블루스타가 이끄는 종족에서 자라고, 블루스타의 부지도자로 지낼 수 있었으니 말이야."

"그래, 알아."

파이어하트는 거처의 모랫바닥에 미동도 없이 누워 있는 청회색 암고양이를 슬픈 눈으로 내려다보았다. 고결한 영혼이 별족과 사냥을 하러 떠나 버린 지금, 남겨진 블루스타의 몸은 작고 무력해 보였다.

"우리끼리 작별 인사를 해도 될까? 잠깐이면 돼."

미스티풋이 머뭇거리며 물었다.

"물론이야."

파이어하트는 스톤퍼와 미스티풋을 남겨 두고 거처를 나왔다. 두 고양이는 블루스타의 곁에 앉아서 혀를 나누었다.

높은 바위 근처를 서성이고 있을 때, 가시금작화 굴길로 들어오는 고양이들의 소리가 들렸다. 서둘러 달려가 보니, 프로스트퍼와 스페클테일이 굴길에서 머뭇거리다가 조심스럽게 공터로 들어오고 있었다. 브래큰퍼와 골든플라워도 마찬가지로 바짝 경계하며 뒤를 따랐다.

종족 고양이들이 자신들의 집으로 돌아오면서도 경계를 늦추지 못하는 모습을 보니, 파이어하트는 가슴을 찌르는 듯한 고통을 느꼈다. 그의 시선은 한 전사를 찾아 이리저리 움직였다. 그가 사랑하는 황갈색 암고양이 샌드스톰을 찾는 것이었다. 진영으로 향하던 개 떼를 계곡으로 유인하는 작전에서 중요한 역할을 맡았던 그녀가 다치지 않고 무사한지 확인해야 했다.

클라우드테일의 모습이 먼저 눈에 들어왔다. 하얀 전사는 로스트페이스를 조심스럽게 보호하고 있었다. 로스트페이스는 개들이 진영을 공격하기 전에 이미 습격을 당해 심각한 부상을 입었다. 그들의 뒤를 이어 신더펠트가 입에 약초를 잔뜩 물고 절뚝거리며 입구를 통과했다. 브램블포와 토니포가 그 뒤를 열심히 쫓아 들어왔다. 두 훈련병은 타이거스타의 새끼들이었다.

마침내 윌로펠트와 나란히 걸어오는 샌드스톰의 모습이 보였다. 윌로펠트의 새끼 고양이 셋이 그 주위를 이리저리 뛰어다니고 있었다. 종족이 겪은 위기는 전혀 알지 못하는 듯 행복한 얼굴이었다.

샌드스톰을 향해 달려가는 동안 파이어하트의 목구멍에서 가르랑거리는 소리가 났다. 그는 샌드스톰의 옆구리에 코를 깊이 파묻었다. 샌드스톰도 파이어하트의 귀를 부드럽게 핥아 주었다. 그가 고개를 들었을 때, 그녀의 연녹색 눈동자에는 따스한 기운이 감돌고 있었다.

"걱정 많이 했어, 파이어하트. 그 개들은 믿을 수 없을 정도로 컸어! 내 평생 그렇게 겁먹은 적은 없었다니까."

샌드스톰이 말했다.

"나도 그래."

파이어하트는 솔직히 말했다.

"기다리는 동안 얼마나 걱정했는지 몰라. 네가 개들에게 따라잡혔으면 어쩌나 하고."

"내가 따라잡힌다고?"

샌드스톰이 그를 밀어내면서 꼬리 끝을 씰룩거렸다. 순간 파이어하트는 또다시 그녀의 기분을 상하게 한 건 아닌지 걱정했다. 하지만 샌드스톰의 두 눈은 환하게 빛나고 있었다.

"난 너와 종족을 위해서 달렸어, 파이어하트. 꼭 별족이 된 것처럼 빠르게 달렸다니까!"

샌드스톰은 공터 가운데로 걸어가며 주위를 두리번거렸다. 그녀의 표정이 점점 어두워졌다.

"블루스타는 어디에 계셔? 그레이스트라이프 말로는 돌아가셨다고 하던데."

"맞아. 구하려고 애를 썼지만, 강물에 빠진 게 견디기 벅찼던 것 같아. 지금은 거처에 모셨어."

그는 잠시 머뭇거리다가 덧붙였다.

"미스티풋과 스톤퍼가 함께 있어."

샌드스톰이 놀라서 털을 곤두세우고 파이어하트를 바라보았다.

"강족 고양이들이 우리 진영에 있다고? 왜?"

"블루스타를 강에서 끌어내는 걸 도와줬어."

파이어하트는 잠시 말을 멈추고 샌드스톰을 살폈다.

"그리고…… 블루스타가 미스티풋과 스톤퍼의 어머니야."

샌드스톰은 그 자리에 얼어붙은 채 휘둥그레진 눈으로 물었다.

"블루스타가? 하지만 어떻게……."

파이어하트는 그녀에게 코를 맞대며 말을 가로막았다.

"나중에 다 말해 줄게. 지금은 종족 고양이들이 모두 무사한지 확인해야 해."

파이어하트와 샌드스톰이 이야기를 나누는 동안 다른 고양이들이 가시금작화 굴길에서 나와 둘을 에워싸기 시작했다. 개 떼를 계곡으로 유인하는 작전의 처음을 맡았던 두 훈련병, 펀포와 애쉬포의 모습도 보였다.

"둘 다 잘해 주었다."

파이어하트의 칭찬에 어린 고양이들이 가르랑거리는 소리를 냈다.

"말씀하신 대로 덤불에 숨어 있다가 개들이 보이자마자 바로 뛰어나왔어요."

애쉬포가 말했다.

"맞아요, 진영에서 멀어지게 만들어야 했으니까요."

펀포가 끼어들며 말했다.

"정말 용감한 행동이었다."

파이어하트는 다시 한 번 칭찬해 주었다. 두 훈련병을 바라보고 있자니, 그들의 어미인 브린들페이스가 떠올랐다. 브린들페이스는 타이거스타에게 살해되어 시신으로 발견되었다.

"너희가 자랑스럽구나. 어머니도 분명 대견해하실 거야."

애쉬포가 갑자기 힘없는 새끼 고양이처럼 몸을 움츠렸다.

"전 너무 무서웠어요."

훈련병이 솔직히 털어놓았다.

"개가 뭔지 알았다면 감히 나서지 못했을 거예요."

"우리 모두 무서웠단다."

더스트펠트가 다가와 펀포를 부드럽게 핥아 주었다.

"내 평생 그렇게 빨리 달려 본 적이 없어. 너희 둘은 정말 잘 해낸 거야."

더스트펠트는 두 훈련병을 모두 칭찬해 주긴 했지만, 다정한 눈빛은 오직 펀포를 향하고 있었다. 파이어하트는 웃음이 터지려는 것을 가까스로 참았다. 펀포에 대한 갈색 전사의 애정은 숨길 수가 없었다.

"너도 잘했어, 더스트펠트."

파이어하트가 말했다.

"너희 모두에게 종족이 큰 은혜를 입은 거야."

더스트펠트는 파이어하트를 잠시 마주 보다가 고개를 살짝 끄덕였다. 몸을 돌리자 클라우드테일이 로스트페이스를 다정하게 데리고 가는 모습이 보였다. 파이어하트는 그들을 불러 세웠다.

"괜찮니, 로스트페이스?"

"전 괜찮아요."

어린 암고양이가 다치지 않은 눈으로 불안하게 주위를 둘러보며 대답했다.

"개들이 여기까지 오지 않은 게 확실한가요?"

"내가 직접 진영을 살펴봤어. 개들의 흔적은 전혀 없었단다."

파이어하트가 말했다.

"해 드는 바위에서 아주 용감하게 행동했어요. 나무에서 망을 보는 걸 도와줬거든요."

클라우드테일이 로스트페이스의 어깨를 코로 건드리며 말했다.

로스트페이스의 표정이 밝아졌다.

"전처럼 잘 볼 수는 없어요. 하지만 소리를 듣고 냄새를 맡을 수는 있으니까요."

"잘했다."

파이어하트는 클라우드테일을 향해 고개를 돌렸다.

"너도 잘해 주었다, 클라우드테일. 너를 믿고 맡기길 잘했어."

"다들 훌륭하게 해냈어요."

신더펠트의 목소리가 들렸다. 그녀는 뒤따르는 마우스퍼와 함께 그를 향해 절뚝거리며 걸어오고 있었다.

"아무도 당황하지 않았어요. 심지어 개들이 울부짖는 소리가 들릴 때도 겁먹지 않았어요."

"다들 무사한 거지?"

파이어하트는 걱정스럽게 물었다.

"모두 무사해요."

치료사의 파란 눈동자가 안도감으로 반짝였다.

"마우스퍼가 달리다가 발톱이 찢어졌지만, 그게 다예요. 마우스퍼, 따라오세요. 치료해 드릴게요."

두 고양이가 멀어지는 모습을 지켜보던 파이어하트는 화이트스톰이 곁에 다가온 것을 알아챘다.

"잠시 얘기를 나눌 수 있을까요?"

"물론입니다."

"죄송합니다."

화이트스톰의 눈에는 고통이 가득했다.

"떠나면서 저에게 블루스타를 잘 지켜 달라고 했었지요. 그런데 블루스타가 해 드는 바위를 빠져나가는 걸 알아채지도 못했습니다. 블루스타의 죽음은 제 책임입니다."

파이어하트는 눈을 가늘게 뜨고 선임 전사를 바라보았다. 이렇게 지쳐 보이는 모습은 처음이었다. 화이트스톰은 천둥족에서 가장 연륜 있는 전사였지만, 언제나 강하고 활력이 넘쳤으며 하얀 털은 단정하게 정리되어 윤기가 흘렀다. 하지만 지금은 아침에 진영을 떠날 때보다 수백 계절은 더 산 것처럼 나이 들어 보였다.

"말도 안 되는 소리입니다!"

파이어하트는 강하게 반발했다.

"블루스타가 떠나려는 걸 알아챘다고 해도 무얼 할 수 있었겠습니까? 지도자에게 그 자리를 벗어나지 말라는 명령을 내릴 수는 없지 않습니까."

화이트스톰이 눈을 끔벅였다.

"다른 전사를 뒤따라 보내지도 못했습니다. 개들이 돌아다니고 있었으니까요. 우리가 할 수 있는 일이라고는 해 드는 바위 근처 나무들 사이에 앉아서 개들이 울부짖는 소리를 듣는 것밖에 없었습니다."

선임 전사는 온몸을 부르르 떨었다.

"제가 뭐라도 했어야 했습니다."

"화이트스톰은 할 수 있는 모든 것을 하셨습니다."

파이어하트가 말했다.

"종족을 안전하게 지켜 냈으니까요. 블루스타는 결국 스스로 결정하신 겁니다. 지도자가 우리를 구하기 위해 목숨을 버린 것은 별족의 뜻입니다."

화이트스톰은 천천히 고개를 끄덕였지만, 눈동자에는 여전히 괴로움이 서려 있었다.

"별족에 대한 믿음을 송두리째 잃어버렸는데도 말이죠."

화이트스톰이 중얼거렸다.

파이어하트는 자신과 화이트스톰이 알고 있는 비밀을 생각했다. 지난 몇 달 동안 블루스타의 정신은 허물어지고 있었다. 타이거스타의 배신에 뼛속까지 충격을 받은 블루스타는 별족과 전쟁을 벌이고 있다고 믿었다. 파이어하트와 화이트스톰은 지도자의 정신이 흐릿하다는 사실을 다른 고양이들에게 숨겨 왔다. 하지만 블루스타는 숨을 거두기 직전 마지막 순간에 심경에 변화를 일으켰다.

"아닙니다, 화이트스톰."

파이어하트는 용맹스러운 선임 전사에게 위로의 말을 해 줄 수 있다는 것이 다행스러웠다.

"블루스타는 돌아가시기 전에 별족과 화해했습니다. 지도자는 자신이 어떤 이유에서 무슨 일을 하고 있는지 잘 알고 있었습니다. 정신은 맑고 믿음도 굳건한 상태였어요."

고통이 좀 가신 듯, 화이트스톰의 눈빛이 차분해졌다. 나이 든 전사는 고개를 푹 숙였다. 파이어하트는 블루스타의 죽음이 그에게 얼마나 충격적일지 짐작할 수 있었다. 블루스타와 화이트스톰은 한평생 친구로 지내 왔던 것이다.

이제 종족 고양이들이 파이어하트의 주위를 빙 둘러싸고 있었다. 그는 종족 동료들의 눈에 아직 남아 있는 끔찍한 경험에 대한 기억과 미래에 대한 두려움을 볼 수 있었다. 그 두려움을 진정시키는 것이 자신의 몫임을 깨달은 그는 불편한 마음으로 침을 꿀꺽 삼켰다.

"파이어하트, 블루스타가 숨을 거둔 것이 사실인가요?"

브래큰퍼가 머뭇거리며 물었다.

파이어하트는 고개를 끄덕였다.

"그래, 사실이다. 블루스타는…… 블루스타는 목숨을 바쳐서 나를 구하고, 우리 모두를 구했다."

파이어하트는 순간 목이 잠겨 힘겹게 침을 삼켰다.

"여러분 모두 잘 알다시피 개들을 낭떠러지로 유인하는 길에서 제가 가장 마지막에 있었습니다. 낭떠러지 바로 앞까지 갔을 때 타이거스타가 나타나 저에게 덤벼들었습니다. 그래서 개들의 우두머리에게 따라잡히고 말았습니다. 블루스타가 아니었다면 타이거스타가 저를 죽였을지도 모릅니다. 개들은 여전히 숲을 활보하고 다녔을 것입니다. 블루스타는 낭떠러지 끝에서 개들의 우두머리에게 몸을 던졌습니다. 그리고…… 그리고 함께 아래로 떨어졌습니다."

바람이 나뭇잎을 흔들고 지나가듯, 고통이 천둥족 고양이들을 휩쓸고 지나갔다.

"그래서 어떻게 되었나요?"

프로스트퍼가 조용히 물었다.

"제가 뒤따라 강으로 뛰어들었지만, 구해 낼 수가 없었습니다."

파이어하트는 잠시 눈을 감고, 휘몰아치는 물살과 싸우며 지도자를 수면 위로 끌어 올리려고 안간힘을 썼던 절망적인 기억을 돌이켜 보았다.

"물살에 휩쓸려 떠내려가고 있을 때 강족 전사인 미스티풋과 스톤퍼가 와서 도와주었습니다."

파이어하트는 다시 말을 이었다.

"강에서 나왔을 때만 해도 블루스타는 살아 있었지만, 그때는 이미 너무 늦었던 겁니다. 지도자는 아홉 번째 목숨을 잃었고, 우리를 떠나 별족에게 갔습니다."

둥그렇게 모인 고양이들 사이에서 누군가 애통하게 울부짖었다.

이 자리에 모인 고양이들 중에는 블루스타가 지도자가 되었을 때는 태어나지도 않았던 고양이들도 많이 있었다. 이들에게 블루스타를 잃는다는 것은 마치 '나무 네 그루'에 있는 아름드리 떡갈나무들이 하룻밤 사이에 잘려 나간 것과 같은 충격일 것이다.

파이어하트는 떨리는 목소리를 애써 진정시키며 큰 소리로 말했다.

"여러분도 아시다시피 블루스타는 사라진 것이 아닙니다. 이미 별족 가운데서 우리를 내려다보고 있을 것입니다. 그리고 블루스타의 영혼은 지금 여기 우리와 함께 있습니다."

말을 마친 그는 속으로 덧붙였다.

'혹은 거처에서 스톤퍼와 미스티풋과 함께 혀를 나누고 있을지도 모르지.'

"지금 블루스타를 만나 보고 싶군요."

스페클테일이 말했다.

"어디 계신가요? 거처에 계신가요?"

그녀는 대플테일, 스몰이어와 함께 거처 입구를 향해 돌아섰다.

"저도 같이 가요."

프로스트퍼가 벌떡 일어나며 말했다.

파이어하트의 머릿속에 경고음이 울렸다. 그레이스트라이프와 샌드스톰을 제외한 나머지 종족 고양이들은 강족 전사 둘이 진영에 있다는 것조차 모르고 있다는 사실을 깨달은 것이다.

"기다리십시오!"

그는 빙 둘러선 고양이들을 헤치고 나가며 외쳤다. 하지만 이미 늦었다.

스페클테일과 프로스트퍼는 블루스타의 거처 입구에 서 있었다. 낯선 고양이들을 마주한 그들은 털을 곤두세우고 꼬리를 평소보다 두 배는 부풀린 상태였다.

프로스트퍼가 사납게 으르렁거렸다.

“너희가 여기서 뭘 하고 있는 거지?”

2
마지막 인사

파이어하트가 블루스타의 거처 쪽으로 달려가자 스페클테일이 그를 향해 몸을 휙 돌렸다. 그녀의 눈동자는 분노로 이글거리고 있었다.

"여기 강족 고양이 둘이 있어요. 우리 지도자의 몸에 상처를 내고 있어요!"

스페클테일이 으르렁거리며 말했다.

"아니, 아니에요."

파이어하트는 숨을 몰아쉬며 말했다.

"그들은 여기 있을 만한 이유가 있습니다."

다른 고양이들도 불안한 듯 웅성거리며 그의 뒤로 모여들었다. 클라우드테일이 분노를 터뜨리며 울부짖는 소리가 들렸다.

파이어하트는 몸을 돌려 그들을 마주하고 섰다.

"물러서십시오!"

그는 종족에게 명령했다.

"괜찮습니다. 미스티풋과 스톤퍼는……."

"강족 고양이들이 여기 있다는 걸 알고 있었단 말입니까?"
다크스트라이프가 무리를 헤치고 나와 파이어하트의 코앞까지 와서 섰다.
"적들이 우리 진영에 들어오게 놔뒀단 말입니까? 그것도 지도자의 거처에?"
파이어하트는 평정심을 잃지 않기 위해 숨을 깊이 들이마셨다. 그는 다크스트라이프를 신뢰하지 않았다. 종족이 개 떼를 피해해 드는 바위로 갈 준비를 하고 있을 때, 다크스트라이프는 타이거스타의 새끼들을 데리고 몰래 진영을 빠져나가려 시도했다. 그는 개들을 이용해 천둥족을 말살하려던 타이거스타의 계략에 대해 전혀 몰랐다고 맹세했지만, 파이어하트는 그 말을 믿어도 좋을지 확신이 서지 않았다.
"내가 한 말을 잊었습니까?"
파이어하트는 다크스트라이프를 똑바로 보며 물었다.
"블루스타를 강에서 구해 낼 때 미스티풋과 스톤퍼가 도와주었습니다."
"그건 당신이 하는 말이고!"
다크스트라이프가 쏘아붙였다.
"그 말이 진실인지 아닌지, 우리가 알게 뭡니까? 강족 고양이들이 왜 천둥족을 돕는단 말입니까?"
"강족은 이전에도 여러 번 우리를 도와주었습니다."
파이어하트가 일깨워 주었다.
"불이 났을 때 강족이 우리에게 피난처를 제공하지 않았다면 더 많은 천둥족 고양이들이 목숨을 잃었을 겁니다."

"그건 맞는 말이에요."

마우스퍼가 말했다.

때마침 신더펠트와 함께 치료사의 거처에서 돌아온 그녀는 앞으로 걸어 나와 다크스트라이프 옆에 섰다.

"하지만 그렇다고 해서 블루스타의 시신 곁에 강족 고양이들만 남겨 둬도 되는 건 아닙니다. 도대체 그들이 저기서 뭘 하고 있었던 겁니까?"

"우리는 블루스타를 기리고 있었습니다."

스톤퍼가 반발하듯 말했다.

강족의 부지도자와 미스티풋은 거처 입구에 나와 있었다. 천둥족 고양이들의 반응에 놀란 표정이었다. 그들은 자신들이 침입자 취급을 당하고 있다는 사실을 깨닫고 털을 곤두세우기 시작했다.

"작별 인사를 하고 싶었습니다."

미스티풋이 말했다.

"왜?"

마우스퍼가 따지듯 물었다.

미스티풋이 연갈색 암고양이를 똑바로 마주 보았다. 그 순간 파이어하트는 뱃속이 단단하게 뭉치는 기분이었다.

"우리 어머니입니다."

침묵이 내려앉았다. 진영 언저리에서 찌르레기가 우는 소리만이 정적을 깨뜨렸다. 충격을 받아서 적의에 찬 눈빛을 드러내는 종족 동료들을 마주하자 파이어하트는 가슴이 쿵쾅거렸다. 그와 눈이 마주친 샌드스톰은 크게 실망한 얼굴이었다. 파이어하트가 이런 식으로 지도자의 비밀을 종족 전체가 알게 할 줄은 몰랐다는 듯한 표정이었다.

"어머니라고?"

스페클테일이 으르렁대며 말했다.

"믿을 수 없어. 블루스타가 자기 새끼들을 다른 종족에서 자라게 두었을 리가 없어."

"믿든 말든 그게 사실입니다."

스톤퍼가 쏘아붙였다.

파이어하트는 앞으로 나서며 꼬리를 휘둘러 스톤퍼에게 조용히 있으라는 신호를 했다.

"이 일은 내가 알아서 할 테니 너희는 이만 가는 게 좋겠어."

스톤퍼는 짧게 고개를 끄덕인 뒤 미스티풋을 데리고 가시금작화 굴길을 향해 갔다. 천둥족 고양이들은 두 강족 전사가 지나가도록 길을 터 주었다. 무리 가운데서 성난 고함 소리가 한두 차례 들려왔다.

"천둥족을 대신해 감사를 표합니다."

파이어하트는 떠나가는 강족 전사들의 뒤에 대고 외쳤다. 그의 목소리가 높은 바위 주위에 희미하게 메아리쳤다.

미스티풋과 스톤퍼는 대답하지 않았다. 그들은 뒤도 돌아보지 않고 굴길 속으로 사라졌다.

파이어하트는 온몸의 털이 곤두섰다. 새로 주어진 책임들을 외면하고 도망치고 싶었다. 블루스타가 자신의 새끼들을 다른 종족에 보냈다는 비밀은 지키기도 힘들었지만 종족에게 알리는 것은 더 힘들었다. 어떻게 말해야 할지 생각할 시간이 더 있었다면 좋았겠지만, 앞으로 열릴 모임에서 타이거스타의 입을 통해 듣는 것보다는 차라리 이 자리에서 자신이 직접 알리는 편이 나을 것 같았다. 종족 지도자로서 그는 좋든 싫든 그 임무를 받아들여야 했다.

파이어하트는 신더펠트에게 고개를 끄덕여 보이고, 높은 바위로 올라갔다. 굳이 불러 모을 필요도 없이 종족 고양이들은 이미 그를 올려다보고 있었다. 그는 숨이 막힐 것 같아 잠시 말을 할 수가 없었다.

종족의 분노와 혼란이 보였고, 두려움의 냄새를 감지할 수 있었다. 다크스트라이프는 벌써부터 타이거스타에게 어떻게 보고할지 고민하고 있는 것처럼 가늘게 뜬 눈으로 그를 바라보고 있었다. 파이어하트는 절망적인 기분이었다. 타이거스타는 블루스타가 강기슭에서 죽어 갈 때 자신의 새끼들에게 하는 말을 듣고, 이미 블루스타의 비밀을 알고 있었다. 하지만 천둥족의 혼란과 파이어하트가 처한 어려움에 대해 다크스트라이프에게서 전해 들으면 좋아할 것이 틀림없었다. 타이거스타는 이 일을 이용해 천둥족에게 복수를 하고 브램블포와 토니포를 데려가려는 자신의 목적을 달성하려 들 것이다.

파이어하트는 숨을 깊이 들이마시고 입을 열었다.

“미스티풋과 스톤퍼가 블루스타의 자식들이라는 것은 사실입니다.”

그는 침착한 목소리를 내려고 안간힘을 썼다. 그리고 종족 동료들이 블루스타에게서 등을 돌리지 않게 할 적절한 말을 알려 달라고 별족에게 기도했다.

"강족의 오크하트가 그들의 아버지입니다. 블루스타는 그 둘이 어린 새끼 고양이였을 때 오크하트에게 보내서 강족에서 키우도록 했습니다."

"그걸 어떻게 알게 됐죠?"

프로스트퍼가 으르렁거리며 말했다.

"블루스타가 그런 일을 했을 리가 없어요! 강족 고양이들이 그렇게 말했다면, 그건 거짓말이에요."

"블루스타가 직접 말해 주었습니다."

파이어하트는 프로스트퍼와 차분히 눈을 맞추었다. 그녀의 눈동자에는 분노가 이글거렸고, 이빨을 드러내고 있었다. 하지만 감히 파이어하트가 거짓말을 하고 있다고 비난하지는 못했다.

"블루스타가 종족을 배신했다는 뜻이에요?"

프로스트퍼가 날카롭게 물었다.

고양이 한둘이 항의하듯 고함을 질렀다. 프로스트퍼는 털을 곤두세우고 몸을 돌렸다. 화이트스톰이 자리에서 일어나 그녀를 마주하고 섰다. 선임 전사는 충격에 사로잡힌 얼굴이었지만, 목소리는 차분했다.

"블루스타는 언제나 종족에게 충성했습니다."

"종족에게 충성했는데 어째서 다른 종족 고양이와의 사이에서 새끼를 낳았단 말이죠?"

파이어하트는 그 질문에 답하기가 어려웠다. 불과 얼마 전에도 그레이스트라이프가 강족 고양이와 사랑에 빠졌었고, 새끼 고양이들은 지금 강족에서 자라고 있었다. 천둥족 고양이들이 그 일을 너무 끔찍하게 여긴 나머지 그레이스트라이프는 자신이 태어난 종족에서 더 이상 살지 못하고 떠나겠다는 결심까지 했었다. 지금은 돌아오긴 했지만 몇몇 고양이들은 여전히 적개심을 보이면서 그의 충성심을 의심하고 있었다.

"이런 일 저런 일이 있는 겁니다."

파이어하트가 대답했다.

"블루스타가 새끼 고양이들을 충성스러운 천둥족 전사들로 기를 수도 있었겠지요. 하지만……."

"그 새끼 고양이들을 기억한다네."

이번에는 스몰이어가 끼어들었다.

"어느 날 보육실에서 사라졌지. 여우나 오소리가 잡아 갔다고 생각했어. 블루스타는 제정신이 아니었고. 그런데 그게 다 거짓이었단 말인가?"

"아닙니다."

파이어하트는 나이 많은 회색 수고양이를 내려다보며 단호하게 말했다.

"블루스타가 새끼 고양이들을 잃고 충격에 빠진 건 사실입니다. 하지만 부지도자가 되기 위해 어쩔 수 없이 새끼들을 포기한 겁니다."

"블루스타에게는 새끼들보다 야망이 더 중요했다는 뜻입니까?"

더스트펠트가 물었다. 갈색 전사는 화가 났다기보다는 의아해하는 목소리였다. 자신이 알던 현명한 지도자의 모습에 어울리지 않는 행동이라고 생각하는 것 같았다.

"아닙니다."

파이어하트가 말했다.

"종족이 블루스타를 필요로 했기 때문에 그런 결정을 내린 겁니다. 늘 그랬듯이, 우리 지도자는 종족을 먼저 생각한 겁니다."

"그건 사실입니다."

화이트스톰이 조용히 동조했다.

"블루스타에게 천둥족보다 더 중요한 것은 없었습니다."

"미스티풋과 스톤퍼는 그때나 지금이나 블루스타가 용기 있게 행동한 것을 자랑스럽게 생각하고 있습니다."

파이어하트는 종족 고양이들을 진지한 눈으로 바라보며 덧붙였다.

"우리도 그래야 하고요."

다행히 더 이상 대놓고 반발하는 고양이는 없었다. 파이어하트는 일단 한시름 놓았지만, 종족 고양이들 사이에 흐르는 긴장감이 완전히 사라진 것은 아니었다. 마우스퍼와 프로스트퍼는 파이어하트를 미심쩍은 눈초리로 올려다보며 무언가를 속삭이고 있었다. 스페클테일도 꼬리 끝을 씰룩거리며 그 둘에게 다가갔다. 하지만 화이트스톰은 고양이들 사이를 지나다니며 파이어하트의 말을 뒷받침해 주고 있었다. 스몰이어도 블루스타가 힘들게 내린 결정을 존중한다는 듯이 고개를 끄덕이고 있었다.

그때 웅성거리는 소리를 뚫고 또렷한 목소리 하나가 들려왔다.

"파이어하트!"

토니포가 외치는 소리였다.

"그럼 이제 파이어하트가 우리 지도자가 되는 거예요?"

파이어하트가 대답하기도 전에 다크스트라이프가 벌떡 일어났다.

"애완 고양이를 종족 지도자로 받아들인다고? 그건 미친 짓 아닙니까?"

"그건 질문할 가치도 없는 일일세, 다크스트라이프."

샌드스톰과 그레이스트라이프의 성난 외침을 뚫고 화이트스톰이 목소리를 높여 지적했다.

"파이어하트는 종족의 부지도자이고, 블루스타의 뒤를 잇는 건 당연합니다. 더 이상 말할 것도 없습니다."

파이어하트는 고마워하는 마음으로 화이트스톰을 보았다. 어깨털이 곤두서기 시작했지만 간신히 가라앉혔다. 다크스트라이프의 말에 흥분한 모습을 보이고 싶지는 않았다. 하지만 스스로도 미심쩍은 생각이 드는 것은 막을 수 없었다. 블루스타가 그를 부지도자로 임명하긴 했지만, 당시에는 타이거스타의 배신에 충격을 받아 판단력이 흐려진 상태였다. 게다가 임명식이 늦어지는 바람에 종족 고양이들 모두가 불안해하기도 했다. 그런 상황들은 곧 파이어하트가 천둥족을 이끌 자격이 없다는 뜻이 아닐까?

"하지만 애완 고양이입니다!"

다크스트라이프가 끈질기게 말했다. 그는 파이어하트를 향해 악의가 가득한 노란 눈동자를 번득거리며 말을 이었다.

"두발쟁이 냄새가 진동을 하는 애완 고양이란 말입니다! 그런 고양이가 우리 지도자가 되길 바라는 겁니까?"

파이어하트는 속에서 익숙한 분노가 치밀어 오르는 걸 느낄 수 있었다. 태어난 지 여섯 달이 되던 무렵부터 종족과 함께 생활해 왔지만, 다크스트라이프는 그가 숲에서 태어나지 않았다는 사실을 틈만 나면 일깨워 주었다.

당장이라도 뛰어 내려가 다크스트라이프의 털에 발톱을 찔러 넣고 싶은 충동을 간신히 참고 있을 때, 골든플라워가 일어나 앞으로 나오더니 다크스트라이프와 마주 섰다.

"당신이 틀렸어요, 다크스트라이프."

그녀가 으르렁대며 말했다.

"파이어하트는 종족에 대한 충성심을 수천 번도 더 증명해 보였어요. 제아무리 종족에서 태어난 고양이라도 그보다 잘할 수는 없었을 거예요."

파이어하트는 그녀에게 감사의 눈짓을 보냈다. 다른 고양이도 아닌 골든플라워가 자신을 그렇게 확고하게 지지해 준다는 사실이 놀라웠다. 파이어하트는 그녀의 새끼인 브램블포가 결국 아버지인 타이거스타처럼 위험한 존재가 될까 봐 불안해하고 있었고, 골든플라워 역시 그런 사실을 알고 있었다. 그는 비록 브램블포를 훈련병으로 받아들이긴 했지만, 어린 고양이를 편안한 마음으로 대한 적이 단 한 번도 없었다. 골든플라워는 파이어하트의 부당한 적개심에 맞서 자신의 새끼 고양이들을 극성스러울 정도로 방어해 왔다. 그런 그녀가 다크스트라이프에 대항해 자신을 변호해 주다니 더욱 놀라운 일이었다.

"파이어하트, 다크스트라이프가 한 말은 신경 쓰지 마십시오."

브래큰퍼가 골든플라워의 말을 거들었다.

"여기 있는 고양이들 모두 파이어하트가 지도자가 되어 주기를 원하고 있습니다. 다크스트라이프와는 생각이 다릅니다. 파이어하트야말로 지도자 자리에 가장 적합한 고양이입니다."

높은 바위 주변에 모인 고양이들 사이에서 동의하는 소리가 터져 나왔다. 파이어하트는 가슴이 벅차올랐다.

"게다가 누가 감히 별족의 규칙을 거스를 수 있겠어요?"

마우스퍼가 덧붙였다.

"부지도자가 지도자의 뒤를 잇는 건 당연한 일이에요. 그건 전사의 규약에 정해져 있으니까요."

"전사의 규약은 아무래도 다크스트라이프보다는 파이어하트가 더 잘 알고 있는 것 같네요."

그레이스트라이프가 다크스트라이프를 비웃듯이 꼬리를 휘두르며 말했다. 회색 전사 역시 개들이 공격해 오기 전에 다크스트라이프가 타이거스타와 함께 계략을 꾸몄다는 것을 알고 있었다.

파이어하트는 한 발을 들어 친구에게 조용히 하라는 신호를 보낸 다음 종족 고양이들을 향해 말했다.

"저는 천둥족에게 걸맞은 지도자가 되기 위해 남은 삶 동안 최선을 다하겠다고 약속합니다. 별족의 도움을 받아 반드시 해낼 것입니다."

그의 시선이 본능적으로 샌드스톰에게 향했다. 자랑스러워하는 그녀의 표정을 보니 발끝부터 꼬리 끝까지 온몸이 훈훈해졌다.

"다크스트라이프, 애완 고양이가 이끄는 종족에 있기 싫다면 언제든 떠나도 좋습니다."

파이어하트는 분노를 숨기지 않은 목소리로 말했다.

다크스트라이프는 말없이 꼬리를 휙휙 휘둘렀다. 파이어하트를 바라보는 그의 얼굴에는 증오심이 가득했다.

'내가 숲으로 오지 않았다면, 지금쯤 타이거스타는 지도자가 됐을 테고 다크스트라이프는 부지도자가 됐을 테지.'

파이어하트는 다크스트라이프를 공공연한 적으로 만들고 싶지 않았지만, 그가 그렇게 만들어 버렸다. 천둥족은 지금 전사 하나가 아쉬운 상황이긴 했지만, 파이어하트는 다크스트라이프가 그의 제안을 받아들여 영원히 종족을 떠나기를 바라는 마음이 컸다. 하지만 천둥족을 떠난다면 그는 곧장 타이거스타가 있는 그림자족으로 갈 것이고, 아무래도 타이거스타와 다크스트라이프가 함께 있는 것보다는 서로 떨어져 있는 편이 나을 것이다. 파이어하트는 자신이 직접 감시할 수 있는 천둥족 안에 그를 두는 것이 덜 위험하리라는 생각이 들었다.

다크스트라이프는 파이어하트를 잠시 노려보다가 휙 돌아서서 자리를 떴다. 그는 가시금작화 굴길로 향하지 않고 전사들의 거처로 들어가 버렸다.

"좋습니다."

파이어하트는 다시 종족 고양이들을 향해 고개를 돌리며 목소리를 높였다.

"오늘 밤에 블루스타를 애도하는 의식을 치르겠습니다."

"잠깐만요!"

클라우드테일이 꼬리를 잔뜩 부풀린 채 자리에서 벌떡 일어났다.

"그림자족을 공격하러 가는 거 아니었어요? 브린들페이스를 죽이고 개들을 우리 진영으로 몰고 오려고 했잖아요! 복수해야 되는 거 아니에요?"

클라우드테일은 적개심을 불태우며 털을 곤두세웠다. 브린들페이스는 클라우드테일이 처음 천둥족에 왔을 때 그를 키워 준 고양이였다. 하지만 파이어하트는 지금 당장 그림자족을 공격하는 것은 답이 아니라는 사실을 잘 알고 있었다.

클라우드테일의 말이 끝나기가 무섭게 동조하는 소리들이 터져 나왔다. 파이어하트는 꼬리로 조용히 하라는 신호를 보냈다.

"지금은 그림자족을 공격할 때가 아닙니다."

"왜요?"

클라우드테일이 믿을 수 없다는 듯 파이어하트를 빤히 쳐다보았다.

"이번 일을 그냥 넘어가겠다는 거예요?"

파이어하트는 숨을 깊이 들이쉬었다.

"브린들페이스를 죽이고 개들을 유인한 것은 타이거스타의 짓이지, 그림자족이 한 일이 아니다. 죽은 토끼마다 타이거스타의 냄새가 묻어 있었고, 다른 고양이의 냄새는 전혀 나지 않았다. 그림자족이 그들의 지도자가 꾸민 계략에 대해 알고 있는지조차 확실하지 않다."

클라우드테일이 무례하게 콧방귀를 뀌었다. 파이어하트는 자신의 전 훈련병을 엄한 눈초리로 바라보았다. 더는 반발하지 않기를 바라는 마음이었다. 그는 이번 일이 자신과 타이거스타 사이의 해묵은 원한 때문에 일어났다는 것을 알고 있었다. 그림자족 지도자는 천둥족을 말살하고 천둥족의 영역을 차지하는 일에도 기쁨을 느끼겠지만, 개들을 진영으로 끌어들인 진짜 목적은 따로 있었다. 타이거스타가 무엇보다 원하는 것은 파이어하트를 없애려는 것이었다. 그렇게 하는 것만이 블루스타를 죽이려던 그의 음모를 밝히고 천둥족에서 추방당하게 만든 파이어하트에 대한 완벽한 복수이기 때문이다.

파이어하트는 머지않아 타이거스타와 마지막 대면을 해야 할 순간이 오리라는 것을 알았다. 그때는 둘 중 하나만이 살아남을 수 있을 것이다. 그는 그 순간이 오면 피에 굶주린 잔혹한 고양이를 숲에서 없앨 수 있는 용기와 힘을 달라고 별족에게 기도했다.

"절 믿으십시오."

그는 큰 소리로 종족에게 말했다.

"타이거스타는 대가를 치르게 될 것입니다. 하지만 지금은 그림자족과 싸우지 않을 겁니다."

다행히도 클라우드테일은 다시 자리에 앉았다. 그는 이글거리는 눈으로 로스트페이스에게 무언가를 속삭였다. 가까이에 있는 골든플라워는 마치 어린 새끼 고양이를 보호하듯 브램블포와 토니포를 꼬리로 감싸고 있었다. 골든플라워는 타이거스타가 저지른 죄 때문에 종족이 새끼 고양이들을 부당하게 대할까 봐 언제나 걱정했다. 파이어하트가 그림자족을 공격하지 않겠다는 결정을 내리자 그녀는 눈에 띌 정도로 크게 안도했다. 브램블포와 토니포도 어미의 품에서 벗어날 수 있었다. 브램블포가 호박색 눈을 가늘게 뜨고 파이어하트를 흘깃 보더니 시선을 돌렸다. 파이어하트는 그 눈빛에 적대감이 어려 있었는지 궁금했다.

그는 브램블포의 문제는 잠시 제쳐 두고 모여 있는 고양이들을 바라보았다. 진영에는 그림자가 길게 드리워지고 있었다. 사랑하는 종족 지도자에게 마지막 작별 인사를 해야 할 시간이 온 것이다.

"이제 블루스타에게 인사를 할 때가 되었습니다."

파이어하트는 종족을 향해 외쳤다.

"준비되었습니까, 신더펠트?"

치료사가 고개를 끄덕였다.

"그레이스트라이프, 샌드스톰, 별족이 지켜보는 가운데 우리가 혀를 나눌 수 있도록 블루스타의 몸을 공터로 모셔 주십시오."

두 전사는 일어나서 블루스타의 거처로 들어갔다. 둘은 함께 블루스타의 시신을 공터 한가운데로 옮겨 와, 단단히 다져진 모래땅에 조심스럽게 눕혔다.

"샌드스톰, 블루스타에게 작별 인사를 마친 뒤에 사냥조를 이끌고 나가 싱싱한 먹이 더미를 채워 주세요."

파이어하트가 지시했다.

"마우스퍼는 '뱀바위'와 그림자족 경계 쪽으로 순찰대를 이끌고 나가 주시겠습니까? 개들이 모두 떠났는지 확실히 해 두어야 합니다. 그리고 우리 영역에 그림자족 고양이가 없는지도 확인해야 하고요. 하지만 조심해야 합니다. 모험을 해서는 안 됩니다."

"알겠습니다, 파이어하트."

다부진 갈색 전사가 자리에서 일어나며 대답했다.

"골든플라워, 롱테일, 같이 갈래요?"

이름을 불린 두 고양이가 마우스퍼에게 합류했다. 셋은 공터 가운데로 가서 지도자와 마지막으로 혀를 나누었다. 샌드스톰이 더스트펠트와 클라우드테일을 이끌고 그 뒤를 따랐다. 신더펠트는 블루스타의 머리맡에 서서 별 무리가 모습을 드러내기 시작한 쪽빛 하늘을 올려다보았다. 오래전부터 내려오는 종족 고양이들의 전설에 따르면, 하늘에 뜬 각각의 별은 선대 전사들의 영혼을 나타내는 것이었다. 파이어하트는 오늘 밤에는 블루스타의 별이 하나 더 떴을지 궁금했다.

신더펠트의 파란 눈동자가 마치 별족의 비밀이 담긴 것처럼 신비로운 빛을 냈다.

"블루스타는 고귀한 지도자였습니다."

신더펠트가 입을 열었다.

"블루스타의 생명을 주신 별족에게 감사를 드립시다. 블루스타는 종족에 헌신한 지도자였습니다. 블루스타에 대한 기억은 숲에서 영원히 지워지지 않을 것입니다. 이제 블루스타의 영혼을 별족에게 맡깁니다. 살아서 항상 그러했던 것처럼 죽어서도 우리를 보살펴 주시길."

치료사가 말을 마치고 고개를 숙이자, 종족 고양이들이 나지막이 중얼거리는 소리가 퍼져 나갔다. 사냥과 순찰 임무를 맡은 전사들이 블루스타의 곁에 웅크리고 앉아 털을 고르며 옆구리에 코를 바짝 댔다. 얼마 후에 그들은 뒤로 물러났고 다른 고양이들이 그 자리를 채웠다. 종족 전체가 지도자와 혀를 나눌 때까지 슬픈 의식은 계속되었다.

순찰대와 사냥조가 떠나고 나머지 고양이들은 말없이 거처로 들어갔다. 파이어하트는 높은 바위 아래에서 그들을 지켜보다가, 지도자의 시신에서 물러나는 브래큰퍼에게 다가갔다.

"너에게 임무를 주겠다."

그는 조용히 지시했다.

"다크스트라이프를 계속 감시해. 그림자족 경계를 넘어가려는 낌새가 보이거든 즉시 알려 줘."

황갈색 수고양이는 파이어하트를 빤히 바라보았다. 새로운 지도자의 명령에 복종해야 한다는 걸 알면서도 당황한 눈치였다.

"최선을 다하겠습니다, 파이어하트. 하지만 다크스트라이프가 좋아하지 않을 거예요."

"운이 좋으면 다크스트라이프는 눈치채지 못할 수도 있지. 너무 표가 나게 행동하지는 말고. 다른 고양이 한둘에게 도와 달라고 해. 마우스퍼나 프로스트퍼가 좋겠구나."

여전히 자신 없어 보이는 브래큰퍼에게 파이어하트가 덧붙여 말했다.

"다크스트라이프는 개들에 대해서는 몰랐을 수도 있지만, 타이거스타가 뭔가 꾸미고 있다는 건 알고 있었어. 신뢰할 수 없는 전사야."

"그건 알겠어요."

브래큰퍼가 곤혹스러운 눈빛으로 말했다.

"하지만 영원히 감시할 수는 없어요."

"영원히 감시하지는 않아도 돼."

파이어하트는 브래큰퍼를 안심시켰다.

"다크스트라이프의 충성심이 어디를 향하고 있는지 확인할 수 있을 때까지만 지켜보면 돼. 그림자족이든 천둥족이든 말이야."

브래큰퍼는 고개를 끄덕이고는 말없이 전사들의 거처로 들어갔다. 파이어하트가 당장 처리해야 할 문제는 더 이상 없는 듯했다. 그는 블루스타의 시신이 놓여 있는 공터 한가운데로 향했다. 신더펠트는 여전히 지도자의 머리맡에 앉아 있었고, 화이트스톰도 슬픔으로 고개를 푹 숙이고 그 곁에 웅크리고 있었다.

파이어하트는 치료사에게 고개를 끄덕인 후 블루스타의 곁에 자리를 잡고 앉았다. 자신이 그토록 사랑했던 지도자의 흔적을 찾아 그녀의 얼굴을 살폈지만, 모든 종족의 존경을 받았던 불꽃 같은 눈빛은 꼭 감은 눈 뒤로 사라져 두 번 다시 타오르지 않았다. 그녀의 영혼은 전사 조상들과 함께 즐겁게 하늘을 누비며 숲을 지켜보기 위해 떠나 버렸다.

지도자의 부드러운 털을 쓰다듬자 마치 어미의 품을 파고드는 새끼 고양이가 된 것처럼 마음이 편안해졌다. 그 순간에는 지도자가 죽었다는 끔찍한 고통도, 혼자서 외롭게 감당해야 하는 새로운 책임들도 잊을 수 있었다.

'우리 지도자를 명예롭게 맞이해 주세요.'

파이어하트는 눈을 감고 블루스타의 털에 코를 묻으며 별족에게 기도했다.

'그리고 제가 그녀의 종족을 안전하게 지킬 수 있도록 도와주세요.'

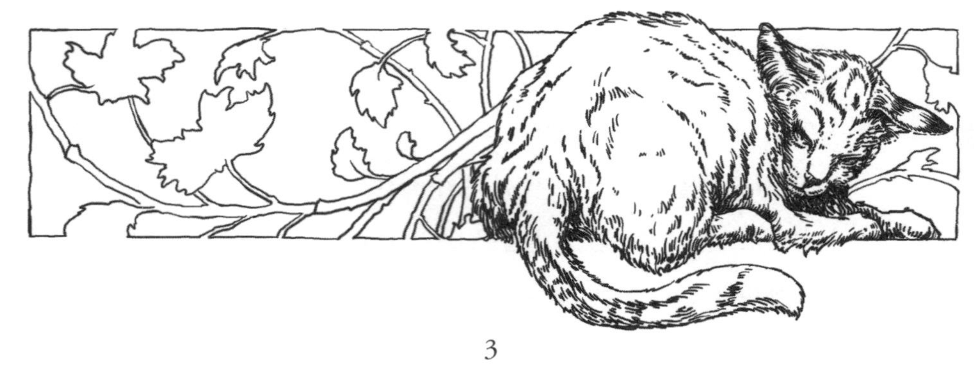

3

별족과 나누는 꿈

누군가 파이어하트의 옆구리를 쿡쿡 찔렀다. 소리 없이 불평을 하며 눈을 떠 보니 신더펠트가 그를 내려다보며 서 있었다.

"잠이 드셨어요, 파이어하트. 이제는 일어나야 해요. 블루스타를 보내 드릴 시간이에요."

파이어하트는 비틀거리며 일어났다. 뻣뻣하게 굳은 다리를 차례로 펴고 마른 혀로 입술을 훑었다. 공터에서 한 달은 웅크리고 있었던 것 같은 기분이었다. 편안하게 잠을 자긴 했지만, 곧 죄책감이 밀려들었다.

"혹시 누가 봤어?"

그는 신더펠트에게 작은 소리로 물었다.

치료사가 안쓰러워하는 눈빛으로 대답했다.

"저만 봤어요. 걱정하지 마세요, 파이어하트. 어제 그런 일이 있었는데 잠깐 졸았다고 비난할 고양이는 아무도 없을 거예요."

파이어하트는 공터 주변을 둘러보았다. 희미한 새벽빛이 이제 막 나무들 사이로 스며들기 시작했다. 꼬리 몇 개 떨어진 거리에는 블루스타의 시신을 옮기기 위해 원로들이 모여들고 있었다. 나머지 종족 고양이들은 천천히 거처에서 나와 블루스타의 시신과 가시금작화 굴길 사이에 두 줄로 늘어섰다.

신더펠트가 고개를 끄덕이자 원로들이 시신을 물어 올려, 지도자의 죽음을 애도하는 전사들 사이로 걸음을 옮기기 시작했다. 모든 고양이가 자기 앞을 지나가는 지도자에게 고개를 숙였다.

"안녕히 가세요, 블루스타."

파이어하트는 조용히 속삭였다.

"절대로 잊지 않을 거예요."

화재로 까맣게 그을린 잎사귀들이 아직 깔려 있는 바닥을 블루스타의 꼬리가 훑고 지나가며 자국을 남겼다. 그 모습을 본 파이어하트는 가슴을 찌르는 듯한 날카로운 통증을 느꼈다.

블루스타의 모습이 원로들과 함께 사라지자 종족 고양이들은 흩어지기 시작했다. 진영을 점검하던 파이어하트는 싱싱한 먹이 더미가 채워진 것을 보고 만족스러웠다. 이제 새벽 순찰대만 내보내면 먹이를 먹고 쉴 수 있었다. 너무 지친 나머지 한 달 내내 잠을 자도 피로가 풀릴 것 같지 않았다.

"자, 그럼 준비되셨나요?"

신더펠트가 물었다.

파이어하트는 어리둥절한 얼굴로 치료사를 돌아보았다.

"준비라니?"

"'달바위'로 가서 별족에게서 아홉 목숨을 받으셔야죠."

신더펠트의 꼬리 끝이 씰룩거렸다.

“파이어하트, 설마 잊어버린 건 아니죠?”

파이어하트는 당황해서 발을 움찔거렸다. 물론 지도자로서 첫 걸음을 떼게 해 주는 그 의식을 잊은 것은 아니었다. 하지만 이렇게 빨리 치러야 하리라고는 생각하지 못했다. 모든 일이 어찌나 빨리 진행되는지 머리가 아찔할 지경이었다. 마치 그를 삼켜 버릴 뻔했던 계곡의 빠른 물살처럼 그를 끊임없이 앞으로 밀고 가는 것 같았다.

파이어하트는 목구멍으로 치밀어 오르는 두려움을 재빨리 삼켜야 했다. 어떤 지도자도 그 신비로운 의식에 대해 발설하지 않았기 때문에, 치료사를 제외하면 아무도 그 의식에 대해서 알지 못했다. 파이어하트는 예전에 달바위에 가서 블루스타가 잠든 사이에 별족과 혀를 나누는 모습을 본 적이 있었다. 옆에서 보는 것만으로도 경외심을 불러일으키기에 충분한 경험이었다. 하물며 성스러운 달바위 옆에 직접 누워서 전사 조상들과 꿈을 나눈다면 무슨 일이 일어날지 상상조차 할 수 없었다.

게다가 달바위가 있는 ‘높은 돌산’까지 가는 데는 하루가 꼬박 걸릴 것이고, 의식을 치르려면 그 전에는 아무것도 먹을 수 없었다. 심지어 고양이들이 긴 여정을 떠날 때마다 먹는, 기운을 북돋아 주는 약초도 먹을 수 없었다.

“별족이 힘을 주실 거예요.”

신더펠트가 그의 생각을 읽은 듯 말했다.

파이어하트는 어렴풋이 동의하는 소리를 냈다. 주위를 둘러보던 그는 전사들의 거처로 향하는 화이트스톰을 발견하고 꼬리를 흔들어 그를 불렀다.

"전 높은 돌산으로 가야 합니다. 그동안 진영을 맡아 주시겠습니까? 우선 새벽 순찰대를 내보내야 합니다."

파이어하트가 말했다.

"걱정 마십시오."

화이트스톰이 대답했다.

"별족이 함께하실 겁니다, 파이어하트."

파이어하트는 마지막으로 진영을 둘러본 뒤 신더펠트를 따라 가시금작화 굴길로 향했다. 마치 전에는 한 번도 가 본 적 없고, 다시 돌아올 수 있을지도 알 수 없는 먼 길을 떠나는 기분이었다. 어떻게 보면 지금 떠나는 그는 다시는 돌아오지 않는다고 말할 수도 있었다. 돌아올 때는 새로운 이름으로 새로운 책임을 맡고, 별족과 새로운 관계를 맺은 고양이가 되어 있을 것이기 때문이었다.

뒤에서 그를 부르는 소리가 들려왔다. 돌아보니 그레이스트라이프와 샌드스톰이 공터를 가로질러 달려오고 있었다.

"인사도 없이 몰래 떠나려는 건 아니겠지?"

그레이스트라이프가 미끄러지듯 멈춰 서서 숨을 헐떡이며 말했다.

샌드스톰은 아무 말도 하지 않았다. 하지만 파이어하트와 꼬리를 말고 옆구리에 몸을 바짝 댔다.

"내일이면 돌아올 거야."

파이어하트는 어색한 표정으로 덧붙였다.

"잘 들어. 이제는 모든 게 달라질 거야. 하지만 난 변함없이 너희가 필요해. 너희 둘 다 말이야. 너희처럼 좋은 친구를 가진 고양이는 아마 없을 거야."

그레이스트라이프가 파이어하트의 어깨를 툭 쳤다.

"우리도 다 안다고, 이 멍청한 털 뭉치 녀석아."

샌드스톰이 연녹색 눈동자를 반짝이며 파이어하트의 눈을 들여다보았다.

"우리도 언제나 네가 필요해, 파이어하트."

그녀가 중얼거렸다.

"그 사실을 잊지 마."

"파이어하트, 어서 가요!"

가시금작화 굴길 입구에서 기다리던 신더펠트가 외쳤다.

"해 질 녘까지는 높은 돌산에 도착해야 한단 말이에요. 그리고 저는 파이어하트만큼 빨리 움직일 수 없다는 걸 잊지 마세요."

"갈게!"

파이어하트는 친구들을 재빨리 한 번씩 핥아 주고, 치료사를 뒤쫓아 가시금작화 굴길로 뛰어들었다. 신더펠트와 함께 골짜기를 오르면서 그는 희망으로 가슴이 벅차올랐다. 이제 예전의 삶은 뒤에 남겨 두고 새로운 삶을 시작해야 하겠지만, 중요한 것은 모두 가지고 갈 수 있었다.

맑고 푸른 하늘 위로 해가 떠올랐다. 두 고양이가 나무 네 그루에 도착했을 무렵에는 풀에 내려앉은 서리도 다 녹아내렸다. 그곳은 보름달이 뜰 때마다 네 종족이 모두 모여 모임을 여는 장소였다.

"바람족 순찰대를 만나지 않았으면 좋겠는데."

안전한 숲을 뒤로하고 경계를 넘어 몸을 숨길 곳 없는 황무지로 들어서면서 파이어하트가 말했다.

바람족이 천둥족의 먹이를 훔치고 있다고 의심한 블루스타가 바람족을 공격하려 했던 것이 불과 얼마 전의 일이었다. 파이어하트는 전투를 피하기 위해, 배신자라고 의심받을 위험을 무릅쓰고 지도자의 명령을 거슬렀다. 평화롭게 문제를 해결하고자 했던 바람족 지도자 톨스타 덕분에 전투는 가까스로 피했지만, 바람족 고양이들이 천둥족에게 여전히 안 좋은 감정이 남아 있을지도 모르는 일이었다.

"우리를 막지는 않을 거예요."

신더펠트가 차분하게 대답했다.

"막으려고 할지도 몰라. 그러니 아예 만나지 않는 게 좋을 거야."

신더펠트와 함께 황무지 언덕 꼭대기에 다다랐을 때, 그의 희망은 무너져 버렸다. 바람족 순찰대가 여우 서넛 정도 떨어진 언덕 아래에서 히스 덤불 사이로 이동하고 있었다. 바람이 불어 가는 방향에 있어서 미리 냄새를 맡지 못했던 것이다.

순찰대를 이끄는 고양이가 고개를 들었다. 톤이어였다. 파이어하트는 톤이어의 바로 뒤에 낯선 훈련병과 함께 있는 머드클로를 보고 가슴이 덜컹 내려앉았다. 머드클로는 오래전부터 그와 적대적인 관계였다. 그는 신더펠트와 함께 그 자리에 서서, 바람족 고양이들이 히스 덤불을 지나 가까이 다가올 때까지 기다렸다. 이제는 피하려고 해 봤자 소용이 없었다.

머드클로가 입술을 비죽거리며 으르렁거렸지만 톤이어는 파이어하트 앞에 멈춰 서서 고개를 숙여 인사했다.

"안녕하세요, 파이어하트, 신더펠트? 우리 영역에는 무슨 일입니까?"

"높은 돌산에 가는 길입니다."

신더펠트가 앞으로 한 발 나서며 대답했다.

바람족 전사가 치료사에게 예의 바르게 고개를 숙이는 걸 보고 파이어하트는 자부심이 느껴졌다.

"설마 나쁜 소식이 있는 건 아니겠죠?"

톤이어가 물었다. 별족과 직접 대화를 나눠야 할 정도로 종족에 큰 위기가 닥치지 않는 한, 고양이들이 높은 돌산에 가는 일은 드물었다.

"가장 나쁜 소식입니다."

신더펠트가 침착하게 말했다.

"블루스타가 어제 돌아가셨습니다."

바람족 고양이 셋이 모두 고개를 숙였다. 머드클로조차 침통해 보였다.

"블루스타는 위대하고 고결한 지도자였습니다."

톤이어가 마침내 입을 열었다.

"모든 종족이 블루스타를 명예롭게 기릴 것입니다."

고개를 든 톤이어는 호기심과 존경심이 깃든 눈으로 파이어하트를 바라보았다.

"그럼 이제 지도자가 되시는 겁니까?"

"그렇습니다."

파이어하트가 대답했다.

"별족에게서 아홉 개의 목숨을 받으러 가는 길입니다."

톤이어가 고개를 끄덕였다.

"아직 어리신데요."

불꽃을 닮은 파이어하트의 털가죽을 찬찬히 살펴보던 그가 말했다.

"하지만 어쩐지 훌륭한 지도자가 되리라는 생각이 듭니다."

"고, 고맙습니다."

파이어하트는 놀라서 더듬거리며 말했다.

신더펠트가 당황한 그를 구해 주었다.

"지체할 시간이 없습니다. 높은 돌산까지 가려면 아직 멀었으니까요."

"물론이죠."

톤이어가 뒤로 물러나며 말했다.

"톨스타에게 천둥족의 소식을 전하겠습니다. 별족이 함께하시기를!"

멀어지는 천둥족 고양이들을 향해 톤이어가 외쳤다.

고지대의 끄트머리에 다다랐을 때, 두 고양이는 잠시 멈춰 서서 아래를 내려다보았다. 지금까지와는 전혀 다른 풍경이 펼쳐져 있었다. 바위와 히스가 드문드문 보이는 황량한 비탈 대신, 산울타리와 들판 사이에 흩어져 있는 두발쟁이 보금자리들이 보였다.

저 멀리 땅을 가로지르는 천둥길이 놓여 있었고, 그 너머로는 들쭉날쭉 치솟은 언덕들의 황량한 잿빛 비탈이 위협적으로 모습을 드러냈다.

파이어하트는 신더펠트가 이해심 가득한 눈빛으로 자신을 바라보고 있다는 것을 알아차렸다.

“모든 게 달라졌어.”

파이어하트가 말했다.

“아까 바람족 고양이들 봤지? 심지어 그들조차도 나를 이전과는 다르게 대하고 있어.”

그는 신더펠트가 아니라면 누구에게도, 심지어 샌드스톰에게도 이런 말을 할 수 없었다.

“모든 고양이들이 나에게 고귀하고 현명한 모습을 기대하는 것 같아. 하지만 난 그렇지가 못해. 예전처럼 실수도 할 거고. 신더펠트, 내가 정말 이 일을 감당할 수 있을지 모르겠어.”

“쥐 대가리 같은 소리!”

파이어하트는 신더펠트가 놀리는 소리에 놀라기는 했지만, 한편으로는 위안을 얻었다.

“당연히 실수를 하겠죠. 그럴 때는 제가 알려 드릴게요.”

신더펠트는 좀 더 진지한 표정으로 덧붙여 말했다.

“그리고 무슨 일이 있어도 제가 친구가 되어 드릴게요. 완벽한 고양이는 없어요. 블루스타도 마찬가지였잖아요! 중요한 건 실수를 통해 배우는 거예요. 그리고 진심을 다할 수 있는 용기를 가지면 되는 거예요.”

신더펠트가 고개를 숙여서 파이어하트의 귀를 핥아 주었다.

"잘 해낼 수 있을 거예요, 파이어하트. 이제 가요."

파이어하트는 신더펠트의 뒤를 따라 언덕을 내려가 두발쟁이 농장을 가로질렀다. 두 고양이는 두발쟁이들이 일구어 놓은 끈적끈적한 들판을 조심스럽게 지나, 발리와 레이븐포가 살고 있는 두발쟁이 보금자리를 빙 둘러 걸어갔다. 주위를 계속 두리번거렸지만 외톨이 고양이들의 모습은 보이지 않았다. 둘 다 천둥족에게는 좋은 친구였기 때문에, 둘을 보지 못하니 아쉬웠다. 게다가 레이븐포는 훈련병 시절을 함께 보낸 친구이기도 했다. 멀리서 개 짖는 소리가 들려오자 파이어하트는 개들에게 쫓기던 끔찍한 기억이 되살아나 온몸이 오싹해졌다.

산울타리 그늘을 따라가던 파이어하트와 신더펠트는 드디어 천둥길에 도착했다. 천둥길 옆에 웅크리고 있으려니, 두발쟁이 괴물들이 지나가며 일으키는 바람에 털이 마구 헝클어졌다. 괴물이 풍기는 매캐한 악취가 파이어하트의 코와 목에 밀려들었고, 눈도 따끔거렸다.

신더펠트는 그의 곁에서 안전하게 천둥길을 건널 수 있는 때를 기다리며 마음의 준비를 하고 있었다. 파이어하트는 신더펠트가 걱정스러웠다. 훈련병 시절에 천둥길에서 사고를 당한 그녀는 회복할 수 없을 정도로 심하게 다리를 다쳤다. 그 부상 때문에 천둥길을 재빨리 건너기도 어려울 것이다.

"같이 건너자. 언제든지 준비가 되면 말해."

파이어하트가 말했다. 자신의 훈련병이었던 신더펠트의 사고를 막지 못했다는 오래된 죄책감이 다시 고개를 들었다.

신더펠트가 고개를 살짝 끄덕였다. 두려워하고 있는 것 같았지만, 그녀는 인정하지 않을 것이다. 잠시 후 밝은색의 괴물이 빠르게 그들을 스쳐 지나갈 때 신더펠트가 외쳤다.

"지금이에요!"

신더펠트는 절뚝거리면서도 빠른 걸음으로 단단하고 검은 길 위로 올라갔다.

파이어하트는 가슴이 쿵쿵 뛰었다. 할 수 있는 한 빨리 달려서 건너 버리고 싶은 본능이 꿈틀댔지만, 신더펠트를 뒤에 남겨 두지 않기 위해 그녀와 나란히 걸었다. 멀리서 괴물이 우르릉거리는 소리가 들려왔지만, 괴물이 도착하기 전에 신더펠트와 함께 무사히 건너편 산울타리에 도착할 수 있었다.

치료사가 거친 숨을 훅 내뱉었다.

"별족이시여! 이제 다 끝났어요!"

파이어하트는 그들이 돌아갈 때도 이 길을 건너야 한다는 걸 알고 있었지만, 신더펠트의 말에 동의해 주었다.

해는 벌써 하늘에서 내려오고 있었다. 천둥길 건너편은 파이어하트에게 익숙하지 않은 곳이었다. 높은 돌산을 향해 가면서 그는 위험에 대비해 모든 감각을 곤두세웠다. 하지만 듬성듬성 자란 풀포기 속에서 먹잇감들이 움직이는 소리밖에 들리지 않았다. 유혹적인 냄새가 입으로 밀려들자 사냥을 하고 싶다는 생각이 간절해졌다.

파이어하트와 신더펠트가 마지막 비탈 아래에 도착했을 무렵,

해는 이제 산봉우리 뒤로 가라앉고 있었다. 저녁 그림자가 길게 드리워졌고 땅에는 서늘한 기운이 퍼졌다. 파이어하트는 머리 위로 불쑥 튀어나온 바윗부리 아래에 나 있는 입구를 볼 수 있었다.

"'어머니의 입'에 도착했어요."

신더펠트가 말했다.

"잠깐 쉬기로 해요."

하늘에서 마지막 햇빛이 사라지고 별 무리가 나타나는 동안 두 고양이는 평평한 바위에 앉아 있었다. 달은 모든 곳을 차갑고 하얀 빛으로 물들였다.

"이제 때가 되었어요."

신더펠트가 말했다.

파이어하트의 마음에 또다시 불안한 생각들이 스쳐 지나갔다. 처음에는 다리가 말을 듣지 않는 것 같았다. 하지만 억지로 일어나서 앞으로 걸어가기 시작했다. 삐죽삐죽한 돌이 발바닥을 찌르는 것 같았다. 그는 마침내 종족 고양이들에게 '어머니의 입'이라고 알려진 반원형의 입구에 섰다.

시커먼 입을 크게 벌리고 있는 굴길 속은 암흑과도 같았다. 전에도 와 본 적이 있는 파이어하트는 앞을 보려고 애써 봐야 소용이 없다는 것을 잘 알고 있었다. 달바위가 있는 동굴까지 그 암흑은 계속 이어졌다. 그가 머뭇거리자 신더펠트가 자신 있게 앞으로 나섰다.

"제 냄새를 따라오세요. 달바위까지 제가 앞장설게요. 그리고 지금부터 의식이 끝날 때까지 우리 둘 다 말을 하면 안 돼요."

"하지만 난 어떻게 해야 하는지도 모르는걸."

"달바위에 도착하면 그곳에 앉으세요. 그리고 달바위에 코를 갖다 대세요."

그녀의 파란 눈동자가 달빛을 받아 반짝였다.

"별족이 잠들게 해 주실 거예요. 그럼 꿈에서 별족과 만날 수 있어요."

물어보고 싶은 것이 숲을 채울 정도로 많았지만, 어떤 답변도 그가 지금 느끼는 으스스한 두려움을 극복하는 데 도움을 주지 못할 것 같았다. 그는 말없이 고개를 끄덕이고 신더펠트를 따라 암흑 속으로 들어갔다.

굴길은 내리막으로 끝없이 이어졌다. 구불구불한 길을 따라가다 보니, 파이어하트는 금세 방향 감각을 잃고 말았다. 이따금 길이 너무 좁아서 털과 수염이 벽을 스치기도 했다. 가슴이 마구 뛰었다. 혹시나 신더펠트를 놓칠세라 두려워진 그는 입을 벌려 그녀의 냄새를 맡으며 마음을 달랬다.

마침내 앞쪽에서 비쳐 드는 희미한 빛에 신더펠트의 귀가 어렴풋이 드러났다. 다른 냄새들도 느껴지기 시작했다. 차갑고 상쾌한 공기가 흘러들자 파이어하트는 수염을 씰룩거렸다. 잠시 후 굽이진 모퉁이를 돌자 갑자기 빛이 강해졌다. 파이어하트는 눈을 가늘게 뜨고 앞으로 걸어갔다. 좁은 굴길이 넓어지면서 동굴이 나타났다.

머리 위쪽에 난 구멍으로 밤하늘이 조금 보였다. 그 구멍으로 한 줄기 달빛이 들어와, 동굴 한가운데에 있는 바위를 정확히 비추고 있었다. 그는 전에도 달바위를 본 적이 있었지만, 그것이 얼마나 놀라운 광경인지 잊고 있었다. 달바위는 꼬리 셋 정도 이어진 높이에, 꼭대기로 갈수록 좁아지는 형태였다. 눈부신 결정체에 달빛이 반사되면서 마치 별이 땅에 내려앉은 것 같았다. 동굴 전체를 환하게 밝히는 하얀 빛은 신더펠트의 회색 털도 은색으로 물들였다.

신더펠트가 파이어하트를 돌아보며 꼬리로 신호를 보냈다. 달바위 옆에 자리를 잡으라는 뜻이었다.

할 말이 생각난다고 해도 말을 해서는 안 되기 때문에 파이어하트는 그저 신더펠트가 시키는 대로 따를 수밖에 없었다. 그는 바위 앞에 앉아 자세를 잡고 매끄러운 바위 표면에 코를 가져다 댔다가, 깜짝 놀라 뒤로 주춤 물러날 뻔했다. 바위가 너무 차가웠던 것이다. 잠시 그는 눈을 끔벅이며 바위 깊숙한 곳에서 반짝이는 별빛을 들여다보았다.

파이어하트는 눈을 감았다. 그리고 별족이 잠들게 해 주기를 기다렸다.

4
아홉 개의 목숨

사방이 캄캄하고 추웠다. 이토록 추웠던 적은 한 번도 없었다. 모든 온기와 생명이 몸에서 빠져나가는 것 같았다. 고통스러운 경련이 일어나 다리가 움찔거렸다. 마치 몸이 얼음으로 만들어져서, 조금이라도 움직이면 수천 개의 얼음 조각들로 부서져 버릴 것 같았다.

하지만 아무런 꿈도 나타나지 않았다. 별족의 모습이 보이거나 목소리가 들리지도 않았다. 오직 추위와 어둠만이 있을 뿐이었다.

'뭔가 잘못된 게 틀림없어.'

파이어하트는 공포에 휩싸였다.

그는 조심스럽게 실눈을 떠 보았다. 그리고 곧 눈이 휘둥그레지고 말았다. 깊은 땅속 동굴에 있는 반짝이는 달바위 대신, 눈앞에는 짧게 다듬어진 풀밭이 펼쳐져 있었다. 밤의 냄새와 함께 이슬을 촉촉하게 머금은 풀 냄새가 풍겨 왔다. 따스한 바람이 불어와 그의 털을 헝클어 놓았다.

자세를 바로 하고 앉은 파이어하트는 자신이 나무 네 그루가 있는 분지의 '거대한 바위' 근처에 와 있다는 것을 깨달았다. 우뚝 솟은 떡갈나무들에 매달린 무성한 잎사귀들이 머리 위에서 바스락거리는 소리를 냈다. 그 너머로 보이는 밤하늘에는 별 무리가 반짝이고 있었다.

'내가 어떻게 여기 온 거지? 신더펠트가 말한 꿈이 이건가?'

파이어하트는 고개를 들고 하늘을 올려다보았다. 이렇게 맑은 하늘은 본 적이 없는 것 같았다. 별 무리가 마치 떡갈나무 꼭대기에 걸린 것처럼 가까이에 있었다. 별들을 바라보던 그는 피를 끓어오르게 하는 불덩이 같은 것을 느꼈다.

'별들이 움직이고 있어.'

믿을 수 없다는 듯 바라보는 그의 눈앞에서 별들이 빙글빙글 돌더니 아래로 소용돌이치며 내려오기 시작했다. 숲을 향해, 나무네 그루를 향해, 그를 향해. 파이어하트는 두근거리는 가슴으로 자신을 향해 내려오는 별들을 기다렸다. 이윽고 별족의 전사들이 하늘에서 내려왔다. 그들의 발과 눈에 얼어붙은 서리가 반짝였다. 털가죽은 마치 새하얗게 타오르는 불꽃 같았다. 별들은 얼음과 불의 냄새를 실어 왔고, 길들지 않은 밤의 공간들을 점령했다.

파이어하트는 그들 앞에 웅크렸다. 계속 쳐다보기가 두려웠지만, 그렇다고 시선을 돌릴 수도 없었다. 이 순간을 털 하나하나에 모두 흡수해서 영원히 자신의 것으로 만들고 싶었다.

수백 번의 계절이 흘렀는지 아니면 단 한순간이었는지 모를 시간이 지난 뒤 별족의 모든 고양이가 땅으로 내려왔다. 윤기가 흐르는 몸과 반짝이는 눈들이 파이어하트를 에워쌌다. 가까이 앉아 있는 몇몇 별족 고양이들의 얼굴을 알아보고 그는 가슴이 저며 왔다.

'블루스타!'

가시처럼 날카로운 기쁨이 그의 심장을 찌르는 것 같았다.

'옐로팽!'

그 순간 친숙하고 달콤한 냄새가 풍겨 왔다. 고개를 돌리자 꿈에서 자주 만났던 삼색얼룩 털과 상냥한 얼굴이 보였다.

'스파티드리프! 아, 스파티드리프!'

사랑하는 치료사가 그에게 돌아온 것이다. 파이어하트는 벌떡 일어나 온 숲에 다 들리도록 기쁨의 소리를 지르고 싶었지만, 위엄에 눌려 여전히 웅크린 채 침묵을 지켰다.

"환영한다, 파이어하트."

그 소리는 마치 파이어하트가 알고 있는 모든 고양이가 내는 것 같았지만, 또렷한 하나의 목소리였다.

"아홉 개의 목숨을 받을 준비가 되었느냐?"

파이어하트는 주위를 둘러보았다. 말하고 있는 고양이는 보이지 않았다.

"네, 준비되었습니다."

그는 떨리는 목소리를 숨기려고 애쓰며 대답했다.

황금빛 얼룩무늬 고양이가 일어나서 머리와 꼬리를 꼿꼿하게 세우고 파이어하트의 앞으로 걸어왔다. 파이어하트가 훈련병이었을 때 블루스타의 부지도자가 되었다가, 얼마 지나지 않아 그림자족과의 전투에서 목숨을 잃었던 라이언하트였다. 파이어하트가 처음 만났을 때 그는 나이가 많은 고양이였지만 지금은 다시 젊고 건강해진 듯 털에 희미한 광채가 어려 있었다.

"라이언하트!"

파이어하트는 깜짝 놀라 외쳤다.

"정말 라이언하트인가요?"

라이언하트는 대답하지 않았다. 다만 가까이 다가와서 몸을 굽히고 파이어하트의 머리에 코를 대었다. 그러자 가장 뜨거운 불꽃과 가장 차가운 얼음이 동시에 머리에 닿은 것처럼 화끈거렸다. 본능적으로 몸을 움츠리고 싶었지만 움직일 수가 없었다.

"이 목숨과 함께 그대에게 용기를 내리니, 종족을 지키는 일에 적절히 사용하여라."

라이언하트가 말했다.

갑자기 번개 같은 기운이 파이어하트의 몸속에 후끈 치밀어 올랐다. 털끝이 곤두섰고, 귀를 멀게 할 것 같은 굉음이 모든 감각을 흔들었다. 눈앞이 차츰 흐려지면서 머릿속에는 혼란스러운 전투와 사냥의 장면들이 소용돌이처럼 휘몰아쳤다. 털을 할퀴는 발톱의 느낌, 먹잇감의 살에 이빨이 닿는 느낌이 생생했다.

고통은 서서히 사라졌다. 파이어하트는 온몸의 힘이 빠진 채 덜덜 떨고 있었다. 암흑이 걷히자 그는 다시 신비한 공터에 와 있었다. 이렇게 해서 한 개의 목숨을 받은 것이라면, 아직도 여덟 개가 더 남아 있었다.

'어떻게 견뎌 내지?'

파이어하트는 절망에 사로잡혔다.

라이언하트는 이미 돌아서서 자신이 원래 있던 자리로 가고 있었다. 또 다른 고양이가 일어나서 파이어하트에게 다가왔다. 처음에는 누구인지 알아보지 못했지만, 짙은 색의 얼룩덜룩한 털과 붉은 빛이 도는 텁수룩한 꼬리를 보니 레드테일이라는 것을 짐작할 수 있었다. 그는 천둥족의 부지도자였지만, 애완 고양이였던 파이어하트가 숲에 처음 오던 바로 그날 타이거스타에게 죽임을 당해 한 번도 만난 적이 없었다. 파이어하트가 그 죽음의 진실을 파헤치면서 타이거스타의 반역 행위도 드러나게 되었다.

라이언하트와 마찬가지로 레드테일도 고개를 숙이고 파이어하트의 머리에 코를 가져다 댔다.

"이 목숨과 함께 그대에게 공정함을 내리니, 다른 이들의 행동을 판단할 때 적절히 사용하여라."

레드테일이 말했다.

다시 한 번 고통스러운 경련이 파이어하트의 온몸을 훑고 지나갔다. 그는 울부짖지 않기 위해 이를 악물어야 했다. 겨우 진정이 되었을 때는 마치 진영까지 전력 질주를 한 것처럼 숨을 헐떡거리고 있었다. 레드테일이 그런 그를 바라보고 있었다.

"진실을 밝혀 줘서 고맙구나. 아무도 하지 못한 일을 해 주었다."

전임 부지도자가 진지한 얼굴로 말했다.

파이어하트는 간신히 고개를 끄덕여 인사에 답했다. 레드테일은 라이언하트의 옆자리로 돌아갔고, 이제 세 번째 고양이가 앞으로 나왔다.

빛나는 은빛 털을 가진 아름다운 고양이를 알아보고, 파이어하트는 벌어진 입을 다물 수가 없었다. 그녀는 그레이스트라이프의 연인이었고, 새끼를 낳다가 목숨을 잃은 강족의 암고양이 실버스트림이었다. 파이어하트를 향해 고개를 숙이는 그녀의 발은 바닥에 스치지도 않는 것 같았다.

"이 목숨과 함께 그대에게 옳은 길을 갈 수 있는 충직함을 내리니, 위기에 처한 종족을 이끌 때 적절히 사용하여라."

실버스트림이 말했다.

파이어하트는 또 한 번 고통을 겪을 준비를 했지만 이번에는 새로운 목숨이 들어오는 순간에도 그다지 고통스럽지 않았다. 그는 따뜻한 사랑의 온기를 느낄 수 있었다. 종족에 대한 사랑, 그레이스트라이프에 대한 사랑, 목숨을 바쳐 생명을 준 새끼 고양이들에 대한 사랑이 바로 실버스트림의 삶을 상징한다는 것을 어렴풋이 깨달을 수 있었다.

"실버스트림!"

파이어하트는 돌아서는 은빛 암고양이를 불렀다.

"아직 가지 마. 그레이스트라이프에게 전할 말은 없어?"

하지만 실버스트림은 아무 말 없이 그저 어깨 너머로 돌아볼 뿐이었다. 그녀의 눈에 가득한 사랑과 슬픔은 그 어떤 말보다 많은 것을 말해 주고 있었다.

파이어하트는 눈을 감고 다음 순서를 기다렸다. 다시 눈을 뜨자 네 번째 고양이가 다가오고 있었다. 이번에는 러닝윈드였다. 천둥길 근처에서 싸우다가 타이거스타에게 죽임을 당한 천둥족 전사였다.

"이 목숨과 함께 그대에게 지치지 않는 기운을 내리니, 지도자의 임무를 수행할 때 적절히 사용하여라."

러닝윈드가 고개를 숙여 파이어하트의 머리에 코를 댔다.

목숨이 몸속으로 흘러들어 오는 동안 파이어하트는 마치 숲을 질주하는 듯한 기분이 들었다. 발은 땅을 스치고, 털은 바람에 반반하게 누웠다. 그는 사냥할 때 느끼는 흥분과 빠르게 달릴 때 느끼는 쾌감을 맛보았다. 어떤 적을 만나더라도 영원히 앞질러 나갈 수 있을 것 같았다.

파이어하트는 제자리로 돌아가는 러닝윈드의 모습을 눈으로 좇았다. 이윽고 다섯 번째 고양이가 나타나자 그의 심장은 기쁨으로 쿵쿵 뛰기 시작했다. 그녀는 클라우드테일을 키워 준 고양이로, 개들을 유인할 미끼가 필요했던 타이거스타에게 무참히 살해된 브린들페이스였다.

"이 목숨과 함께 그대에게 보호의 능력을 내리니, 어미가 새끼를 돌보듯이 종족을 돌볼 때 적절히 사용하여라."

파이어하트는 이번 목숨도 실버스트림 때와 마찬가지로 부드럽고 다정할 거라고 기대했다. 그래서 예고 없이 온몸을 관통하는 사나운 기운에 미처 대비하지 못했다. 고대의 조상들인 호랑이족과 사자족의 분노가 온몸을 뚫고 들어오는 기분이었다. 마치 그들의 발치에 웅크린 약하고 힘없는 새끼 고양이들을 해치려고 한다면 그 누구와도 맞서 싸우겠다고 도발하는 것 같았다. 파이어하트는 충격으로 덜덜 떨면서, 새끼 고양이를 지키려는 어미의 마음을 이해하게 되었다. 또 브린들페이스가 새끼들을 얼마나 사랑했는지 깨달았다. 그녀는 자신이 낳지 않은 클라우드테일마저도 사랑으로 보듬어 주었다.

'클라우드테일에게 꼭 말해 줘야겠어.'

분노의 느낌이 사그라들자 파이어하트는 이렇게 생각했다. 하지만 곧 이 의식에서 겪은 일은 누구에게도 말해서는 안 된다는 사실이 떠올랐다.

브린들페이스는 다시 다른 별족 고양이들 옆으로 돌아갔다. 뒤이어 또 다른 친숙한 얼굴이 다가왔다. 스위프트포였다. 그를 알아본 파이어하트는 죄책감에 휩싸였다.

"미안하구나. 내 잘못으로 네가 목숨을 잃었어."

파이어하트는 훈련병의 눈을 바라보며 속삭였다.

블루스타가 전사로 임명해 주지 않은 것에 화가 난 스위프트포는 자신의 능력을 증명해 보이기 위해 정체를 알 수 없는 적을 찾아 나섰고, 결국 개들에게 목숨을 빼앗겼다. 파이어하트는 블루스타의 마음을 돌리기 위해 더 열심히 노력하지 않은 자신을 끊임없이 책망했다.

하지만 스위프트포에게서는 아무런 분노도 느껴지지 않았다. 파이어하트의 머리에 코를 대는 그의 눈동자에는 나이를 뛰어넘는 지혜가 서려 있었다.

"이 목숨과 함께 그대에게 가르치는 능력을 내리니, 종족의 어린 고양이들을 훈련시킬 때 적절히 사용하십시오."

스위프트포가 준 목숨에는 심장이 멎을 것처럼 강렬한 고통이 깃들어 있었다. 피처럼 붉은 빛이 번쩍하더니, 그 고통은 완전한 공포로 변해 사라졌다. 파이어하트는 스위프트포가 삶의 마지막 순간에 겪었던 감정을 지금 자신이 경험하고 있다는 것을 알 수 있었다.

숨을 헐떡이는 파이어하트를 남겨 둔 채 힘겨운 순간은 사라졌다. 파이어하트는 마치 쏟아지는 빗물이 계속 고이다가 급기야 흘러넘쳐 버린 구덩이가 된 기분이었다. 아직도 세 개의 목숨이 남아 있었고, 파이어하트는 자신이 그것들을 감당할 힘이 남아 있는지 확신이 서지 않았다.

남은 셋 중에서 처음으로 나선 것은 옐로팽이었다. 나이 많은 치료사는 살아 있을 때 그를 감동시키기도 하고 좌절시키기도 했던 고집스러움과 용감함이 그대로 남아 있는 모습이었다. 파이어하트는 불이 난 뒤에 거처에서 죽어 가던 그녀의 마지막 모습을 기억하고 있었다. 그때 옐로팽은 별족이 자신을 받아 주지 않을까 봐 두려워하고 있었다. 피로 얼룩진 음모를 끝내려고 자신의 아들인 브로큰테일을 죽였기 때문이다. 이제 그녀는 장난기 어린 노란 눈동자를 빛내며 고개를 숙여 파이어하트의 머리에 코를 댔다.

"이 목숨과 함께 그대에게 측은히 여기는 마음을 내리니, 종족의 원로들과 병든 고양이들과 그대보다 약한 모든 이들을 위해 적절히 사용하여라."

파이어하트는 앞으로 찾아올 고통을 알면서도, 옐로팽의 정신과 용기, 그리고 자신을 받아 준 종족에게 보여 준 그녀의 충성심을 느끼기 위해 눈을 감고 그녀가 준 생명을 기꺼이 받아들였다. 옐로팽의 재치와 독설, 온정과 긍지가 빛의 파도가 되어 밀물처럼 몸에 밀려드는 것 같았다. 그 어느 때보다도 그녀에게 가까워진 기분이었다.

"아, 옐로팽……."

파이어하트는 눈을 끔벅거리며 중얼거렸다.

"정말 보고 싶었어요."

치료사는 이미 자리를 뜨고 있었다. 다음으로 사뿐사뿐 걸어 나온 고양이는 더 어렸고, 눈과 털에 별빛 같은 광채가 어려 있었다. 아름다운 삼색얼룩 털을 가진 그녀는 바로 파이어하트의 첫사랑, 스파티드리프였다. 그녀가 죽은 뒤로 꿈에서 여러 번 만나긴 했지만, 이렇게 살아 있을 때처럼 분명하게 본 적은 없었다. 파이어하트는 자신을 향해 고개를 숙이는 스파티드리프의 달콤한 냄새를 들이마셨다. 스파티드리프는 그 누구보다도 이야기를 나눠 보고 싶은 고양이였다. 함께한 시간이 너무 짧아서 서로의 진실한 감정을 나눌 기회가 없었던 것이다.

"스파티드리프……."

"이 목숨과 함께 그대에게 사랑을 내리니, 그대가 보살피는 모든 고양이들을 위해 적절히 사용하여라. 특히 샌드스톰을 위해."

스파티드리프가 다정한 목소리로 말했다.

이번에는 생명이 흘러들면서도 아무런 고통을 주지 않았다. 초록잎 우거진 계절에 높이 뜬 해처럼 그의 발끝까지 뜨겁게 달구는 온기만이 느껴질 뿐이었다. 그것은 순수한 사랑이었다. 파이어하트는 새끼 고양이 시절 어미에게 바싹 달라붙어 코를 비빌 때 느꼈던 안정감을 다시 느꼈다. 그는 전에는 알지 못했던 만족감에 휩싸인 채 눈을 들어 그녀를 보았다.

돌아서는 스파티드리프의 눈에 언뜻 자랑스러워하는 빛이 스친 것 같았다. 파이어하트는 그녀가 더 오래 머무르지 않은 것이 실망스럽기도 했지만, 자신이 선택한 새로운 사랑을 인정해 주었다는 사실에 마음이 놓이기도 했다. 이제 그는 샌드스톰을 사랑하는 것이 스파티드리프를 배신하는 행동이 될까 봐 걱정할 필요가 없었다.

마지막으로 블루스타가 다가왔다. 그녀는 최근에 파이어하트가 보았던 패배감에 물든 노쇠한 고양이가 아니었다. 종족이 위기를 겪으면서 그녀는 압박감을 견디지 못하고 무너져 내렸었다. 하지만 지금은 가장 강하고 힘센 모습으로 마치 사자처럼 그를 향해 걸어오고 있었다. 그녀를 둘러싼 찬란한 별빛 때문에 눈이 부실 정도였지만, 파이어하트는 애써 파란 눈동자를 똑바로 마주 보았다.

"환영한다, 파이어하트. 나의 훈련병, 나의 전사, 나의 부지도자."

블루스타가 파이어하트를 반겨 주었다.

"언젠가는 네가 훌륭한 지도자가 되리라는 것을 진작부터 알고 있었다."

파이어하트가 고개를 숙이자 블루스타가 머리에 코를 대며 말을 이었다.

"이 목숨과 함께 그대에게 고결한 품성과 확고한 의지와 신념을 내린다. 별족의 뜻과 전사의 규약에 따라 종족을 이끌어 나갈 때 적절히 사용하여라."

스파티드리프가 준 생명의 온기 덕분에 편안하게 진정되었던 파이어하트는 미처 준비가 되지 않은 상태에서 블루스타가 주는 목숨을 받으며 온몸을 뒤흔드는 고통을 느껴야 했다. 그녀가 품은 강렬한 야망과 새끼 고양이들을 포기했을 때 겪은 고통, 종족에게 봉사하는 동안 거듭된 전투의 잔혹함을 고스란히 느낄 수 있었다. 정신이 무너져 내리고 별족에 대한 믿음을 잃으면서 그녀가 경험한 두려움도 느껴졌다. 거센 기운이 점점 더 강하게 밀려들면서, 파이어하트는 자신의 몸이 감당할 수 없을 것 같다는 생각이 들었다. 고통을 호소하며 울부짖지 않으면 죽을 것 같다고 생각한 그 순간, 괴로움이 차츰 사라져 갔다. 그리고 조용한 받아들임과 기쁨의 감정만이 남게 되었다.

길고 부드러운 한숨이 공터를 훑고 지나갔다. 별족 전사들은 모두 자리에서 일어나 있었다. 공터의 중심에 선 블루스타가 파이어하트에게 꼬리로 일어나라는 신호를 보냈다. 그는 명령에 순종하며 비틀비틀 일어났다. 조금이라도 움직이면 몸에 가득 찬 생명이 밖으로 넘쳐흘러 버릴 것만 같았다. 일생 최대의 전투를 치르고 온 것처럼 몸은 지쳐 있었지만, 그에게 주어진 생명력 덕분에 정신은 어느 때보다 힘이 넘쳤다.

"이제 그대를 새로운 이름으로 맞이하겠다, 파이어스타."

블루스타가 선언했다.

"과거의 삶은 끝났다. 지도자의 아홉 목숨을 받았으니, 별족은 그대에게 천둥족을 수호할 자격을 허락한다. 종족을 잘 보호하고, 어린 고양이와 나이 든 고양이를 보살피며, 선대 전사들을 섬기고 전사의 규약을 지키도록 하여라. 주어진 목숨을 살 때마다 언제나 자부심과 위엄을 잃지 말아라."

"파이어스타! 파이어스타!"

숲에 사는 종족 고양이들이 새로 임명된 전사의 이름을 외치는 것처럼, 별족도 허공을 울리는 목소리로 파이어스타의 이름을 불렀다. 그 힘찬 함성에 대기가 들썩거렸다.

"파이어스타! 파이어스타!"

그 순간 깜짝 놀란 듯 쉭쉭거리는 소리가 나더니 별족의 외침이 뚝 끊겼다. 파이어스타는 무언가 잘못되었다는 것을 알아채고 긴장했다. 블루스타의 이글거리는 눈동자가 파이어스타의 뒤에 있는 무언가를 응시하고 있었다. 뒤를 돌아본 그는 숨 막히는 비명을 질렀다.

공터 반대편에 꼬리 여러 개 높이로 쌓아 올린 거대한 뼈 무더기가 보였다. 뼈들은 가장자리에 불이 붙은 것처럼 부자연스러운 빛을 내고 있어서 파이어스타는 뼈 하나하나를 똑똑히 볼 수 있었다. 고양이와 먹잇감의 뼈가 한데 뒤섞여 있었다. 뼈들은 하얗고 깨끗했지만, 뜨거운 바람이 불어오자 죽은 짐승의 악취가 풍겨 왔다.

파이어스타는 도움을 청하거나 답을 구해 보려고 주위를 둘러보았다. 하지만 공터는 캄캄했다. 별족 고양이들은 사라졌고, 그는 으스스한 뼈 무더기가 있는 곳에 홀로 남겨졌다. 마음속에 점점 두려움이 차올랐다. 그 순간 블루스타가 곁에 있는 것 같은 친숙한 느낌이 들었다. 그녀의 따뜻한 털이 옆구리에 닿았다. 너무 어두워서 모습은 보이지 않았지만 귓가에 속삭이는 목소리가 들렸다.

"끔찍한 일이 닥치고 있다, 파이어스타. 넷은 둘이 된다. 사자와 호랑이가 전투에서 만날 것이다. 그리고 피가 숲을 지배할 것이다."

블루스타의 말이 끝나자 냄새와 털의 온기도 희미해졌다.

"기다려요!"

파이어스타가 외쳤다.

"저를 두고 가지 마세요! 무슨 뜻인지 알려 주세요!"

하지만 대답이 없었다. 무시무시한 예언에 대한 설명도 없었다. 대신 뼈 무더기에서 나오는 붉은 빛만 더 밝게 번쩍일 뿐이었다. 파이어스타는 두려움에 휩싸여 뼈 무더기를 응시했다. 뼈 사이사이에서 피가 흘러나오기 시작했다. 방울방울 떨어져 내린 피는 어느덧 강물처럼 그를 향해 흘러들었고, 털에는 피비린내가 스몄다. 도망치려고 했지만 그 자리에 못 박힌 듯 좀처럼 발이 떨어지지 않았다. 이윽고 죽음의 냄새를 풍기는 붉고 끈적끈적한 물결이 콸콸 쏟아지며 그를 휘감았다.

"안 돼!"

파이어스타가 울부짖었다. 하지만 숲에서는 아무런 응답도 없었다. 단지 맹렬한 기세로 철썩거리며 그를 휘감는 피의 속삭임만 들릴 뿐이었다.

5
무시무시한 예언

파이어스타는 공포에 사로잡힌 채 잠에서 깨어났다. 그는 높은 돌산 밑에 있는 동굴에서 달바위에 코를 대고 누워 있었다. 이제 달빛은 사라졌고 희미하게 반짝이는 별빛만이 동굴을 밝혀 주고 있었다. 잠에서 깨어났지만 마음은 진정되지 않았다. 피 냄새가 여전히 그를 감싸고 있었고, 털은 뜨겁고 끈적끈적했다.

파이어스타는 심장이 마구 요동치는 것을 느끼며 몸을 일으켰다. 맞은편에서 신더펠트가 다급하게 꼬리질을 하며 그를 부르고 있었다. 파이어스타는 자신이 본 모든 것을 그녀에게 쏟아 내고 싶었지만, 어머니의 입을 나설 때까지 침묵을 지켜야 한다는 지시가 떠올랐다. 그는 동굴을 가로질러 치료사를 지나쳐 굴길을 향해 뛰어갔다. 너무 서두른 나머지 발이 바닥에 미끄러졌다.

파이어스타는 어두운 통로에 남아 있는 자신의 냄새를 따라서 허둥지둥 밖으로 나갔다. 올라가는 길은 내려갈 때보다 두 배는 길게 느껴졌다. 좁은 굴길 벽에 털이 스쳤고, 산 채로 묻힐 수도 있다는 생각에 두려운 마음이 들었다. 공기는 너무 무거워서 숨을 쉬기조차 힘들었다. 결코 끝날 것 같지 않은 암흑 속에서 공포심은 점점 커져 갔다. 이러다가 피와 암흑 속에 영원히 갇혀 버릴 것 같았다.

그때 희미하게 굴길 입구가 보였다. 파이어스타는 고요한 밤공기 속으로 뛰쳐나갔다. 가느다란 구름 줄기들 뒤로 달이 가라앉고 있었다. 무른 땅에 발톱을 깊이 찔러 넣고 서자, 코끝부터 꼬리까지 온몸에 전율이 일었다.

잠시 후 신더펠트도 굴길 밖으로 나왔다. 그녀는 파이어스타가 떨리는 몸을 진정시키고 호흡을 가다듬을 때까지 옆구리에 몸을 바짝 대 주었다.

"무슨 일이에요?"

신더펠트가 조용히 물었다.

"넌 모르는 거야?"

신더펠트는 고개를 끄덕였다.

"의식이 중단되었다는 건 알아요. 피 냄새가 나서 알아챘어요. 하지만 이유는 몰라요."

그녀는 근심 어린 눈으로 파이어스타의 눈을 들여다보았다.

"말해 보세요……. 아홉 개의 목숨과 이름을 받으셨나요?"

파이어스타가 고개를 끄덕이자 신더펠트는 조금 마음을 놓은 듯했다.

"그럼 나머지 얘기는 나중에 해요. 이제 가요."

파이어스타는 너무 지쳐서 움직일 수 없을 것 같았다. 하지만 어머니의 입 근처에 한시라도 더 머물고 싶지 않았다. 동굴에서 보았던 끔찍한 장면들을 빨리 떨쳐 버리고 싶었다. 그는 비틀거리면서 한 발짝씩 언덕을 내려가기 시작했다. 신더펠트는 그의 곁에서 걸음을 맞추며 이따금 더 평탄한 길로 가도록 슬쩍 밀어주었다. 파이어스타는 아무런 질문 없이 곁에 있어 주는 그녀가 고마웠다.

굴길에서 멀어지면서 입과 코에 맴돌던 피비린내도 희미해졌다. 하지만 한 달 내내 닦아 낸다고 해도 털에 들러붙어 있는 흔적은 지워지지 않을 것 같았다. 기운이 더 세진 것처럼 느껴지긴 했지만 여전히 몹시 피곤했다. 바위투성이 언덕이 사라지고 풀밭이 보이자마자 그는 산사나무 덤불에 철퍼덕 주저앉고 말았다.

"좀 쉬어야겠어."

신더펠트도 그의 곁에 자리를 잡고 앉았다. 두 고양이는 한동안 말없이 혀를 나누었다. 파이어스타는 치료사에게 자신이 본 것에 대해 말하고 싶었지만, 어쩐지 말이 나오지 않았다. 한편으로는 자신이 느꼈던 끔찍한 공포를 그녀가 알게 하고 싶지 않다는 생각도 들었다. 설령 그녀가 블루스타의 예언이 어떤 의미인지 설명해 줄 수 있다고 해도, 다른 누군가가 지금 자신이 느끼는 공포를 느끼며 미래를 기다리는 것이 무슨 도움이 될까? 그리고 다른 한편으로는 그 끔찍한 장면에 대해 절대로 입 밖에 꺼내지 않는다면 현실로 이루어지지 않을지도 모른다는 생각이 들기도 했다.

그가 지도자의 자리에 오르면서 피할 수 없는 저주라도 내린 것일까? 블루스타는 죽기 전에 그가 종족을 구할 불이라고 말해 주었다. 하지만 방금 본 것처럼 해일이 되어 밀려드는 피에 불이 꺼져 버린다면 어떻게 종족을 구할 수 있겠는가? 파이어스타는 전에도 예언을 보여 주는 꿈을 꾸곤 했고, 그 꿈을 허투루 넘겨서는 안 된다는 것도 알게 되었다. 더군다나 그가 아홉 개의 목숨과 새로운 이름을 받는 중요한 순간에 일어난 일인 만큼, 절대 무시할 수 없었다.

신더펠트가 상념에 빠진 그를 깨웠다.

"아직 말하고 싶지 않으면 하지 않아도 괜찮아요."

파이어스타는 따뜻한 배려에 고마워하며 그녀의 털에 코를 묻었다.

"먼저 생각을 좀 해 봐야겠어."

그는 천천히 말했다.

"지금은…… 너무 일러."

밀려드는 기억에 다시금 몸이 부르르 떨렸다.

"신더펠트, 실은 이 얘기는 아무에게도 한 적이 없긴 한데…… 난 가끔씩 미래를 알려 주는 꿈을 꾸곤 해."

신더펠트가 놀라서 귀를 쫑긋 세웠다.

"그건 흔한 일이 아닌데요. 종족 지도자와 치료사는 별족과 대화를 나누지만, 평범한 전사가 예언의 꿈을 꾼다는 말은 들어 본 적이 없어요. 그런 꿈을 꾼 지는 얼마나 된 거예요?"

"애완 고양이 시절부터."

파이어스타는 자신을 처음 숲으로 이끌었던 꿈을 떠올리며 말했다. 숲에 들어와 쥐를 사냥하는 꿈이었다.

“하지만…… 잘 모르겠어. 그 꿈들이 별족이 보낸 건지는 나도 모르겠어.”

숲에 오기 전까지 그는 별족에 대해서는 전혀 알지 못했다. 별족이 그때부터 그를 지켜봤을 수도 있을까?

치료사는 생각에 잠긴 표정이었다.

“어쨌든 모든 꿈은 별족이 보내는 거예요. 꿈이 언제나 현실로 이루어졌어요?”

“그랬지. 하지만 늘 내가 생각했던 대로 된 건 아니었어. 이해하기 쉬운 꿈도 있었고, 안 그런 꿈도 있었어.”

“그럼 이번 꿈에 대해 생각할 때 그 점을 유념해야 되겠네요.”

신더펠트가 그를 달래듯 핥아 주었다.

“잊지 마세요. 파이어스타는 혼자가 아니에요. 종족의 지도자가 되셨으니 별족과 많은 것을 함께 나눌 거예요. 제가 곁에서 그 신호들의 의미를 알아낼 수 있게 도울게요. 저에게는 많든 적든 내키는 대로만 말씀해 주시면 돼요.”

신더펠트의 이해심이 고맙긴 했지만, 그녀의 말은 그를 오싹하게 만들었다. 별족과 맺은 새로운 관계 때문에 앞으로는 그가 원하지 않는 방향으로 가게 될지도 모른다. 그는 잠시 동안 다시 평범한 전사가 되고 싶다고 생각했다. 그레이스트라이프와 사냥을 하거나 거처에서 샌드스톰과 혀를 나누면 얼마나 좋을까?

“고마워, 신더펠트.”

파이어스타는 억지로 몸을 일으키며 말했다.

“필요할 땐 언제든지 너에게 말할게.”

진심으로 한 말이었지만, 마음속 깊은 곳에서는 신더펠트가 과연 얼마나 도움이 될 수 있을지 의구심이 들었다. 이것은 혼자 맞서야 하는 일이라는 생각을 지울 수가 없었다. 파이어스타는 긴 한숨을 내쉬었다.

"이제 가자."

집으로 돌아가고 싶은 마음은 간절했지만, 몸이 따라 주지 않았다. 개 떼를 발견하고 그들을 계곡으로 유인하기 위해 심장이 멎을 듯이 숲을 질주한 뒤로, 파이어스타는 잘 먹지도 못했고 잠도 거의 자지 못했다. 게다가 높은 돌산까지 오는 긴 여정과, 아홉 개의 목숨을 받는 동안의 극심한 고통, 그리고 뒤이어 나타난 끔찍한 환영은 그의 모든 기운을 앗아 가 버렸다.

파이어스타는 걸음이 점점 느려지면서 급기야 비틀거리기 시작했다. 발리가 사는 농장을 지나갈 무렵, 신더펠트가 그의 어깨를 쿡 찔렀다.

"이만하면 많이 왔어요, 파이어스타."

그녀가 단호하게 말했다.

"치료사로서 말하겠어요. 지금은 반드시 쉬셔야 돼요. 발리와 레이븐포가 집에 있는지 확인해 보기로 해요."

"좋은 생각이야."

파이어스타는 쉴 생각을 하니 마음이 놓여서 이의를 제기하고 싶지도 않았다.

두 고양이는 조심스럽게 두발쟁이 농장의 헛간으로 다가갔다.

파이어스타는 개들이 풀려 있을까 봐 걱정했지만, 개들의 냄새는 멀리서 희미하게 나고 있었다. 그보다는 고양이들의 냄새가 더 짙게 풍겨 왔다. 헛간 가까이 다가가자 근육질의 흑백 얼룩 수고양이가 문에 난 구멍으로 몸을 밀어 넣고 있는 모습이 보였다.

"발리!"

파이어스타는 반갑게 외쳤다.

"다시 보게 돼서 기뻐요. 신더펠트는 알죠? 우리 치료사예요."

발리가 두 고양이를 보고 활기차게 고개를 끄덕거렸다.

"만나서 반가워, 파이어하트."

"파이어스타예요."

신더펠트가 고쳐 주었다.

"이제 종족 지도자가 되셨거든요."

발리는 놀라서 눈이 휘둥그레졌다.

"축하해. 그런데 그 말은 블루스타가 돌아가셨다는 뜻이겠군. 안타깝구나."

"살아 계실 때 그랬던 것처럼 돌아가실 때도 종족을 지켜 주셨어요."

파이어스타가 말했다.

"뭔가 사연이 있는 모양이군."

발리가 다시 헛간으로 돌아서며 말했다.

"레이븐포도 듣고 싶어 할 거야. 들어가자."

따스하고 어둑한 헛간으로 들어가자 건초와 쥐들의 냄새가 가득했다. 먹잇감이 종종거리며 다니는 소리를 듣자 파이어스타는 배가 고파서 머리가 핑 돌았다.

"부드러운 잠자리와 양껏 먹을 수 있는 먹이라니."

그는 배고픈 기색을 보이지 않으려고 애쓰며 말했다.

"천둥족에게는 알리지 않는 게 좋겠어요. 안 그러면 다들 여기로 와서 외톨이로 지내려고 하겠는걸요."

그 말을 들은 발리가 작게 키득거렸다.

"레이븐포, 여기 누가 왔는지 봐."

발리가 소리쳐 불렀다.

가까이에 있는 건초 더미에서 검은 형체가 뛰어내리며 반갑게 가르랑거리는 소리를 냈다. 천둥족의 훈련병이었던 레이븐포는 레드테일의 죽음에 관한 진실을 알고 있는 유일한 고양이였다. 스승이었던 타이거스타가 레드테일을 죽였다는 사실을 혼자만 알고 있었던 것이다. 타이거스타가 입막음을 하기 위해 레이븐포를 죽이려고 하자, 파이어스타는 그를 이곳으로 데려다주었다. 레이븐포는 전사로 지낼 때보다 외톨이의 삶에 훨씬 더 만족스러워했지만, 자신이 나고 자란 천둥족을 결코 잊지 않았다. 그리고 옛 종족 동료들과도 신의를 지키며 친구로 지내고 있었다.

"블루스타가 돌아가셨구나."

발리에게서 소식을 들은 레이븐포가 중얼거렸다. 그의 눈동자가 슬픔으로 흐려졌다.

"결코 잊지 못할 거야."

발리가 가르랑거리는 소리를 내며 레이븐포를 위로해 주었다. 파이어스타는 여러 달 전에 겁에 질린 어린 레이븐포가 찾아왔을 때 그가 얼마나 따듯하게 반겨 주었을지 알 수 있었다.

레이븐포는 몸을 바로 세우며 발리에게 고맙다는 눈빛을 보냈다. 그리고 파이어스타를 돌아보며 말했다.

"그럼 이제 네가 종족 지도자가 되었겠구나. 별족이 잘 선택하셨네."

그는 헛간 한쪽으로 앞장서 가면서 물었다.

"사냥할래?"

"그럼 정말 좋겠어요."

신더펠트가 대답했다. 그러고는 파이어스타를 보며 물었다.

"먹이를 좀 잡아다 드릴까요?"

파이어스타는 지쳐 있었지만 고개를 저었다. 자기가 먹을 먹이도 잡지 못한다면 어떻게 훌륭한 지도자라고 할 수 있겠는가! 그는 정신을 바짝 차리고 주변에서 나는 소리에 귀를 기울였다. 건초 더미 깊숙한 곳에서 움직이는 소리가 조그맣게 들리자, 몸을 낮추어 사냥 자세를 취했다. 눈보다는 귀에 의지해 쥐가 있는 위치를 파악한 그는 펄쩍 뛰어올라 재빠른 동작으로 쥐를 물어 해치웠다.

'레이븐포는 운이 좋은 녀석이야.'

파이어스타는 잡은 먹이를 물고 다른 고양이들이 있는 곳으로 돌아가면서 생각했다. 그가 잡은 쥐는 잎 없는 계절에 숲에서 잡히는 비쩍 마른 쥐들보다 몸집이 두 배는 컸다. 게다가 어둑어둑한 헛간에서는 사냥도 더 쉬웠다. 몇 입 만에 허겁지겁 쥐를 해치우고 나니 다시 힘이 불끈 솟았다.

"좀 더 먹어. 여기는 쥐가 아주 많으니까."

레이븐포가 말했다.

파이어스타와 신더펠트는 실컷 배를 채운 다음 부드러운 건초 더미에 누워 친구들과 혀를 나누며 종족의 새로운 소식들을 전했다. 레이븐포와 발리는 너무 놀라 눈이 휘둥그레진 채 이야기를 들었다.

"타이거스타가 그렇게 잔혹하다는 건 진작부터 알았다니까."

레이븐포가 말했다.

"아무리 그래도 종족 전체를 파멸시키려고 할 줄은 몰랐네."

"별족이 보살펴 주신 덕에 다행히 성공하지는 못했지."

파이어스타가 대답했다.

"하지만 거의 타이거스타가 노린 대로 될 뻔했어. 그런 일은 다시는 겪고 싶지 않아."

"타이거스타가 다른 일을 벌이기 전에 당장 뭔가 조치를 취해야 하겠군."

발리가 말했다.

파이어스타는 고개를 끄덕였다. 그는 잠시 머뭇거리다가 솔직하게 털어놓았다.

"하지만 블루스타도 안 계신데 저 혼자 어떻게 할 수 있을지 모르겠어요. 모든 것이 막막하고…… 너무 부담스러워요."

그는 지도자의 이름을 받는 의식이 갑자기 중단된 일이나, 무시무시한 꿈에 대해서는 언급하지 않았다. 하지만 안타까워하는 신더펠트의 눈빛을 보니 그녀는 자신이 무슨 생각을 하고 있는지 알고 있는 것 같았다.

"종족 전체가 파이어스타의 뒤에 있다는 걸 명심하세요."

신더펠트가 말했다.

"파이어스타와 블루스타가 개들로부터 우리를 구해 냈다는 건 아무도 잊지 않을 거예요."

"나에게 너무 많은 걸 기대하는 걸지도 몰라."

"말도 안 돼요!"

신더펠트가 목소리에 힘을 주었다.

"파이어스타가 위대한 지도자가 되리라는 건 다들 알고 있어요. 그리고 모두가 마지막 숨을 거둘 때까지 파이어스타의 곁을 지킬 거예요."

"나도 마찬가지야."

레이븐포가 나서는 바람에 파이어스타는 깜짝 놀랐다. 고개를 돌려 바라보자 검은 수고양이는 조금 당황하는 표정이었다. 하지만 다시 말을 이었다.

"난 전사가 아니긴 하지만 혹시 내 도움이 필요하면 언제든 말만 해."

파이어스타는 친구를 향해 눈을 끔벅였다.

"고마워, 레이븐포."

"조만간 진영에 가 봐도 될까?"

레이븐포가 물었다.

"블루스타에게 마지막 인사를 드리고 싶어."

"물론이지. 블루스타가 넌 천둥족 영역 어디라도 원하는 대로 다닐 수 있다고 허락했잖아. 지금 와서 그걸 바꿀 이유는 없지."

레이븐포가 고개를 꾸벅 숙였다.

"고마워."

다시 고개를 들었을 때, 레이븐포의 눈동자에는 존경심이 깃들어 있었다.

"넌 내 목숨을 구해 줬어, 파이어스타. 그 은혜를 다 갚지는 못하겠지만, 타이거스타 때문에 문제가 생기면 기꺼이 천둥족 전사들과 함께 목숨을 걸고 싸울게."

6

옳은 선택

황혼이 내리면서 나무 그늘이 짙어질 무렵, 파이어스타와 신더펠트는 골짜기를 내려와 진영 입구로 향했다. 두 고양이는 해가 지평선 위로 한참 올라올 때까지 발리와 레이븐포와 함께 헛간에서 잠을 자다가, 다시 한 번 통통한 쥐를 배불리 먹은 뒤에 천둥족 영역을 향해 출발했다. 파이어스타는 여전히 피곤하긴 했지만 꿈에서 느꼈던 공포는 이제 어느 정도 희미해지고 있었다. 어서 빨리 종족 동료들을 만나고 싶은 마음이었다.

새 지도자는 신더펠트와 함께 가시금작화 굴길을 통과해 진영으로 들어섰다. 처음에는 아무도 그들의 등장을 알아채지 못했다. 화이트스톰과 브래큰퍼는 쐐기풀 더미 근처에 앉아서 먹이를 먹고 있었고, 훈련병 셋이 거처 밖에서 장난스럽게 몸싸움을 하고 있었다. 파이어스타는 자신의 훈련병인 브램블포의 짙은 색 털가죽을 알아보았다. 되도록 빨리 엄격한 훈련을 시작해야겠다는 생각이 들었다. 지도자가 되었다고 해서 어린 고양이를 가르치는 일에 소홀할 수는 없었다. 블루스타 역시 스승으로서 그를 성실하게 가르쳐 주었다.

화이트스톰을 향해 걸어가고 있을 때 누군가 큰 소리로 그의 이름을 불렀다. 고개를 돌리자 애쉬포가 원로들의 거처에서 나와 공터를 가로질러 달려오고 있었다. 훈련병의 회색 털이 흥분으로 곤두서 있었다.

"파이어하트, 아니 파이어스타! 돌아오셨군요!"

애쉬포가 요란하게 반겨 준 덕분에 나머지 종족 고양이들도 관심을 갖기 시작했다. 곧 파이어스타를 중심으로 고양이들이 모여들었다. 그들은 새 지도자의 이름을 외치며 집에 돌아온 것을 반겨 주었다. 파이어스타는 종족 동료들의 따뜻한 환영을 그저 기쁘게 받아들이고 싶었지만, 그들의 눈빛에 깃든 경외심을 못 본 척할 수가 없었다. 자신과 다른 고양이들 사이에 생긴 거리감을 새삼 깨달은 그는 가슴을 찌르는 아픔을 느꼈다.

"정말 별족을 보셨어요?"

펀포가 눈을 동그랗게 뜨고 물었다.

"정말 봤지. 하지만 그 의식에 대해서는 아무 말도 하지 못하게 되어 있단다."

파이어스타가 대답했다.

펀포는 실망하는 얼굴이 아니었다. 그녀는 존경심이 가득 담긴 눈빛을 반짝거리며 더스트펠트를 향해 말했다.

"정말 위대한 지도자가 되실 거예요!"

"그래야지."

더스트펠트가 대꾸했다.

파이어스타는 더스트펠트가 자신을 그다지 좋아하지 않는다는 것을 잘 알고 있었다. 하지만 편포를 사랑하는 마음에 토를 달지 않은 것이다. 더스트펠트는 파이어스타에게 예의 바르게 고개를 숙여 보였다. 전사의 규약을 충실히 따르는 그는 파이어스타에게도 충성을 다할 것이다.

"잘 돌아오셨습니다."

그레이스트라이프가 전사들을 헤치고 앞으로 걸어 나와 파이어스타의 곁에 섰다. 회색 전사는 파이어스타가 지도자가 된다는 걸 깨달은 순간 느꼈던 놀라움과 위압감에서는 벗어난 것 같았다. 이제 그의 노란 눈동자에는 우정과 연민만이 가득했다.

"한 달 동안 죽어 있던 여우처럼 보이는군요. 힘드셨습니까?"

"그랬어."

파이어스타는 그레이스트라이프의 귀에만 들릴 정도로 작게 대답했지만, 클라우드테일이 그 말을 듣고 말았다.

"높은 돌산까지 그 먼 길을 갔다 오지 않으면 지도자가 될 수 없다니, 그건 케케묵은 전통을 믿기 때문이잖아요. 제 생각에 파이어스타는 이미 종족의 진정한 지도자로 판명되었는걸요."

파이어스타는 그에게 엄한 눈초리를 보냈다. 클라우드테일이 충성심과 존경심을 보여 주는 것은 고마웠지만, 종족의 믿음을 공유하지 않는다는 사실이 여전히 걱정스러웠다. 클라우드테일이 별족을 믿을 수 있도록, 달바위에서 겪었던 일을 있는 그대로 말해 주고 싶었다. 하지만 그것은 불가능한 일이었다.

"쉿! 전통은 중요한 거야."

클라우드테일의 옆으로 다가온 로스트페이스가 조용히 나무랐다. 그리고 귀를 핥아 주며 덧붙였다.

"별족이 우리 모두를 지켜보고 계신단 말이야."

클라우드테일도 로스트페이스의 다친 얼굴을 부드럽게 핥아 주었다. 파이어스타의 불편한 마음도 사라졌다. 끔찍한 부상을 입은 로스트페이스에 대한 클라우드테일의 헌신적인 노력은 인정할 수밖에 없었다. 클라우드테일은 다루기 힘들고 성미도 급한데다 전사의 규약도 존중하지 않았지만, 로스트페이스를 죽음의 문턱에서 구해 내고 살아야 할 이유를 주었던 것이다.

환영하던 고양이들이 흩어지기 시작할 때 파이어스타는 화이트스톰과 눈이 마주쳤다. 선임 전사는 지도자에게 환영 인사를 하고 한두 걸음 물러나 이야기를 나눌 때를 기다리고 있었다.

"제가 없는 동안 별문제 없었습니까?"

파이어스타가 물었다.

"전혀 없었습니다."

선임 전사가 보고했다.

"영역 전체를 순찰했지만 그림자족이나 개의 흔적은 발견되지 않았습니다."

"다행이군요."

파이어스타는 두둑이 쌓인 싱싱한 먹이 더미를 보고 덧붙였다.

"사냥도 했나 보군요."

"샌드스톰이 사냥조를 데리고 나갔습니다. 마우스퍼와 브래큰퍼도 훈련병들에게 사냥을 지시했고요."

화이트스톰이 대답했다.

"브램블포는 사냥 솜씨가 좋습니다. 먹이를 얼마나 잡아 왔는지 세기가 힘들 정도였습니다."

"잘됐군요."

파이어스타가 대답했다. 자신의 훈련병을 칭찬하는 말에 기쁜 건 사실이었지만, 타이거스타의 아들에 대한 얘기를 들을 때마다 늘 찾아드는 불편한 감정에 마냥 기뻐할 수는 없었다. 타이거스타 역시 훌륭한 사냥꾼이었지만 결국은 살육과 배신을 일삼는 고양이가 되었다.

신더펠트가 다시 그의 곁으로 다가왔다.

"전 이제 거처로 가 보겠습니다. 필요한 게 있으면 부르세요. 달이 가장 높이 뜨기 전에 부지도자를 임명해야 한다는 건 잊지 않으셨죠?"

파이어스타는 고개를 끄덕였다. 시급한 일들을 처리했으니 이제 부지도자를 임명하는 문제를 진지하게 고민해 봐야 할 때였다. 블루스타는 타이거스타의 배신과 추방에 너무나 충격을 받은 나머지 하루 늦게 파이어스타를 부지도자로 임명하면서 적절한 의식도 치러 주지 않았었다. 종족 고양이들은 그 일로 별족이 진노하지 않을까 두려워했고, 그 때문에 파이어스타는 힘든 시간을 보내야 했다. 그는 이번에는 같은 실수를 되풀이하지 않겠다고 굳게 다짐했다.

신더펠트가 절뚝이며 공터를 벗어나 거처로 향하는 모습을 지켜보던 파이어스타는 아직까지 인사를 하러 오지 않은 고양이가 둘 있다는 것을 깨달았다. 하나는 다크스트라이프였고, 그가 자신을 환영해 주지 않는 것은 별로 놀라운 일도 아니었다. 하지만 또 다른 고양이는 샌드스톰이었고, 그 때문에 파이어스타는 마음이 쓰였다. 자신이 또다시 그녀를 화나게 만든 것은 아닌지 걱정스러웠다.

그때 꼬리 서넛 정도 떨어진 거리에서 지켜보고 있는 샌드스톰의 모습이 보였다. 그녀답지 않게 소심한 태도였다. 파이어스타가 그녀를 향해 걸어가자 그녀는 연녹색 눈동자로 흘깃 보더니 이내 시선을 돌려 버렸다.

"샌드스톰, 괜찮아?"

"괜찮아요, 파이어스타."

그녀는 눈을 맞추지 못하고 발만 내려다보고 있었다.

"돌아와서 기뻐요."

뭔가 잘못된 것이 틀림없었다. 집으로 돌아오는 긴 여정 내내 그는 전사들의 거처에서 샌드스톰과 나란히 누워 혀를 나누고 이야기를 나눌 수 있기를 기대했었다. 하지만 다시는 그럴 수가 없게 된 것이다. 지금부터는 높은 바위 아래에 있는 블루스타의 거처에서, 아니 이제는 자신의 거처가 된 그곳에서 혼자 자야 했다.

그 사실에 생각이 미치자, 샌드스톰이 무슨 이유로 곤혹스러워하는지도 알 수 있었다. 그가 진영에서 떠날 때 그렇게 자신만만한 모습이었던 그녀가 지금은 그와 함께 있는 것을 불편해하고 있었다.

"쥐 대가리처럼 왜 그래."

파이어스타는 다정하게 가르랑거리며 그녀에게 코를 비볐다.

"난 그대로야. 아무것도 변하지 않았어."

"모든 게 변했단 말이야!"

샌드스톰이 소리쳤다.

"넌 이제 종족 지도자잖아."

"그리고 넌 여전히 최고의 사냥꾼이고, 종족에서 가장 아름다운 고양이야."

파이어스타는 그녀를 달래듯 말했다.

"넌 언제나 나에게 특별한 존재야."

"하지만 넌…… 넌 너무 멀어졌어."

샌드스톰은 의도하지는 않았겠지만 파이어스타가 느끼는 두려움을 그대로 말하고 있었다.

"넌 이제 신더펠트와 가장 가깝잖아. 평범한 전사들은 알지 못하는 별족의 비밀을 너희 둘만 알고 있잖아."

"신더펠트는 우리 종족의 치료사잖아. 그리고 나와 친한 친구이기도 하고. 하지만 신더펠트는 네가 아니잖아, 샌드스톰. 힘든 시기라는 건 알아. 종족을 책임지려면 할 일도 많고……. 타이거스타가 개들을 이용해서 우리를 공격하려고 했으니까 특히 더 신경 쓸 일이 많겠지. 하지만 며칠만 지나면 예전처럼 함께 순찰을 나갈 수도 있을 거야."

다행히도 샌드스톰은 마음을 놓은 듯 보였고, 불안해하던 눈빛도 누그러졌다.

"저녁 순찰대를 내보내야 하지? 내가 순찰대를 모아서 나갈까?"

샌드스톰이 예전처럼 활기찬 목소리로 물었다. 하지만 파이어스타는 그녀가 애써 좋지 않은 기분을 감추고 있다는 것을 알 수 있었다.

"좋은 생각이야."

파이어스타는 임무에 대해서만 말하려는 샌드스톰에게 맞춰 주기로 했다.

"가서 해 드는 바위 주변을 살펴봐. 강족이 옛날 버릇을 버리지 못하고 또 기웃거리지는 않는지 확인해 보고."

강족의 야심찬 지도자 레퍼드스타라면 천둥족이 블루스타를 잃고 충격에 빠진 틈을 타서 오랫동안 분쟁이 계속되어 온 지역을 차지하려고 들 수도 있었다.

"알았어."

샌드스톰은 브래큰퍼와 롱테일이 먹이를 먹고 있는 쐐기풀 더미 쪽으로 급히 걸음을 옮겼다. 브래큰퍼는 자신의 훈련병인 토니포를 불렀고, 네 고양이는 가시금작화 굴길로 향했다.

파이어스타는 지도자의 거처로 걸어갔다. 아직도 그곳이 자신의 자리라는 생각이 들지 않았다. 전사들의 거처에 있던 편안한 이끼 잠자리가 더욱 그리워졌다. 거처에 다다르기 전에 그의 이름을 부르는 소리가 들렸다. 돌아보니 그레이스트라이프가 그를 뒤쫓아 달려오고 있었다.

"파이어스타, 할 말이 있는데……."

회색 전사는 난감해하며 말을 멈췄다.

"무슨 일이야?"

"그게……."

그레이스트라이프는 머뭇거리다가 황급히 말을 쏟아 냈다.

"혹시 나를 부지도자로 삼을 생각을 하고 있는지 아닌지는 잘 모르겠지만, 꼭 그래야 할 필요는 없다고 말해 주고 싶었어. 난 종족에 돌아온 지도 얼마 안 되는 데다, 아직도 날 믿지 않는 고양이들도 있으니까 말이야. 네가 다른 고양이를 선택한다고 해도 난 아무렇지도 않을 거야."

파이어스타는 안타까운 마음이 들었다. 부지도자로는 함께 사냥하고 전투를 하며 지도자를 각별히 지지해 줄 고양이를 선택해야 했다. 그리고 그는 그 누구보다도 그레이스트라이프를 뽑고 싶었다. 하지만 강족에서 돌아온 지 얼마 안 되는 친구를 부지도자로 정할 수 없는 것도 사실이었다. 파이어스타는 천둥족을 향한 친구의 충성심을 조금도 의심하지 않았지만, 종족의 다른 고양이들이 그를 받아들이려면 아직도 입증해야 할 것들이 많았다.

파이어스타는 몸을 숙여 친구와 코를 맞대었다.

"고마워, 그레이스트라이프. 이해해 줘서 다행이야."

그레이스트라이프는 그 어느 때보다도 민망한 표정으로 어깨를 으쓱해 보였다.

"그냥 말해 주고 싶었어."

그레이스트라이프는 돌아서서 전사들의 거처로 사라졌다.

파이어스타는 감정이 북받쳐서 몸을 세차게 털어 냈다. 높은 바위를 돌아서 거처 입구로 걸어가자 안에서 기척이 느껴졌다. 거처 안으로 들어가니 가장 나이 많은 훈련병인 쏜포가 몸을 홱 돌렸다.

“앗, 파이어스타! 화이트스톰이 새 잠자리를 만들어 드리라고 했어요. 싱싱한 먹이도요.”

쏜포가 거처 한구석을 꼬리로 가리키며 말했다. 두껍게 깔린 이끼와 히스 잠자리 옆으로 토끼가 보였다.

“좋아 보이는구나, 쏜포. 고맙다. 화이트스톰에게도 고맙다고 전해 주렴.”

황갈색 훈련병은 고개를 꾸벅 숙이고 자리를 뜨려다가 파이어스타가 부르는 소리에 걸음을 멈췄다.

“마우스퍼에게 내일 얘기를 좀 나누자고 전해 주겠니? 네 전사 임명식에 대해 의논할 때가 된 것 같구나.”

파이어스타는 속으로 덧붙였다.

‘실은 때가 한참 지났지.’

쏜포는 능력 있는 훈련병이라는 것을 스스로 증명해 보였고, 벌써 여러 달 전에 전사가 되었어야 했다. 하지만 블루스타는 종족의 어떤 고양이도 믿으려 들지 않았다. 스위프트포와 로스트페이스가 속해 있던 무리에서 남은 훈련병은 쏜포밖에 없었다. 게다가 그 둘도 전사 임명식을 치르지 못했다.

쏜포는 신이 나서 눈을 반짝였다.

“네, 파이어스타! 고맙습니다!”

그는 대답을 하고 쏜살같이 뛰쳐나갔다.

파이어스타는 이끼 잠자리에 앉아서 토끼를 몇 입 먹었다. 화이트스톰이 사려 깊게도 잠자리를 바꿔 주었지만 여전히 거처 구석구석에 남아 있는 블루스타의 냄새를 맡을 수 있었다. 아마도 그녀의 냄새는 언제까지나 남아 있으리라. 그렇다고 나쁜 일은 아니었다. 블루스타를 추억하는 건 고통스럽기도 했지만, 종족을 이끈 그녀의 지혜와 용기를 생각하면 위안이 되기도 했다.

마지막 햇빛이 사라지면서 주변에 어둠이 모여들었다. 파이어스타는 종족에 들어온 이후 처음으로 완전히 혼자가 되었다는 것을 절실히 느끼고 있었다. 곁에서 자고 있는 고양이들의 온기도 없었고, 친구들이 혀를 나누며 가르랑거리는 소리도, 낮게 코 고는 소리나 꿈을 꾸며 뒤척이는 소리도 없었다. 그 어느 때보다도 더 외로운 기분이었다.

하지만 그는 곧 어리석게 굴지 말라고 스스로를 타일렀다. 중요한 결정이 남아 있었고, 천둥족을 위해서 옳은 결정을 내려야 했다. 그가 누구를 부지도자로 선택하는지에 따라 앞으로 다가올 여러 계절 동안 천둥족의 삶이 달라질 것이다.

파이어스타는 이끼 깊숙이 몸을 파묻었다. 잠을 자야 할까? 꿈에서 스파티드리프를 만나 누가 부지도자로 적절한지 물어봐야 할까? 눈을 감자마자 스파티드리프의 달콤한 냄새가 났다. 하지만 오직 암흑만이 있을 뿐 아무것도 보이지 않았다.

그때 귓가를 간지럽히며 속삭이는 목소리가 들렸다.

"아니야, 파이어스타. 이건 네가 결정할 일이야."

파이어스타는 한숨을 내쉬며 다시 눈을 떴다.

"알겠어요, 스파티드리프. 제가 결정할게요."

파이어스타는 소리 내어 대답했다.

그레이스트라이프가 부지도자가 될 수 없다는 것은 분명했다. 그런 결정을 부담 없이 내릴 수 있도록 도와준 친구가 고마웠다. 그는 다른 고양이들을 떠올려 보았다. 새로운 부지도자는 경험이 많고 충성심에 대해서는 의심할 여지가 없는 고양이여야 했다. 샌드스톰은 용감하고 총명했다. 그녀를 부지도자로 선택한다면, 파이어스타가 그녀를 여전히 소중하게 여기고 옆에 두고 싶어 한다는 것을 증명해 보일 수 있을 것이다.

하지만 그런 이유로 부지도자를 선택하는 것은 옳지 않았다. 게다가 전사의 규약에 따르면 스승이 되어 본 경험이 없으면 부지도자가 될 수 없었다. 샌드스톰은 아직 훈련병을 가르친 적이 없기 때문에 그녀를 선택할 수는 없었다. 파이어스타는 그것이 자신의 탓이라는 사실을 깨닫고 부끄러워졌다. 샌드스톰이 스승이 되는 것이 당연한 상황에서 토니포를 브래큰퍼에게 맡겼던 것이다. 그는 타이거스타의 새끼인 토니포를 가르치다가 타이거스타로부터 위협을 당할지도 모른다고 생각했다. 그래서 샌드스톰을 보호하려고 그런 결정을 내린 것이다. 하지만 그녀가 그 일을 용서하기까지는 오랜 시간이 걸렸다. 샌드스톰이 부지도자가 되지 못하는 것이 자신의 실수 때문이라는 사실을 그녀가 알지 못하기를 바랄 뿐이었다.

그런데 그 이유가 아니더라도 샌드스톰이 정말 옳은 선택일까? 다른 모든 후보들보다 훨씬 뛰어난 고양이가 분명 있지 않은가? 화이트스톰은 경험이 많고 현명하고 용맹했다. 그는 파이어스타가 부지도자로 임명되었을 때에도 억울해하는 모습을 조금도 보이지 않았다. 변변치 못한 고양이라면 분명 질투했을 것이다. 화이트스톰은 처음부터 파이어스타를 지지해 주었고, 조언이 필요할 때 자연스럽게 찾게 되는 전사였다. 나이가 많긴 했지만 여전히 건강하고 활기가 넘쳤다. 원로들의 거처로 가기 전까지 아직 충분한 시간이 남아 있었다.

블루스타도 인정해 줄 것이 분명했다. 그녀가 숨을 거두기 전 마지막 몇 달 동안에 화이트스톰이 보인 우정은 무척 의미 있는 것이었다.

'그래, 부지도자는 화이트스톰으로 정해야겠어.'

파이어스타는 만족스럽게 몸을 쭉 뻗었다. 이제 종족에게 이 결정을 알리는 일만 남아 있었다.

남은 토끼를 마저 먹은 파이어스타는 잠깐 졸면서 시간을 보냈다. 하지만 달이 가장 높이 뜬 시간을 놓칠까 봐 깊은 잠을 잘 수는 없었다. 이윽고 달이 뜨면서 은빛 광채가 거처로 흘러들었다. 마침내 그는 자리에서 일어나 몸을 흔들어 이끼를 털어 내고 공터로 걸어 나갔다.

여러 고양이들이 공터 언저리를 돌아다니고 있었다. 부지도자 발표를 기다리는 것이 틀림없었다. 샌드스톰과 저녁 순찰대도 돌아와서 싱싱한 먹이를 먹고 있었다. 파이어스타는 꼬리를 흔들어 샌드스톰에게 인사를 건넸지만, 다가가서 말을 걸지는 않았다. 대신 그는 높은 바위로 펄쩍 뛰어올라 큰 소리로 외쳤다.

"제힘으로 먹이를 잡을 수 있는 나이가 된 모든 고양이들은 여기 높은 바위 아래로 와서 종족 회의에 참석하십시오."

파이어스타의 외침이 울려 퍼지는 동안, 거처에 있던 고양이들과 진영 주변 그늘에 있던 고양이들이 달빛이 비치는 곳으로 모습을 드러냈다. 다크스트라이프는 공터로 들어서더니 높은 바위에서 꼬리 서넛 정도 떨어진 곳에서 멈췄다. 그는 꼬리로 발을 감싸고 앉아 냉소적인 눈빛을 보냈다. 눈에 띄지 않게 그 뒤를 따라온 브래큰퍼도 근처에 자리를 잡았다.

훈련병들의 거처에서는 브램블포가 모습을 드러냈다. 파이어스타는 훈련병이 다크스트라이프에게 향하는 게 아닐지 걱정스러웠지만, 브램블포는 누이인 토니포와 함께 무리 가장자리에 머물러 있었다. 두 훈련병은 조심스럽게 시선을 돌리며 주위를 살폈다. 마우스퍼가 그 곁을 지나며 토니포에게 으르렁거리자, 어린 훈련병은 고개를 홱 돌려 버렸다. 두 암고양이 사이에 의견이 맞지 않는 일이 있었던 모양이었다. 토니포는 똑똑하고 자신감이 넘치는 고양이였다. 그녀가 이따금 경험 많은 전사들을 언짢게 한다고 해도 놀랄 일은 아니었다.

샌드스톰과 그레이스트라이프는 바위 가까이에 함께 앉아 있었고, 그 옆에는 클라우드테일과 로스트페이스가 있었다. 원로들은 모두 한꺼번에 나타나서 공터 한가운데에 자리를 잡았다.

파이어스타는 쐐기풀 더미에서 신더펠트와 함께 걸어오고 있는 화이트스톰을 발견했다. 선임 전사는 높은 바위 옆에 자리를 잡기 전에 잠시 멈춰 서서 펀포와 애쉬포에게 짧게 몇 마디를 건넸다. 자신이 부지도자로 임명될 거라고는 전혀 기대하지 않는 눈치였다.

파이어스타는 긴장을 누르기 위해 마른침을 삼킨 후 발표를 시작했다.

"새로운 부지도자를 임명할 시간이 왔습니다."

의식을 진행할 때 블루스타가 했던 말을 떠올리자, 그녀가 바로 옆에 있는 느낌이 들었다.

"별족 앞에서 이 말을 하니, 우리 조상의 영혼들은 들으시고 나의 선택을 승인해 주십시오."

이제 모든 고양이가 파이어스타를 향해 고개를 들고 있었다. 달빛에 반짝이는 고양이들의 눈을 내려다보니 흥분된 마음이 고스란히 느껴졌다.

"화이트스톰이 천둥족의 새로운 부지도자가 될 것입니다."

공터에 잠시 침묵이 흘렀다. 화이트스톰은 눈을 끔벅이며 파이어스타를 올려다보았다. 그의 얼굴에는 기쁨과 놀라움이 동시에 번지고 있었다. 그 표정이야말로 파이어스타가 좋아하는 그의 품성을 대변해 주고 있었다. 선임 전사는 자신이 부지도자로 선택될 것이라고는 짐작조차 하지 않았던 것이다.

화이트스톰이 천천히 자리에서 일어섰다.

"파이어스타, 그리고 천둥족 고양이들이여, 이런 영예를 얻게 되리라고는 전혀 기대하지 못했습니다. 최선을 다해 지도자와 종족을 위해 봉사할 것을 별족에게 맹세합니다."

새 부지도자가 말을 마치자 환호하는 소리가 점점 커지기 시작했다.

"화이트스톰!"

모든 고양이가 화이트스톰을 에워싸고 축하해 주었다. 파이어스타는 자신이 옳은 선택을 했다는 것을 확신할 수 있었다.

그는 높은 바위 위에 조금 더 머무르면서 그 모습을 지켜보았다. 발끝에서부터 새로운 희망이 솟구치면서 자신감이 생기고 마음이 훈훈해졌다. 그에게는 아홉 개의 목숨이 있었고, 더할 나위 없이 훌륭한 부지도자도 있었다. 그리고 무슨 일에든 맞설 준비가 되어 있는 전사들도 있었다. 개 떼의 위협도 끝이 났으니, 이제 타이거스타를 숲에서 영원히 몰아낼 날이 머지않았다는 믿음이 생겼다.

화이트스톰을 축하해 주기 위해 바위에서 뛰어내리려는 순간 다크스트라이프의 모습이 눈에 들어왔다. 무리 중에서 다크스트라이프 혼자만 움직이지도 않고 냉정한 눈빛을 이글거리며 말없이 파이어스타를 노려볼 뿐이었다.

그 순간 파이어스타의 머릿속에 달바위에서 보았던 끔찍한 환영이 떠올랐다. 산더미처럼 쌓인 뼈 무더기와 거기서 흘러나온 피의 물결. 블루스타의 말이 또다시 귓가에 맴돌았다.

'넷은 둘이 된다. 사자와 호랑이가 전투에서 만날 것이다. 그리고 피가 숲을 지배할 것이다.'

파이어스타는 여전히 그 예언이 무슨 의미인지 알지 못했다. 하지만 그 말에는 파멸의 기운이 가득했다. 전투가 일어나고, 피가 흩뿌려질 것이다. 다크스트라이프의 악의에 찬 눈빛 속에서, 파이어스타는 전쟁의 폭풍을 일으킬 첫 번째 먹구름을 본 것 같았다.

7
속 깊은 훈련병

'큰 소나무 숲'을 지나는 동안 비릿하고 축축한 한기가 파이어스타의 털을 파고들었다. 회색 구름이 무겁게 드리워진 하늘은 숲에 비를 내릴지 눈을 내릴지 갈팡질팡하고 있는 것 같았다. 화재로 가장 심한 피해를 입은 이곳은 여전히 재가 땅을 뒤덮고 있었다. 그 틈바구니에서 자라나기 시작한 몇 안 되는 식물들마저 잎 없는 계절이 닥치면서 다시 움츠러들고 말았다.

부지도자를 임명한 다음 날, 파이어스타는 새 부지도자에게 진영을 맡기고 혼자서 경계를 순찰하러 나섰다. 혼자만의 시간을 보내며 지도자의 역할에 익숙해지고 앞날에 대해서 생각해 보고 싶었다. 별족에게서 천둥족을 이끌 고양이로 선택받았다는 자부심에 가슴이 벅차오를 때도 있었지만, 그것이 쉽지 않은 일이라는 걸 잘 알고 있었다. 블루스타를 잃은 슬픔 역시 영원히 사라지지 않는 묵직한 통증처럼 남을 것이다. 타이거스타가 앞으로 무슨 일을 벌일지도 두려웠다. 천둥족 영역에 그림자족의 흔적이 없다고 해서 다른 고양이들처럼 안심하고 있을 수는 없었다. 타이거스타는 적을 무너뜨릴 때까지 결코 멈추지 않을 것이다. 게다가 파이어스타가 천둥족의 지도자가 되었다는 소식은 그의 복수심을 다시 활활 타오르게 만들었을 것이다.

두발쟁이 영역 근처 숲에 도착한 파이어스타는 울타리를 올려다보며 혹시 누이가 나오지 않았는지 살폈다. 하지만 희미한 냄새만 느껴질 뿐 누이의 모습은 보이지 않았다. 숲 가장자리를 따라 걸어가던 그는 어느새 거의 와 본 적 없는 곳에 이르게 되었다. 아주 여러 달 전, 그가 애완 고양이 시절에 살았던 두발쟁이 보금자리가 보였다. 그는 호기심을 이기지 못하고 숲 끄트머리에 펼쳐진 땅을 가로질러 달려가 울타리 위로 뛰어올랐다.

두발쟁이들이 심은 식물들로 경계가 둘러진 풀밭을 내려다보고 있으니, 새끼 고양이였을 때 그곳에서 놀던 기억이 밀려들었다. 좀 더 최근에는 초록기침병을 앓는 블루스타를 위해 개박하를 구하러 온 적도 있었다. 지금 앉은 자리에서도 개박하가 보였고, 그 유혹적인 향기도 맡을 수 있었다.

두발쟁이의 보금자리에서 무언가 움직이는 모습이 얼핏 보였다. 예전에 그와 함께 살았던 두발쟁이 중 하나가 창가를 지나간 것이었다. 문득 파이어스타는 자신이 숲에서 살기 위해 떠났을 때 두발쟁이들이 어떤 기분이었을지 궁금했고, 너무 걱정하지는 않았기를 바랐다. 그들은 두발쟁이들의 방식으로 그를 잘 돌보아 주었고, 그는 그들에게 언제나 고마운 마음을 가질 것이다. 숲에서 자신이 얼마나 행복하게 지내는지, 별족이 자신에게 정해 준 운명을 어떻게 받아들이고 있는지 알려 주고 싶었다. 하지만 두발쟁이를 이해시킬 방법은 없었다.

파이어스타는 근육에 탄탄하게 힘을 주고 울타리에서 뛰어내릴 준비를 했다. 그때 검고 하얀 무언가가 옆 정원에서 움직였다. 그것은 애완 고양이 시절을 함께 보낸 친구 스머지였다. 넓적한 얼굴에 만족스러운 표정을 짓고 있는 친구는 변함없이 통통한 모습이었다. 스머지는 예쁜 갈색 얼룩무늬 암고양이에게 말을 하고 있었다. 파이어스타는 모르는 얼굴이었다. 그들의 목소리가 들리긴 했지만 무슨 말인지 알아듣기에는 거리가 너무 멀었다.

파이어스타는 뛰어내려 인사를 할까 했지만, 문득 자신의 모습에 그들이 놀랄지도 모른다는 생각이 들었다. 숲에 들어온 지 얼마 되지 않았을 때도 숲에서 스머지를 만난 적이 있었다. 그때 친구는 처음엔 그를 알아보지 못하고 기절할 만큼 겁에 질렸었다. 지금 그가 살고 있는 삶은 애완 고양이들의 삶과는 전혀 달랐다.

생각에 잠겨 있던 파이어스타는 문이 열리는 소리에 정신을 차렸다. 두발쟁이 하나가 보금자리에서 나와 누군가를 불렀다. 그는 울타리를 따라 살금살금 움직여 호랑가시나무 덤불로 몸을 피했다. 곧바로 예쁘장한 갈색 얼룩무늬 고양이가 스머지에게 작별 인사를 하고, 두 정원 사이에 놓인 울타리 아래로 빠져나가 두발쟁이에게 달려갔다. 두발쟁이는 그녀를 들어 올려 쓰다듬어 주다가 요란하게 가르랑거리며 안으로 데리고 들어갔다.

'새로 온 애완 고양이구나!'

파이어스타는 문이 닫히는 소리에 순간 질투심이 일었다. 작은 얼룩무늬 고양이는 먹이를 먹기 위해 직접 사냥을 할 필요가 없었다. 그녀에게는 따뜻한 잠자리가 있었고, 전투에서 죽거나 숲 고양이들을 괴롭히는 수많은 위험을 겪을 필요도 없었다. 그리고 스머지나 다른 애완 고양이들과 우정을 나누며 두발쟁이들의 보살핌을 받을 것이다. 이 모든 것이 파이어스타가 숲에서 종족 고양이로 살기 위해 등을 돌린 것들이었다.

하지만 그녀는 전사의 기술을 배우는 보람이나 친구와 나란히 전투에 뛰어드는 기분을 결코 알지 못할 것이다. 전사의 규약을 지키며 별족의 뜻에 따라 사는 것이 어떤 의미인지도 이해하지 못할 것이다.

'다시 태어난다고 해도 내 선택에는 변함이 없을 거야.'

파이어스타는 생각했다.

갑자기 아래쪽 울타리에서 허우적거리는 발톱이 보였다. 이어서 갈색을 띤 무언가가 빠르게 움직이는 것이 얼핏 보였다. 고개를 돌리자 눈앞에 브램블포가 있었다.

파이어스타는 한참 만에 정신을 차리고 입을 열 수 있었다.

"여기서 뭘 하는 거냐?"

"진영에서부터 따라왔어요, 파이어스타. 저는…… 저는 그냥 어딜 가시는지 궁금했어요. 그리고 추적도 연습해 보고 싶었고요."

"여기까지 온 걸 보니 솜씨가 썩 괜찮구나."

파이어스타는 훈련병에게 화를 내야 할지 말아야 할지 확신이 서지 않았다. 브램블포는 허락 없이 그를 따라오지 말았어야 했다. 하지만 진영에서부터 이곳까지 먼 길을 쫓아왔다는 것은 보통 실력이 아니었다. 또 자신이 두발쟁이 울타리 너머 애완 고양이 한 쌍을 바라보고 있었던 것을 브램블포에게 들켰다는 사실에 죄책감도 느껴졌다. 파이어스타가 훈련병이었을 때, 타이거스타는 그를 몰래 따라와서 스머지와 이야기를 나누는 모습을 목격하고 곧바로 블루스타에게 보고했었다. 파이어스타의 충성심을 의심받게 하려고 일부러 그렇게 한 것이었다.

파이어스타는 브램블포와 눈을 맞추었다. 어린 훈련병의 불안한 눈빛은 사라지고, 대신 흔들림 없는 눈으로 그를 마주 보고 있었다. 마치 스승을 평가하고 있는 것 같았다. 파이어스타는 영리한 얼굴로 한참 동안 자신을 바라보는 훈련병의 호박색 눈동자에서 존경심이 깃들어 있다는 것을 깨달았다. 브램블포가 뛰어난 전사가 되리라는 사실을 다시 한 번 확신할 수 있었다. 아버지가 물려 준 어두운 유산에서 벗어날 수만 있다면. 하지만 타이거스타가 여전히 숲에 있는데, 브램블포가 자신이 태어난 종족에 진정으로 충성할 수 있을까?

"내가 너를 믿어도 되겠느냐?"

파이어스타는 불쑥 물었다.

어린 고양이는 서둘러 자신을 변호하려고 들지 않았다. 대신 진지한 눈빛으로 스승을 잠시 더 바라보았다.

"제가 스승님을 믿을 수 있나요?"

브램블포가 두발쟁이 정원을 향해 귀를 까딱거리며 대꾸했다.

파이어스타는 털이 곤두섰다. 훈련병에게 자신을 변명할 생각은 조금도 없었다. 스승의 행동에 대해 의문을 제기하는 것은 훈련병이 할 일이 아니었다. 심지어 그는 종족의 지도자였다. 하지만 그는 브램블포의 의도대로 죄책감을 느끼지는 않았다. 대신 감히 그렇게 물을 수 있는 용기에 감탄했다.

파이어스타는 깊은숨을 들이쉬었다.

"날 믿어도 된다."

그는 진지하게 말했다.

"애완 고양이의 삶을 떠난 것은 나의 선택이었다. 어떤 일이 있더라도 나는 종족을 먼저 생각할 것이다."

그는 브램블포에게 좀 더 솔직해질 때가 되었다고 생각했다.

"난 누이를 만나러 가끔 여기에 오곤 한다. 그리고 계속 여기서 살았다면 어떻게 되었을지 생각해 보기도 하지. 하지만 떠날 때는 언제나 내 마음이 천둥족에 있다는 걸 확인하게 된단다."

브램블포는 대답이 만족스럽다는 듯 고개를 살짝 끄덕거렸다.

"충성심을 의심받는 것이 어떤 건지 저도 알아요."

파이어스타 혼자만 브램블포를 못 미더워하는 것은 아니었지만, 그래도 죄책감이 그의 가슴을 찔렀다.

"다른 훈련병들과는 어떻게 지내느냐?"

"잘 지내요. 하지만 전사들 중에는 저와 토니포를 좋아하지 않는 이들이 있어요. 타이거스타가 우리 아버지라서 그런 거죠."

훈련병의 속 깊은 말에 파이어스타는 자신이 더욱 부끄러워졌다.

'우리가 서로 비슷하다는 걸 미처 몰랐구나.'

파이어스타는 생각했다.

'우리는 충성심을 입증하기 위해서 두 배로 열심히 싸우고, 적들에 맞서 스스로를 지키듯이 종족으로부터 우리 자신을 지키느

라 두 배로 힘이 들었던 거야.'

"그래도 견딜 수 있겠느냐?"

파이어스타는 조심스럽게 물었다.

브램블포가 눈을 끔벅였다.

"제 충성심이 어디를 향하고 있는지는 제가 아니까요. 언젠가는 증명해 보일 거예요."

훈련병은 거들먹거리지 않고 차분하고 단호하게 말했다. 파이어스타는 자신이 그를 믿고 있다는 것을 깨달았다. 훈련병은 두 발쟁이 영역을 방문하는 일에 대해 솔직히 말해 준 스승에게 솔직한 대답을 들려준 것이다. 이제 파이어스타가 브램블포를 위해서 할 일은 자신의 말을 믿게 해 주는 것이었다.

"토니포는 어때?"

"글쎄요……."

훈련병은 곤혹스런 표정으로 대답을 망설였다.

"가끔씩 까다롭게 굴기도 하는데, 그건 토니포의 방식이니까요. 종족에 진심으로 충성하는 건 분명해요."

"나도 그렇게 믿는다."

파이어스타는 브램블포가 종족 지도자와 누이에 대해 얘기하는 걸 불편해한다는 것을 알아차렸다. 앞으로 토니포를 좀 더 유심히 지켜보면서, 믿을 수 있는 천둥족 전사가 되는 데 필요한 모든 지원을 받고 있는지 확인해 봐야 했다. 그녀를 가르치는 브래큰퍼와 얘기해 보는 것도 좋은 생각일 듯했다.

파이어스타는 문득 훈련병에게 다정한 감정이 들어 덧붙였다.

"어두워지기 전에 순찰을 마치려면 이제 출발해야겠다. 나와 같이 가겠니?"

브램블포의 호박색 눈동자가 반짝였다.

"그래도 돼요?"

"물론이지."

파이어스타는 울타리에서 뛰어내린 다음, 어린 고양이가 뒤따라 내려오는 것을 기다려 주었다.

"가는 길에 훈련도 해 보자."

"좋아요!"

브램블포가 들뜬 목소리로 대답했다.

파이어스타는 앞장서서 숲으로 들어갔다. 훈련병은 스승에게 바짝 붙어 따라왔다.

파이어스타는 천둥길 언저리에서 걸음을 멈추고, 건너편 그림자족 영역에서 흘러드는 냄새를 맡았다.

'타이거스타가 저기 있어. 무슨 계략을 꾸미고 있을까? 다음에는 또 뭘 하려는 거지?'

걱정에 잠긴 채 말없이 서 있던 그는 하늘에서 하얀 조각들이 내려오고 있는 걸 발견했다.

'눈이다!'

파이어스타는 짙은 먹구름이 드리워진 하늘을 올려다보았다. 갑자기 들려온 브램블포의 비명 소리에 그는 뒤를 돌아보았다. 브램블포의 코에 내려앉은 눈송이가 천천히 녹고 있었다. 훈련병은 분홍색 혀를 낼름 내밀어 코에 묻은 눈을 핥았다. 호기심으로 눈이 휘둥그레져 있었다.

"이게 뭐예요, 파이어스타? 아주 차가운데요?"

파이어스타는 재미있어하며 가르랑거리는 소리를 냈다.

"눈이란다. 잎 없는 계절에 내리는 거야. 이렇게 계속 내리면 눈송이가 땅과 나무들을 온통 뒤덮어 버리지."

"정말요? 하지만 너무 작은걸요?"

"아주 많아질 거란다."

눈송이는 이제 커져 있었고, 천둥길 건너편에 있는 숲을 가리고 그림자족 냄새를 덮을 정도로 세차게 내리기 시작했다. 괴물도 천천히 움직이며 지나갔고, 우르릉거리는 굉음도 묻혀 버렸다. 번득거리는 괴물의 눈도 퍼붓는 눈발 때문에 앞을 잘 보지 못하는 것 같았다.

파이어스타는 눈이 내리면 숲에도 더 많은 문제가 생기리라는 것을 알고 있었다. 먹잇감은 얼어 죽거나, 사냥꾼들이 추격할 수 없는 구멍 깊숙이 숨어 버릴 것이다. 종족을 먹여 살리는 일은 어느 때보다 더 힘들어질 것이다.

훈련병은 눈을 크게 뜨고 떨어지는 눈송이들을 바라보고 있었다. 머뭇거리다가 한 발을 들어 눈송이를 만져 보기도 했다. 그러다가 눈송이가 땅에 닿기 전에 모조리 잡아 버리겠다는 듯 신이 나서 소리를 지르며 펄쩍펄쩍 뛰기 시작했다. 다시 새끼 고양이가 된 것처럼 즐겁게 놀고 있는 브램블포를 보니 파이어스타도 기분이 좋았다. 잔인한 타이거스타도 그저 순수하게 눈송이를 쫓아다니며 즐거워한 적이 있을까? 만약 그렇다면, 도대체 언제부터 그런 마음을 잃어버리고 오로지 권력에만 관심을 갖게 되었을까?

그 질문에는 답이 없었다. 파이어스타는 자신과 마찬가지로 타이거스타에게도 후퇴란 없다는 것을 잘 알고 있었다. 그들의 발은 별족이 정해 놓은 길을 단단히 딛고 있었다. 머지않아 두 지도자는 서로를 마주할 것이다. 숲에 남을 고양이가 누구인지 결정하기 위해.

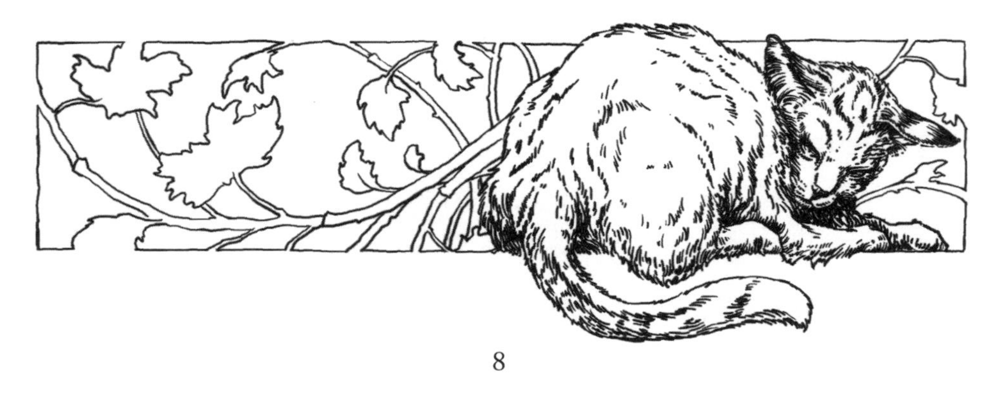

8

다홍색 열매

파이어스타와 브램블포가 진영에 다다를 무렵 눈은 그쳤다. 구름이 걷히고, 하얀 눈이 얕게 흩뿌려진 땅에는 저무는 해가 길고 푸른 그림자를 드리웠다. 두 고양이는 싱싱한 먹이를 입에 물고 있었다. 훈련병의 사냥 솜씨를 지켜본 파이어스타는 어린 고양이의 집중력과 숙련된 접근 기술에 감탄했다.

골짜기 꼭대기에 막 도착했을 때, 뒤에서 그들을 부르는 소리가 들렸다. 파이어스타가 돌아보니 그레이스트라이프가 덤불을 헤치고 걸어오고 있었다.

회색 전사는 숨을 헐떡이며 그들에게 다가왔다. 둘의 입에 물려 있는 먹이를 본 그는 눈이 휘둥그레졌다.

"나보다 운이 좋았던 모양이네. 난 쥐 한 마리도 못 찾았는데."

파이어스타는 친구를 향해 안쓰러운 눈길을 보낸 후 앞장서서 가시금작화 굴길로 향했다. 그때 소렐킷의 모습이 눈에 띄었다. 윌로펠트의 새끼들 중에서 가장 모험심이 강한 그 고양이는 진영에서 나와 가파른 골짜기를 오르고 있었다. 놀랍게도 다크스트라이프가 그녀와 함께 있었다. 다크스트라이프가 몸을 숙여 그녀에게 무언가를 속삭였다.

"이상하군."

파이어스타는 다람쥐를 입에 문 채 혼잣말처럼 중얼거렸다.

"다크스트라이프는 새끼 고양이들에게 관심을 준 적이 한 번도 없는데. 게다가 여기서 뭘 하고 있는 거지?"

별안간 그레이스트라이프가 날카로운 소리를 지르며 파이어스타를 빠르게 지나쳐 갔다. 그는 눈 덮인 돌들을 디디며 골짜기를 달려 내려갔다. 그와 동시에 소렐킷의 건장한 몸을 지탱하던 다리가 푹 꺾였다. 그녀는 눈 속에서 몸부림치며 괴로워하기 시작했다. 깜짝 놀란 파이어스타가 먹이를 내려놓은 순간 그레이스트라이프가 외쳤다.

"안 돼!"

그는 다크스트라이프에게 몸을 날렸다. 다크스트라이프는 뒷다리로 회색 전사를 할퀴고 마구 걷어찼지만, 그레이스트라이프는 상대의 목 깊숙이 이빨을 찔러 넣은 채 놓아주지 않았다.

"무슨……?"

파이어스타는 브램블포와 함께 비탈을 달려 내려갔다. 그는 이빨과 발톱을 휘두르며 뒤엉켜 있는 고양이들을 피해 소렐킷에게 다가갔다.

새끼 고양이는 초점 잃은 눈을 커다랗게 뜬 채 땅에서 몸을 비틀고 있었다. 고통으로 날카로운 신음이 흘러나왔고, 입에는 거품을 물고 있었다.

"신더펠트를 불러와!"

파이어스타는 브램블포에게 명령했다.

훈련병은 눈을 흩날리며 쏜살같이 달려갔다. 파이어스타는 몸을 숙여 새끼 고양이의 배에 한 발을 살며시 올려놓았다.

"괜찮아. 신더펠트가 올 거야."

그때 소렐킷의 입이 벌어지면서, 하얀 이빨 사이로 반쯤 씹다만 다홍색 열매가 보였다.

"죽음 열매야!"

파이어스타는 깜짝 놀라 소리쳤다.

그의 머리 바로 위에 있는 바위틈에서 짙은 색 잎사귀가 달린 관목이 자라고 있었다. 잎사귀 사이에는 다홍색 열매들이 뭉텅이로 달려 있었다. 여러 달 전에 죽음 열매를 먹으려는 클라우드테일을 때마침 나타난 신더펠트가 막았던 일이 떠올랐다. 그녀는 클라우드테일에게 죽음 열매가 얼마나 독한지 알려 주고 주의를 주었다. 옐로팽이 자신의 아들인 브로큰테일을 죽일 때도 그 열매를 사용했었다. 파이어스타는 그 일로 죽음 열매가 얼마나 빠르고 치명적인 효과가 있는지 직접 확인할 수 있었다.

소렐킷에게 몸을 기울인 파이어스타는 입 안에 남아 있는 열매를 빼내려고 최선을 다했다. 하지만 쉽지 않았다. 어린 고양이가 겁에 질린 나머지 잠시도 가만히 있지 못했기 때문이었다. 그녀는 고개를 이쪽저쪽으로 도리질 쳤고, 몸은 발작하듯이 떨렸다. 경련이 점점 약해지자 파이어스타는 덜컥 겁이 났다. 그레이스트라이프와 다크스트라이프가 격렬하게 싸우는 소리가 여전히 들려왔지만, 이상하게도 그들은 아주 멀리 있는 것처럼 느껴졌다. 파이어스타는 오직 새끼 고양이에게만 정신을 집중했다.

그때 다행히도 신더펠트가 도착했다.

"죽음 열매야!"

파이어스타는 재빨리 말했다.

"빼내려고 노력해 봤는데……."

신더펠트가 파이어스타 대신 새끼 고양이 옆에 앉았다. 그녀는 입에 물고 있던 잎사귀 다발을 내려놓고 말했다.

"좋아요, 소렐킷을 계속 잡아 주세요. 제가 한번 살펴볼게요."

새끼 고양이의 몸부림이 눈에 띄게 줄어든 상태에서 둘이 힘을 합치자, 신더펠트는 곧 입 안에 남아 있는 죽음 열매를 모두 빼낼 수 있었다. 그녀는 가져온 잎사귀 한 장을 빠르게 씹어 소렐킷의 입에 넣어 주었다.

"삼켜 봐."

그녀가 지시했다. 그리고 파이어스타를 돌아보며 말했다.

"톱풀이에요. 이걸 먹으면 구토를 할 거예요."

새끼 고양이의 목이 꿀렁꿀렁하더니 잠시 후에 먹은 것을 토해 냈다. 파이어스타는 걸쭉한 잎사귀 사이로 다홍색 알갱이들을 볼 수 있었다.

"잘했어."

신더펠트가 부드럽게 말했다.

"아주 잘했어. 이제 괜찮아질 거야, 소렐킷."

작은 새끼 고양이는 숨을 헐떡이고 몸을 덜덜 떨면서 누워 있었다. 그러다 갑자기 몸이 축 처지면서 눈이 감겼다. 파이어스타는 절망에 사로잡혀 작은 소리로 물었다.

"죽은 거야?"

신더펠트가 대답하기도 전에 진영 입구에서 울부짖는 소리가 들려왔다.

"내 새끼! 내 새끼는 어디 있어요?"

브램블포와 함께 골짜기로 달려오는 윌로펠트의 목소리였다. 몹시 놀란 그녀는 파란 눈을 크게 뜨고 소렐킷 옆에 웅크리고 앉았다.

"어떻게 된 거예요?"

"죽음 열매를 먹었어요."

신더펠트가 설명해 주었다.

"하지만 먹은 건 다 토해 낸 것 같아요. 제 거처로 데려가서 지켜봐야겠어요."

윌로펠트가 소렐킷의 삼색얼룩 털을 핥기 시작했다. 파이어스타는 새끼 고양이가 숨을 쉴 때마다 옆구리가 희미하게 들썩이는 것을 볼 수 있었다. 그녀는 죽지 않았다. 하지만 신더펠트의 걱정스러운 표정으로 보아 아직은 위험한 상태라는 걸 알 수 있었다.

그제야 파이어스타는 숨을 돌리고 그레이스트라이프를 찾아볼 정신이 들었다. 회색 전사는 꼬리 서넛 정도 떨어진 곳에서 다크스트라이프의 목을 한 발로 누르고, 다른 발로는 배를 눌러 꼼짝 못 하게 지키고 있었다. 다크스트라이프는 한쪽 귀에서 피를 흘리며 벗어나려고 몸부림쳤지만 헛수고였다.

"무슨 일이야?"

파이어스타가 물었다.

"나한테 묻지 마."

그레이스트라이프가 으르렁거리며 대답했다. 파이어스타는 친구가 이렇게 사나워진 모습은 거의 본 적이 없었다.

"이…… 이 여우 똥 같은 녀석에게 왜 새끼 고양이를 죽이려고 했는지 물어보라고!"

"죽이려고 했다고?"

파이어스타가 되물었다. 너무 뜻밖의 일이라 잠시 멍하니 바라볼 수밖에 없었다.

"죽이려고 했어."

그레이스트라이프가 거듭 말했다.

"물어봐, 왜 소렐킷에게 죽음 열매를 주었는지."

"쥐 대가리 같은 녀석! 죽음 열매를 준 게 아니라, 먹으려는 걸 말리고 있었던 것이다."

다크스트라이프가 그레이스트라이프를 올려다보며 싸늘한 목소리로 말했다.

"내가 똑똑히 봤어."

그레이스트라이프가 이를 악물고 말했다.

파이어스타는 골짜기 꼭대기에 멈춰 섰을 때 보았던 전사와 새끼 고양이의 모습을 다시 떠올려 보려고 애썼다.

"알았어, 그만 놔줘."

파이어스타는 망설이다가 친구에게 말했다. 그리고 다크스트라이프에게 시선을 돌렸다.

"다크스트라이프, 어떻게 된 건지 설명해 보십시오."

전사는 일어나서 몸을 털었다. 그레이스트라이프가 할퀸 옆구리에 털이 듬성듬성 뜯겨 있었다.

"진영으로 돌아가는 길이었습니다. 저 어리석은 새끼 고양이가 죽음 열매를 먹고 있는 걸 보고 말리려고 했는데 저 바보가 달려든 겁니다."

그는 억울하다는 눈빛으로 그레이스트라이프를 노려보았다.

"내가 왜 새끼 고양이를 죽이려고 하겠어?"

"나야말로 궁금하네요!"

그레이스트라이프가 쏘아붙였다.

"물론 고귀하신 파이어스타께서 누구를 믿을지는 뻔한 일이죠!"

다크스트라이프가 경멸스럽다는 듯이 쏘아붙였다.

"요즘 천둥족에서는 정의를 기대해 봤자 소용이 없으니까요."

다크스트라이프의 비난에 파이어스타는 가슴이 뜨끔했다. 그의 말이 사실이었기 때문이다. 그는 언제라도 다크스트라이프의 말보다는 그레이스트라이프의 말을 믿을 것이다. 하지만 친구가 실수를 하지 않았다는 것을 확실히 해 두어야 했다.

"지금 당장 결정할 필요는 없습니다. 소렐킷이 일어나면 무슨 일이 있었는지 말해 줄 테니까요."

파이어스타가 말했다. 순간 그는 다크스트라이프의 눈에 얼핏 불안감이 스치는 것을 본 것 같았다. 하지만 너무 빨리 사라져 버려서 확신이 서지는 않았다. 다크스트라이프는 거만하게 귀를 씰룩거렸다.

"좋습니다. 그때가 되면 우리 중 누가 진실을 말하고 있는지 알게 되겠죠."

전사는 꼬리를 높이 치켜들고 진영을 향해 걸어갔다.

"분명히 봤어, 파이어스타."

그레이스트라이프가 숨이 차서 옆구리를 들썩거리며 말했다.

"왜 소렐킷을 죽이려고 했는지는 모르겠지만, 죽이려고 했던 건 확실해."

파이어스타는 한숨을 내쉬었다.

"물론 널 믿어. 하지만 모두에게 공정하게 대해야 돼. 소렐킷이 말해 줄 때까지는 다크스트라이프에게 벌을 내릴 수 없어."

'정말 깨어난다면 말이야.'

파이어스타는 속으로 덧붙였다. 신더펠트와 윌로펠트가 조심스럽게 새끼 고양이를 물어 올려 가시금작화 굴길을 향해 옮기고 있었다. 소렐킷의 머리는 힘없이 늘어져 있었고, 꼬리는 땅에 질질 끌렸다. 파이어스타는 진영 여기저기를 뛰어다니던 새끼 고양이의 모습을 떠올리며 배가 뒤틀리는 듯한 고통을 느꼈다. 다크스트라이프가 정말로 그녀를 죽이려 했던 거라면, 반드시 그 대가를 치러야 할 것이다.

"그레이스트라이프, 신더펠트와 함께 가도록 해."

파이어스타는 친구에게 지시했다.

"소렐킷이 깨어날 때까지 신더펠트의 거처를 지키는 게 좋겠어. 샌드스톰과 골든플라워에게 도와줄 수 있는지 물어봐. 소렐킷이 말할 수 있을 때까지 아무 일도 일어나선 안 돼."

그레이스트라이프가 이해했다는 듯 눈을 반짝였다.

"알았어, 파이어스타."

그레이스트라이프는 비탈을 성큼성큼 내려가, 가시금작화 굴길로 사라지고 있는 고양이들을 따라잡았다.

파이어스타는 브램블포와 단둘이 골짜기에 남겨졌다.

"다람쥐를 위에다 두고 왔구나."

그는 고갯짓으로 골짜기 꼭대기를 가리키며 훈련병에게 말했다.

"좀 가져다줄 수 있겠니? 그런 다음에는 쉬면서 먹이를 먹도록 해라. 오늘 수고가 많았구나."

"고맙습니다."

브램블포는 몇 걸음 올라가다가 뒤를 돌아보고 물었다.

"소렐킷은 괜찮겠죠?"

파이어스타는 긴 한숨을 내쉬었다.

"나도 잘 모르겠구나, 브램블포."

9

특별한 임명식

파이어스타는 생각에 잠긴 채 진영으로 돌아왔다. 주변을 둘러보던 그는 쐐기풀 더미 옆에서 허겁지겁 먹이를 먹고 있는 다크스트라이프를 발견했다. 마우스퍼와 골든플라워, 프로스트퍼도 근처에서 먹이를 먹고 있었다. 하지만 세 고양이 모두 다크스트라이프에게서 등을 돌린 채, 그를 쳐다보지도 않았다.

그레이스트라이프가 골짜기에서 있었던 일에 대해 벌써 소식을 퍼뜨린 게 틀림없었다. 특히 새끼 고양이들을 길러 낸 프로스트퍼와 골든플라워는 종족 전사가 새끼 고양이를 죽이려 했을지도 모른다는 말에 겁을 먹었을 것이다. 그들이 그레이스트라이프의 말을 믿었다는 건 좋은 신호였다. 친구가 종족 고양이들에게 다시 받아들여지고 있고, 과거의 신의를 회복하기 시작했다는 의미였기 때문이다.

파이어스타가 그레이스트라이프에게 걸어가고 있을 때, 전사들의 거처 쪽에서 무언가 움직이는 모습이 눈에 띄었다. 나뭇가지 사이로 나타난 건 브래큰퍼였다. 주변을 휙휙 살피던 그는 다크스트라이프를 발견하고 한 걸음 다가갔다가, 방향을 돌려 파이어스타에게 왔다.

“방금 소식을 들었어요!”

브래큰퍼가 말했다.

“파이어스타, 죄송해요. 제가 그만 놓치고 말았어요. 다 제 잘못이에요!”

“진정해라.”

파이어스타는 불안해하는 어린 전사의 어깨에 잠시 꼬리를 올리고 달래 주었다.

“어떻게 된 일인지 말해 봐.”

브래큰퍼는 침착해지려고 애쓰며 숨을 두어 번 들이쉬었다.

“다크스트라이프가 사냥을 나갈 거라고 했어요. 그래서 저도 같이 갔는데, 숲에 들어서자마자 볼일을 봐야겠다고 하더니 덤불 속으로 가더라고요. 그동안 전 기다렸죠. 그런데 아무리 기다려도 오지 않길래 가 보니까, 사라지고 없는 거예요!”

브래큰퍼는 절망에 빠진 얼굴로 눈을 크게 뜨고 말했다.

“소렐킷이 죽으면 저 자신을 절대로 용서할 수 없을 거예요.”

“소렐킷은 죽지 않아.”

파이어스타는 그를 안심시켰다. 하지만 자신의 말이 사실인지는 알 수 없었다. 새끼 고양이는 아직도 위태로운 상태였다.

그리고 이제 걱정거리가 또 하나 생긴 셈이었다. 브래큰퍼의 말대로라면 다크스트라이프는 감시당하고 있다는 것을 눈치챘다는 뜻이었다. 그는 아주 교묘한 방법으로 감시를 따돌린 것이다.

'이유가 있었을 거야.'

파이어스타는 곰곰이 생각에 잠겼다. 다크스트라이프는 무슨 일을 꾸미고 있는 걸까? 왜 소렐킷을 죽이려고 했을까?

"이제 전 어떻게 하죠?"

브래큰퍼가 불쌍한 얼굴로 물었다.

"자책은 그만해라."

파이어스타가 대답했다.

"다크스트라이프의 충성심이 어디를 향하고 있는지 조만간 밝혀질 거야."

소렐킷이 걱정스럽기는 했지만, 파이어스타는 다크스트라이프가 이런 식으로 자신의 본모습을 드러낸 것이 한편으로는 다행스러웠다. 그는 다크스트라이프를 종족 안에 두고 배신행위를 하는지 감시하고 싶었지만, 이제는 그가 지도자에게나 천둥족에게 결코 충성하지 않으리라는 사실을 분명히 알게 되었다. 게다가 종족 안에는 힘없는 새끼 고양이를 독살하려고 한 고양이를 위한 자리는 없었다.

'타이거스타에게 가게 놔 주자. 거기가 다크스트라이프가 속한 곳이야.'

파이어스타는 생각했다.

"계속 감시하도록 해."

그는 브래큰퍼에게 지시했다.

"감시하고 있다는 걸 알려도 괜찮아. 소렐킷이 진실을 말해 줄 수 있을 때까지 진영을 떠나서는 안 된다고 전해."

브래큰퍼는 긴장한 얼굴로 고개를 끄덕이고 서둘러 다크스트라이프가 있는 쐐기풀 더미 쪽으로 향했다. 브래큰퍼의 말을 들은 다크스트라이프는 그에게 으르렁거리며 대꾸하고는 다시 먹이를 물어뜯었다.

그들을 지켜보던 파이어스타는 뒤에서 다가오는 발소리를 들었다. 돌아보니 샌드스톰이 와 있었다. 황갈색 암고양이는 그와 코를 맞대고 목구멍 깊은 곳에서 가르랑거리는 소리를 냈다. 파이어스타는 샌드스톰의 냄새를 들이마셨다. 그녀와 가까이 있다는 것만으로도 위안이 되었다.

"먹이를 먹으러 갈 거야?"

샌드스톰이 물었다.

"기다리고 있었어. 그레이스트라이프가 무슨 일이 일어났는지 말해 줬거든."

둘은 함께 쐐기풀 더미 쪽으로 걸어갔다.

"신더펠트의 거처를 지키는 일은 나중에 내가 교대해 주겠다고 말했어."

"고마워."

파이어스타는 짙은 줄무늬 전사를 흘깃 쳐다보고 싱싱한 먹이 더미로 향했다. 다크스트라이프는 식사를 마치고 몸을 일으키더니, 파이어스타는 못 본 척하고 전사들의 거처로 걸어갔다. 브래큰퍼가 결의에 찬 표정으로 그 뒤를 따라갔다.

다크스트라이프가 거처에 도착했을 때 더스트펠트가 막 거처 안에서 나오고 있었다. 더스트펠트는 몸을 홱 돌려 훈련병들의 거처 밖에 있는 펀포에게로 향했다. 천둥족 고양이들은 다크스트라이프에 대한 감정을 확실히 드러내고 있었다. 더스트펠트는 다크스트라이프의 훈련병이었는데도, 지금은 옛 스승과 말도 나누려 하지 않았다.

파이어스타는 싱싱한 먹이 더미에서 까치를 골라서 쐐기풀 더미로 가지고 갔다.

"파이어스타."

근처에 있던 마우스퍼가 그를 불렀다.

"쏜포에게서 들었어요. 전사 임명식에 대해서 의논하고 싶다고 하셨다면서요? 이제 때가 된 것 같아요."

"맞아요."

블루스타가 나이가 찬 훈련병들을 전사로 임명해 주지 않아 결국 스위프트포는 목숨을 잃었고 로스트페이스는 치명적인 부상을 입고 말았다. 쏜포가 마침내 전사로 임명되는 날이 오면 천둥족의 모든 고양이들이 그 불행한 사고를 떠올릴 것이다.

"내일 새벽 순찰을 셋이 함께 나갈까요? 그러면 쏜포의 실력도 확인해 볼 수 있을 테고요. 아, 쏜포를 못 믿는다는 건 아닙니다."

파이어스타는 황급히 덧붙였다.

"좋은 생각이에요."

마우스퍼가 동의했다.

"쏜포에게는 제가 말할까요?"

"제가 하겠습니다."

파이어스타가 까치를 베어 물며 대답했다.

"펀포와 애쉬포에게도 할 말이 있거든요."

샌드스톰은 파이어스타와 함께 먹이를 먹고 나서 신더펠트의 거처로 향했다. 파이어스타는 훈련병들이 먹이를 먹는 나무 그루터기로 걸음을 옮겼다. 더스트펠트와 펀포가 이미 쏜포, 애쉬포와 함께 와 있었고, 클라우드테일은 원로들의 거처에서 막 걸어 나오는 참이었다. 로스트페이스가 그 뒤를 바짝 따라오고 있었다.

"쏜포."

파이어스타는 훈련병에게 고갯짓을 하며 곁에 자리를 잡고 앉았다.

"발톱은 날카롭게 만들어 놓았느냐? 전사의 기술은 모두 익혀 놓았겠지?"

쏜포가 몸을 바로 하고 앉았다. 눈동자가 반짝이기 시작했다.

"네, 파이어스타!"

"그럼 내일 새벽 순찰을 나가자. 잘 해내면 해가 가장 높이 뜬 시간에 전사 임명식을 치러 주마."

쏜포는 기대감으로 귀를 파르르 떨었지만, 이내 눈빛이 어두워지더니 시선을 돌렸다.

"왜 그러지?"

파이어스타가 물었다.

"스위프트포와 로스트페이스가……."

쏜포는 부상을 당한 암고양이를 꼬리로 가리키며 목소리를 낮추었다.

"둘 다 저와 함께 임명식을 치렀어야 하는데……."

"그래, 안다."
파이어스타는 고통스러운 기억을 떠올리며 잠시 눈을 감았다.
"그래도 그것 때문에 네 일을 망치면 안 되지. 오랫동안 기다려 온 일이지 않느냐?"
"나도 같이 있어 줄게, 쏜포."
클라우드테일의 곁에 있던 로스트페이스가 큰 소리로 말했다.
"내가 가장 먼저 네 전사의 이름을 불러 줄게."
"고마워, 로스트페이스."
쏜포가 고마워하며 고개를 끄덕였다.
"이름 얘기가 나와서 말인데요."
클라우드테일이 로스트페이스 쪽으로 고개를 기울이며 끼어들었다.
"이 녀석의 이름은요?"
그는 블루스타가 부상을 입은 그녀에게 준 잔인한 이름을 한사코 쓰지 않으려고 했다.
"이제 바꿔 주는 게 어때요?"
"전사의 이름을 바꿀 수 있다고? 별족이 보는 앞에서 주어진 이름이다."
파이어스타가 말했다.
클라우드테일이 한숨을 내쉬며 분통을 터뜨렸다.
"종족 지도자를 쥐 대가리라고 부르게 될 줄은 몰랐네요! 하지만 솔직히 너무 어리석다고요! 원아이나 하프테일이 처음부터 그렇게 불렸다고 생각하세요? 원래는 다른 이름이 있었을 거라고요. 분명 무슨 의식 같은 게 있을 거예요. 지도자가 격식을 차려서 이름을 지어 주기 전까지는 동료들이 새 이름을 받아들이지 않을 테니까요."

"부탁해요, 파이어스타."

로스트페이스가 기대에 찬 눈으로 파이어스타를 바라보았다.

"이렇게 끔찍한 이름만 아니어도 다른 고양이들이 저에게 말 거는 걸 그렇게 불편해하지는 않을 거예요."

"알겠다."

파이어스타는 어린 고양이가 짊어진 짐을 그동안 알아채지 못해 미안했다.

"즉시 원로들과 상의해 보도록 하마. 원아이라면 틀림없이 어떻게 해야 할지 알고 있을 거다."

자리에서 일어난 파이어스타는 문득 할 말이 더 있다는 걸 깨달았다.

"애쉬포, 펀포, 너희도 잊지 않고 있다. 개 떼를 유인했을 때 너희 둘 다 아주 잘해 주었다. 하지만 전사가 되기엔 아직 좀 어리구나."

그의 말은 사실이었다. 하지만 그보다는 나이가 더 많은 쏜포를 먼저 전사로 임명해서 서열을 지켜 주고 싶은 마음이 더 컸다.

"그래도 오래 걸리진 않을 거다."

파이어스타는 두 훈련병에게 약속했다.

"알아요, 파이어스타. 우리는 아직도 배울 게 많으니까요."

애쉬포가 대답했다.

"파이어스타."

펀포가 걱정스럽게 물었다.

"다크스트라이프는…… 어떻게 되는 거죠? 정말로 다크스트라이프가 소렐킷에게 그런 짓을 했다면, 전 그런 스승 밑에서 배우고 싶지 않아요."

"소렐킷에게 정말로 그런 짓을 했다면, 네 스승 자리를 지키지 못할 거다."

파이어스타가 약속했다.

"소렐킷이라고요?"

클라우드테일이 물었다.

"소렐킷이 어떻게 됐는데요? 우리가 사냥 나간 사이에 무슨 일이 있었던 거예요?"

쏜포와 애쉬포가 자리를 옮겨서 클라우드테일과 로스트페이스 옆에 웅크리고 앉더니, 조용한 목소리로 소식을 전해 주었다.

"그럼 누가 펀포를 가르칩니까?"

더스트펠트가 다크스트라이프의 죄를 확신한다는 듯 물었다.

"제가 애쉬포와 같이 훈련시킬 수 있습니다."

더스트펠트가 기대감에 찬 목소리로 제안했다.

그 말을 들은 펀포의 표정이 밝아졌다. 하지만 파이어스타는 고개를 저었다.

"그건 안 돼, 더스트펠트. 넌 펀포에게는 엄격하게 훈련을 시킬 수 없을 거야."

더스트펠트는 순간 짜증스러운 눈빛을 보였지만, 이내 멋쩍은 듯 고개를 끄덕였다.

"그 말이 맞는 것 같네요."

"걱정 마."

파이어스타는 원로들의 거처로 향하며 말했다.

"훌륭한 스승을 정해 줄 테니까."

쓰러진 나무 옆의 거처에서 원로들은 밤을 보낼 준비를 하며 자리를 잡고 있었다.

"이번엔 또 뭔가? 여기선 잠시도 눈을 붙일 수 없다니까."

스몰이어가 이끼 잠자리에서 고개를 들며 투덜거렸다.

대플테일이 졸린 듯 가르랑거리는 소리를 냈다.

"스몰이어 말은 듣지 말게. 파이어스타라면 언제나 환영이니까."

"고맙습니다, 대플테일."

파이어스타가 말했다.

"원아이에게 할 말이 있어서 온 거예요."

나무 몸통 아래에 있는 고사리 덤불에 웅크리고 있던 원아이가 한 눈을 끔벅거리더니 입이 찢어져라 하품을 했다.

"듣고 있네, 파이어스타. 하지만 빨리 끝내 주게."

"이름에 대해서 좀 여쭤 보려고요."

파이어스타는 클라우드테일이 로스트페이스에게 새 이름을 붙여 주고 싶어 한다는 이야기를 했다.

어린 고양이의 이름이 거론되자 스페클테일이 다가와서 귀를 기울였다. 로스트페이스가 다쳤을 때 스페클테일이 그녀를 돌봐

주었고, 그 후 둘 사이에는 강한 유대감이 생겼다.

"클라우드테일을 탓할 수는 없는 일이군요."

파이어스타가 이야기를 마치자 스페클테일이 말했다.

"그런 이름을 원하는 고양이는 아무도 없을 테니까요."

원아이가 다시 한 번 하품을 했다.

"내 이름이 원아이로 바뀐 건, 나이가 한참 들었을 때야. 그리고 솔직히 싱싱한 먹이를 제때 가져다주기만 한다면야, 누가 날 뭐라고 부르든 상관없지. 하지만 어린 고양이에게는 그렇지가 않지."

"그럼 어떻게 해야 하는지 알려 주시겠어요?"

파이어스타는 답을 끌어내려고 애썼다.

"물론 알려 주고말고."

원아이가 꼬리를 들어 그에게 가까이 오라는 신호를 했다.

"이리 오게. 잘 들어 봐……."

밤새 많은 비가 내렸다. 새벽이 되자 파이어스타는 마우스퍼와 쏜포를 이끌고 진영을 나섰다. 땅을 덮었던 눈은 사라지고 없었다. 하늘에 햇빛이 스며들자 고사리와 풀줄기마다 매달린 물방울이 반짝거렸다. 파이어스타는 몸을 한번 털어 내고 활기찬 걸음을 뗐다.

쏜포의 반짝이는 눈동자에는 흥분한 기색이 엿보였지만, 훈련병은 침착함을 잃지 않았다. 전사가 될 자격이 있다는 것을 지도자에게 보여 주겠다는 의지가 대단했다. 세 고양이는 골짜기 꼭대기에 잠시 멈춰 섰다. 바람에 실려 온 쥐 냄새가 짙게 풍겼다.

쏜포가 질문하듯 재빨리 파이어스타를 쳐다보았다. 파이어스타는 고개를 끄덕여 주었다.

"사냥을 하러 나온 건 아니지만 먹잇감을 일부러 피할 필요는 없지. 어디, 네 사냥 솜씨를 좀 보자."

쏜포는 잠시 움직이지 않고 가만히 서서, 덤불 아래 깔린 잎사귀 사이를 헤집고 다니는 쥐의 위치를 파악했다. 그는 살금살금 다가가 유연하게 몸을 웅크리고 사냥 자세를 취했다. 고양이의 발소리에 쥐가 얼마나 민감하게 반응하는지 알고 있는 파이어스타는 훈련병을 만족스럽게 지켜보았다. 훈련병은 거의 땅 위에 떠 있는 것처럼 보였다. 그때 쏜포가 펄쩍 뛰어올랐다. 그리고 잠시 후 축 늘어진 쥐를 입에 물고 의기양양한 눈빛으로 파이어스타와 마우스퍼가 있는 곳으로 돌아왔다.

"잘했다!"

마우스퍼가 말했다.

"아주 훌륭했다."

파이어스타도 동의했다.

"이제 쥐는 묻어 두도록 해라. 돌아오는 길에 가져가면 된다."

쏜포가 잡아 온 먹잇감 위에 흙을 덮어 준 뒤, 파이어스타는 순찰대를 이끌고 뱀바위로 향했다. 타이거스타가 천둥족 진영으로 개 떼를 유인하기 위해 놓아둔 죽은 토끼들을 발견한 그 끔찍한 아침 이후로 이 길은 처음이었다. 그는 그날의 피비린내를 떠올리며 목구멍에 고인 쓰디쓴 분노를 삼켰다. 하지만 오늘 아침에는 평범한 숲의 냄새 말고는 아무런 냄새도 나지 않았다. 뱀바위에 도착했을 때는 모든 것이 잠잠했다. 동굴에서 들리던 울부짖음은 이제 기억에만 남아 있을 뿐이었다.

"좋다, 쏜포."

파이어스타는 여전히 느껴지는 끔찍한 두려움을 들키지 않으려고 애쓰며 말했다.

"무슨 냄새가 나지?"

훈련병은 고개를 들고 입을 벌려 공기를 들이마셨다. 몹시 집중하는 모습이었다.

"여우 냄새가 나요."

마침내 쏜포가 대답했다.

"오래된 냄새예요. 이틀 정도 된 것 같아요. 그리고 다람쥐와…… 개의 냄새가 희미하게 남아 있어요."

쏜포가 파이어스타를 힐긋 보았다. 어린 고양이도 파이어스타와 똑같은 불안감을 느끼고 있는 것이었다. 쏜포는 스위프트포가 목숨을 잃고 로스트페이스가 부상을 입은 장소가 바로 이곳이라는 걸 알고 있었다.

"다른 건?"

"천둥길 냄새도 나요. 그리고 뭔가……."

쏜포는 다시 공기를 맛보았다.

"파이어스타, 이해가 잘 안 가긴 하는데요……. 고양이들 냄새가 나는 것 같은데 어느 종족의 냄새도 아니에요. 저쪽에서 흘러들고 있어요."

훈련병은 꼬리로 방향을 가리켰다.

"어떻게 된 걸까요?"

파이어스타는 숨을 깊이 들이쉬었다. 쏜포의 말이 맞았다. 그들을 향해 부는 바람에 낯선 고양이의 냄새가 희미하게 실려 있었다.

"확인해 보자."

파이어스타가 말했다.

"조심해야 한다. 그냥 길 잃은 애완 고양이일 수도 있지만, 알 수 없는 거니까."

세 고양이는 조심스럽게 덤불을 헤치고 나갔다. 냄새는 점점 더 짙어졌다. 파이어스타는 이제 확신이 생겼다.

"떠돌이가 아니면 외톨이 고양이들이구나. 셋이 있는 것 같아. 냄새가 생생한 걸 보니 방금 지나간 것 같구나."

"우리 영역에서 뭘 하는 걸까요?"

쏜포가 물었다.

"타이거스타가 데려온 떠돌이 고양이들일까요?"

훈련병은 천둥족에서 추방된 타이거스타가 그림자족에 합류하기 전에, 천둥족을 공격하기 위해 불러들인 고양이들인지 묻고 있었다.

"아니야."

마우스퍼가 대답했다.

"타이거스타가 데려온 떠돌이들은 벌써 한참 전부터 그림자족 냄새를 풍기고 있으니까. 이번에는 다른 고양이들이야."

"이들이 누구인지, 우리 영역에서 뭘 하고 있는지 궁금하군요. 한번 쫓아가 보죠. 쏜포, 네가 앞장서라."

파이어스타가 말했다.

쏜포는 이제 아주 진지해졌다. 떠돌이 무리의 공격을 받을지도 모르는 상황에서, 다가올 전사 임명식에 대한 들뜬 기대감은 사라진 듯했다. 훈련병은 최선을 다해서 냄새를 따라갔다. 하지만 축축한 땅이 펼쳐진 곳에서 흔적을 놓치고 말았다. 파이어스타조차 냄새를 다시 찾을 수 없었다.

"죄송해요, 파이어스타."

쏜포가 의기소침한 얼굴로 말했다.

"네 잘못이 아니야."

파이어스타는 그를 달래 주었다.

"냄새가 사라졌으니 어쩔 수 없는 거다."

그는 고개를 들고 냄새 흔적이 이어져 온 방향을 살펴보았다. 낯선 고양이들은 천둥길이나 두발쟁이 영역으로 향하고 있는 것 같았다. 어느 쪽이 됐든 그들은 천둥족 영역 밖으로 나가고 있는 것처럼 보였다. 파이어스타는 어깨를 으쓱해 보였다.

"순찰대에게 경계를 늦추지 말라고 말해 둬야겠다. 하지만 걱정할 일이 아니길 바라야지. 잘해 주었다, 쏜포."

파이어스타는 어린 고양이를 돌아보며 만족스럽게 가르랑거리는 소리를 냈다.

"이제 진영으로 돌아가자. 전사 임명식을 치러야지."

"제힘으로 먹이를 잡을 수 있는 나이가 된 모든 고양이들은 여기 높은 바위 아래로 와서 종족 회의에 참석하십시오."

말이 끝나기가 무섭게 쏜포가 마우스퍼와 함께 훈련병들의 거처에서 나타났다. 두 고양이는 의식을 위해 털을 잘 단장한 모습이었다. 쏜포의 금빛이 도는 갈색 털은 잎 없는 계절의 흐릿한 빛을 받아 반짝였고, 벅차오르는 자부심으로 잔뜩 들뜬 얼굴이었다.

나머지 종족 고양이들이 모이기를 기다리던 파이어스타는 거처에서 나오는 신더펠트를 발견했다. 그레이스트라이프가 그녀와 함께 있었다. 둘은 머리를 맞대고 낮은 목소리로 얘기를 나누고 있었다. 파이어스타는 소렐킷이 어떤지 궁금했다. 새벽 순찰을 나서기 전에도 치료사의 거처에 들렀지만, 소렐킷은 잠들어 있었다. 신더펠트 역시 소렐킷의 몸에서 독이 완전히 빠져나갔는지 말해 주지 못했다. 파이어스타는 임명식이 끝나면 곧바로 소렐킷을 보러 가야겠다고 생각했다.

그때 전사들의 거처에서 나오는 다크스트라이프의 모습이 눈에 띄었다. 브래큰퍼가 그 뒤에 바짝 붙어 있었다. 그들이 높은 바위 앞쪽에 자리를 잡고 앉자, 그 주변은 텅 비어 버렸다. 누구도 다크스트라이프 근처에 가지 않으려고 했다. 짙은 줄무늬 전사는 비웃음을 띤 얼굴로 앞을 똑바로 응시했다. 파이어스타는 그 역시 다른 고양이들만큼이나 소렐킷의 상태를 궁금해하며 초조하게 기다리고 있으리라 짐작했다.

파이어스타는 종족 고양이들을 잠시 바라보았다. 오늘은 쏜포가 평생 동안 기억할 날이었다. 그리고 파이어스타 자신에게도 특별한 날이었다. 쏜포는 그가 종족 지도자가 된 후로 임명하는 첫 번째 전사였기 때문이다.

파이어스타는 자신과 동료들의 임명식에서 여러 번 들어 익숙해진 말과 함께 의식을 시작했다. 그의 목소리가 공터에 울려 퍼졌다.

"나, 천둥족의 지도자 파이어스타는 선대 전사들에게 이 훈련병을 굽어살펴 주시기를 청합니다. 이 훈련병은 선조들의 고귀한 규약을 이해하기 위해 열심히 훈련을 받았으니, 이제 당신들의 뒤를 따를 전사로 임명합니다."

파이어스타는 훈련병을 바라보며 말을 이었다.

"쏜포, 너는 전사의 규약을 지키고, 목숨을 걸고 종족을 보호하며 방어할 것을 맹세하느냐?"

"맹세합니다."

쏜포의 대답은 단호하고 자신감이 넘쳤다.

"이제 별족의 권한으로 나는 너에게 전사의 이름을 내린다."

파이어스타가 선언했다.

"이 순간부터 너는 쏜클로라고 불릴 것이다. 별족은 너의 충성심과 총명함을 존중한다. 우리는 너를 천둥족의 정식 전사로 기꺼이 맞이하겠다."

파이어스타는 앞으로 한 걸음 나와 쏜클로의 머리에 주둥이를 올려놓았다. 신임 전사의 몸이 흥분으로 파르르 떨리는 것이 느껴졌다. 쏜클로는 지도자의 어깨를 핥으며 답했다. 그리고 행복과 슬픔이 뒤섞인 눈으로 파이어스타를 한참 동안 바라보았다. 파이어스타는 그가 거처에서 함께 지냈지만 전사의 이름을 받기도 전에 목숨을 잃고 만 스위프트포를 떠올리고 있다는 걸 알 수 있었다.

쏜클로는 뒤로 물러나서 전사들이 있는 곳으로 갔다. 로스트페이스가 그에게 다가갔다.

"쏜클로!"

로스트페이스가 가르랑거리는 소리를 내며 그의 귀를 핥아 주었다. 가장 먼저 전사의 이름을 불러 주겠다는 약속을 지킨 것이다. 그녀의 따뜻한 목소리에는 동료의 성공을 자랑스러워하는 마음이 담겨 있었다.

로스트페이스의 뒤에서 클라우드테일이 다가와 쏜클로를 반겨 주었다. 그리고 질문하는 듯한 표정으로 파이어스타를 재빨리 바라보았다.

파이어스타는 클라우드테일에게 고개를 끄덕여 보였다. 그는 종족이 신임 전사의 이름을 연호하며 환영해 주는 동안 기다리고 있다가, 이윽고 꼬리로 조용히 하라는 신호를 보냈다. 고양이들이 다시 자리를 잡고 앉자 그는 입을 열었다.

"임명식을 끝내기 전에 할 말이 있습니다. 먼저 이 자리에서 쏜클로와 함께 전사의 이름을 받았어야 마땅한 훈련병을 명예롭게 기리고 싶습니다. 모두 알다시피 스위프트포는 우리를 위협하던 개 떼를 추격하다가 죽음을 맞이했습니다. 천둥족은 영원히 그를 기억할 것입니다."

고양이들 사이에서 동의하는 소리가 울려 퍼졌다. 스위프트포의 스승이었던 롱테일의 얼굴에는 자부심과 슬픔이 교차하고 있었다.

"그리고 한 가지 더 있습니다."

파이어스타는 말을 이었다.

“나는 종족을 대표해 펀포와 애쉬포에게 감사를 전하고 싶습니다. 이들은 개 떼를 유인하는 임무를 수행하면서 전사의 용기를 보여 주었습니다. 전사의 이름을 받기에는 아직 어리지만, 칭송받아 마땅합니다.”

“펀포! 애쉬포!”

두 훈련병은 종족 고양이들이 이름을 외치며 칭찬해 주자 어쩔 줄 몰라 했다. 더스트펠트도 기뻐하며 눈을 반짝였다. 오직 펀포의 스승인 다크스트라이프만이 침묵을 지키며 냉정한 눈빛으로 앞만 바라보고 있었다. 그는 심지어 자신의 훈련병을 돌아보지도 않았다.

파이어스타는 환호가 잦아들 때까지 기다렸다.

“아직 한 가지 의식이 더 남아 있습니다.”

그는 꼬리를 흔들어 로스트페이스를 불러냈다. 그녀는 불안한 듯 앞으로 걸어 나와 파이어스타 앞에 섰다. 뒤따라 나온 클라우드테일이 꼬리 하나 정도 떨어진 곳에 멈춰 섰다.

지켜보던 고양이들이 웅성거리기 시작했다. 대부분은 앞으로 벌어질 일을 알지 못했다. 이미 이름을 받은 전사에게 새로운 이름을 주는 의식은 꽤 오랫동안 열린 적이 없었던 것이다.

파이어스타는 원아이가 말해 준 것을 떠올리며 의식을 시작했다.

“모든 고양이의 이름을 아는 별족의 영혼들이시여, 이제 앞에 보이는 고양이의 이름을 거두어 가시기를 청합니다. 그 이름은 더 이상 이 고양이에게 합당한 것이 아닙니다.”

파이어스타는 잠시 말을 멈추었다. 별족 앞에 선 어린 암고양이는 이름이 없는 채로 기다리고 있었다. 그는 고심 끝에 고른 이름이 그녀의 마음에 들기를 바랐다.

파이어스타는 마침내 발표했다.

“종족 지도자의 권한으로, 그리고 선대 전사들의 승인을 얻어 나는 이 고양이에게 새 이름을 내립니다. 지금 이 순간부터 이 고양이는 브라이트하트로 불릴 것입니다. 비록 몸은 심하게 다쳤지만, 우리는 이 전사의 용맹스러운 기상과 내면에서 빛나는 밝은 빛을 칭송할 것입니다.”

파이어스타는 새로운 이름을 받은 브라이트하트에게 가까이 다가갔다. 그리고 전사 임명식에서 했던 것처럼 그녀의 머리에 주둥이를 올려놓았다. 그녀 역시 새로 임명된 여느 전사들과 마찬가지로 지도자의 어깨를 핥으며 답했다.

“브라이트하트! 브라이트하트!”

고양이들의 함성이 높아졌다. 브라이트하트는 훈련병 시절에 모두의 사랑을 받은 고양이였고, 그녀가 다쳤을 때는 종족 전체가 슬퍼했다. 그녀는 엄밀한 의미로 전사가 될 수는 없을 테지만, 천둥족에는 언제까지나 그녀의 자리가 남아 있을 것이다.

파이어스타는 브라이트하트를 데리고 클라우드테일이 기다리고 있는 곳으로 갔다.

“어때, 이제 만족하니?”

클라우드테일은 브라이트하트와 주둥이를 맞대고 서로 꼬리를 휘감느라 바빠서, 간신히 웅얼거리며 대답했다.

"완벽해요, 파이어스타!"

브라이트하트의 다치지 않은 눈에 행복한 빛이 반짝였다. 그녀는 가르랑거리느라 말을 할 수도 없을 정도였지만, 파이어스타에게 감사의 뜻으로 눈을 찡긋했다. 별족에게 맞선 블루스타의 분노가 짐이 되어 그녀를 너무 오랫동안 짓누르고 있었다. 비록 그녀는 온전한 전사가 되지는 못할지라도, 이제는 자랑스러운 이름을 가지게 되었다.

파이어스타는 감정이 북받쳐 올랐다. 지도자가 된 보람을 느끼는 순간이었다.

"있잖아요, 파이어스타."

잠시 후 클라우드테일이 말했다.

"브라이트하트와 전 같이 훈련을 할 거예요. 한 귀와 한 눈으로도 할 수 있는 동작을 연습할 생각이에요. 브라이트하트가 다시 싸울 수 있게 되면 원로들의 거처에서 나와서 전사들의 거처에서 같이 지내도 되겠죠?"

"글쎄……."

파이어스타는 확신이 서지 않았다. 브라이트하트는 혼자서 사냥할 수가 없었고, 싸움을 한다 해도 너무나 불리했기 때문에 온전한 전사가 될 수는 없었다. 하지만 그녀의 결연한 의지를 꺾기는 힘들었다. 게다가 파이어스타도 그녀가 할 수 있는 한에서는 스스로를 방어하고 종족 동료들을 지킬 수 있기를 바랐다.

"넌 아직 훈련병이 없으니 브라이트하트와 시간을 보낼 수도 있겠구나."

"같이 훈련해도 된다는 뜻인가요?"

클라우드테일이 재촉하듯 물었다.

"부탁해요, 파이어스타."

브라이트하트도 거들었다.

"저도 종족에게 도움이 되고 싶어요."

"알았다."

파이어스타는 허락해 주었다. 그리고 문득 생각이 나서 덧붙였다.

"새로운 기술들을 터득하면 다른 고양이들에게도 가르쳐 줄 수 있겠구나. 이런 부상을 당한 고양이가 브라이트하트 하나가 아니니까. 앞으로도 더 생길 테고."

클라우드테일이 동의한다는 소리를 냈다.

그때 브라이트하트의 스승이었던 화이트스톰이 다가와 그녀를 축하해 주었다. 젊은 두 고양이가 자리를 떠나자, 화이트스톰이 파이어스타를 향해 말했다.

"임명식 직전에 소렐킷에게 가 보았습니다. 이제 깨어나고 있더군요. 신더펠트도 회복할 수 있을 거라고 말했습니다."

"그거 정말 좋은 소식이군요!"

파이어스타는 가르랑거리는 소리를 냈다. 문득 화이트스톰이 소렐킷의 아버지라는 사실이 생각났다.

"무슨 일이 있었는지 말해 줄 정도로 회복된 것 같았나요?"

"그건 신더펠트에게 물어보셔야 할 것 같습니다."

화이트스톰이 대답했다.

“지금 가 보십시오. 순찰대는 제가 알아서 하겠습니다.”

파이어스타는 부지도자에게 고맙다는 인사를 하고 서둘러 치료사의 거처로 갔다.

고사리 굴길 입구에서 신더펠트가 그를 맞이했다.

“파이어스타를 찾으러 가던 참이었어요.”

화이트스톰에게서 좋은 소식을 듣고 온 그는 신더펠트의 근심 어린 눈을 보고 깜짝 놀랐다.

“소렐킷이 깨어났어요. 이제 괜찮아질 거예요. 그런데 소렐킷이 하는 얘기를 좀 들어 보셔야 할 것 같아요.”

10

다크스트라이프의 충성심

소렐킷은 신더펠트의 거처 입구 근처에 있는 이끼 잠자리에 몸을 말고 있었다. 파이어스타가 신더펠트와 함께 다가가자 그녀가 고개를 들었다. 하지만 눈꺼풀을 들어 올리기조차 힘든 것처럼 보였다.

그녀를 지키는 임무를 맡은 샌드스톰이 곁에 웅크리고 앉아 있었다.

"너무 안됐어."

파이어스타가 다가가자 샌드스톰이 말했다.

"거의 죽을 뻔했어. 다크스트라이프를 어떻게든 해야 돼."

샌드스톰은 신더펠트만큼이나 걱정스러운 얼굴이었다. 그녀 역시 소렐킷의 말을 들었을 것이다. 파이어스타는 고개를 끄덕였다.

"다크스트라이프는 나에게 맡겨."

파이어스타는 소렐킷의 곁에 앉으며 부드럽게 말했다.

"깨어나서 얼마나 기쁜지 모르겠구나, 소렐킷. 무슨 일이 있었는지 말해 줄 수 있겠니?"

작은 삼색얼룩 고양이가 그를 바라보며 눈을 깜빡였다.

"수트킷과 레인킷은 보육실에서 자고 있었어요."

그녀는 힘없는 목소리로 이야기를 시작했다.

"하지만 전 졸리지 않았어요. 마침 엄마가 보고 있지 않아서 골짜기로 놀러 나갔어요. 쥐를 잡고 싶었거든요. 그때 다크스트라이프를 본 거예요."

소렐킷의 목소리가 떨리더니 갑자기 말을 멈추고 머뭇거렸다.

"계속해 보렴."

파이어스타는 그녀를 격려했다.

"혼자 골짜기를 오르고 있더라고요. 그런데 전 다크스트라이프가 브래큰퍼와 같이 있어야 한다는 걸 알고 있어서……. 혼자 어디를 가는 건지 궁금해서 따라가 봤어요. 브램블포와 토니포를 진영에서 데리고 나갔던 때가 생각났거든요. 그래서 저도 그렇게 모험을 할 수 있을지도 모른다고 생각했어요."

소렐킷은 언제나 밝고 호기심이 넘치는 새끼 고양이였다. 이따금 엉뚱하게 용기를 내는 바람에 곤경에 처하기도 했다. 하지만 지금 힘없이 축 늘어져 있는 작은 고양이에게서는 그런 용감한 모습은 찾아볼 수 없었다. 파이어스타는 그녀가 신더펠트의 보살핌을 받아 어서 빨리 활기 넘치는 본모습을 찾기를 바랄 뿐이었다.

"한참을 따라갔어요."

소렐킷이 말을 이었다. 자부심이 느껴지는 목소리였다.

"진영에서 그렇게 멀리까지 나가 본 건 처음이었어요. 전 다크스트라이프에게 들키지 않으려고 몸을 숨겼어요. 제가 거기 있는 걸 눈치채지 못했죠. 그런데 그때 모르는 고양이가 나타났어요. 저는 한 번도 본 적 없는 고양이가 다크스트라이프를 만나더라고요."

"모르는 고양이라고? 어떻게 생겼는데? 냄새는?"

파이어스타는 다급하게 물었다.

소렐킷은 당황한 얼굴이었다.

"냄새는 모르겠어요."

그녀가 코를 찡그리며 말했다.

"하지만 지독한 냄새였던 건 분명해요. 덩치가 크고 털이 하얀 고양이였어요. 파이어스타보다도 컸어요. 그리고 발은 검은색이었고요."

파이어스타는 그녀의 얼굴을 빤히 바라보다가, 그 고양이가 누구인지 깨달았다.

"블랙풋이야! 타이거스타의 부지도자지. 넌 그림자족 냄새를 맡은 거란다, 소렐킷."

"그림자족의 부지도자를 우리 영역에서 만나다니, 도대체 무슨 짓을 꾸미는 거지?"

샌드스톰이 으르렁거렸다.

"그래서 그다음에는 어떻게 되었지?"

파이어스타는 새끼 고양이에게 물었다.

"전 겁이 났어요."

소렐킷이 발을 내려다보며 말했다.

"그래서 진영으로 곧장 달려왔어요. 그때 다크스트라이프가 소리를 들은 것 같아요. 골짜기에서 저를 따라잡았거든요. 제가 몰래 따라갔다고 화를 낼 줄 알았는데, 저에게 영리하다고 해 줬어요. 그리고 특별히 주는 거라고 하면서 붉은 열매를 줬어요. 맛있어 보였는데, 먹고 나니까 너무 아프기 시작했어요……. 그리고 다른 건 생각나지 않아요. 그냥 여기서 깨어났다는 것밖에 모르겠어요."

말을 마친 그녀는 다시 고개를 발에 파묻었다. 긴 이야기를 하느라 지친 모양이었다.

신더펠트가 새끼 고양이에게 조심스럽게 코를 들이밀어 호흡을 확인했다.

"그건 죽음 열매란다. 두 번 다시 건드리지도 말아야 해."

"알겠어요, 신더펠트. 절대로 건드리지 않을 거예요."

새끼 고양이가 대답했다.

"고맙다, 소렐킷."

파이어스타는 그레이스트라이프의 말이 맞았다는 사실을 알고도 화가 날 뿐, 놀랍지는 않았다. 정말 충격적인 것은 블랙풋이 천둥족 영역에 들어왔고, 심지어 다크스트라이프가 그 만남을 계획했다는 사실이었다.

"다크스트라이프는 어쩔 셈이야?"

샌드스톰이 물었다.

"직접 물어봐야지. 아마 아무것도 말하지 않겠지만 말이야."

"이런 일이 있었는데 천둥족에 머물게 할 수는 없어."

샌드스톰이 돌처럼 단단한 목소리로 지적했다.

"쥐꼬리 두엇만 줘도 다크스트라이프의 목을 물어뜯겠다고 나설 고양이가 한둘이 아닐걸."

"그 일은 나한테 맡겨 둬."

파이어스타는 단호하게 말했다.

신더펠트가 다시 잠에 빠져드는 소렐킷의 곁을 지켰고, 파이어스타는 샌드스톰과 함께 중앙 공터로 돌아왔다. 임명식이 끝나고도 많은 고양이들이 그 자리에 남아 서로 혀를 나누고 있었다. 화이트스톰은 골든플라워와 롱테일을 이끌고 가시금작화 굴길로 향하는 중이었다.

파이어스타가 높은 바위에 올라 또다시 회의를 소집하자, 순찰대는 걸음을 멈추고 돌아섰고 다른 고양이들도 모두 놀라서 위를 쳐다보았다. 파이어스타는 다크스트라이프를 찾아보았지만, 어디에도 그의 모습은 보이지 않았다.

"다크스트라이프는 어디 있지?"

파이어스타는 높은 바위 아래로 걸어오고 있는 그레이스트라이프에게 물었다.

"거처에 있습니다."

"나오라고 해."

그레이스트라이프는 전사들의 거처 안으로 사라졌다가 잠시 후에 다크스트라이프를 데리고 나타났다. 브래큰퍼가 그 옆을 지키고 있었다. 세 고양이는 높은 바위 아래로 걸어왔다. 자리를 잡고 앉은 다크스트라이프가 비웃는 듯한 얼굴로 파이어스타를 올려다보았다.

"우리 고귀한 지도자께서 이번에는 뭘 원하시는 겁니까?"

다크스트라이프가 물었다.

파이어스타는 다크스트라이프의 눈을 마주 보았다.

"소렐킷이 깨어났습니다."

다크스트라이프는 잠시 지도자의 눈을 응시하다가, 곧 시선을 돌렸다.

"고작 그 소식을 전해 주려고 종족 회의를 소집한 겁니까?"

비웃듯 말하긴 했지만, 털이 비죽비죽 곤두서 있었다.

"천둥족의 고양이들은 들으십시오."

파이어스타는 목소리를 높였다.

"다크스트라이프가 하는 말을 여러분이 직접 들을 수 있도록 회의를 소집했습니다. 오늘 소렐킷이 무슨 일을 당했는지는 다들 들으셨을 겁니다. 방금 전 소렐킷이 깨어났고, 이제 괜찮아질 거라고 합니다. 저는 방금 소렐킷과 이야기를 나누고 왔습니다. 소렐킷은 그레이스트라이프의 주장이 옳았다는 것을 확인해 주었습니다. 다크스트라이프가 소렐킷에게 죽음 열매를 먹였다고 합니다."

파이어스타는 다시 아래쪽에 있는 짙은 줄무늬 전사를 내려다보았다.

"자, 다크스트라이프, 자신을 변호할 말이 있습니까?"

"소렐킷이 거짓말을 하는 겁니다."

다크스트라이프가 쏘아붙였다.

그의 주변에 있는 고양이들 사이에서 화가 나서 쉭쉭거리는 소리가 터져 나왔다. 다크스트라이프는 발끈하며 덧붙였다.

“아니면 착각을 했겠지요. 새끼 고양이들은 절대로 남의 말을 주의 깊게 듣지 않는다니까요. 먹지 말라고 한 걸 잘못 알아들은 게 분명합니다.”

“소렐킷은 거짓말을 하거나 착각을 한 게 아닙니다.”

파이어스타가 말했다.

“게다가 더 재미있는 얘기도 해 주었습니다. 당신이 소렐킷에게 왜 죽음 열매를 먹였는지 그 이유를 알려 주었지요. 소렐킷은 당신이 블랙풋을 만나는 걸 봤다고 했습니다. 그림자족의 부지도자를 우리 영역에서 만났다고 하더군요. 그건 무슨 일인지 설명해 줄 수 있습니까?”

종족 고양이들은 더욱 성이 나서 으르렁대며 고함을 질렀다. 무리 뒤에 있던 고양이 하나가 큰 소리로 외쳤다.

“배신자!”

파이어스타는 꼬리로 조용히 하라는 신호를 보냈다. 한참이 지난 다음에야 고양이들이 잠잠해졌다.

다크스트라이프는 자신의 목소리가 들릴 만큼 조용해질 때까지 기다렸다.

“애완 고양이에게 굳이 변명할 필요는 없겠지요.”

그가 으르렁거리듯 내뱉었다.

파이어스타는 발톱으로 발밑에 있는 바위를 할퀴었다. 날카로운 발톱의 느낌이 그를 조금 안심시켜 주었다.

“아뇨, 애완 고양이에게 굳이 변명을 해야 합니다. 당신과 타이거스타가 무슨 음모를 꾸미고 있는지 반드시 알아야겠습니다."

파이어스타는 갑자기 두려움이 밀려들었지만 가까스로 참아 냈다.

"다크스트라이프, 타이거스타가 우리에게 어떤 짓을 하려 했는지 잘 아시죠? 개 떼가 종족 전체를 갈기갈기 찢어 놓을 수도 있었습니다. 그런 일이 있었는데 어떻게 타이거스타를 따를 생각을 할 수가 있습니까?"

다크스트라이프는 분노에 찬 시선으로 그의 눈을 마주 보았지만 대답은 하지 않았다. 파이어스타는 개들이 공격해 오던 날 아침, 타이거스타의 새끼들을 데리고 진영을 몰래 빠져나가려는 그를 붙잡았던 일이 떠올랐다. 다크스트라이프는 타이거스타가 음모를 꾸미고 있다는 것을 이미 알고 있었다. 하지만 경고조차 해주지 않고 종족 동료들을 섬뜩한 죽음으로 내몰았던 것이다. 그에게 천둥족에 대한 충성심이란 그 정도의 가치밖에 되지 않는 것이었다.

파이어스타는 공정하게 판단하고 싶었다. 어떤 고양이도, 심지어 다크스트라이프조차도 그가 타이거스타의 옛 추종자들을 괴롭힌다는 비난은 할 수 없게 만들고 싶었다. 무엇보다도 다크스트라이프가 천둥족을 떠나서 타이거스타에게 자유롭게 갈 수 있게 되면 무슨 짓을 저지를지 두려웠다. 하지만 이제는 선택의 여지가 없었다. 다크스트라이프가 저지른 죄에 합당한 판결은 오직 추방밖에 없었다.

"당신은 훌륭한 전사가 될 수도 있었습니다."

파이어스타는 다크스트라이프를 보며 말을 이었다.

"나는 당신이 스스로를 증명할 기회를 주고 또 주었습니다. 당신을 믿고 싶었습니다. 그런데……."

"날 믿는다고?"

다크스트라이프가 끼어들었다.

"넌 한 번도 나를 믿은 적이 없었어. 저 멍청한 브래큰퍼에게 날 감시하라고 시킨 걸 모를 줄 알아?"

그는 마지막 말을 옆자리에 앉아 있는 브래큰퍼를 향해 쏟아 냈다.

"내가 죽기 전까지 계속 감시나 당하며 살 거라고 생각했나?"

"아뇨, 나는 당신이 종족에 대한 충성심을 보여 주기를 기다리고 있었습니다."

파이어스타는 바위 위에 꿈쩍도 하지 않고 앉아, 다크스트라이프의 사나운 눈빛을 받아 냈다.

"천둥족은 당신이 태어난 곳이고, 여기 있는 고양이들은 당신과 함께 자란 동료들입니다. 그런 건 당신에게 아무런 의미도 없는 겁니까? 전사의 규약은 목숨을 걸고 종족을 지켜야 한다고 가르칩니다!"

다크스트라이프가 자리에서 벌떡 일어났다. 그의 눈에 두려워하는 빛이 스치고 지나갔다. 처음부터 천둥족을 완전히 떠날 생각은 없었다는 듯한 표정이었다. 어쨌든 타이거스타가 그를 기꺼이 받아 줄 거라고 확신할 수도 없는 일이었다. 다크스트라이프는 타이거스타가 천둥족에서 추방되면서 함께 떠나자고 제안했을 때 거절하지 않았던가. 게다가 브램블포와 토니포를 타이거스타에게 데려가려던 시도도 실패하고 말았다. 타이거스타는 쉽게 용서해 주는 고양이가 아니었다.

하지만 다크스트라이프가 마침내 입을 열었을 때, 그의 목소리에는 어떤 두려움이나 후회의 흔적도 없었다.

"이곳은 내 종족이 아니다."

그가 경멸하듯 내뱉었다. 그 말에 주변에 있던 고양이들은 충격을 받아 숨도 제대로 쉬지 못했다.

"더는 아니야. 애완 고양이가 이끄는 천둥족을 위해서 싸울 이유가 없지. 온 숲을 다 찾아봐도 따를 만한 가치가 있는 고양이는 타이거스타밖에 없다."

"그럼 그를 따라가십시오."

파이어스타가 쏘아붙였다.

"당신은 더 이상 천둥족의 전사가 아닙니다. 오늘 해가 진 이후로 우리 영역에서 당신을 발견하면, 적과 다름없이 대할 겁니다. 지금 떠나십시오."

다크스트라이프는 이글거리는 눈빛으로 파이어스타를 잠시 노려보았지만, 아무런 대꾸도 하지 않았다. 그리고 느긋하게 그에게서 등을 돌려 진영 입구를 향해 걸어갔다. 그가 지나가자 가까이 있던 고양이들이 뒤로 주춤주춤 물러났다.

"돌아오려고 하지 마세요. 그랬다간 끔찍한 일을 당하게 될 테니까. 명심해요!"

클라우드테일이 입술을 비죽거리며 말했다. 윌로펠트는 아무 말도 하지 않았지만 털을 곤두세우고 으르렁댔다.

다크스트라이프의 꼬리 끝이 사라지자마자 고양이들은 이런저런 추측들을 내놓으며 웅성거리기 시작했다. 그중에서 한 목소리가 또렷하게 들렸다.

"다크스트라이프는 그림자족으로 간 건가요?"

토니포였다.

토니포는 다크스트라이프의 죄를 묻는 다른 고양이들에게 동조하지 않았다. 대신 호기심 어린 얼굴로 조용히 상황을 지켜보고 있었다. 그녀는 굴길로 향하는 짙은 줄무늬 전사에게서 시선을 떼지 않았다. 놀란 것처럼 보였지만, 파이어스타로서는 이해할 수 없는 표정이 얼굴에 나타나 있었다.

파이어스타는 토니포의 질문에 몸이 굳어져 버렸다. 이 훈련병은 자신의 아버지가 그림자족 지도자라는 사실을 알고 있었다. 다크스트라이프의 배신이 어떤 의미인지 충분히 이해하고 있는 걸까?

"나도 모른다. 다크스트라이프가 원하는 곳으로 가겠지. 지금부터 그는 천둥족이 아니다."

파이어스타가 대답했다.

"우리 영역에 들어온 걸 발견하면 쫓아 버려도 된다는 뜻이겠지요?"

화이트스톰이 물었다.

"그렇습니다."

파이어스타가 대답했다. 그리고 모든 고양이를 향해 덧붙여 말했다.

"다크스트라이프나 다른 그림자족 고양이의 냄새를 맡으면 저나 화이트스톰에게 알려 주십시오. 그러고 보니 오늘 아침 쏜클로가 우리 영역에서 떠돌이 고양이들의 냄새를 맡았습니다. 그 점도 유의해서 살펴보고, 뭐든 발견되면 보고해 주십시오."

명령을 내리다 보니 파이어스타의 마음도 어느 정도 가라앉았다. 털에 들러붙은 것처럼 끈질기게 그를 괴롭혀 온 다크스트라이프가 마침내 없어지자, 서서히 안도감이 밀려들었다. 이제 더는 애완 고양이라는 비웃음을 당할 일도, 종족 안에서 일어나는 일들이 타이거스타에게 전해질까 봐 걱정할 일도 없을 것이다. 다크스트라이프가 앞으로 무슨 짓을 벌일지 걱정스럽기는 했지만, 그가 떠나면서 잃은 것보다는 얻은 것이 더 많았다. 그러나 한편으로는 다크스트라이프의 충성심도 얻을 수 있었다면 좋았을 거라는 아쉬움이 드는 것은 어쩔 수 없었다.

"파이어스타!"

더스트펠트의 목소리가 상념에 잠긴 그를 깨웠다.

"펀포는 어떻게 되는 겁니까? 이제 스승이 없어졌잖아요."

"고맙습니다, 더스트펠트. 그 문제는 당장 해결하겠습니다. 펀포, 앞으로 나와라."

펀포는 명령에 따라 더스트펠트의 곁을 떠나서 높은 바위 아래로 나왔다.

파이어스타는 주위를 둘러보며 자신이 생각해 둔 전사가 있는지 확인했다. 그리고 서둘러서 새로운 스승을 발표했다.

"롱테일, 스위프트포가 죽은 뒤로 그대에게는 훈련병이 없습니다. 그대는 스위프트포에게 훌륭한 스승이었습니다. 펀포에게 남은 훈련 기간 동안 최선을 다해서 그대가 가진 자질을 전해 주십시오."

롱테일은 소스라치게 놀라서 벌떡 일어났다. 뜻밖의 소식에 놀라움과 감사함이 뒤섞인 눈빛이었다. 파이어스타는 꼬리로 그를 불렀다. 다크스트라이프도 떠났으니 롱테일과 자신 사이에 마지막으로 남은 적개심도 이제는 묻어 둘 수 있기를 바라는 마음이었다. 롱테일은 종족의 훌륭한 구성원이 되기에 충분한 전사였다.

롱테일은 여전히 놀란 표정이 가시지 않은 채 펀포에게 다가가 그녀와 코를 맞대었다. 펀포가 고개를 숙여 인사한 다음, 두 고양이는 더스트펠트와 애쉬포가 앉아 있는 곳으로 물러났다.

파이어스타는 높은 바위에서 뛰어내렸다. 이제 모든 것이 끝나자 마치 오소리의 발에 얻어맞은 것처럼 기운이 빠졌다. 지금 무엇보다 간절한 것은 전사들의 거처에서 친구와 함께 몸을 말고 누워 혀를 나누다가 잠드는 것이었다. 하지만 그런 일들은 종족의 지도자인 그에게는 허락되지 않았다.

다크스트라이프는 종족을 배신했고, 천둥족 영역에는 그림자족 고양이들이 들어왔다. 그 사실은 지도자의 아홉 목숨을 받았던 의식에서 있었던 일을 다시 생각나게 했다. 꿈에 왜 뼈 무더기가 나타난 것일까? 뼈 무더기에서 흘러나와 강을 이룬 피는 무엇일까? 블루스타의 예언은 무엇을 의미하는 걸까?

파이어스타는 답을 알고 싶은 마음이 간절했다. 그는 혹시 별족이 신더펠트에게 어떤 계시라도 내려 주었는지 알아보려고 치료사의 거처로 향했다.

다행히 샌드스톰은 그곳을 지키고 있지 않았다. 그는 신더펠트와 비밀스러운 얘기를 나누는 모습을 샌드스톰에게 보이고 싶지 않았다. 소렐킷은 잠들어 있었고, 갈라진 바위틈에서는 신더펠트가 움직이는 소리가 희미하게 들렸다. 더 가까이 가자 그녀가 치료 약초와 열매들을 정리하는 모습이 보였다.

"노간주나무 열매가 거의 없고……."

중얼거리던 그녀가 파이어스타를 발견했다.

"무슨 일이에요? 이번엔 또 무슨 일이 생긴 거예요?"

절뚝거리며 거처 밖으로 나온 신더펠트는 파이어스타의 앞에 서서 걱정스럽게 코를 들이밀었다. 그리고 파이어스타의 겁에 질린 냄새를 감지했다.

"파이어스타, 왜 그러세요?"

파이어스타는 불안감을 털어 내기 위해 고개를 흔들었다. 신더펠트에게 달바위에서 꾸었던 꿈에 대해 처음부터 들려줘야 마음이 진정될 것 같았다.

신더펠트는 그의 얼굴에서 눈을 떼지 않은 채 곁에 앉아 잠자코 귀를 기울였다.

"블루스타가 이렇게 말했어. '넷은 둘이 된다. 사자와 호랑이가 전투에서 만날 것이다. 그리고 피가 숲을 지배할 것이다.'라고. 바로 그 순간 뼈 무더기에서 피가 흘러나오더니 분지를 가득 채우는 거야. 사방에 피가……. 신더펠트, 이게 다 무슨 뜻일까?"

"저도 모르겠어요."

신더펠트가 솔직하게 대답했다.

"전 그런 건 본 적이 없어요. 별족은 앞으로 일어날 일을 보여 줄 수 있지만, 저에게 모든 걸 알려 주는 건 아니니까요. 죄송해요, 파이어스타. 하지만 저도 생각해 볼게요. 어쩌면 조만간 좀 더 분명한 의미를 알려 주는 단서가 나타날 수도 있을 거예요."

신더펠트는 파이어스타의 털에 코를 밀어 넣고 그를 달래 주었다. 그녀의 위로가 고맙긴 했지만, 그렇다고 꿈에서 느꼈던 두려움을 잊을 수 있는 것은 아니었다. 어떤 무시무시한 운명이 그를 기다리고 있는 걸까? 신더펠트마저 그 질문에 답하지 못한다면, 천둥족에게는 무슨 희망이 남아 있는 걸까?

11
수상한 동맹

파이어스타는 해 드는 바위 근처 숲에서 나와 걸음을 멈추고 공기를 맛보았다. 해가 등 뒤에서 떠오르자 숲은 강을 향해 긴 그림자를 드리웠다. 다크스트라이프가 천둥족을 떠나고 여러 날이 지났다. 아직까지 영역 안에서 추방된 전사나 그림자족 고양이들의 흔적을 발견했다는 보고는 없었다. 하지만 너무나 또렷하게 남아 있는 꿈에 대한 기억 때문에, 파이어스타는 천둥길 너머에 있는 고양이들의 위협이 사라졌다고 생각할 수가 없었다.

그레이스트라이프와 쏜클로가 그를 뒤따라 숲에서 나왔다.

"무슨 냄새라도 납니까?"

그레이스트라이프가 물었다.

파이어스타는 어깨를 으쓱해 보였다.

"강족 냄새밖에 나지 않아. 예상했던 대로야. 경계를 넘어오진 않았어. 하지만 해 드는 바위도 확인해 봐야겠어."

"냄새 표시를 새로 남기도록 하죠. 가자, 쏜클로."

동료들이 바위들 사이에 난 틈으로 사라졌다. 파이어스타는 그

자리에 남아 조심스럽게 냄새를 맡아 보았다. 그림자족의 침입도 걱정이었지만, 야망이 넘치는 강족의 지도자 레퍼드스타를 잊은 것은 아니었다. 레퍼드스타는 불과 얼마 전에도 해 드는 바위를 차지하려고 했으니, 지금 다시 시도한다고 해도 놀라운 일이 아니었다.

파이어스타는 얼마 지나지 않아 강족의 생생한 냄새를 감지했다. 수상한 낌새를 느낀 그는 바위 아래를 돌아다니며 주변을 살폈다. 잠시 후 미스티풋을 발견한 그는 긴장을 늦출 수 있었다. 미스티풋은 혼자서 강가에 웅크리고 있었다. 파이어스타는 그녀가 강에서 물고기를 퍼내듯 잡아서 한 방에 해치우는 모습을 지켜보았다.

"잘 잡는데!"

파이어스타가 외쳤다.

미스티풋이 그를 발견하고 완만한 강기슭을 올라와 영역 경계 앞에 섰다. 그녀는 블루스타를 추모하러 왔다가 언짢은 기분으로 천둥족 진영을 떠나야 했지만, 다행히 변함없이 호의적인 태도를 보였다. 하지만 지난번에 만났을 때보다 훨씬 야윈 모습이었다. 파이어스타는 블루스타가 어미라는 사실이 밝혀진 뒤에 그녀에게 안 좋은 일이라도 일어난 건 아닌지 걱정이 됐다.

"어떻게 지내, 미스티풋? 별문제는 없었지?"

파이어스타가 물었다.

"나 말이야? 아니면 스톤퍼에 대해서 묻는 거야?"

미스티풋이 그가 뭘 걱정하는지 짐작한 듯 말했다. 그러더니 잠시 머뭇거렸다.

"스톤퍼가 종족에게 블루스타에 관한 진실을 털어놓았어. 몇몇은 탐탁지 않게 생각하더라고. 그중에 한둘은 아예 우리와 말도 섞지 않아. 대부분은 우리를 불편하게 생각하는 것 같고."

"저런, 안타까운 일이네. 레퍼드스타는 어때? 뭐라고 해?"

"썩 달가워하지는 않았지. 종족 앞에서는 우리를 지지해 주긴 했어. 그래도 우리를 주시하고 있는 것 같아. 우리가 변함없이 강족에 충성을 다하는지 확인하려고 말이야."

"너희의 충성심이야 의심할 필요도 없지!"

"맞아. 다른 고양이들도 조만간 알게 되겠지. 게다가……."

미스티풋이 다시 뜸을 들였다.

"그것보다 더 심각한 문제가 있어."

"무슨 문제?"

"타이거스타 말이야."

미스티풋이 몸을 부르르 떨었다.

"타이거스타가 계속 레퍼드스타를 만나러 오는데, 왜 만나는지 이유를 모르겠어. 뭔가 계획을 꾸미고 있는 게 분명한데 말이야."

파이어스타는 엄습하는 두려움을 느꼈다.

"무슨 계획?"

미스티풋이 귀를 씰룩거렸다.

"나도 모르겠어. 레퍼드스타가 스톤퍼에게도 말해 주지 않았거든. 부지도자인데도 말이야. 하지만 그림자족 전사 둘이 우리 진영에 계속 머물고 있어."

"뭐라고? 그건 있을 수 없는 일이잖아! 전사의 규약에도 어긋나는 일일 텐데!"

미스티풋은 힘없이 어깨를 으쓱해 보였다.

"레퍼드스타에게 그렇게 한번 말해 보든가."

"그림자족 전사들이 너희 진영에서 뭘 한다는 거야?"

"레퍼드스타 말로는 서로 교류하면서 훈련 방법과 전투 기술을 알려 주기 위해 머무르는 거래. 그런데 그런 걸 하는 것 같지는 않더라고. 하는 일이라고는 그저 지켜보는 것밖에 없어. 우리에 관해서 모든 걸 파악하려는 것 같아. 온갖 비밀과 약점 같은 것들 말이야."

미스티풋은 적이 바로 앞에 있는 것처럼 털을 곤두세웠다.

"그래서 여기 온 거야. 잠깐이라도 벗어나려고 말이야."

"정말 끔찍하네. 레퍼드스타는 도대체 무슨 생각으로 그러는 거지?"

"내 의견을 말해 줄까? 레퍼드스타는 종족을 위해서 최선을 다하고 싶은 거야. 숲에서 가장 강한 지도자가 타이거스타라고 생각하고, 동맹을 맺으려는 거지."

"타이거스타에게 동맹이란 게 있는지 모르겠네. 그에겐 오직 추종자들만 있을 뿐이야."

파이어스타가 경고하듯 말했다.

미스티풋이 고개를 끄덕였다.

"알아."

미스티풋은 자리에 앉아서 한 발을 핥고는 그 발로 귀를 두어 번 쓸었다.

파이어스타는 그녀가 다른 종족 전사에게 너무 많이 알려 줬다고 후회하고 있는 것은 아닌지 궁금했다.

"먹이는 잘 잡혀?"

파이어스타는 그녀의 주의를 돌리려고 질문을 했다.

"아직 강은 얼지 않은 것 같은데."

"아직은. 먹이는 드물지만, 그건 뭐 새로운 소식도 아니잖아."

미스티풋은 별것 아니라는 듯이 귀를 씰룩거렸다.

"어쨌든 잎 없는 계절이니까. 게다가 타이거스타가 보낸 그 두 전사는 전혀 도움이 안 된다니까. 진영에 가만히 앉아서 어찌나 먹어 대는지! 싱싱한 먹이를 잡아 오는 걸 못 봤어."

그레이스트라이프의 목소리에 그녀는 말을 멈췄다. 파이어스타가 돌아보자 친구가 강기슭을 내려와 그들을 향해 성큼성큼 다가오고 있었다. 쏜클로가 바로 뒤를 따르고 있었다.

"안녕, 미스티풋?"

그레이스트라이프가 숨을 헐떡이며 말했다.

"페더포와 스톰포는 잘 지내?"

"둘 다 잘 지내, 그레이스트라이프."

미스티풋이 옛 종족 동료를 반기며 가르랑거리는 소리를 냈다. 그레이스트라이프가 강족에서 지낸 시간은 얼마 되지 않았지만, 둘은 좋은 친구 사이가 되었다. 미스티풋은 언제든 기꺼이 그레이스트라이프에게 새끼들 소식을 전해 주었다.

"페더포는 싸움을 아주 잘해. 훌륭한 전사가 될 거야. 그 녀석이 전사가 되는 날에는 천둥족도 조심해야 할걸."

"스승이 훌륭하니까."

그레이스트라이프가 기분 좋게 가르랑거리며 말했다.

두 고양이가 그레이스트라이프의 새끼들에 대해 얘기하는 동안 파이어스타는 뒤로 물러나 있었다. 쏜클로가 그에게 다가와 말했다.

"냄새 표시를 새로 남겼어요, 파이어스타. 해 드는 바위 주변에서 강족의 냄새는 나지 않았어요."

"다행이구나."

파이어스타는 어린 전사에게 대꾸를 하면서도 정신은 딴 데 팔려 있었다. 미스티풋이 전해 준 소식은 그를 무척 불안하게 만들었다. 강족과 그림자족은 그 어느 때보다 긴밀하게 협력하고 있는 것 같았다. 타이거스타가 전쟁을 일으키기라도 한다면 천둥족은 강족과 그림자족 사이에 갇히고 말 것이다.

'아, 별족이시여!'

파이어스타는 속으로 기도했다.

'이제 제가 어떻게 해야 할지 알려 주세요.'

미스티풋과 얘기를 나눈 뒤로 파이어스타는 순찰을 늘렸지만, 수상한 점을 보고하는 고양이는 없었다. 그렇게 아무 일도 없이 여러 날이 지나고 어느덧 모임이 열리는 날이 찾아왔다.

해가 산울타리 뒤로 저물 무렵, 파이어스타는 화이트스톰과 쐐기풀 더미 옆에 앉아서 싱싱한 먹이를 나눠 먹으며 모임에 갈 준비를 하고 있었다.

"모임에는 누구를 데려가시겠습니까?"

화이트스톰이 물었다.

파이어스타는 씹고 있던 다람쥐를 꿀꺽 삼키고 대답했다.

"부지도자는 데려가지 않을 생각입니다. 분명 타이거스타가 행동을 개시하려고 할 거예요. 그러니까 남아서 진영을 지켜 주세요. 실력 있는 전사들도 남겨 두겠습니다."

"저도 그렇게 생각합니다."

화이트스톰은 들쥐를 마저 삼키고 혀로 입 주변을 핥었다.

"개 떼를 이용하려는 계획은 실패했지만, 타이거스타는 틀림없이 다른 시도를 할 겁니다."

"펀포와 애쉬포는 데려가겠습니다. 쏜클로도요. 전사가 되고 나서 첫 모임이니까 기대하고 있을 거예요. 샌드스톰과 그레이스트라이프, 프로스트퍼도 함께 가겠습니다. 그 정도만 가고 다른 전사들은 남겨 두면, 혹시 타이거스타가 전사들을 보내 진영을 공격하더라도 충분히 맞서 싸울 수 있을 거예요."

"타이거스타가 평화 협정을 깰 거라고 보시는 겁니까?"

화이트스톰이 물었다.

파이어스타는 귀를 홱 움직였다.

"화이트스톰은 어떻게 생각하세요? 타이거스타는 우리 진영으로 개 떼를 유인하기까지 했습니다. 별족의 뜻을 무시하는 정도의 사소한 일에 신경이나 쓸 것 같습니까?"

"별족의 뜻이라고 했습니까?"

화이트스톰이 콧방귀를 뀌었다.

"타이거스타는 별족에 대해서는 들어 보지도 못한 고양이처럼 행동하고 있지요."

화이트스톰은 잠시 말을 멈췄다가 그에게 물었다.

"타이거스타의 새끼들은 어쩌실 겁니까? 데려가실 겁니까?"

파이어스타는 고개를 저었다.

"아뇨, 달이 수백 번 지나기 전에는 절대로 안 데려갈 생각입니다. 무슨 일이 벌어질지 훤하잖아요? 타이거스타는 새끼들을 데려가고 싶어 하죠. 지난 모임에서 블루스타에게 한 달의 시간을 주고 어떻게 할지 결정하라고 했고요. 이제 그 한 달이 지났습니다. 일단 브램블포와 토니포가 모습을 드러내면, 타이거스타는 거기서 그 둘을 데려가고도 남을 거예요."

"제 생각도 마찬가지입니다."

화이트스톰이 그르렁거리는 소리를 내며 동의했다.

"그 두 훈련병이 천둥족에서 자라야 한다고 생각하시는 거죠?"

파이어스타는 깜짝 놀랐다.

"화이트스톰은 그렇게 생각하지 않으세요?"

그는 천둥족이 두 훈련병을 데리고 있는 것이 당연하다고 생각해 왔다. 하지만 부지도자가 그들을 타이거스타에게 보내야 한다고 생각한다면, 파이어스타도 자신의 의견을 신중히 검토해 봐야 할 것이다.

하지만 화이트스톰은 고개를 저었다.

"브램블포와 토니포가 천둥족의 고양이라는 것은 의심의 여지가 없는 사실입니다. 어미도 천둥족이고, 새끼들이 태어났을 때는 아비도 천둥족이었으니까요. 타이거스타가 그림자족으로 갔다고 해서 그 사실이 바뀌는 것은 아닙니다. 하지만 우리가 그들을 키우려면 싸워서 지키는 수밖에 없을 겁니다."

"그럼 싸워야죠."

파이어스타는 단호하게 말했다.

"게다가 순순히 훈련병들을 내줬다가는 타이거스타가 우리를 얕잡아 볼 거예요. 앞으로 더 많은 걸 요구해 올 게 분명합니다."

"맞습니다."

파이어스타는 다람쥐를 한 입 더 베어 물고, 눈을 가늘게 뜬 채 다가올 모임에 대한 생각에 빠져들었다.

"있잖아요, 화이트스톰, 꼭 타이거스타의 뜻대로만 되지는 않을 거예요. 저도 모임에서 알릴 소식이 있으니까요. 타이거스타가 개떼를 이용해서 우리를 파멸시키려고 했다는 사실을 알리면 다른 종족들이 어떻게 나올까요? 브로큰테일도 그렇게까지 잔혹하지는 않았잖아요. 그 사실을 알게 되면 그림자족도 등을 돌릴 겁니다. 숲에서 쫓아내려고 할지도 몰라요. 그럼 우리는 타이거스타의 위협에서 벗어날 수 있을 거예요."

화이트스톰이 귀를 씰룩거렸다. 놀랍게도 그는 파이어스타가 기대했던 만큼 낙관적인 표정이 아니었다.

"어쩌면 그럴 수도 있겠지요. 하지만 일이 그렇게 되지 않더라도 놀라지는 마십시오."

파이어스타는 부지도자를 빤히 쳐다보았다.

"개 떼를 이용해서 다른 종족을 몰살하려고 했는데, 그게 전사의 규약에 어긋나지 않는다는 말씀이세요?"

"물론 그런 건 아닙니다. 하지만 타이거스타는 자신이 한 짓이 아니라고 발뺌할 테니까요. 우리에겐 증거도 없지 않습니까?"

파이어스타는 부지도자의 말을 진지하게 생각해 보았다. 타이거스타가 개들에게 토끼를 잡아다 주는 것을 본 고양이는 롱테일 하나였다. 또 미끼로 놔둔 토끼들 사체에서 타이거스타의 냄새를 맡은 것도 천둥족 고양이들이었다. 그리고 타이거스타는 개 떼가 파이어스타를 따라잡아 해치울 수 있도록 계곡 근처에서 그를 직접 공격했었다. 블루스타가 나타나 도와주지 않았다면 그는 살아남지 못했을 것이다.

미스티풋과 스톤퍼가 그날 강가에서 타이거스타를 본 것은 사실이었다. 하지만 두 강족 전사는 이미 종족 안에서 어려움을 겪고 있었다. 그들이 타이거스타에게 불리한 증언을 한다 해도 종족 동료들이 믿어 주지 않을 수도 있었다. 안 그래도 힘든 그들을 더욱 곤란하게 할 수는 없었다.

나머지 증거들도 모두 천둥족 고양이들의 말에만 의지할 수밖에 없었다. 타이거스타와 천둥족 사이에 심각한 불화가 있어서 그가 종족을 떠날 수밖에 없었다는 사실을 바람족과 강족 모두 알고 있었다. 타이거스타는 천둥족 고양이들이 거짓말을 하고 있다고 주장할 것이다.

"다른 종족 고양이들이 누구 말을 믿을지 한번 보죠."

파이어스타는 분통을 터뜨리며 말했다.

“모두가 타이거스타를 별족이 숲에 내린 선물이라고 여기는 건 아닙니다. 타이거스타의 뜻대로 되지는 않을 겁니다.”

“그러길 바라야지요.”

화이트스톰이 자리에서 일어나 몸을 쭉 폈다.

“오늘 밤은 아주 격렬한 시간이 되겠군요, 파이어스타. 저는 가서 모임에 참석할 전사들에게 준비를 하라고 이르겠습니다.”

화이트스톰이 자리를 뜨자, 파이어스타는 쐐기풀 옆에 몸을 웅크리고 다람쥐를 마저 먹었다. 이번 모임에서는 분명 문제가 생길 것이다. 타이거스타는 자신의 새끼들을 데려가겠다고 주장할 것이 틀림없었다. 그리고 그 일을 빌미로 블루스타의 비밀을 폭로하고, 미스티풋과 스톤퍼를 반쪽짜리 종족 고양이라고 비난할 것이다.

‘하지만 나도 할 말이 많아.’

파이어스타는 화이트스톰이 지적한 문제들은 한쪽으로 밀어내며 생각했다.

‘내 말을 듣고 나면 숲에서 타이거스타를 믿어 줄 고양이는 아무도 없을 거야. 심지어 그의 종족도 믿어 주지 않을 테니까.’

12

타이거스타의 제안

파이어스타는 고양이들을 이끌고 분지로 내려가기 전에 잠시 언덕 위에 서 있었다. 고요한 밤이었다. 지평선에는 구름이 잔뜩 모여들고 있었다. 파이어스타는 혹시 오늘 밤 모임이 별족의 뜻에 어긋난다는 걸 알리기 위해 별족이 구름으로 달을 가리려는 것은 아닌지 궁금했다.

하지만 지금은 구름 위로 달이 높이 떠 있었다. 아래쪽 공터에서 고양이들의 냄새가 바람에 실려 왔다.

"아직은 바람족만 와 있는 것 같습니다."

파이어스타의 옆에 웅크리고 있던 그레이스트라이프가 말했다.

"다른 종족들은 왜 늦는 걸까요?"

파이어스타는 어깨를 으쓱해 보였다.

"별족만이 아시겠지. 솔직히 나는 타이거스타가 나타나지 않는다고 해도 신경 쓰지 않을 거야."

파이어스타가 꼬리로 신호를 보내자, 천둥족 고양이들은 덤불을 헤치고 분지 중앙에 있는 공터로 달려 내려갔다. 그레이스트라이프의 말대로 그곳에는 바람족 고양이들만 있었다. 부지도자인 데드풋과 함께 거대한 바위 아래에 앉아 있는 바람족 지도자 톨스타의 모습이 보였다.

“어서 오시오, 파이어스타.”

파이어스타가 다가가자 톨스타가 예를 갖추어 고개를 숙였다.

“높은 돌산에 가는 길에 톤이어를 만났다는 얘기를 들었소. 우리 모두 블루스타의 죽음을 애통해하고 있소.”

“천둥족도 그렇습니다.”

파이어스타도 고개를 숙이며 답했다.

“블루스타는 고귀한 지도자셨습니다.”

“하지만 그대도 뒤를 이어 훌륭한 지도자가 될 것이오. 그동안도 잘해 왔으니 말이오.”

파이어스타는 톨스타의 따뜻한 말에 내심 놀랐다.

“아, 앞으로 더 잘할 수 있기를 바랄 뿐입니다.”

파이어스타는 더듬거리며 대답했다.

톨스타는 다시 한 번 고개를 끄덕여 답해 주고, 거대한 바위 위로 올라갔다. 파이어스타는 뒤따라 올라가기 전에 자신의 종족을 둘러보았다. 그들은 이미 바람족 고양이들 사이에 섞여서 소식을 주고받고 있었다. 파이어스타는 최근에 먹이를 도둑맞은 일로 충돌이 있었는데도 서로 우호적으로 대하고 있는 두 종족의 모습을 보니 기분이 좋았다. 그림자족과 강족 때문에 걱정거리가 생긴 상황에서 바람족과 동맹을 맺을 수도 있다고 생각하니 다행스러웠다.

샌드스톰과 이야기를 나누기 위해 자리를 잡는 원위스커와 그의 훈련병 고스포의 모습도 보였다. 파이어스타는 그들에게 꼬리를 흔들어 주고, 거대한 바위 위로 뛰어올라 톨스타 옆에 섰다.

그는 전에도 한 번 이 자리에 선 적이 있었다. 화재를 겪은 뒤 상태가 좋지 않은 블루스타를 대신해 천둥족의 소식을 전했던 것이다. 하지만 이렇게 높은 곳에서 종족 고양이들을 내려다보는 건 여전히 익숙하지 않았다. 자신을 올려다보는 고양이들, 달빛을 받아 희미하게 반짝이는 그들의 눈동자를 보는 것도 어색하기는 마찬가지였다. 앞으로 닥칠 일을 생각하니 긴장감이 더해 갔다. 달이 지기 전에 틀림없이 타이거스타와 대면하게 될 것이다.

"그림자족과 강족이 늦는군요."

파이어스타가 말했다.

톨스타가 귀를 씰룩거리며 맞장구를 쳤다.

"구름이 달을 가리려는 것 같소. 별족이 진노하신 건지도 모르겠군."

바람족 지도자의 얼굴에 걱정이 드리워졌다.

파이어스타는 하늘을 올려다보았다. 조금 전까지 지평선에 걸려 있던 구름이 이제 하늘로 넓게 퍼지고 있었다.

공기는 축축했다. 파이어스타는 비가 올 것 같은 예감에 털이 곤두섰다. 별족이 달을 가린다면 어떻게 될까? 그리고 다음 모임까지 남은 시간 동안 타이거스타가 비밀리에 계략을 꾸민다면?

"톨스타."

파이어스타는 바람족 지도자에게 솔직히 털어놓고 조언을 구할 때가 되었다고 판단했다.

"타이거스타가 무슨 음모를 꾸미고 있을지 걱정스럽습니다."

그는 말을 끝맺지 못했다. 분지 위쪽에서 의기양양한 함성이 들려와 그의 말을 중단시킨 것이다. 잠시 후 그림자족과 강족 고양이들이 한꺼번에 공터로 밀려들었다. 그들은 바위 아래쪽에 넓게 퍼지며 자리를 잡았다. 타이거스타는 거대한 바위로 단번에 뛰어올랐고, 레퍼드스타도 그 뒤를 따랐다.

"모든 종족의 고양이들이여!"

타이거스타는 톨스타와 파이어스타에게 인사도 하지 않고, 누가 먼저 말할지 의논도 하지 않은 채 모임의 시작을 알렸다.

"여러분께 전할 소식이 있습니다. 숲에 엄청난 변화가 닥칠 테니, 잘 들어 주십시오."

파이어스타는 당황한 표정으로 타이거스타를 바라보았다. 타이거스타가 소식을 전하겠다고 했을 때, 처음에 그는 미스티풋과 스톤퍼의 출생에 관한 내용일 거라고 짐작했다. 하지만 그런 얘기라면 이렇게 요란하게 등장하거나 엄청난 변화라는 말을 들먹일 필요가 없었을 것이다.

공터는 죽은 듯이 조용했다. 모든 고양이가 눈을 크게 뜨고 거대한 바위를 올려다보며 타이거스타의 다음 말을 기다리고 있었다. 파이어스타는 털 하나하나가 끝까지 곤두섰다. 모여 있는 전사들에게서 느껴지는 긴장감 때문인지, 아니면 위협적인 비구름 때문인지는 알 수 없었다.

"엄청난 변화입니다."

타이거스타가 거듭 말했다.

"별족은 내게 그림자족의 임무에 대해 알려 주었습니다. 숲에 있는 모든 고양이가 그 엄청난 변화를 맞이할 수 있도록 준비시키는 것이 바로 그림자족의 임무입니다."

"모든 고양이라고?"

파이어스타는 톨스타가 조용히 중얼거리는 소리를 들었다. 바람족 지도자가 앞으로 한 걸음 나왔다.

"타이거스타……."

"별족은 그림자족을 선택했습니다."

타이거스타는 끼어드는 톨스타를 무시하고 말을 계속했다.

"우리는 질병에서 살아남았기 때문에 축복을 받은 것입니다. 그리고 종족을 다시 일으켜 융성하게 만드는 게 내 임무였기 때문에 나는 선조 전사들의 축복을 받았습니다."

'아, 그러셔?'

파이어스타는 속으로 생각했다. 자신이 태어난 종족에게 그런 짓을 저지른 타이거스타에게 별족이 축복을 내렸을 리가 없었다. 그는 러닝노즈를 찾아 공터를 둘러보았다. 그림자족 치료사는 나이트스타가 지도자로 있던 불운한 시기에도 종족을 위해 최선을 다했다. 파이어스타는 러닝노즈가 나이트스타를 대신해 지도자가 된 타이거스타를 그다지 마음에 들어 하지 않는다는 것을 눈치채고 있었다. 타이거스타가 방금 한 말에 대해 러닝노즈는 어떻게 생각하는지 궁금했다. 하지만 공터를 아무리 둘러보아도 치료사의 모습은 보이지 않았다.

'진영에 남아 있게 한 걸까? 그래야 타이거스타의 주장을 부인할 수 없을 테니까.'

게다가 스톤퍼 역시 보이지 않았다. 파이어스타는 강족의 부지도자가 혹시 반쪽짜리 강족 고양이라는 이유로, 그리고 타이거스타와 동맹을 맺으려는 지도자의 결정에 반대한다는 이유로 곤경에 처한 것은 아닌지 궁금했다.

반면 눈에 띄는 고양이도 있었다. 바로 다크스트라이프였다. 천둥족의 옛 전사는 그림자족 부지도자인 블랙풋 옆에 앉아서 존경스러운 눈빛으로 타이거스타를 올려다보고 있었다. 천둥족에서 쫓겨나자마자 타이거스타에게 간 것이 틀림없었다.

타이거스타가 말을 이었다.

"모두 알다시피 변화는 이미 찾아왔습니다. 우리가 통제할 수 없는, 달갑지 않은 변화들입니다. 지난 잎 없는 계절에는 홍수로 숲의 대부분 지역이 물에 잠겼습니다. 천둥족 영역을 휩쓸고 간 화재도 있었습니다."

화재를 언급하면서 타이거스타는 파이어스타를 힐긋 보았다. 순간 파이어스타는 전투의 흉터가 남아 있는 적의 거만한 얼굴을 할퀴어 버리고 싶은 충동을 느꼈다.

"두발쟁이들은 예전보다 훨씬 더 많이 우리 영역을 침범하고 있습니다. 삶은 점점 힘들어지고 있습니다. 숲이 변화하는 만큼, 위기에 대응하기 위해서는 우리도 변화해야 합니다."

타이거스타의 말에 동조하는 외침이 들려왔다. 모두가 그림자족과 강족의 고양이들이었다. 천둥족과 바람족 고양이들은 타이거스타가 도대체 무슨 말을 하려는지 이해할 수 없다는 얼굴로 놀란 눈빛을 주고받을 뿐이었다. 파이어스타도 충격을 받기는 마찬가지였다. 그는 이번 모임에서 타이거스타가 미스티풋과 스톤퍼의 출생에 관한 비밀을 폭로하고, 천둥족에 있는 자신의 새끼들을 데려가겠다고 주장할 거라고 확신했었다. 그에 대비해 단단히 준비까지 했던 그는 지금 전혀 다른 도전에 직면해 있었다.

"별족이 제게 그 길을 보여 주셨습니다."

타이거스타가 하늘에 시선을 돌리며 말했다. 먹구름이 잔뜩 모여들고 있었다.

"우리 앞에 놓인 역경에서 살아남으려면 우리는 힘을 합쳐야 합니다. 네 종족으로 나뉘어 있으면 서로 다투느라 힘을 낭비할 뿐입니다. 하나가 되면 우리는 강해질 것입니다. 우리는 반드시 하나로 뭉쳐야 합니다!"

타이거스타의 말이 끝나자 공터에는 침묵이 흘렀다. 파이어스타는 약한 바람이 떡갈나무 네 그루의 앙상한 가지들을 뒤흔드는 소리를 들을 수 있었다. 멀리서 천둥이 우르릉거리는 소리도 들렸다. 그는 타이거스타를 멍하니 바라보았다. 하나가 되어야 한다고? 별족은 언제나 네 종족이 있어야 한다고 하지 않았던가?

"레퍼드스타는 이미 강족과 그림자족이 하나가 되는 데 동의했습니다."

타이거스타가 말을 이었다.

"우리는 위대한 종족의 공동 지도자가 될 것이고, 우리 종족은 이제부터 호랑이족으로 불릴 것입니다."

‘공동 지도자라고?’

파이어스타는 그 말을 믿을 수 없었다. 타이거스타가 지도자의 권한을 다른 누군가와 나눌 리는 절대 없었다.

타이거스타가 파이어스타와 톨스타를 향해 고개를 돌렸다.

“우리는 이 새로운 종족에 그대들도 합류하기를 바라고 있소.”

타이거스타가 호박색 눈동자를 번득이며 말했다.

“우정과 평화 속에서 숲을 함께 다스립시다.”

타이거스타가 말을 마치기도 전에 톨스타가 앞으로 나섰다. 그의 털은 사납게 곤두서 있었다. 하지만 그는 타이거스타가 아니라 아래쪽 공터에 있는 고양이들을 향해 연설하기 시작했다.

“호랑이족은 고대의 위대한 종족들 중 하나의 이름입니다.”

톨스타의 목소리는 젊은 고양이가 말하는 것처럼 강하고 또렷하게 울려 퍼졌다.

“타이거스타는 지금 그 이름을 사용할 권한이 없습니다. 숲에 사는 종족의 수를 바꿀 권한도 없습니다. 우리는 별족이 정해 주신 전사의 규약을 따르며 네 종족으로 오랫동안 살아왔습니다. 대대로 지켜 온 삶의 방식을 내팽개쳐 버린다면 재앙이 일어날 것입니다.”

톨스타는 타이거스타를 향해 으르렁거리며 덧붙였다.

“내가 죽기 전에는 절대로 당신네 종족과 합치지 않을 거요!”

타이거스타가 천천히 눈을 끔벅였다. 그 눈빛에서 아슬아슬한 기운이 느껴졌다. 하지만 그는 차분한 목소리로 대답했다.

“이해하오, 톨스타. 이건 매우 중대한 사안이오. 톨스타처럼 나이가 많은 고양이는 내 제안이 우리 네 종족 모두에게 이익이 된다는 것을 이해하려면 시간이 필요할 것이오."

"분별력을 잃을 만큼 늙지는 않았소! 이런 여우 똥 덩어리 같으니라고!"

톨스타가 으르렁거렸다.

타이거스타는 귀를 납작하게 붙였지만 화를 참고 말을 이었다.

"그럼 천둥족의 새 지도자께서는 어떻게 생각하시는지?"

타이거스타가 경멸 어린 어조로 물었다. 불꽃 빛깔의 털을 가진 전사를 향해 그가 품어 왔던 모든 증오를 꾹꾹 눌러 담은 듯한 질문이었다. 공기마저 타들어 가는 것 같았다.

파이어스타는 앞날을 그려 보았다. 그러자 마치 핏줄이 얼어붙어 곧 터져 버릴 것처럼 맥박이 요동쳤다. 천둥족과 바람족의 영역은 그림자족과 강족 영역 사이에 있었다. 타이거스타와 레퍼드스타가 동맹을 맺으면 나머지 두 종족은 그들 사이에서 짓눌리고 말 것이다.

바위 아래쪽을 살피던 파이어스타는 천둥족과 바람족 전사들 사이에 감도는 불안한 분위기를 느낄 수 있었다. 샌드스톰이 자리에서 일어나 소리치고 있었다.

"절대로 안 됩니다, 파이어스타! 절대로 안 됩니다!"

하지만 바람족 전사들 몇몇은 타이거스타의 제안에 대해 신중히 고려해 보는 듯 다급하게 서로 속삭이고 있었다. 타이거스타는 영리한 고양이였다. 그가 한 말은 대부분 진실이었다. 그가 말한 여러 가지 이유들 때문에 숲의 생활은 점점 힘들어지고 있었다. 어떤 고양이들은 네 종족이 하나로 합쳐지면 그들이 가진 문제들이 해결될 거라고 생각할 것이다. 하지만 파이어스타는 숲에 사는 고양이들은 네 개의 종족으로 나뉘어 있을 운명이라고 확신했다. 설령 하나의 종족으로 통합하는 것을 고려해 본다 하더라도, 새로운 종족의 지도자가 타이거스타라면 그는 거부할 수밖에 없었다.

"자, 파이어스타, 말문이 막힌 거요?"

타이거스타가 폭풍이 곧 몰아칠 것처럼 어두워진 하늘을 힐긋 보며 물었다.

파이어스타는 두어 걸음을 움직여 톨스타의 옆에 서며 쏘아붙였다.

"절대로 당신이 내 종족을 차지하게 놔두지 않을 것이오."

"할 수 있으면 한번 해 보시지."

톨스타가 도발했다.

"할 수 있으면 해 보라고?"

타이거스타의 눈이 커졌다. 그 순간 그는 정말로 마음의 상처라도 받은 것처럼 보였다.

"난 우리 모두를 도울 수 있는 계획을 가지고 평화로운 마음으로 이곳에 왔소. 톨스타, 파이어스타, 이것이야말로 옳은 결정이라는 걸 인정하고 기꺼이 내게 와 주길 바라오. 하지만 너무 오래 끌지는 마시오."

타이거스타는 사나운 목소리로 덧붙였다.

"별족은 영원히 기다려 주지는 않을 것이오."

파이어스타는 분노가 치밀었다. 어떻게 감히 숲 전체를 차지하려는 음모를 별족의 뜻이라고 주장할 수 있단 말인가?

파이어스타는 그림자족 지도자에게서 몸을 돌려 바위 앞쪽으로 걸어 나갔다. 바위 아래에 모여 있는 고양이들이 한눈에 보였다. 이제 그가 말할 때가 된 것이다. 그가 연설을 마치고 나면 타이거스타의 정체가 밝혀질 것이다. 원하는 것을 얻기 위해 수없이 많은 고양이들이 피를 흘리게 만든 살육자라는 사실이 드러나면, 레퍼드스타도 자신이 어떤 고양이를 신뢰하고 있었는지 알게 될 것이다.

"바람족, 강족, 그림자족의 고양이들이여!"

파이어스타가 외쳤다.

"나는 더 이상 침묵할 수 없습니다. 구석에 몰린 오소리보다 믿을 수 없는 것이 바로 타이거스타입니다."

타이거스타가 재빨리 움직이는 모습이 얼핏 보였다. 그림자족 지도자의 출렁이는 털가죽 아래로 단단해진 근육이 보였다. 하지만 그는 감정을 드러내지 않고 다시 하늘을 올려다보더니, 일부러 무심한 표정으로 파이어스타의 말에 귀를 기울였다.

"타이거스타가 왜 천둥족을 떠났는지 궁금해하는 분들이 많을 겁니다."

파이어스타는 말을 이었다.

"진실을 말씀드릴까요? 타이거스타는 권력에 굶주린 위험한 고양이입니다. 원하는 것을 얻기 위해서라면 다른 고양이의 목숨을 빼앗는 것도 서슴지 않는 고양이입니다."

그때 하늘에서 번개가 내리쳤다. 하얀 불꽃이 번쩍이는 발톱처럼 숲을 할퀴고 지나갔다. 머리 위에서 천둥이 치면서 파이어스타의 목소리는 묻혀 버렸다. 마치 거대한 바위가 갈라지는 듯한 소리였다.

"계시다, 계시!"

타이거스타가 소리쳤다. 그는 하늘을 올려다보고 있었다. 몰려든 구름 사이로 아직 반짝이고 있는 달빛을 받아 그의 눈동자가 빛났다.

"고맙습니다, 별족이시여! 이렇게 뜻을 나타내 주시다니. 여러분, 이 모임은 끝났습니다."

타이거스타는 고양이들에게 자신을 따르라는 신호를 보낸 뒤, 거대한 바위에서 뛰어내리려고 근육에 힘을 주었다. 그는 내려가기 전에 고개를 돌려 파이어스타를 바라보았다.

"운이 나빴군, 애완 고양이."

타이거스타가 증오에 찬 눈빛으로 쏘아붙였다.

"내 제안을 잘 생각해 보도록. 저 불쌍한 고양이들을 구할 수 있는 마지막 기회니까."

파이어스타가 대답할 틈도 없이 그림자족 지도자는 거대한 바위에서 뛰어내려 분지를 둘러싼 덤불 속으로 사라져 버렸다. 그림자족 고양이들이 그를 따라 우르르 쏟아져 나갔다. 레퍼드스타도 내려가서 강족 전사들을 불러 모았다.

다시 한 번 번개가 내리쳤다. 파이어스타와 톨스타는 당혹스러운 표정으로 서로를 마주 보았다. 버티고 서 있기 힘들 정도로 세

찬 바람이 바위를 뒤흔들고, 하늘에서는 비가 퍼붓기 시작했다. 폭풍우가 몰아치고 있었다.

마구 쏟아지는 비 때문에 앞이 거의 보이지 않았다. 파이어스타는 바위에서 미끄러지듯 내려왔다. 공터를 가로지르며 천둥족 전사들을 불러 모은 그는 덤불 아래로 몸을 피했다. 얼마 후에 그레이스트라이프와 샌드스톰이 다가와 파이어스타와 함께 산사나무 아래에 몸을 웅크렸다. 파이어스타는 털가죽을 흔들어 빗물을 털어 내면서, 톨스타를 찾아 주위를 둘러보았다. 하지만 바람족 지도자는 그를 뒤따라오지 않았다.

빗줄기가 땅에 세차게 꽂히면서 빗방울이 물보라처럼 흩날렸다. 바람 속에서 네 그루의 떡갈나무가 몸부림치며 신음하는 듯한 소리를 냈다. 사나운 폭풍에 풀잎과 고사리들도 모두 납작하게 누워 버렸다. 하지만 공터에서 벌어진 혼란은 파이어스타의 어지러운 마음에 비할 바가 아니었다.

"믿을 수가 없어!"

그는 바람 소리 사이로 목소리를 높여 말했다.

"타이거스타가 감히 숲 전체를 지배하겠다고 나설 거라고는 생각도 하지 못했어."

"이제 어떻게 하지? 타이거스타에 대한 진실을 알리지도 못했잖아?"

그레이스트라이프가 물었다.

"폭풍이 몰아닥친 게 파이어스타의 잘못은 아니잖아."

샌드스톰이 목덜미 털을 세우고 말했다.

"그걸 걱정하기는 너무 늦었어."

파이어스타는 친구들에게 말했다.

"앞으로 어떻게 해야 할지를 결정해야 돼."

"결정할 게 뭐가 있어?"

샌드스톰이 으르렁거리며 말했다. 그녀의 연녹색 눈동자에 전투의 의지가 불타올랐다.

"당연히 싸워야지. 그 까마귀 밥 같은 놈을 숲에서 영원히 쫓아낼 때까지 싸워야 해."

파이어스타는 고개를 끄덕였다. 그는 아무 말도 하지 않았지만, 달바위에서 꾼 꿈에 나타났던 블루스타의 예언을 생각하지 않을 수 없었다.

'넷은 둘이 된다. 사자와 호랑이가 전투에서 만날 것이다.'

'호랑이는 호랑이족을 뜻하는 게 분명해. 그럼 사자는 무엇을 의미하는 거지?'

그 답을 생각해 보기도 전에 블루스타가 마지막으로 남긴 말이 떠올랐다.

'피가 숲을 지배할 것이다.'

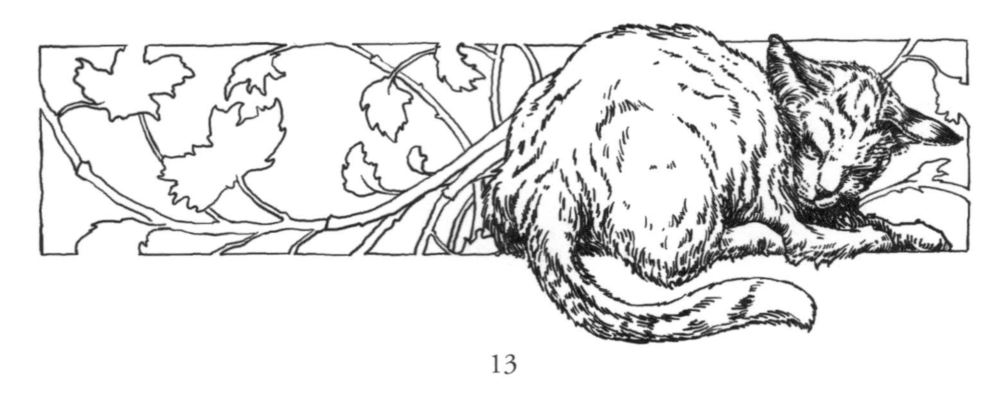

13
사자와 호랑이

돌풍은 곧 멈췄다. 파이어스타는 고양이들을 이끌고 집으로 향했다. 하늘은 맑게 개고 있었고, 나뭇가지와 고사리 잎에서는 빗물이 뚝뚝 흘러내렸다. 파이어스타는 환하게 빛나는 별 무리를 올려다보며 마음속으로 기도했다.

'위대한 별족이시여, 길을 보여 주소서.'

그는 자신이 떠나 있는 사이에 타이거스타가 전사들을 보내 진영을 공격한 것은 아닌지 걱정이 되기 시작했다. 천둥족의 세력을 약화시켜서, 살아남은 고양이들이 어쩔 수 없이 호랑이족에 합류하게 만들 가능성도 있었다. 다행히 가시금작화 굴길에서 나와 진영을 확인해 보니 모든 것이 평화로워 보였다.

전사들의 거처 밖에서 보초를 서고 있던 화이트스톰이 자리에서 일어나 걸어왔다.

"일찍 돌아오셨군요. 안 그래도 먹구름이 달을 가리지 않을까 걱정했습니다."

"네. 하지만 그보다 더 안 좋은 일이 있었습니다."

"더 안 좋은 일이라고요?"

파이어스타는 모임에서 있었던 일에 대해 들려주었다. 천둥 번개가 치는 바람에 타이거스타에 대한 진실을 밝히지 못했다는 이야기도 했다. 화이트스톰은 놀라서 눈이 휘둥그레졌다. 다른 고양이들도 모여들었다. 타이거스타의 계획을 알게 된 천둥족 고양이들은 충격을 받아 웅성거렸다.

"폭풍이 몰아치자 타이거스타는 그것이 별족의 계시라고 했습니다. 별족이 자신을 지지한다는 뜻이라고 하더군요. 그러고 나서 떠났습니다. 뒤따라 레퍼드스타도 떠나면서 모임은 끝나 버렸습니다."

"정말로 계시일 수도 있습니다."

화이트스톰이 생각에 잠긴 얼굴로 말했다.

"하지만 별족이 타이거스타에게 진노하셨다는 뜻이겠지요."

"신더펠트, 어떻게 생각해?"

파이어스타는 불길한 예감에 휩싸인 듯 어두운 눈빛으로 이야기를 듣고 있던 신더펠트에게 질문했다.

"잘 모르겠습니다."

신더펠트가 솔직히 말했다.

"정말 계시였다면, 별족이 타이거스타에 대한 진실을 알리는 걸 막았다는 뜻이 되는데……. 저로서는 믿기 어렵습니다."

신더펠트는 어깨를 으쓱해 보였다.

"폭풍은 그냥 폭풍일 뿐일 수도 있습니다."

"어쨌든 천둥족에게는 불운한 폭풍이었습니다."

롱테일이 말했다.

"내가 거기 있었어야 하는 건데."

클라우드테일이 투덜거렸다.

"그랬으면 타이거스타의 목을 물어뜯어 놨을 거예요. 그럼 더 이상 아무 문제도 없을 거고요."

"네가 그 자리에 없었던 게 다행이구나."

파이어스타는 어린 전사를 나무랐다.

"모임에서 종족 지도자를 공격한다고? 그거야말로 별족을 화나게 만드는 일이다."

클라우드테일이 눈을 가늘게 뜨고 파이어스타를 바라보았다. 어린 전사의 눈에는 반발심이 분명하게 드러났다.

"별족이 그렇게 대단하다면 왜 우리를 도와주지 않는 거죠?"

"도와주실 거야."

브라이트하트가 조심스럽게 말했다.

"그럼 이제 어떻게 하죠?"

마우스퍼가 물었다. 그녀는 당장이라도 진영에서 달려 나가 적과 맞서고 싶다는 듯이 발을 가만히 두지 못하고 있었다.

"설마…… 호랑이족에 합류하려는 건 아니겠죠?"

"절대 아닙니다."

파이어스타는 그녀를 안심시켰다.

"하지만 시간이 필요합니다. 생각도 좀 하고 쉬기도 해야 하니까요."

그는 하품을 하고 몸을 쭉 펴서 기지개를 켰다.

"지금부터는 순찰을 더 자주 해야 합니다. 먼저 새벽 순찰을 나가야 하는데……."

"제가 가겠습니다."

마우스퍼가 즉각 나섰다.

"고맙습니다. 그림자족 경계를 따라서 잘 살펴 주세요. 그림자족 전사를 만나면 어떻게 해야 하는지 아시죠?"

"물론이죠."

클라우드테일이 열심히 꼬리를 흔들며 대답했다.

"저도 같이 갈게요, 마우스퍼. 그림자족 고양이의 털가죽을 잠자리에 깔아 보고 싶은데요."

파이어스타는 어린 전사의 적개심을 굳이 가라앉히려 들지 않았다. 클라우드테일이 아무리 별족과 전사의 규약을 하찮게 여긴다고 해도, 천둥족에 대한 그의 충성심을 의심할 고양이는 아무도 없었다.

화이트스톰이 새벽 순찰을 함께 나갈 고양이로 브래큰퍼와 쏜클로를 호명했다. 네 고양이는 새벽이 되기 전까지 눈을 붙이기 위해 자리를 떠났다. 나머지 고양이들도 하나둘 거처로 향했다. 파이어스타는 종족 고양이들이 받은 충격과, 숨기려 해도 숨겨지지 않는 두려움을 느낄 수 있었다.

마침내 신더펠트와 단둘이 남게 된 파이어스타는 길게 한숨을 내쉬었다.

"도대체 끝이 있긴 한 걸까?"

파이어스타는 나지막한 목소리로 중얼거렸다.

신더펠트가 코를 맞대고 그를 위로해 주었다.

"모르겠어요. 그건 별족의 발에 달려 있는 일이니까요."

신더펠트는 눈을 가늘게 뜨고 덧붙였다.

"하지만 타이거스타가 살아 있는 한, 숲에 평화는 오지 않을 것 같아요."

"좋아, 날 공격해 봐라."

파이어스타가 말했다.

여우 서넛 정도 떨어진 거리에는 브램블포가 바닥에 웅크리고 있었다. 파이어스타는 훈련병이 자신을 향해 슬금슬금 기어 오는 동안 기다리고 있었다. 훈련병은 공격하기에 가장 좋은 위치를 찾는 듯 호박색 눈동자를 이리저리 굴렸다.

잠시 후에 브램블포가 공중으로 몸을 날렸다. 하지만 파이어스타는 이미 대비를 하고 있었다. 그는 재빨리 몸을 피하면서 브램블포의 옆구리를 후려쳤다. 훈련병은 균형을 잃고 나동그라지면서 먼지를 잔뜩 뒤집어썼다.

"지금보다 더 빨라야 해. 적에게 생각할 틈을 줘서는 안 돼."

브램블포는 모래를 뱉어 내면서 비틀비틀 일어나는가 싶더니 곧바로 달려들었다. 쭉 뻗은 발이 파이어스타의 옆머리를 잡아채 옆으로 쓰러뜨렸다. 브램블포는 파이어스타를 내리누르고 코앞까지 얼굴을 들이밀었다.

"이렇게요?"

훈련병이 물었다.

파이어스타는 브램블포를 밀쳐 냈다.

“비켜라, 이 무거운 녀석아!”

그는 털가죽에서 모래를 털어 내며 덧붙였다.

“그래, 바로 그렇게 하는 거다. 잘하고 있다, 브램블포.”

훈련병의 눈이 반짝였다. 파이어스타는 문득 어린 타이거스타를 보는 기분이 들었다. 타이거스타가 엇나가지만 않았다면 바로 이런 모습이었을 것이다. 강하고 영리하며 용감했다. 물론 야망도 있었다. 하지만 브램블포가 품은 야망은 오로지 최고의 전사가 되어 종족에게 봉사하는 것에 집중되어 있었다.

파이어스타는 어린 훈련병이 대견했다. 천둥족을 괴롭히는 모든 문제에서 잠깐이나마 벗어나 브램블포와 훈련을 하니 기분 전환이 되었다.

하지만 브램블포가 던진 질문은 그가 짊어진 막중한 책임들을 다시 일깨워 주었다.

“파이어스타, 물어보고 싶은 게 있는데요……. 왜 모두가 호랑이족이 되는 게 나쁘다고 생각하는 거예요?”

“뭐라고?”

파이어스타는 순간 분노가 치밀었다. 자신이 가르치는 훈련병이 이런 질문을 한다는 것이 믿기지 않았다.

브램블포는 잠시 움찔했지만 스승의 눈을 피하지 않고 마주 보면서 말을 이었다.

“모임에서 타이거스타가 뭐라고 했는지 애쉬포가 말해 줬어요. 요즘 들어서 숲의 생활이 힘들어진 건 맞잖아요. 다들 먹이도 부족하고, 전보다 숲에 두발쟁이들이 많아졌다고 불평하고 있으니까요. 게다가 강족과 그림자족이 힘을 합치면 호랑이족은 숲에서 가장 강한 종족이 될 테고요. 그럼 우리도 호랑이족에 합류하는 게 맞지 않나요?"

파이어스타는 숨을 깊이 들이쉬었다. 실은 파이어스타 역시 숲에 처음 왔을 때 왜 종족들 사이에 경쟁과 전투가 있어야 하는지 이해하지 못하고 이런 질문을 한 적이 있었다. 그는 브램블포 옆에 자리를 잡고 앉았다.

"그렇게 간단한 문제가 아니란다. 우선 숲에는 언제나 네 종족이 있어 왔어. 그리고 호랑이족에 합류한다는 건 천둥족이 멸망하는 것과 마찬가지란다."

"왜요?"

"타이거스타는 네 종족의 지도자가 공동으로 호랑이족을 다스릴 거라고 했지만, 그의 말은 믿을 수 없거든."

파이어스타는 어린 훈련병의 아버지에 대해 말하고 있다는 것을 기억하며 가능한 한 조심스럽게 말하려고 애썼다. 하지만 진실을 숨길 수는 없었다.

"결국 타이거스타가 지배하게 될 거야. 우리는 천둥족으로서 가진 모든 걸 잃게 될 테지."

브램블포는 한동안 말이 없다가 입을 뗐다.

"잘 알겠어요. 고맙습니다, 스승님. 바로 그걸 알고 싶었던 거예요."

"그럼 훈련을 계속하자."

파이어스타는 자리에서 일어서며 말했다.

"유용한 기술이 몇 가지 더 있는데……."

하지만 훈련을 계속할수록 브램블포의 충성심에 대한 낙관적인 생각은 점차 희미해지기 시작했다.

훈련이 끝난 후 파이어스타는 브램블포에게 원로들의 먹이를 사냥해 오라고 지시했다. 진영으로 돌아가려는 순간 클라우드테일이 훈련 분지 위쪽에서 모습을 드러냈다. 브라이트하트가 그 뒤를 따르고 있었다.

"파이어스타! 브라이트하트와 함께 싸움 동작을 연습하려고요. 어떻게 하는지 보실래요?"

"그래, 물론이지. 해 봐라."

브라이트하트의 상처는 이제 다 아물었지만, 파이어스타는 그녀가 다시 싸울 수 있을 거라고는 생각해 보지 않았다. 그녀가 종족 동료들과 함께 전투에 참여할 수 있으리라고는 상상도 할 수 없었다. 하지만 브라이트하트는 이름이 바뀐 뒤로는 훨씬 더 행복하고 자신감이 넘쳐 보였고, 파이어스타 역시 최선을 다해 그녀를 격려해 주고 싶었다.

클라우드테일과 브라이트하트가 분지 가운데로 달려 내려왔다. 그들은 한동안 서로의 주변을 맴돌았다. 그러다가 클라우드테일이 달려들어서 발톱을 숨긴 발로 브라이트하트의 다친 쪽 얼굴을 두어 번 후려쳤다. 브라이트하트는 충격으로 나동그라졌다. 적이 발톱을 드러내고 전력을 다해 공격했다면 얼마나 심하게 다쳤을까 생각하니, 파이어스타는 아찔해졌다.

하지만 브라이트하트는 피하지 않고 클라우드테일을 향해 달려들었다. 그리고 자신의 발로 클라우드테일의 발을 휘감아 균형을 잃게 만들었다. 파이어스타는 귀를 쫑긋 세우고, 바닥에서 버둥대는 두 고양이를 흥미롭게 지켜보았다. 브라이트하트가 갑자기 일어나 클라우드테일의 목을 한 발로 눌러 꼼짝 못 하게 만들었다.

"그런 동작은 본 적이 없구나."

파이어스타는 두 고양이에게 걸어가며 말했다. 브라이트하트가 클라우드테일을 놓아주었다. 하얀 전사는 벌떡 일어나 털가죽에 묻은 모래를 털어 냈다.

"브라이트하트, 나와 한번 해 보자."

브라이트하트는 긴장한 표정으로 파이어스타와 마주 섰다. 브라이트하트가 보지 못하는 방향으로 접근하는 것은 생각보다 어려웠다. 어린 암고양이가 계속해서 앞뒤로 움직이는 바람에 파이어스타는 매번 위치를 바꿔야 했다. 마침내 파이어스타가 덤벼들었다. 브라이트하트는 쭉 뻗은 그의 다리 사이로 미끄러져 들어와, 클라우드테일을 놀라게 했던 것과 같은 방법으로 그를 넘어뜨렸다. 두 고양이는 뒤엉켜 몸싸움을 벌이다가, 결국 파이어스타가 몸을 일으켜 그녀를 제압했다.

"보기보다 힘들죠?"

클라우드테일이 즐거운 표정으로 다가와 물었다.

"정말 그렇구나. 아주 잘했다, 브라이트하트."

파이어스타는 암고양이가 일어날 수 있도록 뒤로 물러났다. 칭찬을 들은 그녀는 다치지 않은 눈을 반짝였다. 파이어스타는 처음으로 브라이트하트에게도 전사의 미래가 있지 않을까 생각해 보게 되었다.

"꾸준히 연습하렴. 조만간 다시 한 번 보여 주겠니? 다른 동료들도 배울 만한 게 있을 것 같구나."

폭풍이 지나간 뒤로 날씨는 다시 추워졌다. 아침이면 풀잎과 고사리에는 새하얀 털처럼 서리가 내려앉았고, 약한 눈발도 한 번 더 날렸다. 먹잇감이 점점 귀해졌고, 그나마 사냥해 온 먹이들도 앙상하게 말라서, 배고픈 고양이에게는 한 입 거리도 되지 않았다.

"어서 제대로 된 식사를 하지 못하면 난 그림자처럼 비쩍 말라 버릴 거야."

그레이스트라이프가 투덜거렸다.

회색 전사와 파이어스타는 롱테일과 쏜클로를 데리고 나무 네 그루에서 멀지 않은 곳으로 순찰을 나갔다. 파이어스타는 진영에서 더 멀리 나가 화재의 피해를 입지 않은 곳으로 가면 먹이를 찾을 수 있을 거라 기대했다. 하지만 잡은 먹이는 초라할 정도로 양이 적었다.

"강가로 내려가 봐야겠어."

파이어스타는 강기슭을 내려가 고사리와 관목들이 무성하게 자라 있는 곳으로 향했다. 잠시 걸음을 멈추고 공기를 맛보았지만 먹이 냄새는 희미했다. 풀숲을 종종거리며 지나가는 작은 생명체들의 소리조차 들리지 않았다.

싱싱한 먹이가 거의 없으니 종족은 날이 갈수록 약해지고 있었다. 잎 없는 계절을 견디는 것만으로도 벅찬데, 호랑이족의 새로운 위협까지 더해진 셈이었다. 천둥족이 스스로를 지켜 낼 힘이 있을지, 파이어스타는 걱정스러웠다.

그의 발길은 본능적으로 강을 향했다. 물을 마시기 위해 웅크리고 앉아 강가에 낀 살얼음을 쿡쿡 찌르자 강물이 드러났다. 그는 발에 묻은 차가운 물방울을 털어 냈다.

고개를 숙여 물을 핥으려는 순간, 등 뒤에서 나뭇잎 사이로 햇살이 내리비쳤다. 강물에 빛이 아롱지면서 파이어스타의 물그림자를 금빛으로 에워쌌다. 그 순간 수면에서 그의 머리가 사라지더니, 포효하는 사자의 머리로 변했다. 그것은 원로들의 옛날이야기에서 수도 없이 들었던 맹수의 모습이었다. 불꽃색 털가죽은 풍성한 갈기처럼 눈부시게 이글거렸고, 환한 눈에는 무한한 용기와 힘이 드러나 보였다.

파이어스타는 깜짝 놀라 뒤로 펄쩍 물러나다가, 나무에 부딪히는 바람에 비명을 질렀다. 나무뿌리 사이에 쌓인 낙엽들 속에서 비틀거리다가 고개를 들자, 스파티드리프가 강 건너편에서 그를 바라보고 있었다.

아름다운 삼색얼룩 고양이의 눈이 재미있다는 듯 반짝였다. 그녀는 작게 웃음을 터뜨렸다.

"스파티드리프!"

파이어스타는 깜짝 놀라 외쳤다. 깨어 있을 때 그녀가 나타난 것은 이번이 처음이었다. 그는 이것이 무슨 의미일지 궁금했다. 강을 건너서 그녀가 있는 쪽으로 가려고 벌떡 일어났지만, 그녀는 꼬리로 그 자리에 있으라는 신호를 보냈다.

"네가 본 것을 잘 생각해 봐, 파이어스타."

스파티드리프가 말했다. 동틀 무렵 서리가 녹듯 그녀의 얼굴에서 웃음기가 서서히 사라졌다.

"네가 무엇이 되어야 하는지 깨달아야 해."

"그게 무슨 뜻이에요?"

파이어스타는 다급하게 물었다.

하지만 말을 마친 스파티드리프는 사라지기 시작했다. 사랑을 가득 담은 눈빛은 파이어스타에게 머물러 있었지만, 그녀의 몸은 뒤쪽 강기슭이 훤히 보일 정도로 희미해졌다.

"스파티드리프, 아직 가지 마세요."

파이어스타는 애원했다.

"스파티드리프가 필요해요."

그녀의 눈이 한순간 더 반짝이더니, 이내 그녀는 사라져 버렸다.

"파이어스타!"

그레이스트라이프의 목소리였다. 파이어스타는 정신을 차리기 위해 고개를 세차게 흔들고, 기슭을 내려오는 친구를 향해 얼굴을 돌렸다.

"괜찮아?"

그레이스트라이프가 물었다.

"얼마나 크게 소리를 질렀는지 알아? 여기서 나무 네 그루 사이에 있는 먹잇감은 모조리 달아났을걸!"

"난 괜찮아. 그냥 좀 놀란 것뿐이야."

그레이스트라이프는 파이어스타의 대답이 못 미덥다는 듯이 그를 한 번 더 살펴보았다.

"좋아, 그럼."

회색 전사는 돌아서서 다시 기슭을 올라갔다.

"가서 롱테일이 잡은 토끼 좀 봐. 여우만큼 크지 뭐야!"

파이어스타는 그 자리에서 움직이지 않았다. 그는 방금 전 보았던 환영의 충격에서 아직 벗어나지 못한 채 몸을 덜덜 떨고 있었다. 환영 속의 그의 모습은 마치 옛 사자족의 위대한 전사처럼 보였다. 블루스타의 예언이 머릿속에 다시 맴돌았다.

'사자와 호랑이가 전투에서 만난다.'

새로운 종족인 사자족이 일어나 호랑이족과 맞선다는 뜻일까? 그리고 파이어스타가 사자족을 이끄는 것이 별족의 뜻일까?

14

뼈 무더기

“파이어스타, 물어보고 싶은 게 있는데.”

그레이스트라이프였다.

파이어스타는 쐐기풀 더미 옆에 웅크리고 있었다. 브래큰퍼를 앞세운 저녁 순찰대가 떠나는 모습을 확인한 뒤에 싱싱한 먹이를 먹고 있던 참이었다. 그는 조만간 그림자족과 맞닿은 경계를 살피러 직접 순찰대를 이끌고 나갈 계획이었다.

“무슨 일인데?”

그레이스트라이프가 그의 곁에 자리를 잡고 앉았다. 하지만 회색 전사가 말을 꺼내기 전에 토니포가 원로들의 거처에서 나타났다. 그녀는 머리와 꼬리를 높이 쳐들고 가시금작화 굴길로 향했다. 초록빛 눈동자에는 분노가 이글거렸다. 뒤따라 나온 브램블포는 잠자리에 깔았던 이끼를 입에 물고 걱정스러운 표정을 짓고 있었다.

“토니포!”

파이어스타는 훈련병을 불렀다.

“무슨 일이니?”

파이어스타는 훈련병이 자신의 말을 무시하는 게 아닌가 생각했다. 그 순간 토니포가 방향을 홱 돌려 그의 앞으로 왔다.

“스몰이어 때문에요!”

토니포가 쏘아붙이듯 말했다.

“털을 물어뜯기고 싶은 고양이가 있다면 바로 스몰이어처럼 행동하면…….”

“원로에 대해 그렇게 말하면 안 된다.”

파이어스타는 훈련병을 꾸짖었다.

“스몰이어는 종족을 위해 충분히 봉사했고, 존중받을 자격이 있어.”

“저도 좀 존중받으면 안 되는 거예요?”

토니포는 너무 화가 나서 자신이 지도자와 얘기하고 있다는 것도 잊은 듯했다.

“잠자리를 조금 늦게 청소한 것뿐인데 스몰이어가 뭐라고 했는지 아세요? 타이거스타도 원로들을 모시는 일을 하기 싫어했다는 거예요. 제가 아버지처럼 될 줄을 진작 알았다나요?”

토니포는 마치 원로 고양이의 털이 눈앞에 보이는 것처럼 공터 모랫바닥을 발톱으로 할퀴었다.

“그런 말을 하는 게 이번이 처음도 아니에요. 제가 왜 그런 말을 듣고 참아야 하는지 모르겠어요!”

토니포가 말하는 사이에 브램블포가 다가와 물고 있던 이끼를 내려놓았다.

"날씨가 추우니까 스몰이어가 관절이 아파서 그래. 너도 잘 알잖아."

"네가 내 스승도 아니잖아! 나한테 이래라저래라 하지 마."

토니포가 그에게 버럭 화를 냈다.

"진정해라, 토니포."

파이어스타는 토니포를 안심시켜 주고 싶었다. 아무도 그녀가 아버지인 타이거스타처럼 죄 없는 고양이들을 죽이고 종족을 배신할 거라고 믿지 않는다고 확신을 주고 싶었다. 하지만 그것이 전부 사실은 아니라는 것도 알고 있었다.

"토니포, 너는 훈련병으로서 아주 잘 해내고 있어. 훌륭한 전사가 될 거야. 머지않아 종족도 그 사실을 알게 될 거야."

"저도 계속 그렇게 말했거든요."

브램블포가 말했다. 그리고 누이에게 덧붙였다.

"타이거스타가 저지른 잘못은 네가 살면서 만회해야 돼. 종족이 우리의 충성심을 믿게 하는 방법은 그것밖에 없어."

"이미 믿고 있는 고양이들도 있지."

그레이스트라이프가 끼어들었다. 브램블포가 회색 전사에게 감사의 눈빛을 보냈다.

토니포의 분노도 차츰 누그러졌다. 하지만 그녀의 초록빛 눈동자는 여전히 이글거리고 있었다. 그녀는 고개를 홱 돌리더니 가시금작화 굴길을 향해 걸음을 옮기면서 어깨 너머로 말했다.

"새 이끼를 가져올게요."

"죄송해요, 파이어스타."

토니포의 모습이 사라지자 브램블포가 말했다.

"하지만 토니포도 화날 만했어요."

"그래, 나도 안다."

파이어스타는 그를 안심시켜 주었다.

"스몰이어를 만나면 얘기해 보마."

"고맙습니다, 파이어스타."

브램블포는 고개를 숙여 인사하고, 이끼를 다시 집어 물고 서둘러 누이를 따라갔다.

파이어스타는 걱정스런 눈빛으로 두 훈련병을 바라보면서, 빨리 스몰이어와 얘기를 나눠 봐야겠다고 마음먹었다. 아버지 문제로 어린 고양이들을 계속 조롱하는 것은 천둥족을 향한 충성심에 방해가 될 뿐이었다.

그는 문득 그레이스트라이프가 아직도 참을성 있게 기다리고 있다는 것을 깨달았다.

"그래, 무슨 일인지 말해 봐."

"내 새끼들 말이야."

그레이스트라이프가 털어놓았다.

"모임에 다녀온 뒤로 그 녀석들 생각이 머릿속에서 떠나질 않아. 미스티풋과 스톤퍼가 모임에 오지 않아서 소식도 물어볼 수가 없었잖아. 그런데 이제는 타이거스타가 강족을 차지한 거나 다름없으니까, 그 녀석들이 위험한 상황인 것 같아."

파이어스타는 들쥐를 한 입 베어 물고 꾹꾹 씹으며 생각에 잠겼다.

"글쎄, 다른 고양이들보다 그 애들이 특별히 더 위험할 이유가 있을까?"

파이어스타는 먹이를 꿀꺽 삼키며 덧붙였다.

"타이거스타는 전력을 강화시키기 위해서 모든 훈련병을 잘 보살필 거야."

그레이스트라이프는 안심이 되지 않는 얼굴이었다.

"하지만 타이거스타는 그 녀석들의 아버지가 누구인지 알고 있잖아. 타이거스타는 날 싫어해. 그 감정을 페더포와 스톰포에게 쏟아 낼까 봐 걱정이야."

그레이스트라이프의 말에도 일리가 있었다. 타이거스타의 적개심은 무시할 수 없었다.

"그럼 넌 어떻게 하고 싶은 거야?"

그레이스트라이프가 주저하며 눈을 깜박거렸다.

"나와 함께 강을 건너가서 그 애들을 천둥족으로 다시 데려와 주면 좋겠어."

파이어스타는 친구를 빤히 쳐다보았다.

"너 완전 쥐 대가리가 된 거 아니야? 지금 종족 지도자에게 강족 영역으로 들어가서 훈련병 둘을 훔쳐 오자고 말하는 거야?"

그레이스트라이프가 앞발로 바닥을 긁었다.

"뭐 그런 식으로 생각한다면……."

"그럼 달리 어떻게 생각할 수 있겠어?"

파이어스타는 놀란 마음을 가라앉히려고 애썼다. 하지만 그레이스트라이프의 제안은 예전에 브로큰테일이 천둥족에서 새끼 고양이들을 훔쳐 갔던 것과 다를 바 없는 일이었다. 만일 그레이스트라이프의 말대로 했다가 강족에게 들키기라도 하면, 천둥족을 공격할 빌미를 주는 셈이었다. 게다가 그림자족까지 가세한다면? 파이어스타는 그런 위험을 감수할 수는 없었다.

"들어주지 않을 줄 알았어."

그레이스트라이프는 꼬리를 축 늘어뜨리고 뒤돌아 가기 시작했다.

"그런 게 아니잖아. 그레이스트라이프, 돌아와서 생각을 좀 해 보자고."

그레이스트라이프가 걸음을 멈추자 파이어스타는 말을 이었다.

"페더포와 스톰포가 위험한 상황인지 아닌지 아직 정확히 모르잖아. 더구나 이제 새끼 고양이도 아니고, 훈련병이야. 스스로 미래를 결정할 권리가 있는 거야. 그 애들이 강족에서 계속 살고 싶어 하면 어떻게 할래?"

"나도 알아."

그레이스트라이프가 힘없이 말했다.

"신경 쓰지 마, 파이어스타. 네가 도울 수 있는 일이 없다는 거 나도 알아."

"난 그렇게 말하지 않았어."

파이어스타는 이성적인 판단이 아니라는 것은 알았지만, 친구를 위해 아무것도 하지 않고 물러나 있을 수는 없었다. 그레이스트라이프는 반신반의하는 표정으로 귀를 쫑긋 세우고 파이어스타의 얘기를 들었다.

"일단 우리 둘이 몰래 강족으로 가서 살펴보자. 페더포와 스톰포가 잘 있으면 더 이상 걱정할 필요가 없겠지. 혹시 그렇지 않다면 천둥족에서 받아 줄 수 있다고 말해 볼게. 그 애들이 천둥족을 선택한다면 말이야."

파이어스타의 말을 듣고 있던 그레이스트라이프의 눈동자가 환하게 빛나기 시작했다.

"좋아! 고마워, 파이어스타. 지금 갈까?"

"좋을 대로 해. 먼저 이 들쥐 좀 마저 먹자. 넌 가서 화이트스톰에게 진영을 맡아 달라고 해. 우리가 어디 가는지는 알리지 말고."

그레이스트라이프는 전사들의 거처로 향했고, 파이어스타는 남은 들쥐를 마저 먹은 뒤 혀로 입술을 훑었다. 입을 다 닦고 나자 그레이스트라이프가 다시 나타났다. 둘은 가시금작화 굴길로 향했다.

입구에 다다랐을 무렵 낯익은 검은 형체가 공터로 들어서는 걸 보고 그들은 걸음을 멈추었다.

"레이븐포!"

파이어스타는 반가운 목소리로 외쳤다.

"정말 반가워, 친구들."

레이븐포는 파이어스타와 그레이스트라이프에게 차례로 코를 비비며 인사를 나누었다.

"그레이스트라이프, 정말 오랜만이네! 어떻게 지냈어?"

"잘 지냈지. 너도 좋아 보이네."

윤기 나는 검은 털가죽을 보며 그레이스트라이프가 말했다.

"블루스타에게 인사를 드리려고 왔어."

레이븐포가 말했다.

"기억하지, 파이어스타? 네가 와도 좋다고 그랬잖아."

"그럼, 물론이지."

파이어스타는 그레이스트라이프를 흘깃 보았다. 친구는 어서 출발하고 싶은 마음에 발을 동동 구르고 있었다.

"레이븐포, 신더펠트를 찾아가면 블루스타가 묻힌 곳을 알려 줄 거야. 그레이스트라이프와 나는 급한 임무 때문에 지금 막 나가려던 참이었거든."

"옛날 생각 나네!"

레이븐포가 부럽다는 듯이 말했다.

"이번에는 무슨 일인데?"

"강족에 가서 내 새끼들이 잘 있는지 살펴보려고."

그레이스트라이프가 재빨리 말했다.

"타이거스타 때문에 걱정이 되어서 말이야."

레이븐포의 놀라는 표정을 보니, 최근에 숲에서 일어나고 있는 일에 대해서는 전혀 모르는 모양이었다. 파이어스타는 타이거스타가 지난 모임에서 발표한 내용을 레이븐포에게 간략히 말해 주었다.

"그건 너무 끔찍한 일이잖아!"

파이어스타의 이야기가 끝나자 레이븐포가 외쳤다.

"내가 도와줄 일은 없어? 나도 같이 갈 수 있어."

레이븐포의 눈이 반짝였다. 모험을 한다는 기대감에 흥분한 것 같았다. 사나운 스승인 타이거스타에게서 괴롭힘을 당하면서 불안해하던 훈련병 시절과는 완전히 달라진 모습이었다.

파이어스타는 레이븐포와 함께 가는 게 좋겠다는 자신의 본능을 믿어 보기로 했다.

"좋아, 같이 가면 좋지."

오랜 친구들과 나란히 숲을 달리다 보니, 훈련병 시절에 함께 배우고 사냥하던 추억이 밀려들었다. 잠깐이지만 옛 시절로 돌아간 것 같다는 착각이 들었다. 무거운 책임들을 모두 낙엽처럼 떨구어 버리고, 다시 아무 걱정 없는 어린 고양이가 된 기분이었다.

하지만 그것은 불가능한 일이었다. 그는 이제 종족 지도자였고, 자신을 의지하고 있는 고양이들에 대한 의무를 결코 저버릴 수 없었다.

숲 끄트머리에 다다랐을 때는 해가 이미 저물어 있었다. 파이어스타는 그레이스트라이프와 레이븐포에게 물러나 있으라는 신호를 보낸 뒤, 덤불 사이를 살금살금 기어 강 건너편이 보이는 곳까지 나아갔다.

그의 앞에는 디딤돌이 놓여 있었다. 강족 영역으로 갈 수 있는 가장 쉬운 길이었다. 파이어스타가 차가운 잿빛 물을 바라보는 사이에 고양이들의 냄새가 짙게 풍겨 왔다. 강족과 그림자족의 냄새가 섞여 있었다. 건너편 강기슭을 따라 순찰대가 지나가고 있었다. 너무 멀리 떨어져 있어서 얼굴을 알아볼 수는 없었지만, 미스티풋이나 스톤퍼의 청회색 털가죽은 보이지 않았다.

파이어스타는 실망했다. 친구들 중 하나라도 경계 근처에 있다면 새끼 고양이들의 소식을 물어볼 수 있을 테고, 그러면 이 문제도 여기서 끝날 수 있었다. 하지만 이제는 강족 영역으로 들어갈 수밖에 없게 된 것이다.

강족 영역에 들키지 않고 몰래 들어갔다가 다시 몰래 나오는 일은 모든 것을 걸고 위험을 무릅써야 하는 일이었다. 한 종족의 지도자가 다른 종족의 영역에 무단으로 침입했다는 사실이 밝혀지기라도 하면 그는 곤란에 빠질 것이다. 하지만 그레이스트라이프를 위해서라면 위험을 감수할 수밖에 없었다.

회색 전사가 그의 곁으로 기어 왔다.

"무슨 일이야? 왜 여기서 기다리고 있는 거야?"

그레이스트라이프가 속삭였다.

파이어스타는 귀를 기울여서 강 건너편의 순찰대를 가리켰다. 잠시 후에 순찰대는 갈대숲 속으로 사라졌고, 그들의 냄새도 차츰 희미해졌다.

"됐다. 가자."

파이어스타는 앞장서서 디딤돌 위로 뛰어올랐다. 그는 디딤돌을 차례로 밟으며, 빠르게 흘러가는 검은 물을 건너갔다. 문득 지난 잎 없는 계절에 있었던 홍수가 생각났다. 그때 그는 미스티풋의 새끼 고양이 둘을 구하느라 그레이스트라이프와 함께 물에 빠져 목숨을 잃을 뻔했다. 또 굶주리는 강족 고양이들을 돕기 위해 천둥족의 사냥터에서 먹이를 잡아다 준 일도 있었다. 레퍼드스타는 그런 일들은 이제 까맣게 잊은 모양이었다.

지금은 옛날 일들을 곱씹어 봤자 소용없었다. 건너편 기슭에 도착한 파이어스타는 갈대 줄기 사이로 슬그머니 숨어 들어가, 근처에 다른 고양이들은 없는지 다시 한 번 확인해 보았다. 방금 지나간 순찰대가 남긴 냄새만 남아 있었고, 그마저도 희미해져 갔다.

파이어스타는 강족 진영이 있는 상류를 향해 조용히 발을 내디뎠다. 그레이스트라이프와 레이븐포도 그림자처럼 소리 없이 뒤따라왔다.

갑자기 새로운 냄새가 바람에 실려 왔다. 파이어스타는 수염을 움찔거리며 걸음을 멈추었다. 썩은 고기의 악취였다. 공기를 오염시킬 정도로 여러 날 동안 썩고 있는 까마귀 밥에서 풍기는 냄새였다.

"웩! 저게 뭐야?"

레이븐포가 조용히 해야 한다는 사실도 잊고 투덜거렸다.

파이어스타는 목구멍으로 치솟는 구역질을 꿀꺽 삼켰다.

"모르겠어. 여우 구멍이 있었을지도 몰라. 하지만 여우 냄새는 나지 않았는데."

"뭔지는 모르겠지만 냄새 한번 지독하네."

그레이스트라이프가 중얼거렸다.

"가자, 파이어스타. 들키기 전에 서둘러야 해."

"아니야."

파이어스타가 말했다.

"그레이스트라이프, 새끼들을 걱정하는 마음은 잘 알지만, 이건 너무 수상하잖아. 조사를 해 봐야겠어."

꼬리 서넛 정도 떨어진 앞쪽에서 좁다란 시내가 느릿느릿 강으로 흘러들고 있었다. 파이어스타는 돌아서서 갈대숲에 몸을 숨기고 물줄기를 따라갔다. 악취는 점점 더 강해졌다. 썩은 고기 냄새 말고도 여러 고양이들의 냄새가 나기 시작했다. 앞서 지나간 순찰대처럼 그림자족과 강족의 냄새가 뒤섞여 있었다. 파이어스타는 걸음을 멈추고 친구들에게도 멈추라는 신호를 보낸 뒤, 앞에서 들리는 시끄러운 소리에 귀를 기울였다. 갈대숲 너머에서 움직임이 보였고 여러 고양이들의 목소리가 한데 섞여 들려왔다.

"뭐지? 진영에서는 멀리 떨어진 곳인데."

그레이스트라이프가 속삭였다.

파이어스타는 꼬리를 휙 흔들어 그를 조용히 시켰다. 다행히 악취 덕분에 천둥족 고양이들의 냄새는 가려져서 몸을 숨기기가 쉬웠다.

파이어스타는 더욱 조심스럽게 몸을 움직여 갈대숲이 끝나고 공터가 펼쳐지는 지점까지 나아갔다. 공터 가장자리의 축축한 땅에 몸을 납작하게 붙인 그는 갈 수 있는 한 멀리까지 앞으로 기어가 주변을 살폈다.

순간 그는 분노와 충격으로 비명이 터져 나오는 걸 참느라 이를 악물어야 했다. 공터 한쪽을 따라 물줄기가 나 있었지만, 아무렇게나 던져 놓아 썩어 가는 먹이 찌꺼기들로 꽉 막혀서 거의 고인 물이나 다름없었다. 기슭에 웅크리고 앉아 먹이를 뜯고 있는 고양이들이 보였다. 하지만 파이어스타의 분노를 일으킨 것은 따로 있었다.

그가 몸을 숨긴 곳 건너편의 공터 안쪽에 거대한 뼈 무더기가 있었다. 저물어 가는 햇빛을 받은 뼈들은 껍질이 벗겨진 나뭇가지처럼 어슴푸레 빛나고 있었다. 기껏해야 이빨만 한 크기인 뾰족뒤쥐의 뼈부터 여우나 오소리의 다리뼈처럼 큰 뼈들도 있었다.

파이어스타는 온몸이 부들부들 떨렸다. 순간적으로 꿈속에 나온 나무 네 그루로 돌아간 것 같았다. 뼈 무더기에서 흘러나오던 피를 떠올리자, 너무 두려워서 도망치고 싶었다. 하지만 이것은 꿈보다도 더 끔찍했다. 현실 세계에서 지금 벌어지고 있는 일이었기 때문이다. 햇빛에 하얗게 바랜 뼈 무더기 꼭대기에 올라앉은 고양이는 바로 새롭게 연합한 종족의 지도자인 타이거스타였다.

파이어스타는 도망치고 싶은 것을 꾹 참으며 몸을 숨기고 있었다. 타이거스타가 무슨 짓을 하고 있는지 알아내야만 했다. 그레이스트라이프와 레이븐포가 앞으로 기어 나와 그의 곁에 웅크렸다. 레이븐포는 털을 곤두세웠고 그레이스트라이프는 금방이라도 구역질을 할 것 같은 얼굴이었다.

처음의 충격이 사라지자, 파이어스타는 눈앞에 펼쳐진 광경을 더 자세히 관찰했다. 뼈 무더기에는 오직 먹잇감들의 뼈만 쌓여 있었다. 꿈에서와 달리 고양이의 뼈는 섞여 있지 않았다. 언덕 한쪽 옆에는 그림자족 부지도자인 블랙풋이, 다른 쪽에는 레퍼드스타가 서 있었다. 그녀는 초조한 눈빛으로 공터 여기저기를 둘러보고 있었다. 자신의 종족 안에서 벌어지고 있는 일에 대해 후회하는 걸까? 파이어스타는 그녀가 강족을 강하게 만들겠다는 야망 때문에 타이거스타의 본성을 보지 못한 것이리라 짐작했다. 하지만 옛 강족의 지도자가 지금 어떻게 느끼든, 이제 와서 되돌리기에는 너무 늦어 버렸다.

"내 새끼들이 보이지 않아."

그레이스트라이프가 파이어스타의 귀에 대고 속삭였다.

그러고 보니 미스티풋과 스톤퍼도 보이지 않았다. 강족 전사인 블랙클로와 헤비스텝이 눈에 띄긴 했지만, 공터에 보이는 고양이들은 대부분 그림자족이었다. 게다가 두 종족의 치료사도 모두 보이지 않았다. 파이어스타는 이것이 의미심장한 징조가 아닌지 걱정스러웠다.

타이거스타가 몸을 일으켰다. 지켜보고 있던 파이어스타는 충격을 받아 무얼 해야 할지 알 수 없었다. 높이 쌓인 뼈 무더기에서 작은 뼈 몇 개가 달그락거리며 떨어져 내렸다. 타이거스타는 어두워지는 빛 속에서 눈을 이글거리며 의기양양하게 소리쳤다.

"호랑이족의 고양이들이여, 여기 뼈 무더기로 모여 종족 회의에 참석하라!"

공터에 흩어져 있던 고양이들이 즉시 뼈 무더기 주변으로 모여들어 몸을 낮게 웅크리며 예를 표했다. 갈대숲에서도 고양이들이 모습을 드러냈다.

"높은 바위와 비슷하게 보이려고 뼈 무더기를 쌓았나 봐."

레이븐포가 말했다.

"종족을 내려다볼 수 있게 말이야."

고양이들이 모이기를 기다리던 타이거스타는 전사들이 모두

자리를 잡자 다시 외쳤다.

"이제 심판을 시작할 시간이다. 죄수들을 데려오너라!"

파이어스타는 그레이스트라이프와 의아한 눈빛을 주고받았다. 타이거스타가 말하는 죄수들이 누구일까? 벌써 바람족을 공격한 것일까?

타이거스타의 명령이 떨어지자, 브로큰테일의 떠돌이 무리에 있던 그림자족 전사 재그드투스가 갈대숲 속으로 사라졌다. 잠시 후 그는 다른 고양이를 끌고 나타났다. 처음에 파이어스타는 깡마른 회색 전사를 알아보지 못했다. 털은 헝클어졌고 찢어진 귀에서는 피가 흐르고 있었다. 재그드투스가 그 고양이를 뼈 무더기 아래 둥글게 모인 고양이들 가운데로 밀어 넣자, 파이어스타는 비로소 그가 스톤퍼라는 것을 깨달았다.

파이어스타는 곁에 있는 그레이스트라이프의 몸이 뻣뻣하게 굳는 것을 느꼈다. 그는 친구에게 한 발을 내밀어 가만히 있으라는 신호를 보냈다. 그레이스트라이프는 귀를 씰룩거렸지만 잠자코 상황을 지켜보았다.

갈대가 다시 갈라졌다. 이번에는 공터로 들어서는 고양이를 단번에 알아볼 수 있었다. 윤기가 흐르는 털에 당당하게 머리를 치켜든 그 고양이는 바로 다크스트라이프였다.

'배신자!'

파이어스타는 분노로 배가 단단하게 뭉치는 것 같았다.

갈대숲이 다시 흔들리더니 또 다른 그림자족 전사가 몸집이 작은 고양이 둘을 데리고 나타났다. 하나는 은회색 줄무늬가 있었고, 다른 하나는 빽빽한 회색 털을 가지고 있었다. 둘 다 스톤퍼 만큼이나 깡말라 있었고, 비틀비틀 공터로 들어서는 발걸음은 불안해 보였다. 뼈 무더기의 그림자 아래로 걸어 들어간 그들은 눈이 휘둥그레진 채 겁먹은 얼굴로 주위를 두리번거렸다.

얼음처럼 차가운 전율이 파이어스타의 온몸을 파고들었다. 두 어린 고양이는 그레이스트라이프의 새끼인 페더포와 스톰포였다.

15

반쪽짜리 종족 고양이

그레이스트라이프가 목구멍 깊은 곳에서 으르렁거리는 소리를 냈다. 당장이라도 뛰쳐나갈 기세였다.

"안 돼!"

파이어스타는 친구가 갈대숲 그늘을 벗어나기 전에 달려들어 막았다.

"타이거스타에게 들키면 우린 까마귀 밥 신세가 될 거야!"

레이븐포도 한쪽 어깨로 그레이스트라이프를 막았다.

"파이어스타 말이 맞아. 이 많은 고양이들과 맞붙어서 어떻게 이기겠어?"

그레이스트라이프는 아무 소리도 들리지 않는 듯 필사적으로 버둥거렸다.

"가게 해 줘! 저놈의 가죽을 벗겨 버리겠어!"

"안 돼!"

파이어스타는 필사적으로 친구를 막으며 속삭였다.

"지금 나가면 우린 끝장이야. 페더포와 스톰포를 저렇게 내버려 두지는 않을 거야. 약속할게. 하지만 구해 내려면 적당한 때를 기다려야 해."

그레이스트라이프는 조금 더 발버둥 치다가, 마침내 알았다는 듯 힘이 빠진 신음 소리를 내뱉었다. 파이어스타는 그를 놓아주면서 레이븐포에게도 풀어 주라는 신호를 보냈다.

"상황을 지켜보자. 무슨 일이 일어나고 있는지 알아보자고."

그레이스트라이프를 말리는 사이에 타이거스타는 이미 연설을 시작했다. 그의 목소리에 공터에서 나던 모든 소리가 잠잠해졌다.

"호랑이족의 고양이들이여! 그대들 모두 우리에게 닥친 역경을 잘 알 것이다. 잎 없는 계절의 추위가 우리를 위협하고, 두발쟁이들이 우리를 위협하고 있다. 호랑이족에 합류하는 것이 지혜로운 일임을 깨닫지 못하고 있는 다른 두 종족도 우리를 위협하고 있다."

파이어스타의 꼬리 끝이 분노로 씰룩거렸다. 그는 그레이스트라이프를 쳐다보았다. 정작 가장 큰 위협은 타이거스타였다! 천둥족과 바람족은 별족의 전통에 따라 전사의 규약을 지키며 그저 평화롭게 살아가기를 원할 뿐이었다.

하지만 그레이스트라이프는 파이어스타의 눈길을 전혀 알아채지 못했다. 그는 오직 이글거리는 눈으로 뼈 무더기 아래에 웅크리고 있는 자신의 새끼들만 바라보고 있었다.

"우리는 적들에게 둘러싸여 있다."

타이거스타가 말을 이었다.

"그러므로 우리 전사들의 충성심을 반드시 확인해야 한다. 호랑이족에게 반쪽짜리 충성심이란 있을 수 없다. 전투에서 흔들리거나 심지어 종족 동료에게서 등을 돌리는 자들의 자리는 없다. 호랑이족은 배신자들을 절대로 두고 보지 않을 것이다!"

파이어스타는 코웃음을 쳤다.

'종족을 이끄는 지도자는 예외인가 보지? 자기 종족이 개들에게 잡아먹히는 걸 구경만 하려고 했던 다크스트라이프는?'

공터에 모인 고양이들이 찬성하며 소리쳤다. 타이거스타는 그들이 마음껏 외치도록 잠시 기다렸다가 꼬리를 휘둘러 조용히 시켰다. 소란이 잦아들자 그는 다시 말을 이었다.

"특히 반쪽짜리 종족 고양이처럼 혐오스러운 것은 그냥 두고 볼 수 없다. 충성스러운 전사라면 절대로 다른 종족 고양이와 짝을 맺지 않는다. 그것은 우리 선조들이 정해 주신 순수한 혈통을 흐리는 짓이다. 천둥족의 블루스타와 그레이스트라이프는 강족 고양이와 짝을 맺었다. 전사의 규약을 어긴 것이다. 서로 다른 종족끼리 짝을 맺어 낳은 새끼 고양이들은 절대로 신뢰할 수 없다. 바로 그대들 눈앞에 있는 저런 고양이들 말이다."

타이거스타가 말을 멈추자 부지도자인 블랙풋이 외쳤다.

"쓰레기! 쓰레기!"

다크스트라이프가 따라서 외치자, 다른 고양이들도 입을 모아 소리쳤다. 타이거스타는 아래에 모인 고양이들을 평온하고 만족스러운 표정으로 내려다보았다. 그는 이번에는 함성이 저절로 수그러들 때까지 기다렸다.

'타이거스타와 블랙풋이 이 모든 걸 계획한 게 틀림없어.'

파이어스타는 두려움에 휩싸였다.

가장 요란하게 소리치고 있는 건 그림자족 전사들이었다. 강족 고양이들은 그렇게까지 열렬한 반응을 보이지는 않았다. 어쩌면 그들은 그림자족 지도자의 의견에 완전히 동의하는 것은 아닐 수도 있었다. 하지만 감히 입을 다물고 있지는 못했다.

두 종족의 피가 섞인 훈련병 둘은 바닥에 납작 엎드려 있었다. 사나운 바람처럼 휘몰아치는 종족의 분노에 쓸려 가 버릴까 봐 걱정하는 것 같았다. 스톤퍼는 반발심 가득한 눈빛을 번득이며 두 훈련병을 보호하듯이 그들 위로 몸을 웅크리고 있었다.

'미스티풋은 어디 있지?'

파이어스타는 문득 궁금해졌다.

'미스티풋에게도 두 종족의 피가 흐른다는 건 타이거스타도 알고 있을 텐데. 미스티풋에게 무슨 짓을 한 걸까?'

타이거스타가 다시 입을 열었다.

"지금까지는 반쪽짜리 종족 고양이들을 용인해 주었다. 하지만 그런 시간은 이제 끝났다. 호랑이족에는 두 종족에 발을 걸친 전사들이 설 자리가 없다. 어떻게 그들을 믿을 수 있겠는가? 우리의 비밀을 누설하거나, 우리를 배신하고 죽일 수도 있다. 순수하지 않은 피와 심장을 가진 고양이들을 자유롭게 놔두고도, 별족이 우리 편에 서 주기를 기대할 수 있겠는가?"

"아닙니다!"

다크스트라이프가 발톱을 세우고 꼬리를 흔들며 소리쳤다.

"그렇다! 우리는 반드시 그런 혐오스러운 고양이들을 없애야 한다! 그래야만 우리 종족은 다시 깨끗해지고 별족의 가호를 받을 수 있을 것이다."

스톤퍼가 몸을 벌떡 일으켰다. 너무 약해진 상태라 발을 헛디디고 쓰러질 뻔했지만, 가까스로 똑바로 서서 타이거스타를 마주 볼 수 있었다.

"아무도 내 충성심을 의심하지 않았소."

스톤퍼가 으르렁댔다.

"내려와서 나를 똑바로 보고 내가 배신자라고 말해 보시지!"

파이어스타는 청회색 전사의 희망 없는 용기에 함께 소리쳐 격려해 주고 싶었다. 스톤퍼는 타이거스타가 한 발로 슬쩍 치기만 해도 쓰러질 것처럼 보였지만, 여전히 당당한 모습으로 서 있었다.

"미스티풋과 나는 불과 두 달 전까지만 해도 블루스타가 우리 어머니인 줄도 몰랐습니다."

스톤퍼가 말했다.

"우리는 평생 동안 강족에 충성을 다해 왔습니다. 누구든 그렇지 않다고 생각한다면 이리로 나와서 증명해 보십시오!"

타이거스타는 화가 난 듯 레퍼드스타를 향해 꼬리를 휘둘렀다.

"저 녀석을 부지도자로 선택한 것은 잘못된 판단이었소. 잡초 같은 배신자들이 강족을 메우고 있으니, 이제 뿌리를 뽑아야 하지 않겠소?"

놀랍게도 레퍼드스타는 고개를 끄덕였다. 한때 무시할 수 없는 권력을 휘둘렀던 강족 지도자가 지금은 자신의 부지도자를 지킬 힘도 없다니, 그 몸짓은 타이거스타의 권력이 어디까지 뻗어 있는지 보여 주는 것이었다.

하지만 타이거스타의 말은 파이어스타에게 한 줄기 희망을 주었다. 타이거스타는 스톤퍼와 두 훈련병을 추방하려는 듯했다. 만일 그렇게 된다면 파이어스타는 친구들과 함께 경계 지역에서 기다렸다가 그들을 천둥족으로 안전하게 데려갈 수 있을 것이다.

다시 입을 연 타이거스타의 목소리는 신중하고 냉랭했다.

"스톤퍼, 호랑이족에 대한 네 충성심을 증명할 기회를 주마. 이 훈련병들을 죽여라."

으스스한 침묵이 삽시간에 공터에 퍼졌다. 그레이스트라이프의 분노한 숨소리가 정적을 깨뜨렸다. 다행히 호랑이족 전사들은 눈앞에 펼쳐진 광경에 집중하느라 아무도 그 소리를 듣지 못했다.

"파이어스타! 우리가 어떻게든 해야 돼."

그레이스트라이프가 속삭였다.

그는 발톱을 땅속 깊이 박아 넣으며 근육을 긴장시켰다. 당장이라도 뛰쳐나갈 기세였지만, 지도자의 명령 없이는 공격하지 않겠다는 듯 그의 시선은 파이어스타를 향하고 있었다.

레이븐포도 파이어스타에게 고통스러운 눈빛을 보냈다.

"저 애들이 죽는 걸 구경만 하고 있을 수는 없어!"

파이어스타는 긴장감으로 털이 따끔거렸다. 그레이스트라이프의 새끼들이 고작 여우 서넛 정도 떨어진 곳에서 죽어 가는 것을 지켜보고 있을 수만은 없었다. 더 이상 방법이 없다면 목숨을 걸고 싸워서라도 그들을 구할 각오가 되어 있었다.

"잠깐만 기다려 봐. 스톤퍼가 어떻게 하는지 보자."

파이어스타가 말했다.

청회색 전사는 몸을 돌려 레퍼드스타를 마주 보았다.

"전 레퍼드스타의 명령을 받습니다. 지도자께서도 이건 잘못된 일이라는 걸 알고 계시지 않습니까? 제가 어떻게 하기를 원하십니까?"

레퍼드스타는 잠시 머뭇거렸다. 파이어스타는 다시 희망을 품기 시작했다. 그녀가 타이거스타에게 맞서서 강족의 파괴를 막을 수도 있다는 희망이었다. 하지만 그건 그녀의 야망을 과소평가한 것이었다. 타이거스타가 누구도 꺾을 수 없는 강한 종족을 만들어 줄 것이라는 그녀의 잘못된 믿음은 예상보다 더 확고했다.

"지금은 힘든 시기이다."

레퍼드스타가 마침내 입을 열었다.

"살아남기 위해서는 모든 종족 동료가 서로를 믿고 의지할 수 있어야 한다. 둘로 나뉜 충성심은 설 자리가 없다. 타이거스타가 말한 대로 해라."

스톤퍼는 잠시 그녀의 시선을 마주 보았다. 잠깐이었지만 마치 여러 달처럼 느껴지는 시간이 흐른 뒤, 그가 훈련병들에게 눈을 돌렸다. 훈련병들은 겁에 질린 눈빛으로 주춤주춤 물러났다.

스톰포가 누이를 달래며 핥아 주었다.

"맞서 싸울 거야. 우리를 죽이도록 놔두지는 않을 거야."

훈련병이 약속했다.

'용감하구나.'

파이어스타는 생각했다. 스톤퍼는 경험 많고 노련한 전사였다.

아무리 약해진 상태라고 해도 훈련도 마치지 않은 어린 고양이들에게는 무시무시한 상대였다. 게다가 훈련병들 역시 제대로 먹지도 못하고 갇혀 있었던 것은 마찬가지였다.

그때 강족 전사가 스톰포에게 고개를 살짝 끄덕여 주었다. 훈련병의 용기를 칭찬해 주는 스승의 모습이었다. 스톤퍼는 다시 타이거스타를 올려다보았다.

"그렇다면 날 먼저 죽여라, 타이거스타!"

스톤퍼가 소리쳤다.

타이거스타는 눈을 가늘게 뜨고 다크스트라이프에게 꼬리를 휘둘렀다.

"좋다, 저놈을 죽여라."

그가 명령을 내렸다.

다크스트라이프는 몸을 낮게 웅크렸다. 새로운 종족에 대한 충성심을 증명할 기회가 생겼다는 기쁨에 온몸이 전율하고 있었다. 그는 온 힘을 다해 스톤퍼에게 달려들었다.

파이어스타는 안타깝고 두려웠다. 이 싸움의 결말은 뻔했다. 청회색 전사는 너무 약해져 있어서 다크스트라이프의 상대가 되지 않을 것이다. 파이어스타는 당장이라도 공터로 뛰어들어 스톤퍼를 도와 싸우고 싶었지만, 이렇게 많은 적들 앞에 나서는 것은 자살행위나 마찬가지였다. 지금은 참았다가, 거의 불가능해 보이지만 훈련병들을 구하는 일에 희망을 걸어야 했다. 파이어스타는 친구가 죽어 가는데 숨어서 지켜봐야 하는 일보다 더한 시련은 없다는 생각이 들었다.

하지만 스톤퍼는 역시 만만치 않은 상대였다. 그는 번개처럼 빠르게 뒤로 물러나 다크스트라이프의 공격을 피했다. 스톤퍼의 어깨를 노리고 덤벼들었던 다크스트라이프는 발톱을 세운 채 바닥에 내려앉을 수밖에 없었다.

파이어스타는 목이 메어 왔다. 훈련병 시절에 스톤퍼의 어미인 블루스타에게서 똑같은 동작을 배웠던 기억이 떠올랐다.

'블루스타, 지금 보고 계시면 스톤퍼를 도와주세요!'

그는 간절히 기도했다.

두 전사는 발톱으로 서로를 할퀴고 털을 잡아 뜯으며 공터 바닥을 뒹굴었다. 침묵하고 있던 고양이들이 허둥지둥 물러나 그들이 싸울 수 있는 공간을 내주었다. 고양이들은 전투에 온 정신이 팔려 있었다. 파이어스타는 지금이 훈련병들을 구하기에 좋은 기회가 아닐까 생각했다. 하지만 타이거스타가 여전히 뼈 무더기 위에 웅크리고 앉아서 공터 전체를 내려다보고 있었다. 훈련병들에게 접근하면 타이거스타가 바로 알아챌 것이다.

스톤퍼는 이빨로 다크스트라이프의 목덜미를 꽉 물고 흔들어 보려 했다. 하지만 몸집이 훨씬 크고 힘도 더 센 전사는 그에게 너무 버거웠다. 스톤퍼가 놓아주자 두 전사는 거칠게 숨을 몰아쉬며 서로에게서 떨어져 나갔다. 다크스트라이프의 왼쪽 눈 위에 생긴 상처에서 피가 흘러내렸다. 옆구리 털도 여러 군데 뜯겨 있었다. 스톤퍼의 털가죽은 더 심하게 찢어졌다. 앞발을 흔들자 바닥에 피가 흩뿌려졌다.

"빨리 해치워, 다크스트라이프!"

블랙풋이 조롱하며 소리쳤다.

"지금 애완 고양이처럼 싸우고 있잖아!"

다크스트라이프는 분노에 찬 고함을 내지르며 또다시 공격을 시도했다. 하지만 이번에도 스톤퍼는 대비하고 있었다. 그는 한쪽으로 비켜나면서 발톱으로 다크스트라이프의 옆구리를 할퀴었다. 그리고 그와 부딪히며 쓰러지는 다크스트라이프의 뒷다리에 한 방을 날렸다. 스톤퍼는 충돌로 비틀거렸다. 하지만 다크스트라이프가 다시 똑바로 섰을 때는 스톤퍼 역시 균형을 잡고 일어나 있었다. 이번에는 강족 전사가 먼저 공격을 시도했다. 그는 다크스트라이프를 쓰러뜨리고 이빨과 발톱으로 목을 꽉 움켜잡았다.

파이어스타는 그레이스트라이프가 숨을 몰아쉬는 소리를 들을 수 있었다. 친구의 노란 눈동자가 이글거렸다. 레이븐포는 발톱을 세워 바닥에 박아 넣고 있었다. 파이어스타의 마음속에 희망이 꿈틀거리기 시작했다. 어쩌면 스톤퍼가 이길 수도 있지 않을까?

하지만 타이거스타는 스톤퍼가 빠져나가도록 두지 않았다. 다크스트라이프가 벗어나려고 발버둥 치는 사이, 타이거스타는 블랙풋을 향해 귀를 움직거렸다.

"마무리해라."

그림자족 부지도자가 싸움에 뛰어들었다. 그는 스톤퍼의 어깨를 덥석 물고 다크스트라이프에게서 떼어 냈다. 다크스트라이프가 다시 스톤퍼에게 달려들어 뒷몸을 공격했고, 블랙풋은 발톱으로 청회색 전사의 목을 죽 할퀴었다.

스톤퍼는 목구멍에서 꾸르륵거리는 소리를 내며 비명을 질렀지만, 그 소리는 금방 멈춰 버렸다. 두 호랑이족 전사는 스톤퍼를 놓아주고 뒤로 물러났다. 스톤퍼의 목에서 피가 콸콸 쏟아지면서 온몸에 경련이 일어났다.

지켜보고 있던 고양이들 사이에서 작게 그르렁거리는 소리가 들리더니 점차 승리의 함성으로 변해 갔다. 잠시 머뭇거리던 레퍼드스타도 함께 소리를 질렀다. 침묵을 지키는 것은 두 훈련병밖에 없었다. 그들은 잔뜩 겁에 질린 눈으로 자신들을 구하기 위해 목숨을 바친 전사를 바라보고 있었다.

스톤퍼의 몸이 축 늘어지더니 마지막 숨이 멈추었다. 파이어스타는 두려움에 휩싸인 채 그 모습을 지켜볼 수밖에 없었다.

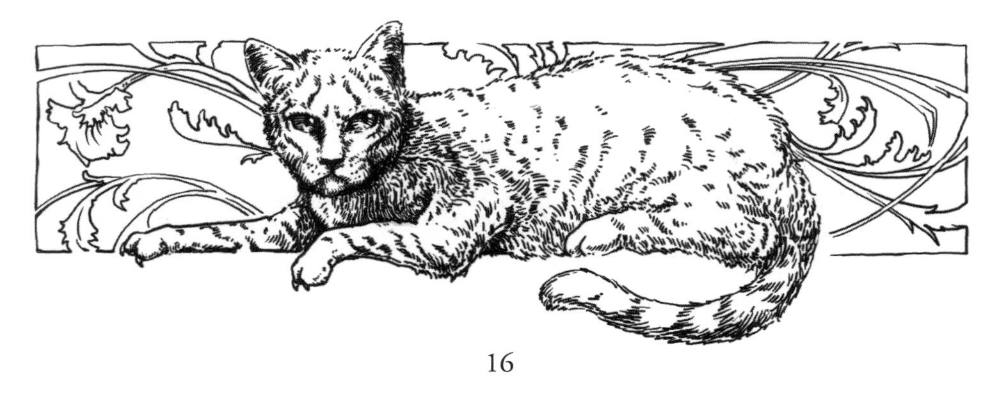

16

구출 작전

“안 돼…….”

그레이스트라이프가 안타까운 목소리로 내뱉었다.

파이어스타는 친구에게 더 가까이 다가가 몸을 바짝 기댔다. 그리고 스톤퍼의 죽음에 대한 슬픔과, 그의 용기를 가치 없는 것으로 만들어 버린 불공정한 싸움에 대한 분노를 함께 나누었다.

블랙풋이 만족한 듯 스톤퍼의 늘어진 몸을 내려다보았다.

다크스트라이프가 몸을 홱 돌려 두 훈련병을 바라보았다.

“타이거스타, 제가 이 녀석들을 죽이게 허락해 주십시오.”

그레이스트라이프는 당장이라도 앞으로 뛰쳐나갈 참이었다. 이번만큼은 파이어스타도 말릴 수 없었다. 하지만 회색 전사가 움직이기 전에 타이거스타가 고개를 저었다.

“정말이냐, 다크스트라이프? 죄수 하나도 당해 내질 못하는데, 훈련병 둘을 처리할 수 있겠느냐?”

다크스트라이프는 수치심에 고개를 떨구었다. 타이거스타는 눈을 가늘게 뜨고 냉정한 시선으로 두 훈련병을 바라보았다. 그들은 충격으로 덜덜 떨며 함께 웅크리고 있었다. 하지만 한 가닥 털에 매달린 것처럼 자신들의 목숨이 위태롭다는 사실은 깨닫지 못하고 있는 듯했다.

"아니다."

타이거스타가 마침내 말했다.

"당장은 녀석들을 살려 두겠다. 살아 있으면 쓸모가 있을지도 모르지."

파이어스타는 얼른 그레이스트라이프를 보았다. 회색 전사도 불안감과 안도감이 뒤섞인 눈빛으로 그를 마주 보았다.

타이거스타는 재그드투스를 불렀다.

"훈련병들을 다시 가둬라."

그림자족 전사는 고개를 숙이고, 충격에 빠진 두 고양이를 데리고 갈대숲으로 사라졌다. 그레이스트라이프의 애타는 눈길이 그들의 뒤를 좇았다.

"회의는 끝났다."

타이거스타가 선언했다.

공터에 모인 고양이들이 즉시 자리를 떠나기 시작했다. 타이거스타는 뼈 무더기에서 내려와 갈대숲으로 사라졌다. 양옆으로 블랙풋과 다크스트라이프를 거느리고 있었다. 마침내 레퍼드스타만 공터에 남았다. 그녀는 앞으로 걸어가 자신이 거느리던 부지도자의 싸늘한 몸을 내려다보았다. 레퍼드스타는 천천히 고개를 숙여 스톤퍼의 찢어진 회색 털가죽에 코를 댔다. 마지막 작별 인사를 하는 것 같았지만 소리는 들리지 않았다. 얼마 후 그녀는 돌아서서 타이거스타가 사라진 갈대숲으로 들어갔다.

"지금이야!"

그레이스트라이프가 벌떡 일어났다.

"파이어스타, 내 새끼들을 구하러 가야 돼."

"맞아. 하지만 너무 서두르지는 마. 모두 떠났는지 확인해야지."

파이어스타가 주의를 주었다.

친구는 긴장감을 억누르느라 몸을 부들부들 떨고 있었다.

"상관없어! 누구라도 우리를 막으려고 한다면 다 갈기갈기 찢어 놓겠어."

"지금은 스톰포와 페더포가 안전하게 있잖아. 괜히 위험을 자초할 필요는 없어."

레이븐포가 말했다.

파이어스타는 갈대 위로 조심스럽게 고개를 들어 보았다. 이제 날은 꽤나 어두워져 있었다. 별 무리의 별빛들과 하늘에 낮게 걸린 달의 희미한 빛만이 있을 뿐이었다. 그림자족과 강족 고양이들의 냄새는 빠르게 사라지고 있었다. 들리는 것이라고는 갈대숲을 흔드는 마른바람 소리밖에 없었다.

파이어스타는 다시 몸을 낮추고 말했다.

"이제 아무도 없어. 지금이 기회야. 훈련병들을 어디에 가뒀는지 알아내야 해. 그리고……."

"그리고 빼내 와야지. 무슨 일이 있어도."

그레이스트라이프가 끼어들었다.

파이어스타는 고개를 끄덕였다.

"레이븐포, 너도 같이 갈래? 위험할 거야."

레이븐포가 눈을 크게 떴다.

"아까 그 장면을 같이 보고도 내가 발을 뺄 거라고 생각했단 말이야? 그럴 순 없지. 나도 같이 갈 거야, 파이어스타."

"그럴 줄 알았어."

파이어스타는 눈을 찡긋해 보였다.

파이어스타는 꼬리로 두 친구에게 신호를 보내면서 앞장서서 공터로 들어갔다. 갈대숲을 벗어나면서 발걸음이 점점 신중해지고 있었다. 지금 하는 일은 전사의 규약에 어긋나는 일이었다. 하지만 타이거스타가 한 짓을 본 이상 선택의 여지가 없었다. 어떻게 별족이 스톤퍼가 죽어 가는 것을 지켜보면서도 그를 구하기 위해 아무것도 하지 않았는지 이해가 되지 않았다.

세 고양이는 바닥에 몸을 붙이고 썩은 먹이 찌꺼기들이 흩어져 있는 물가까지 기어갔다. 파이어스타는 이렇게 힘든 계절에 먹이를 낭비하는 모습에 새삼 화가 치밀어 올랐다.

"이 꼴을 좀 봐!"

파이어스타가 쉭쉭거렸다.

"그래도 여기서 구르면 우리 냄새를 숨길 수 있겠어."

레이븐포가 제안했다.

파이어스타는 분노를 삭이며 친구에게 고개를 끄덕여 주었다. 레이븐포는 전사다운 생각을 하고 있었다. 파이어스타는 몸을 웅크리고, 썩어 가는 토끼 시체에 털을 꾹 눌렀다. 그레이스트라이프와 레이븐포도 따라서 몸에 냄새를 묻혔다. 회색 전사의 눈에서는 마치 노란 부싯돌처럼 불꽃이 튀고 있었다.

까마귀 밥 냄새를 몸에 꼼꼼하게 묻힌 뒤, 파이어스타는 재그드투스가 두 훈련병을 데리고 사라진 곳으로 향했다. 얼어붙은 진흙탕을 따라 좁은 길이 나 있었다. 고양이들이 계속 드나드는 길 같았다. 파이어스타의 모든 감각이 깨어났다.

그들은 강에서 멀어지면서 강족 영역의 다른 끝에 있는 농장에 가까워졌다. 이제 갈대들이 사라지고 땅은 오르막으로 이어지고 있었다. 갈대숲 끄트머리에 다다르자 눈앞에 풀이 무성한 언덕이 보였다. 가시금작화와 산사나무 덤불이 군데군데 있었다. 언덕을 반쯤 올라간 곳에 어두운 구멍이 입을 벌리고 있었고, 재그드투스가 그 앞에 몸을 웅크리고 있었다.

"저 구멍으로 발자국이 이어져 있어."

파이어스타가 말했다.

그레이스트라이프가 코를 들고 냄새를 맡더니 얼굴을 찡그리며 말했다.

"병든 고양이들이 있어. 맞아, 파이어스타. 바로 여기야."

그레이스트라이프는 이빨을 드러냈다.

"재그드투스는 내가 맡을게."

"아니야."

파이어스타는 친구에게 꼬리를 흔들어 그대로 있으라는 신호를 보냈다.

"여기서 싸울 수는 없어. 시끄러운 소리가 나면 고양이들이 달려올 거야. 재그드투스는 다른 방법으로 처리해야 돼."

“내가 할 수 있어.”

레이븐포가 나섰다. 초조한 듯 발로 바닥을 짓이기고 있었지만, 표정은 단호했다.

“재그드투스가 너희 둘은 알아보겠지만, 난 모를 거야.”

파이어스타는 망설이다가 고개를 끄덕였다.

“어떻게 할 건데?”

“나에게 계획이 있어.”

레이븐포의 눈이 기대감으로 빛났다. 파이어스타는 친구가 위험을 즐기고 있다는 것을 깨달았다. 마치 그동안 전사의 기량을 써먹을 기회를 그리워하기라도 한 것 같았다.

“걱정하지 마. 잘될 거야.”

레이븐포가 파이어스타를 안심시켰다.

몸을 펴고 일어난 레이븐포는 갈대숲에서 나가 언덕을 오르기 시작했다. 머리와 꼬리를 높이 쳐들고 걸어오는 레이븐포를 보자, 재그드투스가 일어나서 한 걸음 앞으로 나와 그를 맞았다. 재그드투스의 얼룩덜룩한 털이 쭈뼛 곤두서 있었다.

파이어스타는 그림자족 전사가 공격할 경우를 대비해 뛰어나갈 준비를 하고 있었다. 하지만 재그드투스는 위협적인 표정을 지으면서도, 미심쩍다는 듯 레이븐포의 냄새를 킁킁대는 것 말고 별다른 일은 하지 않았다.

“모르는 고양이로군.”

재그드투스가 으르렁거렸다.

“넌 누구고 뭘 원하는 거냐?”

"설마 네가 강족 고양이를 다 안다고 생각하는 거야?"

레이븐포가 능청스럽게 물었다.

"타이거스타가 전갈을 보냈어."

재그드투스는 그르렁거리며 레이븐포의 냄새를 다시 맡아 보더니 수염을 움찔거렸다.

"맙소사, 별족이시여! 냄새가 지독하잖아!"

"너도 그렇게 향기롭지는 않거든."

레이븐포가 쏘아붙였다.

"전갈을 받을 거야, 말 거야?"

재그드투스가 망설이자 파이어스타와 그레이스트라이프는 불안한 눈빛을 주고받았다. 파이어스타는 심장이 쿵쾅거려서 갈비뼈가 아플 지경이었다.

"말해 봐, 그럼."

그림자족 전사가 마침내 말했다.

"타이거스타가 지금 바로 오라고 했어."

레이븐포가 말했다.

"너 대신 죄수들을 감시하라고 날 보낸 거야."

"뭐라고?"

재그드투스가 믿을 수 없다는 듯 꼬리를 휘둘렀다.

"죄수들은 그림자족 고양이만 지킬 수 있어. 너희 강족 고양이들은 너무 약해 빠져서 안 된다고. 타이거스타가 왜 그림자족 고양이를 안 보내고 널 보낸 거지?"

파이어스타는 순간 움찔했다. 레이븐포는 치명적일지도 모르는 실수를 저지른 것이다.

하지만 레이븐포는 당황하지 않았다. 그는 돌아서면서 말했다.

"우리는 이제 하나의 종족이 된 줄 알았는데. 하지만 맘대로 해. 타이거스타에게는 네가 오지 않을 거라고 말할게."

"아니, 잠깐만!"

재그드투스가 귀를 씰룩거리며 말했다.

"그렇게 말하진 않았어. 타이거스타가 날 보자고 했다면…… 그럼 지금 어디 계시는데?"

"저쪽에."

레이븐포는 꼬리로 강족 진영을 가리켰다.

"다크스트라이프와 블랙풋도 함께 있어."

재그드투스가 마침내 마음을 정했다.

"알았어. 내가 돌아올 때까지 여기 밖에만 있어야 돼. 안쪽에서 네 지독한 냄새가 나면 털을 다 벗겨 버릴 테니까."

재그드투스는 언덕을 내려갔다. 레이븐포는 그가 가는 모습을 지켜보다가 구멍 바로 앞에 자리를 잡고 앉았다. 재그드투스가 바로 옆을 지나쳐 가자 파이어스타와 그레이스트라이프는 갈대 속으로 몸을 웅크렸다. 그림자족 전사는 멈춰 서서 냄새를 확인할 겨를도 없이 황급히 걸음을 옮겼다.

재그드투스가 사라지자 파이어스타와 그레이스트라이프는 레이븐포에게 달려갔다. 그레이스트라이프가 잠시 멈춰서 코를 킁킁거리더니 말했다.

"맞아! 저 안에 있어."

그는 구멍 안으로 사라졌다.

파이어스타는 레이븐포 앞에 섰다.

"정말 멋지게 해냈어!"

레이븐포는 쑥스러움을 감추느라 발을 핥은 뒤 귀를 두세 번 쓸어 넘겼다.

"너무 쉬웠어. 저 녀석은 아주 멍청한 털 뭉치더라고."

"그래. 하지만 타이거스타를 만나게 되면 뭔가 심상치 않다는 걸 눈치챌 거야."

파이어스타가 말했다.

"계속 지켜봐 줘. 누가 나타나면 바로 알려 주고."

파이어스타는 마지막으로 한 번 더 뒤를 돌아본 후에 그레이스트라이프가 사라진 구멍 안으로 들어갔다.

구멍은 모래흙을 파낸 길고 좁은 통로로 이어졌다. 꼬리 서넛 정도 되는 거리를 가는 사이에 짙은 어둠이 파이어스타를 완전히 에워쌌다. 여우 냄새가 맴돌았지만, 오래되고 희미한 것이었다. 이 구멍에 살던 여우는 오래전에 떠난 것 같았다. 가장 강하게 풍기는 냄새는 어둠 속에서 피어오르는 두려움의 냄새였다. 그것은 모든 희망을 포기한 고양이들의 냄새였다.

통로는 계속해서 아래쪽으로 이어졌다. 파이어스타가 통로 끝에 다다르기 전에 무언가가 움직이는 소리와 함께 깜짝 놀란 목소리가 들려왔다.

"아버지? 정말 아버지예요?"

잠시 후에 파이어스타는 좁은 통로가 끝났다는 것을 알아차렸다. 한 걸음 더 가니 고양이의 엉덩이가 몸에 닿았다. 그레이스트라이프라는 것을 냄새로 알 수 있었다. 두 훈련병의 냄새도 강하게 풍겨 왔다. 그리고 또 다른 고양이의 냄새를 감지한 파이어스타는 마음이 놓였다.

"미스티풋!"

파이어스타가 외쳤다.

"맙소사, 별족이시여! 미스티풋을 찾다니!"

"파이어스타?"

미스티풋의 갈라진 목소리가 바로 귓가에서 들려왔다.

"여기서 뭐 하는 거야?"

"말하자면 길어. 다 얘기해 줄게. 하지만 지금은 여기서 나가야 돼. 그레이스트라이프, 준비됐어?"

친구가 긴장된 목소리로 대답했다. 파이어스타는 보이지는 않았지만 친구가 페더포와 스톰포를 끌어안고 있는 모습을 그릴 수 있었다.

"가자."

파이어스타는 좁은 지하 동굴에서 힘겹게 몸을 돌리며 말했다.

"미스티풋, 우린 널 천둥족으로 데려갈 생각이야."

그는 스톤퍼와 훈련병들이 얼마나 쇠약해 보였는지 떠올리면서 덧붙였다.

"그렇게 멀리까지 갈 수 있겠어?"

"여기서 나가기만 하면 어디든 갈 수 있어."

미스티풋이 단호하게 말했다.

"우리도요."

페더포가 거들었다.

"좋아, 미스티풋. 그리고 정말 미안해. 스톤퍼를 구할 수가 없었어……."

파이어스타는 미스티풋에게 오라비의 죽음에 대해 알려 주기 위해 적당한 말을 찾아보았다.

"벌써 알고 있어."

미스티풋이 슬픔으로 갈라지는 목소리로 대답했다.

"이 애들이 말해 줬어. 용감하게 죽었다고."

"정말 용감했어. 별족 모두가 스톤퍼를 명예롭게 기릴 거야."

파이어스타는 미스티풋의 털에 코를 파묻으며 위로해 주었다.

"서두르자. 스톤퍼의 죽음이 헛되지 않도록 해야지. 타이거스타가 너희는 절대 해치지 못하게 할 거야."

파이어스타는 심장이 쿵쾅거리는 소리를 들으며 통로를 되짚어 올라갔다. 입구에 도착하자 잠시 걸음을 멈추고 안전한지 살핀 후 밖으로 나갔다. 여우 굴의 고약한 냄새가 영원히 털에 달라붙어 있을 것만 같았다. 언덕을 내려가는 동안 레이븐포가 맨 뒤에서 주변을 경계했다.

고양이들은 그림자처럼 침묵을 지키며 갈대숲을 지나 공터로 들어섰다. 공터는 텅 비어 있었고, 달빛 속에 누워 있는 스톤퍼의 시신 위로 뼈 무더기가 불길한 그림자를 드리우고 있었다.

미스티풋이 스톤퍼에게 다가가 고개를 숙이고 그의 털에 코를 비볐다. 어두운 동굴에서 밖으로 나와 보니, 미스티풋의 몸도 죽은 전사와 다를 바 없었다. 갈비뼈가 앙상하게 드러나 보이고, 털은 몸에 들러붙어 있었다. 고통으로 눈빛은 멍해져 있었다.

"스톤퍼, 스톤퍼, 이제 나 혼자서 어떻게 해?"

미스티풋이 속삭였다.

고양이들이 다가오는 소리가 들릴까 봐 파이어스타는 털을 곤두세웠다. 하지만 미스티풋이 슬퍼할 시간을 주고 싶었다. 스톤퍼의 시신을 옮겨 제대로 장례를 치러 줄 수가 없었기 때문이다. 이것이 미스티풋의 마지막 작별 인사였다.

스톤퍼의 훈련병이었던 스톰포도 스승에게 다가갔다. 그는 스승의 머리에 코를 가만히 댔다가 아비의 옆으로 가서 섰다.

파이어스타는 블루스타를 떠올리지 않을 수 없었다. 그녀가 자신의 새끼들을 얼마나 사랑했던가. 블루스타가 이곳에 와서 아들을 별족에게 데리고 갔을까? 블루스타와 스톤퍼는 용감하게 죽음을 맞이했고, 그들의 죽음은 타이거스타의 사악한 욕망에서 비롯된 것이었다. 파이어스타는 타이거스타와 맞서 싸워 죗값을 치르게 하고 싶다는 생각에 털 하나하나가 곤두섰다.

"파이어스타, 이제 가야 해."

그레이스트라이프가 말했다. 그의 눈동자가 어스름한 빛 속에서 환하게 번득였다.

그 말을 들은 미스티풋이 정신을 차렸다. 파이어스타가 대답하기도 전에 그녀는 고개를 들었다. 미스티풋은 사랑이 가득한 눈빛으로 마지막으로 한 번 더 스톤퍼를 바라본 뒤 다른 고양이들이 기다리고 있는 곳으로 걸어왔다.

파이어스타는 강을 향해 빠른 걸음으로 달리기 시작했다. 뼈무더기와 먹이 찌꺼기들의 악취에서 멀어지자 마음이 한결 편안해졌다. 그레이스트라이프는 두 훈련병들을 살살 밀어 주고 달래주면서 계속 따라올 수 있도록 다독였다. 미스티풋은 갇혀 있는 동안 다친 발을 절뚝거리면서도 용감하게 걸음을 옮겼다. 레이븐포는 맨 뒤를 맡아, 혹시나 쫓아오는 고양이가 없는지 귀를 기울이며 따라왔다.

물소리만 들릴 뿐 밤은 고요했다. 강이 눈에 보일 때까지 다른 고양이들은 나타나지 않았다. 디딤돌이 있는 강 하류를 향해 방향을 돌리면서, 파이어스타는 들키지 않고 빠져나갈 수 있기를 간절히 바랐다.

그때 멀리 갈대숲 사이로 외치는 소리가 들려왔다.

"죄수들이 달아났다!"

여섯 고양이는 그 자리에 얼어붙고 말았다.

17

디딤돌 위의 전투

"서둘러! 디딤돌로 가!"

파이어스타는 다급하게 외쳤다.

천둥족 고양이들뿐이었다면 쉽게 위험에서 벗어날 수 있었겠지만, 강족 고양이들을 버릴 수는 없었다. 그레이스트라이프는 레이븐포와 함께 뒤를 지켰고, 파이어스타는 강족 고양이들을 재촉했다.

"우리는 그냥 두고 가! 다 같이 붙잡힐 수는 없어."

미스티풋이 말했다.

"절대로 안 돼!"

그레이스트라이프가 으르렁댔다.

"우리 모두 함께 가는 거야."

그들은 강을 따라 달리고 있었다. 강족 고양이들은 뒤처지지 않으려고 비틀거리며 애를 썼다. 파이어스타는 이제 물결을 가로막고 놓여 있는 디딤돌을 볼 수 있었다. 하지만 그들을 뒤쫓는 소리도 점점 커지고 있었다. 파이어스타는 재빨리 고개를 돌려 공기를 들이마셨다. 그림자족의 냄새가 밀려들었다.

"별족이시여! 따라잡히겠어!"

파이어스타는 작은 소리로 중얼거렸다.

디딤돌에 다다를 때까지 그들을 뒤쫓는 고양이들의 모습은 보이지 않았다. 파이어스타는 첫 번째 디딤돌로 뛰어올랐다. 그리고 두 번째 디딤돌로 옮겨 가면서 미스티풋에게 꼬리로 따라오라는 신호를 보냈다.

"서둘러!"

미스티풋은 뒷다리를 구부렸다가 펄쩍 뛰었다. 미끄러운 돌에 내려앉으면서 휘청거리기는 했지만 그녀는 가까스로 균형을 잡았다. 그다음은 두 훈련병의 차례였다. 파이어스타는 강을 반쯤 건너가서 다른 고양이들을 기다렸다. 다른 고양이들이 디딤돌을 건너오는 동안 강물이 그의 발 위로 넘실거렸다.

강족 고양이들은 체력이 너무 약해진 상태라 속도를 낼 수가 없었다. 디딤돌을 하나씩 건널 때마다 준비를 해야 했다. 미스티풋이 가장 먼저 파이어스타가 있는 곳에 도착했다. 파이어스타는 그녀가 먼저 지나갈 수 있도록 옆으로 비켜섰다. 두 훈련병은 아직도 한참 뒤에 있었다. 파이어스타는 침착해지려고 애썼지만 조급한 마음에 발톱은 자꾸만 거친 돌을 할퀴었다. 그들을 추적하는 고양이들의 검은 그림자가 갈대숲에서 모습을 드러냈다. 파이어스타는 재촉하지 않기 위해 안간힘을 썼다. 스톰포가 막 용기를 내어 디딤돌을 건너뛰려는 참이었다. 파이어스타는 어린 고양이에게서 눈을 떼지 않았다.

"자, 어서 오렴. 아주 잘하고 있어."

그는 차분하게 말했다.

하지만 스톰포가 준비를 하는 동안 뒤에 있던 페더포가 강기슭을 따라 달려오는 그림자족 전사들을 발견하고 말았다.

"그들이 오고 있어요!"

페더포가 소리쳤다.

순간 균형을 잃은 스톰포는 거리를 잘못 가늠해서 디딤돌에 못 미치게 뛰고 말았다. 앞발은 돌을 디뎠지만, 엉덩이는 강물 속에서 첨벙거리고 있었다. 디딤돌 위로 올라가려고 발버둥 쳤지만, 물살이 그의 주위로 휘몰아치면서 물속으로 끌려 들어가고 말았다.

"미끄러지고 있어요!"

스톰포가 헐떡거리며 말했다.

"버틸 수가 없어요!"

파이어스타는 그가 있는 곳으로 되돌아갔다. 스톰포의 앞발을 피해서 발을 내딛느라 간신히 균형을 잡을 수 있었다. 이빨로 훈련병의 목덜미를 꽉 문 순간, 스톰포의 앞발이 미끄러지면서 강물 속으로 끌려 들어가 버렸다. 스톰포의 무게와 강력한 물살의 힘 때문에 파이어스타의 발도 바위에서 미끄러졌다.

그때 스톰포의 뒤에서 차가운 물살을 헤치고 힘차게 발을 저으며 헤엄쳐 오는 그레이스트라이프의 모습이 보였다. 회색 전사가 어깨로 스톰포의 몸을 받쳐 올렸고, 파이어스타는 간신히 훈련병을 끌어 올렸다. 훈련병은 돌 위에 몸을 웅크리고 덜덜 떨었다.

강족 영역 쪽을 돌아보니 레이븐포가 페더포를 돕고 있었다.

페더포가 발을 적시지 않고 다음 돌로 건너뛸 수 있도록 돕느라 레이븐포의 발은 다 젖어 있었다.

그들 뒤로는 추적대가 첫 번째 디딤돌에 막 올라서고 있었다. 블랙풋이 선두에 있었고 재그드투스와 다른 고양이 서넛이 곁을 지키고 있었다. 맞서 싸우기에는 너무 많은 수였다.

"어서! 서둘러!"

파이어스타가 외쳤다. 그리고 떨고 있는 스톰포를 밀며 말했다.

"계속 앞으로 가. 미스티풋을 따라가!"

블랙풋이 뛸 준비를 하며 몸을 웅크렸다. 그는 레이븐포가 서 있는 디딤돌에 시선을 고정하고 있었다. 파이어스타는 배가 단단히 뭉치는 기분이 들었다. 레이븐포는 용감한 고양이였지만 훈련을 충분히 받지 못했다. 게다가 그림자족의 부지도자처럼 노련한 전사와는 상대가 되지 않을 게 분명했다.

그레이스트라이프가 레이븐포를 향해 헤엄쳐 가기 시작했다. 나머지 그림자족 전사들이 기슭을 따라 위협적으로 늘어서면서 사납게 소리를 질러 댔다.

"계속 가!"

파이어스타는 미스티풋에게 소리쳤다.

"스톰포를 데려가. 난 돌아가 봐야겠어."

하지만 그가 몸을 움직이기도 전에 천둥족 영역 쪽에서 사나운 전투의 함성이 들려오더니 고양이 셋이 덤불 밖으로 모습을 드러냈다. 클라우드테일과 샌드스톰이 앞장섰고, 그 뒤를 쏜클로가 바짝 따르고 있었다.

"별족이시여, 고맙습……."

파이어스타는 말을 멈추었다. 클라우드테일이 발톱을 세운 채 눈을 이글거리며 강을 향해 달려오고 있었다. 그는 이제 막 마지막 디딤돌에서 강기슭으로 뛰어내린 미스티풋을 향해 곧장 다가갔다.

파이어스타는 남은 디딤돌을 재빨리 건너가 클라우드테일을 가로막았다. 그는 클라우드테일을 쓰러뜨리며 말했다.

"이 쥐 대가리 같은 녀석아! 적은 저 뒤쪽에 있단 말이다."

파이어스타는 고개를 돌려 강의 한가운데를 가리켰다. 레이븐포와 그레이스트라이프가 가운데 있는 디딤돌 위에서 블랙풋과 몸싸움을 벌이고 있었다. 스톰포는 마지막 디딤돌에서 강기슭으로 뛸 준비를 하고 있었고, 페더포는 디딤돌을 두세 개 남겨 놓고 있었다. 샌드스톰과 쏜클로가 그림자족 전사들과 싸우기 위해 디딤돌로 달려갔다. 강족의 두 훈련병은 천둥족 전사들이 지나갈 수 있도록 한쪽으로 비켜섰다.

클라우드테일은 미스티풋에게 미안하다고 중얼거린 뒤 다른 두 전사를 따라 달려갔다. 파이어스타도 뒤따라가려고 근육을 긴장시켰다. 바로 그때 블랙풋이 디딤돌에서 미끄러지면서 물살에 휩쓸려 가 버렸다. 블랙풋의 머리가 수면 아래로 들어갔다가 다시 떠올랐다. 그는 강족 기슭 쪽으로 돌아가기 위해 어설프게 헤엄을 치고 있었다. 천둥족의 세 전사는 디딤돌 하나에 비좁게 모여 서 있었다. 그들은 발톱을 깊이 찔러 넣고, 남아 있는 적에게 사납게 으르렁거렸다.

"살고 싶으면 더 이상 가까이 오지 마!"

샌드스톰이 으르렁댔다.

그림자족 전사들은 두세 번째 디딤돌 위에서 머뭇거리고 있었다. 강물에 익숙하지 않은 그들은 서 있는 것도 불안해 보였다. 그런 상황에서 사납게 덤벼드는 천둥족 고양이들과 싸움을 벌이고 싶지 않은 게 분명했다.

"돌아가자!"

블랙풋이 기슭으로 기어오르며 소리쳤다.

"달아나게 내버려 둬라. 어차피 반쪽짜리 종족 고양이들일 뿐이니까."

그림자족 전사들은 기꺼이 명령에 따랐다. 잠시 후 그들은 모두 갈대숲 사이로 자취를 감췄다.

파이어스타는 두 훈련병이 강을 마저 건널 수 있도록 도와주었다. 그레이스트라이프와 레이븐포가 그 뒤를 따랐다. 동료들을 살피던 파이어스타는 그레이스트라이프의 어깨 털이 한 뭉치 빠진 것을 발견했다. 레이븐포는 왼쪽 귀에서 피를 흘리고 있었다. 하지만 그 밖에는 모두 무사해 보였다.

"다들 잘해 주었어."

파이어스타는 다른 천둥족 전사들을 돌아보았다.

"너희 셋이 숲에서 나왔을 때 얼마나 반가웠는지 몰라. 어떻게 오게 된 거야?"

"파이어스타의 명령에 따른 거죠."

클라우드테일이 숨을 헐떡거리며 말했다.

"경계 지역의 순찰을 늘리라고 명령하셨잖아요. 운 좋게도 때맞춰서 우리가 순찰을 나온 거예요."

파이어스타는 마음이 놓이면서 다리가 풀리는 것 같았다. 별족은 가장 적절한 순간에 순찰대를 보내 준 것이다.

"그래, 어서 진영으로 돌아가자. 여기 셋은 휴식이 필요해. 레이븐포, 너도 같이 가서 신더펠트에게 귀를 치료받는 게 좋겠어."

파이어스타는 일행의 맨 뒤를 지켰다. 혹시라도 그림자족 전사들이 마음을 바꿔 강을 건너올까 봐 걱정했지만, 뒤에서는 아무 소리도 들리지 않았다. 잠시 후에 샌드스톰이 걸음을 늦추어 파이어스타에게 다가왔다.

"무슨 일이야? 왜 강족 고양이들이 여기 있는 거야?"

파이어스타는 잠시 멈춰 서서 그녀의 귀를 핥아 주었다.

"저 셋이 죄수가 되었어. 강족에 남겨 뒀다가는 타이거스타가 다 죽였을 거야."

샌드스톰이 깜짝 놀란 눈으로 그를 바라보았다.

"왜?"

"부모가 서로 다른 종족이라서. 타이거스타가 반쪽짜리 종족 고양이들은 어느 종족에서도 살 수 없다고 그랬거든."

"하지만 타이거스타의 새끼들도 마찬가지잖아!"

샌드스톰이 발끈하며 말했다.

파이어스타는 고개를 저었다.

"아니야. 타이거스타는 새끼 고양이들이 태어났을 때 천둥족이었잖아. 적어도 타이거스타에게는 그게 변명거리가 될 수 있지.

위대하신 타이거스타께서 순수하지 못한 혈통의 새끼들을 가질 리가 없잖아, 안 그래?"

샌드스톰의 눈동자에 충격과 괴로움이 번졌다. 그녀는 동정심을 가득 담은 눈으로 강족 고양이들을 바라보았다.

"가엾기도 하지. 저들을 천둥족에 머무르게 해 줄 거야?"

파이어스타는 고개를 끄덕였다.

"그럼 달리 어떻게 하겠어?"

하늘 높이 뜬 달이 골짜기를 은빛으로 물들일 무렵, 일행은 진영에 도착했다. 뼈 무더기가 있는 피로 얼룩진 공터와 타이거스타의 야망이 낳은 그 모든 폭력들이 그리 멀지 않은 곳에 존재하고 있는데도, 진영은 믿을 수 없을 정도로 평화로워 보였다.

하지만 가시금작화 굴길에서 진영으로 들어선 순간, 평화는 환상처럼 산산이 부서져 버렸다. 화이트스톰이 브래큰퍼와 함께 황급히 달려왔다. 어린 전사는 혼비백산한 표정이었다.

"오, 별족이시여! 드디어 돌아오셨군요, 파이어스타!"

브래큰퍼가 소리쳤다.

"토니포가, 토니포가 사라졌습니다!"

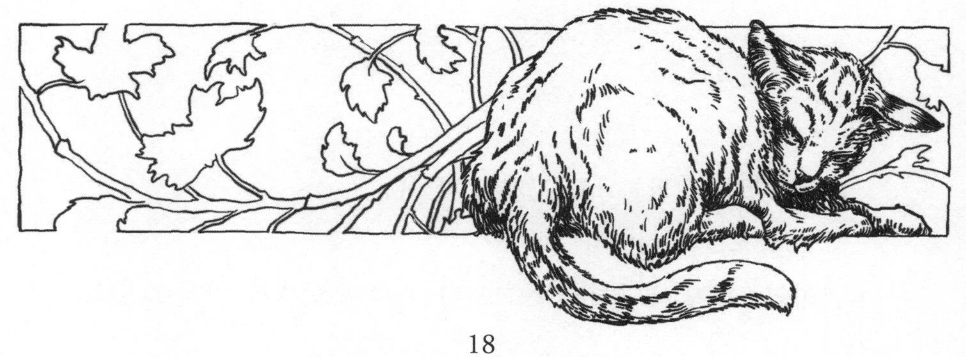

18

집을 떠난 훈련병

“사라졌다고요? 어떻게 된 일입니까?”

파이어스타는 놀라서 물었다.

“잘 모르겠습니다.”

화이트스톰은 브래큰퍼보다 침착해 보였지만 눈에는 근심이 가득했다.

“토니포가 보이지 않는다고 처음으로 말한 건 브램블포였습니다. 저는 별일 아닌 걸로 수선을 떤다고 생각했지만, 어쨌든 진영을 찾아보았습니다. 그런데 어디에도 없었습니다. 진영을 나가는 걸 본 고양이도 없답니다.”

“제 잘못이에요!”

브래큰퍼가 끼어들었다.

“제가 스승인데.”

“네 잘못이 아니다.”

화이트스톰이 그를 달래 주었다.

“넌 사냥을 나갔었는데 어떻게 진영에서 일어난 일을 알 수 있었겠느냐."

브래큰퍼는 절망적으로 고개를 저었다.

"브램블포를 데려와라."

파이어스타가 명령하자 쏜클로가 즉각 훈련병의 거처로 달려갔다.

기다리는 동안 파이어스타는 레이븐포와 강족 고양이 셋을 신더펠트에게 보냈다. 그레이스트라이프가 자초지종을 설명해 주고 새끼 고양이들의 상태를 확인하기 위해 함께 갔다. 회색 전사는 차가운 강물에 흠뻑 젖어 떨고 있었지만, 오직 새끼들에 대한 걱정뿐이었다. 공터를 가로질러 갈 때에도 그는 스톰포와 페더포의 곁에 커다란 그림자처럼 딱 달라붙어 있었다.

"어떻게 생각해야 될지 모르겠습니다."

그들이 사라지자 화이트스톰이 입을 열었다.

"무슨 생각이 있어서 혼자 나갔을지도 모릅니다. 아니면 어디 갇히거나 다친 것일지도……."

"그림자족에 가 있을지도 몰라요."

브래큰퍼가 털을 곤두세운 채 끼어들었다.

"타이거스타가 데려갔을 수도 있다고요!"

"하지만 타이거스타는 지금 강족 영역에 있다."

파이어스타는 조용히 말했다.

"블랙풋과 다크스트라이프도 마찬가지고."

화이트스톰이 놀라서 귀를 씰룩거렸다. 가능한 한 빨리 부지도자에게 모든 것을 설명해 주어야 했다.

"다른 고양이를 보내서 비열한 짓을 하도록 시켰을 수도 있잖아요."

클라우드테일이 끼어들었다.

파이어스타는 화이트스톰에게 고개를 돌리고 물었다.

"진영 주변에서 그림자족 고양이의 냄새가 났습니까? 아니면 강족 냄새는요?"

화이트스톰이 고개를 저었다.

"천둥족 냄새밖에 나지 않았습니다, 파이어스타."

"그럼 토니포가 혼자 진영을 나갔다는 뜻이겠군요. 어쩌면 기분 전환을 하려고 혼자 사냥을 나갔을지도 모르겠습니다."

그때 문득 그가 진영을 떠나기 전에 있었던 일이 머릿속에 떠올랐다. 토니포는 그녀와 타이거스타를 비교하는 스몰이어 때문에 몹시 화가 나 있었다. 파이어스타는 토니포가 얼마나 큰 상처를 받았는지 자신이 제대로 헤아리지 못한 것이 아닐까 걱정스러웠다.

그때 브램블포가 다가왔다.

"토니포가 사라지기 전에 무슨 일을 했는지 말해 봐."

파이어스타가 말했다.

"그냥 늘 하던 일들을 하고 있었어요."

브램블포가 불안한 목소리로 대답했다. 그는 혼란스런 얼굴로 눈을 크게 뜨고 있었다.

"원로들의 잠자리를 갈고 싱싱한 먹이도 가져다 드렸어요. 그리고 저는 신더펠트에게 쥐 쓸개즙을 받으러 갔어요. 스몰이어의 털에 진드기가 있어서요. 돌아와 보니 토니포가 없었어요. 그때부터 지금까지 못 봤고요."

"지금까지 어디 어디를 찾아봤지?"

"잠자리에 쓸 이끼를 모았던 곳에 가 봤지만 없었어요. 훈련 분지도 찾아봤고요."

파이어스타는 고개를 끄덕였다.

"토니포가 혹시 원로들에게 무슨 말을 했는지 물어봤고?"

"제가 물어봤습니다."

화이트스톰이 대답했다.

"하지만 특별히 기억나는 건 없다고 했습니다."

"골든플라워는요?"

파이어스타는 계속해서 질문했다.

"토니포가 골든플라워에게는 아무 말도 안 했답니까?"

화이트스톰이 고개를 저었다.

"골든플라워는 제정신이 아니었습니다. 마우스퍼와 함께 큰 소나무 숲 쪽으로 가면서 찾아보라고 했습니다. 아직 돌아오지 않았습니다."

"토니포의 흔적을 따라가 봤습니까?"

"네, 물론입니다. 골짜기 꼭대기까지 따라갔는데, 그 뒤로는 냄새를 놓쳤습니다."

브래큰퍼가 대답했다.

파이어스타는 판단을 내리기가 어려웠다. 그는 토니포가 사라진 명확한 이유가 있기를 바랐다. 다쳐서 어딘가에 쓰러져 있기를 바라는 건 아니었지만, 제 발로 아버지를 찾아간 것보다는 오히려 그편이 나을 수도 있었다. 그것은 그가 가장 두려워하는 일이었다.

"다시 찾아보자. 너무 늦었을지도 모르지만……."

파이어스타는 결정을 내렸다.

"저도 같이 갈게요."

클라우드테일이 나섰다.

파이어스타는 고마운 마음으로 그에게 고개를 끄덕였다. 클라우드테일은 종족에서 가장 냄새를 잘 맡는 고양이 중 하나였다.

"좋아, 샌드스톰과 쏜클로도 같이 간다."

파이어스타는 앞장서서 다시 진영을 나섰다. 발에 피로가 밀려들었다. 밤이 벌써 깊었는데 아직까지 잠도 못 자고 있었다. 싱싱한 먹이를 먹으며 거처에서 편안히 쉬고 싶었지만, 그러려면 아직 한참 기다려야 할 것 같았다.

비록 희미해지긴 했지만 골짜기에서 토니포의 냄새를 찾는 것은 어렵지 않았다. 하지만 브래큰퍼가 그랬듯이 꼭대기로 향하면서 냄새를 놓치고 말았다. 아마도 토니포는 냄새가 남지 않도록 바위에서 바위로 건너뛰면서, 자신을 쫓아올 고양이들을 혼란스럽게 만들려고 한 것 같았다. 파이어스타의 마음속에 또다시 두려움이 밀려들었다. 토니포는 떠나야겠다고 결심할 정도로 천둥족에서의 삶이 불행했던 걸까?

그때 클라우드테일이 골짜기 꼭대기에 있는 덤불 사이에서 큰 소리로 외쳤다.

"이쪽이에요! 이쪽으로 갔어요!"

파이어스타가 달려가 보니 과연 토니포의 냄새가 희미하게 남아 있었다. 그는 클라우드테일과 함께 냄새를 따라서 숲으로 들어갔다. 먹잇감들의 강한 냄새 때문에 주의가 흐트러졌다. 그는 땅에 코를 박고 토니포의 냄새에 집중했다. 다른 고양이의 냄새는 없었다. 적어도 이곳까지지는 토니포 혼자 있었던 것이다.

공터 끄트머리에서 그들은 다시 냄새를 놓쳤다. 클라우드테일의 예리한 코도 냄새를 찾아내지 못했다.

차가운 바람이 불어와 달을 가린 구름을 흐트러뜨리고, 고양이들의 털을 헝클어 놓았다. 파이어스타는 공터를 이리저리 둘러보면서 마지막으로 한 번 더 냄새를 찾으려고 애썼다. 그때 가늘고 차가운 빗줄기가 내리기 시작했다.

"이런 쥐똥 같으니라고!"

클라우드테일이 소리쳤다.

"이제 끝나 버렸네요."

파이어스타도 마지못해 인정할 수밖에 없었다. 그는 흩어져서 찾고 있던 샌드스톰과 쏜클로를 불렀다.

"돌아가자. 더 이상은 어쩔 수 없어."

샌드스톰이 잠시 가만히 서서 냄새가 향할 거라고 예상되는 방향을 바라보았다.

"나무 네 그루로 간 것 같은데."

일리가 있는 말이었다. 토니포가 다른 종족의 고양이를 만나거나 다른 종족의 영역으로 가려고 했다면, 나무 네 그루가 가장 적합한 곳이었다. 파이어스타는 두려움에 털이 곤두섰다. 토니포가 그저 사냥을 하기 위해 돌아다닌 거라는 생각은 더 이상 설득력이 없었다. 다른 전사들도 곤혹스러운 표정을 짓는 것으로 보아 그와 같은 생각을 하고 있는 것 같았다. 토니포는 그림자족으로 갔을 것이다.

그들이 진영으로 돌아왔을 때 브래큰퍼와 브램블포는 여전히 공터에서 초조하게 기다리고 있었다. 토니포의 어미인 골든플라워와 마우스퍼도 함께 있었다. 이제 더 세차게 내리기 시작한 비에 네 고양이 모두 흠뻑 젖은 채 절망적인 얼굴을 하고 있었다.

"어떻게 됐어요? 찾았나요?"

파이어스타가 다가가자 골든플라워가 물었다.

"아뇨, 찾지 못했습니다."

파이어스타는 조용히 대답했다.

"어디 있는지 모르겠습니다."

"그럼 왜 계속 찾지 않는 거죠?"

골든플라워의 목소리가 날카로워졌다.

파이어스타는 고개를 저었다.

"어둡고 비까지 내리니 더 이상 할 수 있는 게 없습니다. 어딘가에 분명 있을 겁니다."

"상관없다는 거군요, 그렇죠?"

골든플라워가 분노하며 목소리를 높였다.

"일부러 떠났다고 생각하는 거죠? 토니포를 믿은 적이 없으니까요!"

파이어스타는 그 말이 틀린 것도 아니라는 생각에 바로 대답을 하지 못했다. 하지만 골든플라워는 대답을 기다리지도 않고 몸을 돌려 전사들의 거처로 들어가 버렸다.

"잠깐만요!"

파이어스타가 불렀지만, 그녀는 못 들은 척했다.

"자기가 무슨 말을 하는지도 모를 거야."

샌드스톰이 안타까워하며 말했다.

"내가 가서 좀 진정시켜 볼게."

그녀는 골든플라워의 뒤를 따라 전사들의 거처로 사라졌다.

지치고 낙심한 파이어스타는 브램블포를 돌아보았다. 그 역시 자신을 비난할 거라 생각했지만, 훈련병은 알 수 없는 눈빛으로 조용히 서 있었다.

"괜찮아요, 파이어스타."

브램블포가 말했다.

"최선을 다하셨다는 걸 알아요. 고맙습니다."

브램블포는 고개를 숙이고 꼬리를 축 늘어뜨린 채 훈련병들의 거처로 향했다.

파이어스타는 훈련병이 멀어지는 모습을 지켜보았다. 갑자기 피로가 온몸을 덮쳤다. 그레이스트라이프가 새끼 고양이들을 보러 강족으로 가자고 했던 것이 마치 몇 달 전의 일인 것 같았다. 서늘하고 희뿌연 새벽빛이 하늘에 스며들기 시작했다. 파이어스타는 휴식이 간절했지만, 그 전에 해야 할 일이 하나 더 있었다. 신더펠트에게 가서 강족 고양이들이 괜찮은지 확인해야 했다.

공터를 가로질러 치료사의 거처로 가는 동안 그는 자신의 지도자 자질에 대해 다시 한 번 의구심이 들었다. 전사 하나는 추방당해 적의 종족에 가담했다. 그는 새로운 충성심을 증명해 보이기 위해 서슴없이 다른 고양이의 목숨을 빼앗으려 들었다. 그리고 훈련병 하나는 사라졌다. 숲 전체가 공포와 증오에 휩싸여 있지만 그는 어떻게 싸워야 할지 알 수 없었다. 물가에서 보았던 환영 속에서 사자족의 갈기를 달고 있던 자신의 모습은 현실과는 한참 동떨어져 있는 것 같았다. 별족이 정말로 그에게 위대한 운명을 정해 놓았다면, 그것은 잘못된 선택이 아닐까?

파이어스타는 높은 바위 위에 서서, 거처에서 나오는 고양이들을 바라보고 있었다. 강족 영역에 다녀온 다음 날 아침, 그는 무슨 일이 있었는지 정확하게 설명해 주고 강족 고양이들이 와 있다는 것을 알려 주기 위해 회의를 소집했다.

미스티풋과 두 훈련병은 높은 바위 아래에 앉아 있었다. 그레이스트라이프와 신더펠트가 그들과 함께 있었다. 파이어스타는 강족 고양이들이 벌써 전보다 건강해 보여 기뻤다. 먹이를 잘 먹고 신더펠트의 보살핌을 받은 덕분에 다들 기력을 찾은 것 같았다.

레이븐포는 새벽에 떠났다. 그는 상처 입은 귀에 거미줄을 붙인 채, 디딤돌에서 있었던 전투를 회상하며 눈을 반짝였다.

"예전에 훈련받은 것들이 다시 생각나다니 정말 놀랍지 않아?"

레이븐포가 말했다.

"싸움 동작들을 잊어버리지 않았다니 말이야."

"정말 잘 싸워 줬어. 넌 천둥족의 진정한 친구야."

파이어스타는 가르랑거리며 말했다.

"타이거스타가 권력을 쥐었으니 천둥족에게는 친구란 친구는 모두 필요할 거야."

레이븐포가 진지하게 말했다.

레이븐포는 블루스타의 무덤에 잠시 머물렀다가, 높은 돌산 근처에 있는 농장을 향해 떠났다. 파이어스타는 그에게 또다시 도움을 청할 일이 있을지 궁금했다. 타이거스타를 숲에서 몰아내기 위해서는 모두가 힘을 합쳐야 했다. 하지만 마지막 대결은 결국 그 혼자서 감당해야 할 것이다.

그는 종족 고양이들이 높은 바위 주변에 자리를 잡을 때까지 기다렸다가 연설을 시작했다.

"여러분도 지금쯤은 다 들어서 알고 있겠지만, 그레이스트라이프와 레이븐포, 그리고 나는 어젯밤 강족 영역에 갔습니다."

그는 뼈 무더기와 공터 주변에서 썩어 가는 먹이들에 대해서 설명했다. 그리고 타이거스타가 서로 다른 종족의 부모에게서 태어난 고양이들을 혐오하고 있으며, 전사들에게도 그들을 배척하도록 부추기고 있다는 것을 알렸다. 스톤퍼의 죽음에 대해 말할 때는 그의 목소리가 흔들렸다. 아래에 모인 고양이들도 측은하고 두려운 마음에 바닥에 납작 엎드려 몸을 떨었다.

"그림자족을 당장 공격합시다. 복수해야죠!"

더스트펠트가 으르렁거리며 소리쳤다.

"그렇게 간단하지가 않습니다."

파이어스타가 대답했다.

"천둥족의 힘만으로는 강족과 연합한 그림자족을 감당할 수 없고, 이기기를 기대할 수도 없습니다."

"시도는 해 볼 수 있잖아요."

클라우드테일이 벌떡 일어나며 말했다.

"어디를 공격하잔 말이지? 강족 진영에는 두 종족의 전사들이 모두 있다. 그렇다고 타이거스타가 그림자족 진영을 무방비 상태로 두고 떠났을 리도 없다."

파이어스타는 잠잠해진 고양이들을 바라보며 다시 말을 이었다.

"나도 똑같은 심정입니다. 타이거스타가 하는 짓이 마음에 들지 않습니다. 그리고 앞으로 무슨 일을 벌일지도 걱정스럽습니다. 별족이 우리가 어떻게 하기를 바라시는지 알고 싶지만, 아직까지는 아무런 계시도 받지 못했습니다. 신더펠트, 혹시 별족에게서 온 계시가 있습니까?"

치료사가 지도자를 올려다보았다.

"아뇨, 아직은 없습니다."

클라우드테일이 분통을 터뜨리며 자리에 앉았다. 브라이트하트가 어깨를 비비며 진정시켜 주었다.

파이어스타는 잠시 말을 멈추고 생각에 잠겼다. 자신이 별족에게서 아무런 계시도 받지 못했다고 한 게 과연 사실일까? 그는 물가에서 사자족의 영광스러운 모습을 한 자신의 환영을 보았다. 그리고 블루스타의 예언도 있었다.

'넷은 둘이 된다. 사자와 호랑이가 전투에서 만날 것이다.'

나뭇가지 사이를 뚫고 지나가는 한 줄기 햇살처럼, 한 가지 분명한 생각이 불현듯 머리를 스쳤다. 네 종족이 두 종족이 된다는 것은, 천둥족이 바람족과 힘을 합쳐야 한다는 뜻이 아닐까?

"우린 아직 여기 있습니다, 파이어스타!"

더스트펠트의 목소리에 파이어스타는 상념에서 벗어났다.

"미안합니다."

파이어스타는 다시 말을 이었다.

"여기 모이라고 한 건, 우리가 구해 낸 강족 고양이 셋을 환영하기 위해서입니다. 여러분 모두 미스티풋을 아시죠? 그레이스트라이프의 새끼인 페더포와 스톰포도 알 것입니다. 이들이 안전하게 집에 돌아갈 수 있을 때까지 천둥족에 머무르게 할 생각입니다."

지도자의 말에 공터가 술렁거리기 시작했다. 대부분은 파이어스타의 생각에 동의했지만, 몇몇은 확신이 서지 않는 것 같았다.

롱테일이 가장 먼저 걱정스러운 목소리를 냈다.

"다 좋습니다, 파이어스타. 그리고 강족 고양이들이 겪은 일은 저도 안타깝게 생각합니다. 그런데 저들이 여기 머무르면 먹이 문제는 어떻게 합니까? 지금은 잎 없는 계절이 한창입니다. 먹이를 구하느라 다른 일도 못 하고 있습니다."

"저들이 먹을 먹이는 제가 사냥하겠습니다!"

그레이스트라이프가 벌떡 일어나며 말했다.

"제가 저 셋을 모두 먹이겠습니다. 종족이 먹을 것도 더 많이 잡아 오겠습니다."

"우리는 쓸모없는 고양이들이 아닙니다."

미스티풋이 거들었다.

"하루나 이틀 정도만 시간을 주세요. 기운을 차리면 우리가 먹을 것은 물론이고 여러분의 먹이도 사냥할 수 있습니다."

마우스퍼가 일어나서 파이어스타를 향해 말했다.

"누가 사냥을 하느냐의 문제가 아닙니다. 화재가 난 뒤라 지금은 다른 어떤 잎 없는 계절보다도 더 힘든 시기입니다. 우리 모두 굶주리고 있습니다. 게다가 호랑이족과 맞서 싸우려면 우리가 가진 모든 힘을 끌어모아야 합니다. 저들은 집으로 돌아가야 한다고 생각합니다."

파이어스타가 대답하기도 전에 샌드스톰이 일어섰다.

"저들은 집으로 돌아갈 수가 없습니다. 다 듣지 않으셨나요? 돌아가면 목숨을 잃는단 말입니다. 스톤퍼처럼요."

"천둥족이 죄 없는 고양이들을 죽음으로 내몰았다는 말을 듣고 싶으신 거예요?"

브래큰퍼가 거들었다.

마우스퍼는 화가 나서 털을 쭈뼛 세운 채 발만 내려다보고 있었다.

"이 말을 해 둘 필요가 있겠군요."

화이트스톰이 차분하게 말했다.

"이 고양이들은 모두 반은 천둥족입니다. 우리에게 은신처를 요청할 권리가 있습니다."

고양이들은 마치 전임 지도자가 살아 돌아온 것처럼 서 있는 미스티풋을 향해 고개를 돌렸다. 공터가 훤히 내려다보이는 높은 바위 위에 선 파이어스타는 고양이들 사이로 충격이 물결처럼 번져 나가는 것을 확인할 수 있었다. 미스티풋과 스톤퍼가 숨을 거둔 블루스타와 마지막 인사를 나누었을 때 몇몇 천둥족 고양이들이 보인 적개심을 돌이켜보면, 화이트스톰은 그 사실을 다시 일깨우면서 모험을 하고 있는 셈이었다.

하지만 이번에는 어떤 고양이도 적대감을 드러내지 않았다. 마우스퍼와 롱테일조차 잠자코 있었다. 뼈 무더기 아래에서 벌어진 사건이 그들에게 강족 고양이들에 대한 연민을 불러일으킨 것이다. 놀란 마음이 가라앉으면서 전사들은 긴장을 풀었다. 화이트스톰의 말에 동조하는 소리도 띄엄띄엄 들려왔다.

파이어스타는 바위 아래에 앉아 있는 강족 고양이들을 내려다보며 말했다.

"천둥족에 온 것을 환영합니다."

미스티풋이 고개를 숙여 감사의 마음을 전했다.

"고맙습니다, 파이어스타. 이 일은 잊지 않겠습니다."

"당연히 해야 할 일입니다. 여러분이 어서 건강을 회복하기를 바랄 뿐입니다."

"다들 괜찮아질 겁니다, 파이어스타. 제대로 된 먹이와 따뜻한 잠자리만 있으면 됩니다."

신더펠트가 말했다.

"맞아요, 그 끔찍한 동굴에는 잠자리도 없었어요."

페더포가 괴로운 기억을 떠올리듯 눈을 크게 뜨고 말했다.

"그때 일은 더 이상 생각하지 않아도 돼."

미스티풋이 훈련병을 핥으며 달래 주었다.

"다시 건강해질 생각만 하렴. 몸이 회복되는 대로 훈련을 다시 시작할 테니까."

그러고 보니 미스티풋은 페더포의 스승이었다. 하지만 낯선 영역에서 훈련병을 가르치려면 힘든 점이 많을 것이다. 그때 그레이스트라이프가 나섰다.

"파이어스타, 스톰포의 스승은 스톤퍼였습니다. 이제 새로운 스승이 필요할 텐데, 제가 가르쳐도 되겠습니까?"

"좋은 생각입니다."

파이어스타가 대답했다.

그레이스트라이프는 자부심과 기쁨이 넘치는 눈으로 아들을 바라보았다.

"지금 당장 의식을 거행하겠습니다."

스톰포가 천둥족의 일원도 아닌데 굳이 의식을 치러야 하는지는 알 수 없었지만, 파이어스타는 오래전부터 전해 내려오는 익숙한 의식을 통해 별족과 접촉하고 싶다는 갈망을 느꼈다.

높은 바위에서 내려온 그는 꼬리를 흔들어 스톰포를 불렀다. 파이어스타 앞에 선 스톰포는 다리가 후들거렸지만 머리는 당당하게 쳐들고 있었다.

"스톰포, 너는 이미 훈련병의 삶을 살고 있다."

파이어스타는 의식을 거행하기 시작했다.

"스톤퍼는 고귀한 스승이었다. 천둥족은 진심으로 그를 애도한다. 이제 너는 새로운 스승에게서 전사의 기술을 배워야 한다."

그는 그레이스트라이프를 향해 고개를 돌렸다.

"그레이스트라이프, 그대가 이제부터 스톰포의 훈련을 맡을 것입니다. 그대는 전사의 기상으로 고통을 견뎌 냈으니 그대가 배운 것을 이 훈련병에게 잘 전해 주십시오."

그레이스트라이프는 진지하게 고개를 끄덕이고 나서 아들에게 걸어가 코를 맞댔다. 파이어스타는 브래큰퍼의 눈을 보았다. 어린 전사는 자신의 옛 스승에게 다시 훈련병이 생긴 것을 기뻐하고 있었다.

파이어스타는 회의의 끝을 알리고 주변을 살펴보다가, 멀지 않은 곳에서 샌드스톰을 발견했다.

"샌드스톰, 부탁이 있어."

황갈색 암고양이가 그를 바라보았다.

"뭔데?"

"미스티풋 말인데, 여기서 페더포를 훈련시키려면 힘든 점이 많을 거야. 훈련 장소가 어디인지, 위험한 점은 무엇인지, 먹이를 잡기에 좋은 곳은 어디인지…… 하나도 모르잖아."

파이어스타는 자신의 제안이 좋은 생각인지 확신이 서지 않아 잠시 머뭇거렸다. 그가 토니포의 스승으로 브래큰퍼를 선택하는 바람에 샌드스톰이 마음의 상처를 입은 게 불과 얼마 전의 일이었다. 이번에도 그녀가 마음을 다치는 것이 아닐지 걱정스러웠다.

"계속해 봐."

샌드스톰이 말했다.

"그러니까…… 그러니까 혹시 미스티풋이 페더포를 훈련시키는 걸 네가 도와줄 수 있을까 해서 말이야. 너보다 더 나은 고양이가 생각나지 않아서."

샌드스톰이 한동안 그를 가만히 바라보았다.

"그런 듣기 좋은 말로 날 설득할 수 있을 거라고 생각했나 보지?"

"아, 아니…… 난 그런 게 아니고……."

샌드스톰이 웃음을 터뜨렸다.

"뭐, 어쨌든 성공한 것 같네. 당연히 도와줘야지, 이 어리석은 털 뭉치야! 지금 미스티풋에게 가서 말해 볼게."

파이어스타는 마음을 놓았다.

"고마워, 샌드스톰."

그 순간 요란하게 울부짖는 소리가 들려왔다. 아직 공터에 남아 있던 고양이들이 일제히 가시금작화 굴길 입구를 바라보고 있었다. 파이어스타는 그들이 무엇 때문에 놀랐는지 알 수 없었지만, 공기 중에 감도는 피 냄새와 낯선 고양이의 냄새를 맡을 수 있었다.

파이어스타는 전사들을 헤치고 굴길 입구로 달려갔다. 굴길에서 절뚝거리며 나오는 고양이는 알아볼 수 없을 정도로 심하게 다친 상태였다. 옆구리에 길게 난 상처에서는 피가 흘러내렸고, 한쪽 눈은 감겨 있었다. 털은 모래와 먼지로 범벅이 되어 있었다.

파이어스타는 먼지로 뒤덮인 짙은 얼룩무늬 털가죽을 그제야 알아보았다. 바람족 고양이의 냄새도 구분해 낼 수 있었다. 너무 지치고 고통스러워 서 있기조차 힘들어 보이는 그 고양이는 바로 머드클로였다.

"머드클로! 무슨 일입니까?"

파이어스타가 외쳤다.

머드클로는 비틀거리며 그에게 다가왔다.

"도와주십시오, 파이어스타!"

머드클로가 거친 목소리로 말했다.

"호랑이족이 우리 진영을 공격하고 있습니다."

19
피를 타고 흐르는 맹세

파이어스타는 나무 네 그루에서 바람족 영역으로 이어지는 비탈을 달려 올라갔다. 그의 뒤로는 그레이스트라이프와 브래큰퍼, 샌드스톰과 클라우드테일, 더스트펠트와 그의 훈련병 애쉬포가 줄지어 따라오고 있었다. 바람족을 돕기 위해 이보다 더 많은 전사들을 데리고 갈 수는 없었다. 혹시 타이거스타가 진영을 공격할 것을 대비해 화이트스톰과 나머지 전사들은 모두 경계 태세로 진영에 남았다.

파이어스타는 푹신한 황무지 흙바닥을 발로 힘차게 디디며 바람족 진영을 향해 달렸다. 차가운 바람이 그의 털을 반반하게 눕혔고, 멀리서 그림자족의 냄새를 실어다 주었다. 진영은 아직 멀리 떨어져 있었지만, 타이거스타의 전사들이 무방비 상태의 바람족을 덮치면서 벌어진 전투의 비명이 귓가에 들리는 것 같았다.

"너무 늦었을지도 몰라."

파이어스타의 옆에서 달리던 그레이스트라이프가 말했다.

"머드클로가 그렇게 심한 부상을 입고 우리에게 오기까지 얼마나 오래 걸렸겠어?"

파이어스타는 대답하는 데 드는 숨도 아꼈다. 그레이스트라이프의 말이 맞았다. 그림자족과 강족의 연합군에게 공격당한 바람족을 도우러 가는 것은 이번이 처음은 아니었다. 그때는 공격에 앞서 미리 경고가 있었기 때문에 침략자들을 몰아낼 수 있었다. 하지만 지금은 상황이 달랐다. 그들이 바람족 진영에 도착할 쯤이면 전투가 끝나 있을지도 모른다. 하지만 노력은 해 봐야 했다. 전사의 규약과 바람족 고양이들과의 우정, 그리고 호랑이족에 맞서기 위해 힘을 합쳐야 한다는 절박함, 이 모든 것이 파이어스타가 전사들을 이끌고 바람족 진영으로 달려가게 만들었다.

바람족 진영이 점점 가까워지면서 그림자족과 강족의 냄새가 뒤섞여 새로운 냄새를 만들어 내고 있었다. 파이어스타는 그것이 호랑이족의 냄새라는 것을 깨달았다. 이제 그들은 전투의 함성을 들을 수 있을 만큼 가까이 접근해 있었다. 하지만 함성 대신, 침묵이 냉혹한 발톱처럼 파이어스타의 심장을 움켜쥐었다. 전투는 이미 끝난 것이 분명했다. 파이어스타는 진영으로 이어지는 마지막 비탈을 올라가면서 걸음을 늦추었다. 무엇을 보게 될지 생각하니 두려움이 가슴을 가득 채웠다.

파이어스타는 바람족의 진영이 내려다보이는 언덕 꼭대기로 조용히 올라갔다. 공기 중에는 두려움과 피의 냄새가 뒤섞인 바람족의 냄새가 짙게 배어 있었다. 언덕 꼭대기에 올라선 그는 타이거스타가 저지른 짓을 두 눈으로 목격했다. 침묵을 깨고 섬뜩한 울부짖음이 들려왔다.

바람족 고양이들이 진영으로 삼았던 분지는 가시금작화 덤불로 둘러싸여 있었다. 삐죽삐죽한 가지에는 노란 꽃 몇 송이가 남아 있었다. 덤불 너머, 진영 한가운데에 움직임 없이 웅크리고 있는 고양이들의 모습이 보였다. 그중 삼색얼룩 어미 고양이가 고개를 들더니 또다시 오싹한 울부짖음을 내뱉었다.

"모닝플라워!"

파이어스타가 소리쳤다.

그는 꼬리를 흔들어 전사들에게 따라오라는 신호를 보낸 뒤 덤불을 헤치고 진영으로 달려 내려갔다. 탁 트인 공터로 뛰어든 그는 바람족 지도자인 톨스타와 맞닥뜨렸다. 톨스타의 검고 하얀 털은 뜯기고 먼지로 뒤덮여 있었고, 긴 꼬리는 축 늘어져 있었다.

"파이어스타!"

톨스타가 고통스러운 듯 거칠게 말을 내뱉었다.

"와 줄 줄 알았소."

"더 빨리 왔어야 하는 건데, 죄송합니다."

바람족 지도자는 힘없이 고개를 저었다.

"최선을 다했다는 걸 알고 있소."

톨스타는 공터 바닥에 웅크리고 있는 고양이들을 향해 고개를 돌렸다. 그들은 충격을 받았거나 아니면 부상이 심해서 움직이지 못하고 있었다.

"타이거스타가 무슨 짓을 저질렀는지 보시오."

"어떻게 된 일인지 말씀해 주십시오."

그레이스트라이프가 말했다.

톨스타가 귀를 씰룩거렸다.

"보이는 그대로요. 타이거스타와 그의 전사들이 몰래 들어와서…… 우리는 어떠한 경고도 받지 못했소. 설령 미리 알았다 하더라도 우리가 상대하기엔 수가 너무 많았소."

파이어스타는 앞으로 걸어 나갔다. 속이 뒤집히는 것 같았다. 다치지 않은 바람족 고양이는 하나도 없었다. 부지도자인 데드풋은 옆구리에서 피를 흘리며 죽은 듯이 누워 있었다. 그 옆에 누운 러닝브룩은 어깨 털이 한 뭉치 뜯겨 나갔다. 그들은 자신들에게 일어난 일을 믿을 수 없다는 듯이 멍하니 허공에 시선을 고정하고 있었다.

파이어스타 역시 이 상황을 믿기 힘들었다. 이것은 그야말로 아무런 이유 없는 공격이었다. 지난 모임에서도 전혀 경고가 없었다. 이번 일로 타이거스타가 영역을 더 차지한 것도 아니었다. 바람족 고양이들에게 두려움을 안겨 준 것 외에는 아무런 목적이 없는 공격이었다.

"파이어스타!"

힘없이 부르는 목소리에 파이어스타는 고개를 돌렸다. 오랜 친구 원위스커가 목과 어깨에 깊은 상처를 입고 옆으로 누워 있었다. 바람족의 치료사인 바크페이스가 상처에 거미줄을 대 주고 있었지만, 피는 계속 흘러나오고 있었다.

"원위스커……."

파이어스타는 말끝을 흐렸다. 무슨 말을 해야 할지 알 수가 없었다.

원위스커의 눈에는 고통이 가득했다.

"보이는 것처럼 상처가 심하진 않아. 더 심하게 다친 고양이들도 있는걸."

원위스커가 끙끙거리며 말했다.

"우리가 제때 왔더라면 좋았을 텐데."

"나도 그렇게 생각해. 저쪽을 봐."

원위스커가 고개를 돌리자 바크페이스가 버럭 화를 냈다.

"가만히 있어!"

파이어스타는 원위스커를 따라 시선을 돌렸다. 큰 소리로 울부짖던 모닝플라워가 움직임이 없는 고양이 위로 몸을 웅크리고 있었다. 몸집이 작은 그 고양이의 황갈색과 하얀색 털은 찢겨 있었다.

"안 돼……."

파이어스타는 목이 메어서 간신히 말을 뱉어 냈다.

"안 돼, 고스포……."

"타이거스타가 죽였어."

원위스커가 분노로 굳은 목소리로 말했다.

"타이거스타가 공터 한가운데에서 고스포를 꼼짝 못 하게 누르고 있었어. 그 주위를 전사들이 에워싸고 있어서 우리는 가까이 다가갈 수도 없었어. 타이거스타는 고스포를 죽일 거라고 했어. 우리가 그의 종족에 들어가길 거부하면 무슨 일이 일어날지 보여주겠다고."

호랑이족의 육중한 지도자가 힘없는 훈련병을 발로 누르고 서서 바람족 전사들을 도발하는 모습이 눈앞에 그려졌다. 비록 상상이긴 했지만 파이어스타는 피로 물든 끔찍한 광경을 차마 마주할 수 없어서 눈을 감아 버렸다. 온몸이 부들부들 떨렸다. 그림자족에게 쫓겨난 바람족을 찾아서 집으로 데리고 올 때, 그는 아주 작은 새끼 고양이였던 고스포를 입에 물고 천둥길을 건넜었다.

타이거스타 때문에 그 모든 것이 물거품이 되었다. 혹시 타이거스타는 훈련병과 파이어스타 사이의 관계를 알고 일부러 고스포를 선택한 것일까?

파이어스타는 원위스커를 뒤로하고 모닝플라워에게 조심스럽게 다가갔다. 그리고 코로 그녀의 어깨를 살짝 건드렸다.

모닝플라워가 고개를 들었다. 그녀의 아름다운 눈동자는 슬픔으로 흐려져 있었다.

"파이어스타, 이런 결과를 보려고 내 아들을 구해 준 게 아니잖아요. 별족이 우리에게 무슨 짓을 한 거죠?"

모닝플라워가 애절한 목소리로 말했다.

파이어스타는 모닝플라워의 곁에 웅크리고 앉아 옆구리에 몸을 바짝 대고 위로해 주었다. 그러고 나서 고스포의 털에 코를 묻고 중얼거렸다.

"훌륭한 전사로 자라고 있었는데……."

다른 고양이의 소리가 들려와 파이어스타는 고개를 들었다. 그레이스트라이프였다. 그 역시 고개를 숙이고 고스포의 털에 코를 댄 뒤 모닝플라워에게 위로의 말을 건넸다.

"파이어스타, 이제 어떻게 해야 할까요?"

그레이스트라이프가 고개를 들고 물었다.

"이렇게 내버려 둘 수는 없습니다."

파이어스타는 모닝플라워의 귀를 마지막으로 다정하게 핥아 준 뒤 몸을 일으켰다.

"전사 두셋 정도를 데리고 순찰을 나가도록 해. 움직일 수 있는 고양이가 있으면 바람족 전사 한둘을 데려가는 게 좋을 거야. 우리보다 주변 지리를 더 잘 알 테니까. 호랑이족 전사들이 어슬렁거리진 않는지 확인해 봐. 혹시 발견하면 어떻게 해야 하는지 알지? 쫓아 버려. 필요하다면 죽여도 좋아. 그리고 가능한 한 먹이를 많이 잡아 오도록 해. 바람족은 지금 스스로 사냥을 할 수 없으니까."

"알겠습니다."

그레이스트라이프는 샌드스톰과 클라우드테일, 더스트펠트를 불렀다. 그리고 톨스타에게 영역을 순찰해도 될지 허락을 구했다. 톨스타는 기꺼이 동의해 주었고, 가벼운 상처만 입은 웹풋에게 함께 가서 먹이가 많은 장소를 알려 주라고 지시했다.

파이어스타가 진영을 떠나는 순찰대를 지켜보고 있을 때, 바람족의 지도자가 다가왔다.

"얘기를 좀 해야겠소. 타이거스타가 전갈을 남겼소."

파이어스타는 귀를 쫑긋 세웠다.

"전갈이라고요?"

"내일 해가 가장 높이 뜬 시간에 나무 네 그루에서 우리 둘을 만나고 싶다고 했소."

톨스타가 대답했다.

"이제 기다리기도 지쳤다고 하더군. 우리가 호랑이족에 합류할 것인지 아닌지 결정을 내리라는 거요. 만약 거부하면 어떻게 할지는 이미 보여 주었다고……."

톨스타가 부상당해 쓰러져 있는 전사들과 목숨을 잃은 훈련병들의 시신을 꼬리로 가리켰다. 그의 모든 슬픔이 그 간단한 몸짓에 담겨 있었다.

파이어스타는 톨스타와 시선을 맞추었다. 두 지도자는 서로를 이해하는 표정으로 한참을 마주 보고 있었다.

"호랑이족에 합류하느니 차라리 죽음을 택하겠습니다."

파이어스타가 마침내 선언했다.

"나도 마찬가지라오."

톨스타가 동의했다.

"그리고 그대가 그렇게 말해 주니 기쁘오. 블루스타가 그대를 제대로 본 것이오. 그대가 부지도자로 임명되었을 때 다들 너무 어리고 경험이 없다고 말했었지. 하지만 지금 지도자가 되어 그 자질을 충분히 보여 주고 있지 않소. 숲에는 그대와 같은 고양이가 필요하오."

파이어스타는 뜻밖의 칭찬에 겸손하게 고개를 숙였다.

"그럼 내일 나무 네 그루에서 만나는 겁니다."

톨스타가 진지하게 고개를 끄덕였다.

"내 충고를 들으시오, 파이어스타. 전사들을 데리고 오시오. 우리가 타이거스타의 제안을 거절하면, 싸우지 않고 곱게 보내 줄

리가 없을 테니까."

파이어스타는 온몸이 오싹해졌다. 나이 많은 지도자의 말이 옳다는 것을 그도 알고 있었다.

"그렇다면 우리는 함께 싸우는 겁니까?"

"함께 싸울 것이오."

톨스타가 약속했다.

"우리 바람족과 천둥족은 힘을 합쳐서, 숲을 배회하는 호랑이에 맞서는 사자처럼 싸울 것이오."

파이어스타는 깜짝 놀라서 톨스타를 바라보았다. 톨스타가 블루스타의 예언을 알 리가 없었다. 파이어스타가 물가에서 본 환영도 당연히 모를 것이다. 하지만 그는 예언을 되풀이하듯 말하고 있었다.

'넷은 둘이 된다. 사자와 호랑이가 전투에서 만날 것이다.'

별족이 톨스타에게도 예언을 내린 것일까? 파이어스타는 바람족 지도자의 입에서 아무 말도 들을 수 없으리라는 것을 알고 있었다. 종족 지도자와 선조 전사들의 영혼 사이에 오간 말은 입 밖으로 내뱉어서는 안 되는 법이었다. 하지만 톨스타의 말은 그들이 위대한 두 종족의 힘을 거느린 지도자라는 사실을 일깨워 주었다.

파이어스타는 품위 있는 흑백 얼룩 고양이를 가만히 바라보면서 말했다.

"별족에게 맹세합니다. 나의 종족은 바람족의 친구가 되어 나란히 악에 맞서 싸울 것입니다."

"나도 맹세하오."

톨스타가 진지하게 대답했다.

파이어스타는 고개를 들어 공기를 맛보았다. 침략자들의 냄새가 여전히 희미하게 남아 있었다. 그는 타이거스타를 숲에서 쫓아낼 때까지, 혹은 그들의 아홉 목숨이 다할 때까지 이 맹세가 차가운 불꽃처럼 피를 타고 흐르리라는 것을 알고 있었다.

20

전투 전야

강 위로 해가 저물기 시작하자, 수면은 흔들리는 불꽃처럼 변했다. 파이어스타는 털 속에 스며드는 따스한 기운에 마음이 편안해졌다. 그는 해 드는 바위 위에 서서 강족 영역을 내려다보고 있었다.

"내일이 되면 무슨 일이 일어날까……."

그가 중얼거리는 소리에 곁에 있던 샌드스톰이 고개를 저었다. 그녀는 대답 대신 따뜻한 몸을 그에게 기대 왔다. 황폐해진 바람족 진영에서 돌아온 뒤, 파이어스타는 샌드스톰에게 함께 순찰을 나가자고 부탁했다. 타이거스타와의 만남을 준비하기 위해서 잠시 종족 동료들과 떨어져 있어야 할 것 같았다. 하지만 완전히 혼자가 되고 싶지는 않았다. 샌드스톰이 곁에 있다는 것은 큰 위로가 되었다.

그들은 뱀바위를 빙 둘러서 천둥길을 따라 그림자족 경계까지 갔다. 그리고 나무 네 그루까지 냄새 표시를 새롭게 남기고, 강족 경계를 따라 돌아왔다.

호랑이족이 침입한 흔적은 보이지 않았다. 경계 지역에는 아무런 문제가 없었다. 하지만 호랑이족과 전투가 벌어진다면, 단지 경계 지역뿐만이 아니라 훨씬 더 많은 것을 두고 싸워야 할 것이다. 그것은 파이어스타가 숲에 첫발을 들인 순간부터 이어져 온 타이거스타와의 긴 갈등의 정점이 될 것이다.

파이어스타는 샌드스톰과 단둘이 있는 편안함을 즐기며 바위에 오래 머물러 있었다.

"타이거스타는 숲 전체를 다스리는 지배자가 되기로 결심했어. 곧 전투가 있을 거야."

파이어스타가 말했다.

"천둥족이 가장 치열한 전투를 치르게 되겠지."

샌드스톰이 말했다.

"오늘 그런 일을 겪고 나서 바람족이 전사를 몇이나 보내 줄 수 있을까?"

샌드스톰은 걱정스러운 목소리였다. 하지만 파이어스타는 바람족이 있든 없든 천둥족의 모든 고양이가 자신과 함께 용감하게 싸우리라는 것을 알고 있었다.

강렬하던 햇빛이 사그라지고 있었다. 파이어스타는 자신이 사랑하는 숲을 바라보았다. 보랏빛으로 물든 하늘에 별 하나가 반짝였다.

'블루스타? 지금도 우리를 지켜보고 계신가요?'

그는 전임 지도자가 사랑하는 종족을 여전히 보살피고 있기를 간절히 바랐다. 그들이 내일 타이거스타와의 만남에서 살아남는다면, 절대적인 권력을 원하는 그의 야망에서 벗어날 수 있다면, 그것은 별족이 숲에는 네 종족이 필요하다는 사실을 알기 때문일 것이다.

모든 것이 고요하고 잠잠했다. 털을 헝클어뜨리는 바람도 없었고, 바위 사이를 오가는 먹잇감의 소리도 들리지 않았다. 숲 전체가 숨을 죽이고 다가오는 새벽을 기다리는 것 같았다.

"사랑해, 샌드스톰."

파이어스타는 샌드스톰의 옆구리에 코를 묻으며 말했다.

샌드스톰이 고개를 돌려 그와 눈을 맞추었다. 그녀의 눈동자가 환하게 빛났다.

"나도 사랑해."

그녀가 대답했다.

"그리고 내일 무슨 일이 생기든, 네가 우리를 이끌고 잘 헤쳐 나갈 거라고 믿어."

파이어스타는 자신도 그녀처럼 확고한 믿음을 가질 수 있다면 좋겠다고 생각했다. 그래도 자신을 믿어 주는 그녀의 마음에서 위로를 얻을 수 있었다.

"이제 가서 쉬어야겠다."

그들이 골짜기에 다다를 무렵에는 차가운 밤공기가 모여들고 있었다. 풀과 바위에는 벌써 서리가 반짝였다. 파이어스타가 가시금작화 굴길을 지나 공터로 들어서자 어둠 속에서 하얀 형체가 나타났다.

"걱정하고 있었습니다. 곤경에 처했을지도 모른다고 생각했거든요."

화이트스톰이 말했다.

"아니, 아무 일 없었습니다. 쥐 한 마리도 보이지 않던걸요."

"저런, 몇 마리는 있었어야 하는데."

화이트스톰은 파이어스타에게 순찰대와 진영을 지키는 보초에 대해 짧게 보고했다.

"가서 좀 주무십시오."

화이트스톰이 보고를 마치고 말했다.

"내일은 힘든 날이 될 테니까요."

"알겠습니다. 고맙습니다, 화이트스톰."

"저는 보초들을 확인하러 가 보겠습니다."

화이트스톰은 다시 어둠 속으로 사라졌다.

"부지도자로 화이트스톰을 선택한 건 정말 잘한 일이야."

샌드스톰이 말했다.

"맞아, 화이트스톰이 없었다면 어땠을지 상상도 안 가."

샌드스톰이 슬픔과 지혜가 깃든 눈으로 파이어스타를 물끄러미 바라보았다.

"내일이면 알게 될지도 몰라."

샌드스톰이 말했다.

"다른 고양이들도 그렇고. 전투가 벌어지면 많은 고양이들이 죽게 될 거야, 파이어스타."

"알아."

하지만 그는 그것이 무엇을 의미하는지 진지하게 생각해 본 적은 없었다. 주변에 잠들어 있는 고양이들, 그가 사랑하는 친구들, 신뢰하는 전사들을 잃을지도 모른다. 전투에서 이기든 지든, 그가 이끄는 고양이들 중 몇몇은 영원히 돌아오지 못할 것이다. 그들은 파이어스타의 명령에 따라 싸우다가 죽는 것이다. 깊은 슬픔이 그를 뒤흔들어 놓았다. 파이어스타는 너무 괴로워서 큰 소리로 울부짖고 싶었다.

"알아. 하지만 내가 뭘 할 수 있겠어?"

"그냥 하던 대로 하면 돼."

샌드스톰의 목소리는 부드러웠다.

"넌 우리 지도자야, 파이어스타. 네 의무를 다해야 해. 지금껏 아주 잘해 왔고."

파이어스타는 무슨 말을 해야 할지 몰랐다. 잠시 후에 샌드스톰이 코를 맞대며 말했다.

"이제 자러 가야겠어."

"안 돼. 기다려."

파이어스타는 높은 바위 아래에 따로 떨어진, 어둠이 가득한 거처로 혼자 들어갈 자신이 없었다.

"오늘 밤에는 혼자 있고 싶지 않아, 샌드스톰. 내 거처에서 함께 있어 줘."

샌드스톰이 고개를 끄덕였다.

"알았어. 네가 원한다면 그렇게 할게."

파이어스타는 그녀의 귀를 재빨리 핥아 주고, 앞장서서 공터를 가로질러 갔다. 거처 입구를 가리는 이끼 장막은 아직 불이 나기 전처럼 무성하게 자라지는 않았다. 그럼에도 거처에는 짙은 어둠이 깔려 있었다.

파이어스타는 훈련병이 싱싱한 먹이를 두고 갔다는 것을 냄새로 알 수 있었다. 토끼였다. 먹이 냄새를 맡으니 잊고 있던 허기가 밀려왔다. 그는 샌드스톰과 나란히 웅크리고 앉아서 허겁지겁 토끼를 나누어 먹었다.

"정말 배고팠어."

샌드스톰이 가르랑거렸다. 그녀는 앞발을 쭉 뻗고 등을 한껏 말아 올려 기지개를 켜더니, 하품을 했다.

"한 달 내내 잘 수 있을 것 같아."

파이어스타가 이끼를 옮겨 잠자리를 만들어 주자, 그녀는 몸을 말고 눈을 감았다.

"잘 자, 파이어스타."

파이어스타는 그녀의 털에 코를 묻었다.

"잘 자."

곧 샌드스톰의 부드럽고 규칙적인 숨소리가 들려왔다. 하지만 파이어스타는 몹시 피곤했음에도 잠을 이룰 수가 없었다. 달이 떠올라 거처에 희뿌연 빛이 새어 들고, 샌드스톰의 털을 은빛으로 물들였다. 파이어스타는 그 모습을 지켜보며 앉아 있었다. 그녀는 무척 아름답고 너무나 소중한 존재였다. 하지만 그런 그녀 역시 내일이면 목숨을 잃을지도 모른다.

'지도자가 된다는 건 이런 거구나.'

그는 자신이 이런 고통을 견딜 수 있을지 알 수 없었다. 하지만 새벽이 오면 그는 별족이 자신에게 내려 준 짐을 기꺼이 받아들일 것이다.

'별족이시여, 부디 제가 견딜 수 있도록 도와주세요.'

파이어스타는 샌드스톰 곁에 자리를 잡고 누웠다. 그리고 그녀의 따스한 털에서 위안을 얻으며 마침내 잠이 들었다.

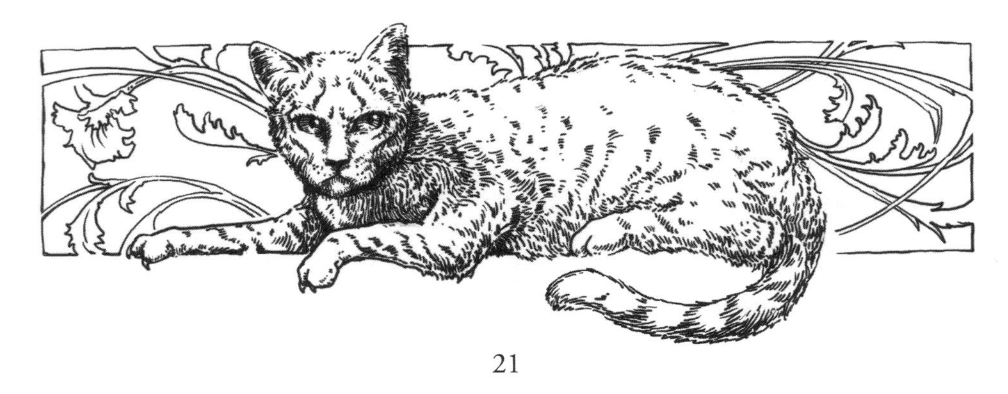

21
선택의 순간

파이어스타가 눈을 떴을 때, 이제 막 떠오른 태양의 희미한 빛이 거처 바닥에 밀려들고 있었다. 샌드스톰은 아직 그의 곁에서 잠들어 있었다. 그녀가 숨을 쉴 때마다 이끼가 바르르 떨렸다. 파이어스타는 그녀를 깨우지 않기 위해 조심스럽게 일어나 기지개를 켜고, 서늘한 아침 공기 속으로 발을 내디뎠다.

공터는 텅 비어 있었다. 하지만 곧 화이트스톰이 전사들의 거처에서 나타났다.

"새벽 순찰대로 브래큰퍼, 마우스퍼, 그레이스트라이프를 내보냈습니다. 그림자족 경계 쪽을 재빨리 돌아보고 와서 보고하라고 일렀습니다."

"잘하셨습니다."

파이어스타는 고개를 끄덕였다.

"타이거스타라면 나무 네 그루에서 만나기로 약속해 놓고 다른 곳을 기습하려 들 겁니다. 그게 타이거스타다운 짓이니까요. 그래서 화이트스톰에게 진영을 맡기고 가는 겁니다. 전사들도 가능한

한 많이 남겨 두겠습니다."

"필요한 만큼 데리고 가십시오."

화이트스톰이 말했다.

"여긴 괜찮을 겁니다. 브라이트하트도 클라우드테일과 훈련을 시작한 뒤로는 제법 쓸 만한 전사가 되어 가고 있습니다. 필요하다면 원로들도 아직 발톱을 휘두를 정도는 되고요."

"필요할 겁니다. 이 모든 걸 끝내려면요."

파이어스타가 말했다.

"고맙습니다, 화이트스톰. 믿고 맡기겠습니다."

화이트스톰은 고개를 끄덕이고 다시 거처 안으로 들어갔다. 파이어스타는 그가 사라지는 모습을 지켜보다가 신더펠트의 거처로 이어지는 고사리 굴길로 향했다.

치료사의 거처에 도착하자 바위틈에서 흘러나오는 목소리가 들렸다.

"노간주나무 열매, 메리골드 잎사귀, 양귀비 씨앗……."

안을 들여다보니 작은 회색 암고양이가 거처 벽을 따라 늘어놓은 치료 약초와 열매 더미들을 확인하고 있었다.

"신더펠트, 안녕? 잘돼 가?"

치료사가 진지한 얼굴로 그를 돌아보았다.

"네, 있을 건 다 있어요."

"전투가 일어날 거라고 확신하는 거지?"

파이어스타가 물었다.

"혹시 별족의 예언이 있었던 거야?"

신더펠트가 거처 입구에 있는 그에게 다가왔다.

"아뇨, 아무것도 없었어요. 하지만 전투가 벌어질 게 분명하잖아요. 별족의 예언이 없더라도 그 정도는 알 수 있어요."

신더펠트의 말이 맞았다. 파이어스타도 알고 있었지만, 막상 그녀의 말을 들으니 온몸이 오싹해졌다. 이렇게 중대한 시기에 왜 별족은 아무런 계시도 보여 주지 않는 것일까? 선조 전사들은 가장 절실한 때에 그들을 버린 것일까? 높은 돌산으로 가서 별족과 혀를 나누었어야 했던 걸까? 하지만 그러기엔 이미 너무 늦었다.

"별족이 왜 침묵하고 있는 걸까?"

그는 마음속에 품고 있던 의문점을 소리 내어 물었다.

치료사는 고개를 저었다.

"하지만 한 가지는 확실히 알아요."

신더펠트가 파이어스타의 생각을 읽기라도 한 것처럼 말했다.

"별족은 우리를 잊지 않으셨어요. 아주 오래전에 숲에는 네 종족이 있어야 한다고 이미 정해 주셨잖아요. 타이거스타가 그걸 영원히 바꿔 놓도록 두고 보지는 않으실 거예요."

파이어스타는 그녀에게 고맙다는 인사를 하고, 전사들을 소집하기 위해 발길을 돌리며 생각했다.

'나도 신더펠트처럼 확고한 믿음을 가질 수 있다면 얼마나 좋을까?'

파이어스타는 전사들을 이끌고 나무 네 그루로 이어지는 언덕을 올랐다. 차가운 바람이 불어와 풀을 흔들어 놓았다. 바람에 여러 고양이들의 냄새가 실려 왔다. 세찬 바람이 불 때마다 하늘에서 요동치는 먹구름이 빗줄기를 뿌렸다.

언덕 꼭대기에 도착한 파이어스타는 걸음을 멈추고 덤불 속에 숨어 공터를 내려다보았다. 클라우드테일이 옆으로 다가왔다.

"왜 여기서 기다리고 있는 거예요?"

클라우드테일이 재촉하듯 물었다.

"어서 가자고요."

"상황을 파악하기 전에는 가지 않는다. 적이 매복하고 있을지도 모르니까."

파이어스타는 전사들을 마주 보고 모두가 들을 수 있도록 목소리를 높여 말했다.

"여러분 모두 우리가 왜 이곳에 왔는지 알고 있을 겁니다. 타이거스타는 우리가 그의 종족에 합류하기를 원하고 있고, 거절은 받아들이지 않을 것입니다. 싸우지 않고 이 상황을 헤쳐 나갈 수 있다고 믿고 싶지만, 확신할 수는 없습니다."

말을 마쳤을 때 클라우드테일이 꼬리로 그의 어깨를 툭툭 쳤다. 그런 다음 분지 건너편을 가리켰다. 돌아보니 바람족 영역에서 톨스타가 전사들을 거느리고 오고 있었다.

"좋아, 바람족이 도착했구나. 가서 만나 보자."

파이어스타는 앞장서서 언덕 등성이를 따라 걸어가 톨스타를 마주했다.

바람족 지도자가 고개를 숙여 인사했다.

"반갑소, 파이어스타. 비극적인 날이 찾아왔소."

"그렇습니다."

파이어스타가 동의했다.

"하지만 우리 천둥족과 바람족은 무슨 일이 있더라도 전사의 규약에 따라 옳은 것을 지킬 것입니다."

파이어스타는 톨스타와 함께 온 전사들의 수를 보고 깜짝 놀랐다. 전날 바람족 진영에서 처참하게 다친 고양이들을 본 터라, 나무 네 그루에는 몇몇 고양이들만 함께 올 거라고 예상했던 것이다. 그런데 사실상 모든 전사들이 그곳에 있었다. 진영을 습격당했을 때 입은 상처가 아직도 또렷했지만, 그들의 눈동자는 결연하게 빛나고 있었다. 한쪽 옆구리에 길게 흉터가 나 있는 원위스커도 보였다. 모닝플라워는 아들의 죽음에 대한 복수를 다짐하며 눈을 번뜩이고 있었다.

이렇게 많은 바람족 전사들이 여전히 맞서 싸울 준비가 되어 있다는 것을 알면, 아마 타이거스타도 충격을 받을 것이다. 파이어스타는 깊은숨을 들이쉬면서 말했다.

"이제 가시죠."

톨스타가 고개를 끄덕였다.

"앞장서시오, 파이어스타."

파이어스타는 나이도 많고 경험도 더 많은 지도자가 자신을 앞세워 주는 것에 깜짝 놀랐다. 그는 하나로 힘을 모은 두 종족에게 꼬리를 흔들어 신호를 보냈다.

'사자족이다.'

파이어스타의 가슴속에 자부심이 밀려들었다.

이것이 그의 운명이었다.

파이어스타는 공격에 대비해 모든 감각을 곤두세우고, 덤불을 헤치며 언덕을 내려갔다. 하지만 자신이 이끄는 전사들이 움직이는 소리만 들릴 뿐, 다른 소리는 나지 않았다. 호랑이족의 냄새는 아직 멀리 있었다.

고양이들을 이끌고 커다란 떡갈나무 아래의 공터로 들어서자, 건너편에 있는 덤불이 갈라지더니 타이거스타가 모습을 드러냈다. 블랙풋, 다크스트라이프, 레퍼드스타가 복수심에 불타는 그림자처럼 그 옆을 지키고 있었다. 파이어스타를 발견하자 타이거스타의 눈이 번뜩였다. 파이어스타는 이 전쟁이 둘 사이의 감정이 얽힌 싸움이라는 것을 깨달았다. 타이거스타가 원하는 것은 오직 파이어스타의 털가죽에 발톱과 이빨을 찔러 넣고 그를 갈기갈기 찢어 놓는 것이었다.

그 사실을 깨닫자 파이어스타는 두려워지기는커녕 전의가 치솟았다.

'어디 한번 애써 보라지!'

"안녕하십니까, 타이거스타?"

파이어스타는 차가운 목소리로 말했다.

"오셨군요. 강족 영역에서 잃어버린 죄수들을 아직도 찾고 있는 건 아니겠지요?"

"그날 일을 후회하게 될 것이오, 파이어스타."

타이거스타가 으르렁거리며 말했다.

"그럼 어디 후회하게 만들어 보시지요."

파이어스타가 쏘아붙였다.

호랑이족 지도자는 대답하지 않고, 덤불에서 더 많은 추종자들이 나타날 때까지 기다렸다. 비록 몇몇은 전날 바람족을 습격하면서 부상을 입긴 했지만, 어마어마한 수가 모여들었다. 파이어스타는 오래전부터 두려워했던 전투가 당장이라도 벌어질 수 있다는 생각에 가슴이 쿵쾅거렸다.

타이거스타가 도발적으로 고개를 쳐들고 앞으로 한 걸음 걸어나왔다.

"내 제안에 대해 생각해 보았소? 난 선택권을 주는 것이오. 당장 호랑이족에 들어와 나를 지도자로 받아들이시오. 그렇지 않으면 모두 죽을 것이오."

파이어스타는 톨스타와 단 한 번 눈길을 주고받았다. 말은 필요 없었다. 그들은 대답을 이미 정해 놓았던 것이다.

파이어스타가 대표로 나서서 말했다.

"우리는 당신의 제안을 거절하겠습니다. 숲은 절대 한 종족이 다스릴 수 없습니다. 명예롭지 못한 살육자가 이끄는 종족은 더더욱 안 될 것입니다."

"하지만 그렇게 될 것이오."

타이거스타의 목소리는 부드러웠다. 그는 심지어 파이어스타의 비난에 대해 변명도 하지 않았다.

"파이어스타, 당신이 있든 없든 그렇게 될 거요. 오늘 해가 지기 전에 네 종족의 시대는 끝이 날 것이오."

"그래도 대답은 마찬가지입니다. 천둥족은 절대로 항복하지 않을 것입니다."

"바람족도 그렇소."

톨스타가 거들었다.

"대단히 용감하고 또 그만큼 어리석군."

타이거스타는 잠시 말을 멈추고 바람족과 천둥족의 전사들을 쓱 훑어보았다. 호랑이족 전사들이 지도자의 뒤에서 그르렁대는 소리가 들렸다. 파이어스타는 그들의 번득이는 눈과 곤두세운 털에 움츠러들지 않으려고 애썼다. 한동안 아무도 움직이지 않았다. 파이어스타는 타이거스타의 공격 명령에 대비해 마음을 다잡았다.

그때 누군가 그의 뒤에서 숨이 턱 막힌 목소리로 외쳤다.

"토니포!"

브램블포였다. 훈련병은 줄줄이 늘어선 적들에게 시선을 고정한 채 파이어스타의 옆쪽에서 뻣뻣하게 굳어 있었다. 훈련병의 시선을 따라가 보니, 그림자족 전사 오크퍼 옆에 바짝 붙어 있는 어린 암고양이가 보였다.

"저 녀석이 왜 저기 있는 거야?"

브래큰퍼가 앞으로 나와 파이어스타의 옆에 섰다.

"타이거스타가 토니포를 훔쳐 간 게 분명합니다!"

"훔쳤다고?"

타이거스타의 목소리에는 웃음기가 묻어 있었다.

"그럴 리가 있나. 토니포는 제 발로 우리에게 온 거야."

파이어스타는 그 말을 믿어야 할지 말아야 할지 알 수 없었다.

토니포는 오라비나 옛 스승과 눈을 마주치고 싶지 않다는 듯 바닥만 내려다보고 있었다. 확실히 그녀는 죄수처럼 보이지는 않았다. 다만 관심을 받는 것이 거북해 보일 뿐이었다.

"토니포!"

브램블포가 다시 외쳤다.

"거기서 뭐 하는 거야? 넌 천둥족 고양이야. 돌아와!"

파이어스타는 어린 고양이의 목소리에 깃든 아픔을 느낄 수 있었다. 그레이스트라이프가 천둥족을 떠나 강족으로 가기로 결정했을 때 자신이 느꼈던 극심한 고통이 떠올랐다.

토니포는 아무 말도 하지 않았다.

"아니다, 브램블포."

타이거스타가 말했다.

"네가 우리에게 와야지. 네 누이는 옳은 결정을 내렸다. 호랑이족이 숲 전체를 지배할 것이다. 그러면 넌 내 권력을 함께 누릴 수 있다."

파이어스타는 브램블포의 근육에 바짝 힘이 들어가는 걸 볼 수 있었다. 파이어스타가 품었던 그 모든 의심과 의혹의 끝에서, 마침내 브램블포는 선택의 순간에 놓인 것이다. 아버지를 따라갈 것인가, 아니면 종족에 충성할 것인가?

"어떻게 생각하느냐?"

타이거스타가 재촉하듯 물었다.

"천둥족은 이제 끝장났다. 너에게 아무런 도움도 되지 않을 것이다."

"당신의 종족이 되라고요?"

브램블포가 으르렁거리며 말했다. 그는 잠시 말을 멈추고 분을 삭이느라 침을 꿀꺽 삼켰다. 그리고 다시 입을 열었을 때 그의 목소리는 공터에 있는 모든 고양이에게 들릴 정도로 또렷하게 울려 퍼졌다.

"당신의 종족이?"

브램블포가 거듭 말했다.

"그런 짓들을 저질러 놓고, 당신의 종족이 되라고요? 그럴 바엔 차라리 죽는 게 나아요!"

천둥족 고양이들 사이에서 동조하는 소리가 퍼져 나갔다.

타이거스타의 호박색 눈동자가 분노로 이글거렸다.

"진심이냐?"

타이거스타가 으르렁거리며 물었다.

"두 번은 말하지 않겠다. 지금 나에게 와라. 안 그러면 넌 죽을 것이다."

"지금 죽으면 적어도 충성스러운 천둥족 고양이로 별족에게 갈 수 있겠네요."

브램블포가 머리를 꼿꼿이 쳐들고 쏘아붙였다.

파이어스타는 코끝에서 꼬리 끝까지 짜릿한 전율을 느꼈다. 아들이 아버지를 거부하고 아버지가 경멸하는 종족을 선택하다니, 타이거스타에게 이보다 더 큰 도전은 있을 수 없었다.

"멍청한 녀석!"

타이거스타가 버럭 화를 냈다.

"그럼 거기 있어라. 그리고 다른 멍청이들과 함께 죽어라."

파이어스타는 근육을 다시 긴장시켰다. 곧 타이거스타가 공격 명령을 내리고 전투가 벌어질 것이다. 그런데 뜻밖에도 꼬리를 들어 신호를 보낸 건 블랙풋이었다.

건너편 비탈에서 덤불이 바스락거리더니, 더 많은 고양이들이 공터로 모습을 드러냈다. 파이어스타는 충격으로 눈이 휘둥그레졌다. 한 번도 본 적 없는 고양이들이었다. 몸은 마르고 털은 볼품없었지만, 탄탄한 다리에서는 강한 힘이 느껴졌다. 까마귀 밥과 천둥길의 악취가 공터에 퍼지기 시작했다. 이들은 숲에 사는 고양이들이 아니었다.

천둥족과 바람족의 전사들이 믿을 수 없다는 듯 멍하니 바라보고 있는 사이에 낯선 고양이들은 계속해서 공터로 밀려들었다. 그들은 호랑이족을 겹겹이 둘러싸고 반원형으로 퍼지며 대열을 갖추기 시작했다. 파이어스타가 숲에서 본 고양이들을 모두 합친 것보다, 심지어 모임에서 보았던 것보다 수가 더 많은 것 같았다.

"자, 어떤가?"

타이거스타가 능글거리며 물었다.

"아직도 맞서서 싸우고 싶은가?"

22
새로운 적

새로운 고양이들이 속속 등장하는 것을 바라보면서, 파이어스타는 좌절감에 휩싸여 꼼짝도 할 수 없었다. 그런데 낯선 고양이들 중 몇몇이 목줄을 하고 있는 게 보였다.

"목줄?"

파이어스타의 생각을 읽기라도 한 것처럼 뒤에 있던 애쉬포가 소리쳤다. 혐오스럽다는 듯 목소리가 날카로워져 있었다.

"저것 보세요, 애완 고양이들이에요! 저 녀석들 정도는 쉽게 해치울 수 있을 거예요."

"조용히 해라."

애쉬포의 스승인 더스트펠트가 낮은 목소리로 주의를 주었다.

"적을 완전히 파악하기 전까지는 떠들지 마라. 아직 저들에 대해서 아무것도 모르지 않느냐."

파이어스타는 낯선 고양이들이 모두 공터로 들어와 호랑이족 주위로 모일 때까지 잠자코 있었다. 덩치가 큰 흑백 얼룩 고양이가 대열에서 나오더니 타이거스타의 옆으로 가서 섰다. 파이어스타는 그가 아마도 낯선 고양이들의 지도자일 거라고 짐작했다. 그 고양이는 타이거스타와 비슷할 정도로 큰 몸집에 근육이 발달되어 있었고, 전투에서 얻은 흉터도 남아 있었다. 목줄을 하고 있긴 했지만 이들은 응석받이 애완 고양이들과는 거리가 멀었다.

흑백 얼룩 고양이의 뒤로 체구가 훨씬 더 작고 털이 검은 고양이가 나타났다. 조그만 고양이는 사뿐사뿐 걸어 나와 타이거스타의 다른 쪽 옆에 섰다. 어떤 고양이인지 짐작도 하기 어려웠지만, 전사라기보다는 치료사에 가까워 보였다.

파이어스타는 털 하나하나가 곤두서는 기분이었다. 곧 폭풍이 몰아칠 것처럼 공기가 무거웠다.

"자, 타이거스타, 당신의 새 친구들이 누구인지 말해 주시겠습니까?"

파이어스타는 침착한 목소리를 내려 애썼다.

"이들은 피족이오."

타이거스타가 대답했다.

"두발쟁이 영역에서 온 고양이들이지. 어리석은 당신들을 설득하려고 내가 숲으로 불러왔소. 당신들이 자발적으로 내 제안에 동의할 만큼 똑똑하지 못하다는 건 알고 있었지."

천둥족과 바람족 고양이들이 분노로 웅성거리기 시작했다. 쏜클로가 파이어스타의 귀에 속삭였다.

"제가 전사로 임명되던 날에 이상한 떠돌이 고양이들 냄새를 맡았던 거 기억하세요? 그들이 바로 피족이었나 봐요."

쏜클로의 말에는 일리가 있었다. 두발쟁이 영역에서 온 이 떠돌이들의 순찰대가 타이거스타의 제안을 확인하기 위해 숲을 탐색하고 있었을 가능성이 있었다. 그런데 타이거스타는 정확히 무엇을 제안한 걸까? 전투를 도와준 보답으로 숲을 나누어 갖자고 했을까?

"알겠나, 파이어스타?"

타이거스타가 의기양양한 목소리로 말했다.

"난 별족보다도 강하단 말이지. 내가 숲에 있는 종족들을 넷에서 둘로 바꾸어 놓았으니까. 호랑이족과 피족이 함께 숲을 지배할 것이다."

파이어스타는 경악한 눈으로 적을 바라보았다. 이제는 타이거스타를 합리적으로 설득할 가능성은 전혀 없었다. 권력에 대한 갈망이 그를 사로잡아 그의 모든 것을 지배하고 있었다. 별족의 빛마저 가로막혀 있었다.

"그렇지 않습니다, 타이거스타."

파이어스타는 조용히 대답했다.

"원한다면 기꺼이 싸워 드리지요. 누가 더 강한지 별족이 보여 주실 겁니다."

"이런 쥐 대가리 같은 녀석!"

타이거스타가 소리쳤다.

"난 오늘 대화를 나누기 위해 이 자리에 왔다. 일을 이렇게 몰고 간 것은 바로 너라는 걸 잊지 마라. 네 종족 동료들은 죽어 가면서 너를 탓할 것이다."

타이거스타는 몸을 돌려 자신의 뒤에 겹겹이 늘어서 있는 고양이들에게 명령했다.

"피족이여, 공격하라!"

하지만 아무도 움직이지 않았다.

타이거스타는 호박색 눈을 치켜뜨고 다시 외쳤다.

"공격하라! 명령이다!"

여전히 어떤 전사도 움직이지 않았다. 다만 조그만 덩치의 검은색 고양이가 앞으로 한 발짝 나섰다. 그는 파이어스타를 바라보았다.

"난 스커지라고 하오. 피족의 지도자요."

그는 타이거스타에게 고개를 돌려 차갑고 조용한 목소리로 말했다.

"타이거스타, 내 전사들은 당신의 명령을 따르지 않소. 저들은 내가 명령을 내려야만 공격할 것이오. 그 전에는 움직이지 않을 거요."

타이거스타가 믿을 수 없다는 표정을 지었다. 마치 파이어스타를 바라볼 때처럼 그의 눈동자가 증오로 번뜩였다. 이 조그만 고양이가 감히 자신의 명령을 거역했다는 게 믿기지 않는 모양이었다. 파이어스타는 기회를 놓치지 않고 앞으로 한 걸음 나서서 두 지도자 앞에 섰다. 뒤에서 그레이스트라이프가 쉭쉭거리며 경고했다.

"파이어스타, 조심해!"

하지만 지금은 조심할 때가 아니었다. 권력을 잡으려는 타이거스타의 피비린내 나는 욕망과, 낯선 종족인 피족의 변덕 사이에

걸쳐진 한 오라기 털에 숲의 미래가 위태롭게 매달려 있었다.

파이어스타는 스커지가 목에 두르고 있는 목줄에 이빨이 박혀 있는 것을 그제야 발견했다. 개의 이빨과 심지어 고양이의 이빨도 있었다. 파이어스타는 경악했다. 그들은 자신들의 동족인 고양이까지 죽이고 이빨을 전리품으로 걸고 다닌단 말인가!

다른 고양이들도 마찬가지로 소름 끼치는 장식을 달고 있었다. 파이어스타는 속이 뒤집히는 것 같았다. 눈앞에 환영이 펼쳐졌다. 끈적끈적한 핏물이 분지에서 흘러내려, 파도치듯 고양이들의 발을 적시고 있었다. 그는 두려웠다. 비단 자신이나 자신의 종족 때문만은 아니었다. 친구와 적을 가리지 않고 숲에 사는 모든 고양이가 위험했다.

블루스타가 예언한 대로 정말 피가 숲을 지배하게 된단 말인가? 그 예언은 피족의 지배를 의미하는 것이었을까? 파이어스타는 이런 상황을 불러온 타이거스타에 대한 증오심을 숨김없이 드러내며 그를 노려보았다.

하지만 피족 고양이들에게 깊은 인상을 남기려면 감정을 자제해야 한다는 것을 알고 있었다. 그는 피족 지도자를 향해 고개를 숙이며 모든 고양이가 들을 수 있도록 또렷한 목소리로 말했다.

"반갑습니다, 스커지. 나는 천둥족의 지도자인 파이어스타입니다. 숲에 온 것을 환영한다고 말할 수 있으면 좋겠지만, 그렇게 말한다 해도 믿지 않겠지요. 나도 거짓말을 하고 싶은 생각은 없습니다. 여기 당신의 동맹이라고 하는 자와 달리 나는 명예를 지키는 고양이니까요."

파이어스타는 타이거스타를 향해 꼬리를 휙 휘둘렀다. 그 몸짓 하나에 타이거스타를 경멸하는 마음을 남김없이 담으려고 했다.

"그가 약속한 것을 하나라도 믿고 있다면, 그건 잘못 생각한 겁니다."

"타이거스타는 숲에 자신의 적들이 있다고 말했소."

스커지의 목소리는 잎 없는 계절의 추위를 모두 담은 듯이 냉랭하기 그지없었다. 그의 눈을 들여다보던 파이어스타는 마치 별족의 빛이 조금도 미치지 않는 어둠의 중심을 마주하는 기분이 들었다.

"내가 왜 타이거스타가 아닌 당신을 믿어야 하지?"

파이어스타는 숨을 들이마셨다. 이것이야말로 그가 그토록 바라던 기회였다. 지난 모임에서는 천둥과 번개가 방해하는 바람에 그 기회를 놓치고 말았다. 마침내 그는 숲의 모든 종족 앞에서 타이거스타의 끔찍한 만행을 밝힐 수 있게 된 것이다. 하지만 지금은 단지 타이거스타의 명성을 더럽히는 것이 목적이 아니었다. 숲 전체를 파멸의 위기에서 구해야 했다.

"모든 종족의 고양이들이여."

파이어스타는 말을 시작했다.

"그리고 특별히 피족의 고양이들이여, 나를 꼭 믿어 달라고 사정하진 않겠습니다. 타이거스타의 죄는 너무나 명백하니까요. 그가 천둥족 전사였을 때 그는 부지도자인 레드테일을 죽였습니다. 자신이 부지도자가 되고 싶었기 때문입니다. 라이언하트가 부지도자로 임명되었지만, 그가 그림자족과 맞서 싸우다가 목숨을 잃는 바람에 결국 타이거스타는 자신의 야망을 이룰 수 있었습니다."

그는 잠시 말을 멈추었다. 공터 전체가 암울한 침묵에 잠겨 있었다. 정적을 깬 것은 타이거스타의 경멸 어린 목소리였다.

"그만 야옹거리시지, 애완 고양이. 그래 봤자 달라질 건 아무것도 없어."

파이어스타는 아랑곳하지 않고 말을 이어 나갔다.

"하지만 타이거스타는 부지도자가 되는 것으로는 만족하지 못했습니다. 종족의 지도자가 되고 싶었던 그는 블루스타를 노리고 천둥길에 함정을 파 놓았습니다. 그런데 블루스타 대신 제 훈련병이 걸려들고 말았습니다. 신더펠트가 다리를 다친 이유가 바로 그 때문입니다."

공터 전체가 충격에 휩싸여 술렁거렸다. 신더펠트는 피족을 제외하면 모두가 아는 고양이인 데다, 다른 종족 고양이들에게도 평판이 좋았다.

"그리고 타이거스타는 당시 천둥족에 잡혀 있던 그림자족의 전임 지도자 브로큰테일과 함께 음모를 꾸몄습니다."

고양이들은 잠자코 파이어스타의 말에 귀를 기울였다.

"그는 떠돌이 무리를 천둥족 진영으로 끌어들였고, 자신이 직접 블루스타를 죽이려고 했습니다. 제가 그를 막았습니다. 떠돌이 무리를 물리친 뒤 우리는 그를 추방했습니다. 숲을 떠돌며 지내면서도 그는 천둥족 전사인 러닝윈드를 참혹하게 죽였습니다. 그리고 그가 무슨 일을 꾸미고 있는지 우리가 미처 알지 못하는 사이에 그림자족의 지도자가 되어 있었습니다."

파이어스타는 잠시 말을 멈추고 주위를 살폈다. 피족과 그들의 지도자 스커지가 자신의 말을 어떻게 받아들이고 있는지는 알 수 없었다. 하지만 공터에 있는 다른 종족 고양이들이 겁에 질린 얼굴로 집중하고 있다는 것은 확인할 수 있었다. 파이어스타는 마지막으로 남은 가장 끔찍한 이야기를 전하기 위해 마음을 가다듬고 침착하게 말을 이어 나갔다.

"하지만 타이거스타는 여전히 천둥족에게 복수심을 품고 있었습니다. 석 달 전에 개 떼가 숲에 나타났습니다. 타이거스타는 그들에게 먹이를 잡아 주고, 개들이 머무는 곳과 천둥족 진영 사이에 죽은 토끼들을 놓아두었습니다. 개들을 진영으로 유인하려는 속셈이었죠. 그는 개들에게 고양이의 피를 맛보게 하려고, 천둥족의 어미 고양이인 브린들페이스를 죽여서 시신을 진영 근처에 두었습니다. 제때 알아채지 못했다면, 천둥족은 갈가리 찢겨 몰살당했을 것입니다."

"그랬다면 속이 시원했을 텐데."

타이거스타가 으르렁거리며 말했다.

"그 일로 우리의 지도자인 블루스타가 저와 천둥족을 구하기 위해 목숨을 바쳤습니다. 블루스타는 그 누구보다 용감한 죽음을 맞이하셨습니다."

파이어스타는 분노에 찬 함성이 터져 나오리라 기대했지만, 이야기가 끝나자 오직 침묵만이 흘렀다. 고양이들은 충격에 빠져서 파이어스타를 빤히 바라보고 있었다.

파이어스타는 레퍼드스타를 힐긋 보았다. 블랙풋, 다크스트라이프와 함께 타이거스타의 뒤쪽에 서 있던 그녀는 공포에 사로잡힌 얼굴이었다. 파이어스타는 강족 지도자가 즉시 타이거스타와 맺은 동맹을 깨고, 강족을 타이거스타의 지배에서 벗어나게 할지도 모른다는 기대를 해 보았다. 하지만 레퍼드스타는 침묵을 지키고 있었다.

"이것이 타이거스타의 행적입니다."

파이어스타는 스커지를 향해 고개를 돌리며 절박하게 말했다.

"타이거스타가 살아온 삶은 단 한 가지 사실을 말해 주고 있습니다. 그는 권력을 위해서라면 무엇이든 한다는 것입니다. 그가 숲을 나누어 주겠다고 약속했더라도, 믿으면 안 됩니다. 타이거스타는 당신뿐 아니라 누구에게도, 단 한 발자국도 내주지 않을 것입니다."

스커지가 눈을 가늘게 떴다. 자신이 지금 들은 말에 대해 신중하게 생각해 보는 것 같았다. 파이어스타의 마음속에 작은 희망의 불씨가 살아났다.

"타이거스타가 두 달 전에 내게 왔을 때, 개 떼를 이용할 계획이라는 말을 했소."

스커지는 그림자족 지도자에게 시선을 돌렸다.

"그 계획이 실패했다는 말은 하지 않은 것 같은데."

"이제 와서 그런 건 중요하지 않소."

타이거스타가 거칠게 끼어들었다.

"우리는 협정을 맺지 않았소, 스커지. 나와 함께 싸웁시다. 그러면 내가 제안했던 모든 것을 얻게 될 것이오."

"나와 내 종족은 내 결정에 따라서만 싸울 것이오."

스커지가 말했다. 그리고 파이어스타를 보며 덧붙였다.

"당신이 한 말에 대해 잘 생각해 보겠소. 오늘은 싸우지 않을 것이오."

타이거스타가 털을 곤두세우고 꼬리를 휙휙 휘둘렀다. 그는 자세를 낮추고 근육을 불끈거렸다.

"배신자!"

타이거스타가 소리를 내지르면서 발톱을 세우고 스커지에게 달려들었다.

파이어스타는 작은 고양이가 갈기갈기 찢겨 나갈 거라고 생각했다. 타이거스타의 힘이 얼마나 강한지 쓰라린 경험을 통해 알고 있었기 때문이다. 하지만 타이거스타가 덮치는 순간, 스커지는 한쪽으로 몸을 홱 돌렸다. 타이거스타가 육중한 몸을 돌려 다시 마주 보고 서자, 스커지가 앞발을 휘둘렀다. 잎 없는 계절의 희미한 햇살이 발톱 끝마다 기이하게 반짝거렸다. 파이어스타는 피가 얼어붙는 느낌이었다. 스커지의 발톱에는 기다랗고 날카로운 개의 이빨이 붙어 있었다.

어깨에 한 방을 맞은 타이거스타는 균형을 잃었다. 그가 옆으로 쓰러지며 배를 드러내자, 스커지의 사나운 발톱이 그의 목을 찔렀다. 작은 고양이가 목에서 꼬리까지 단번에 발톱을 내리긋자, 피가 울컥울컥 뿜어져 나왔다.

타이거스타는 절박한 비명을 내질렀지만, 그 비명은 이내 숨이 막힐 듯한 헐떡임으로 변했다. 그의 몸이 경련을 일으키면서, 다리가 꿈틀거리고 꼬리도 마구 흔들렸다. 그리고 어느 순간 움직임이 멈췄다. 파이어스타는 그가 목숨 하나를 잃고 혼수상태에 빠져들고 있다는 것을 알았다. 조금 후면 기운을 회복하고, 남은 목숨과 함께 다시 살아날 것이다.

하지만 별족이 준 생명도 이렇게 치명적인 상처는 낫게 할 수 없었다. 스커지는 뒤로 한 발 물러나, 다시 경련을 일으키는 타이거스타의 몸을 싸늘한 눈으로 내려다보고 있었다. 검붉은 피는 계속 흘러나와 끝없는 파도처럼 바닥으로 퍼져 나갔다. 타이거스타가 다시 한 번 비명을 질렀다. 파이어스타는 귀를 막고 싶었지만, 그 자리에 얼어붙은 듯 꼼짝도 할 수 없었다.

타이거스타의 몸이 다시 한 번 축 늘어졌다. 하지만 혼수상태에서 치유되기에는 상처가 너무 심각했다. 타이거스타의 몸이 또 다시 발작을 일으켰다. 그는 발톱으로 풀포기를 쥐어뜯으며 고통에 몸부림쳤다. 분노 섞인 비명은 점차 두려움에 사로잡힌 소리로 변해 갔다.

'아홉 번을 거듭해서 죽고 있는 거야.'

파이어스타는 상황을 깨달았다.

'아, 별족이시여…….'

죽음의 순간은 영원히 끝나지 않을 것 같았다. 파이어스타는 어떤 고양이도, 심지어 타이거스타라 해도 이렇게 죽기를 바라지는 않았다.

호랑이족 전사들은 아무도 꺾을 수 없으리라 믿었던 자신들의 지도자에게 일어나는 일을 보면서 두려움에 사로잡혀 울부짖었다. 그들은 대열에서 이탈하기 시작했다. 몇몇은 공터에서 달아나려고 미친 듯이 파이어스타를 밀치고 지나갔다. 뒤쪽 어딘가에서 톨스타가 바람족 전사들에게 외치는 소리가 들렸다.

“기다려라! 대열을 지켜라!”

파이어스타는 천둥족 전사들에게는 명령을 내릴 필요가 없다는 것을 알았다. 그들은 끝까지 자신과 함께 버텨 줄 것이다.

타이거스타는 이제 숨을 헐떡이고 있었다. 목숨을 하나씩 잃어가는 고통스러운 싸움으로 그는 지칠 대로 지쳐 있었다. 파이어스타는 고통과 두려움과 증오심으로 번득이는 호박색 눈동자를 얼핏 보았다. 타이거스타의 몸이 마지막으로 한 번 꿈틀하더니 움직임을 멈추었다.

타이거스타는 죽었다.

파이어스타는 그 자리에 얼어붙은 채, 생명이 빠져나간 몸을 내려다보았다. 믿을 수가 없었다. 자신의 오랜 적이자 숲에서 가장 위험한 고양이, 죽을힘을 다해 싸워야 할 거라고 생각했던 고양이가 그렇게 죽어 버렸다.

이제 파이어스타는 스커지를 마주하고 있었다. 작고 검은 고양이는 전혀 동요하지 않는 듯했다. 이제 파이어스타는 그가 덩치가 작다고 과소평가하면 안 된다는 것을 알았다. 그는 전에는 만나 본 적 없는 위험한 고양이로, 단 한 번의 공격으로 아홉 개의 목숨을 가진 지도자를 파멸시킬 수 있었다.

스커지의 뒤에 있던 피족 고양이들이 당장이라도 공격할 것처럼 전진하고 있었다. 파이어스타는 천둥족 전사들이 준비가 되었는지 확인하기 위해 재빨리 눈길을 주었다. 그들은 바람족 전사들과 함께 대열을 갖추고 서 있었다. 파이어스타가 그들과 함께 달려들 준비를 하며 적진을 향해 고개를 돌렸을 때, 스커지가 피에 젖은 한쪽 발을 들어 올렸다.

스커지의 뒤에 있던 고양이들이 걸음을 멈췄다.

"피족에게 저항하는 고양이들이 어떻게 되는지 잘 봤겠지."

검은 고양이가 차분히 경고했다.

"여기 있는 네 친구는……."

스커지가 타이거스타의 시신을 향해 꼬리를 홱 휘둘렀다.

"자기가 우리를 지배할 수 있다고 생각했나 본데, 그 생각은 틀렸다."

"우리는 당신들을 지배하려는 게 아닙니다."

파이어스타가 말했다.

"우리는 그저 평화롭게 살기를 바랄 뿐입니다. 타이거스타가 거짓말로 당신들을 여기까지 불러들인 것은 유감입니다. 집으로 돌아가기 전에 마음껏 사냥을 해도 좋습니다."

"집으로 돌아가라고?"

스커지가 눈을 크게 뜨고 가소롭다는 표정을 지었다.

"우리는 아무 데도 가지 않는다, 숲에 사는 멍청이 녀석아. 우리가 살던 마을은 고양이들이 너무 많고 살아 있는 먹잇감을 구하기도 힘들거든. 여기 숲에서라면 두발쟁이들의 쓰레기를 먹지 않아도 되겠지."

스커지의 시선이 파이어스타를 지나쳐 전투 태세를 갖춘 천둥족과 바람족 전사들에게로 향했다.

"이 영역은 이제 우리가 접수한다."

스커지가 선언했다.

"내가 이 숲을 다스리겠다. 하지만 너희도 시간이 필요하겠지. 사흘의 시간을 주겠다. 그때까지 떠나지 않으면 나의 종족과 전투에서 만나게 될 것이다. 나흘째 되는 날 새벽에 너희의 결정을 기다리고 있겠다."

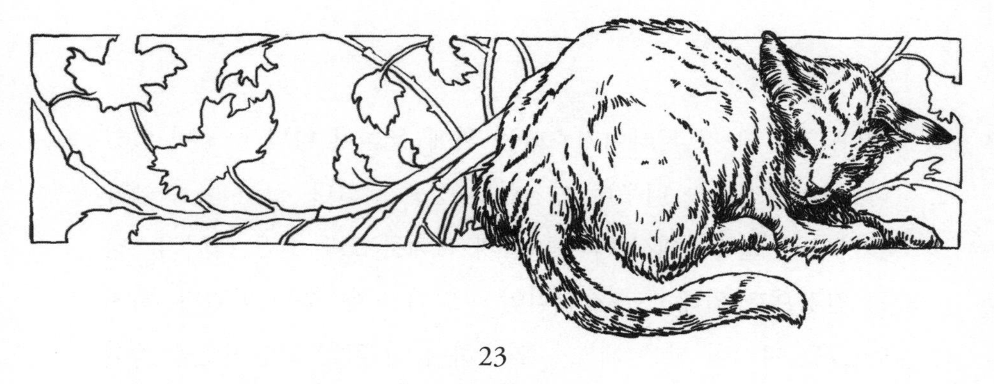

23

사흘의 시간

파이어스타는 충격으로 말을 잃은 채, 스커지가 몸을 돌려 자신의 전사들 사이로 사라지는 모습을 지켜보았다. 피족 고양이들은 조용히 스커지의 뒤를 따라 덤불 속으로 모습을 감추었다. 바스락거리는 소리조차 거의 들리지 않았다. 파이어스타는 나뭇가지들의 움직임을 통해 그들이 가는 방향을 알 수 있었다. 그리고 곧 그들은 사라졌다.

파이어스타는 타이거스타의 시신을 내려다보았다. 육중한 얼룩무늬 고양이의 다리는 아무렇게나 벌어져 있었고, 드러난 이빨에는 죽음에 저항하여 마지막으로 으르렁거린 흔적이 남아 있었다. 맹렬한 야망으로 이글거리던 호박색 눈동자는 이제 초점을 잃고 텅 비어 있었다.

적의 죽음 앞에서 파이어스타는 승리감을 느끼는 것이 당연했다. 그는 숲이 평화로우려면 타이거스타의 죽음만이 유일한 희망이라는 걸 오래전부터 알고 있었다. 하지만 목숨을 걸고 싸워서 타이거스타를 쓰러뜨리는 고양이는 바로 자신일 거라고 생각했다. 그런데 지금 타이거스타는 피에 물들어 바닥에 누워 있었다. 파이어스타는 너무나 이상한 감정을 느꼈다. 그건 바로 애통함이었다. 별족에게서 힘과 기술과 지혜를 모두 받은 타이거스타는 진정으로 위대하고 전설적인 고양이가 될 수도 있었다. 하지만 그는 자신이 받은 재능을 악용하여 죄 없는 고양이들을 죽이고 거짓을 일삼고 복수를 계획하다가, 결국은 자신의 야망 때문에 이렇게 끔찍한 최후를 맞이한 것이다. 해결된 것은 아무것도 없었다. 종족의 운명은 여전히 위태로웠고, 숲에는 피의 물결이 아직도 넘실대고 있었다.

"당신의 힘이 필요해, 타이거스타."

파이어스타는 그를 내려다보며 중얼거렸다.

"숲에서 피족을 몰아내려면 싸울 수 있는 모든 고양이의 힘이 필요하다고."

파이어스타의 곁으로 누군가 다가와 섰다. 그레이스트라이프였다. 천둥족 고양이들은 아직 공터 한편에서 전열을 유지하고 있었다. 그 옆으로 톨스타와 바람족 전사들의 모습도 보였다.

"파이어스타, 괜찮아?"

그레이스트라이프의 노란 눈동자가 두려움으로 휘둥그레져 있었다.

파이어스타는 몸을 힘껏 털어 냈다.

"괜찮을 거야. 걱정 마, 그레이스트라이프. 가자. 톨스타와 얘기를 좀 해 봐야겠어."

그레이스트라이프는 돌아서기 전, 숨을 거둔 그림자족 지도자를 보고 몸서리를 쳤다.

"이런 모습은 두 번 다시 보고 싶지 않아."

"스커지를 처리하지 않으면 다시 보게 될 거야."

파이어스타는 바람족 지도자를 향해 천천히 걸어가는 동안 생각을 정리했다. 톨스타 앞에 섰을 때 나이 많은 고양이의 눈동자에 비친, 충격에 휩싸인 자신의 모습을 확인할 수 있었다.

"눈으로 보고도 믿을 수가 없군. 아홉 목숨이 그렇게 사라져 버리다니."

바람족 지도자가 말했다.

파이어스타는 고개를 끄덕였다.

"톨스타, 종족과 함께 숲을 떠나 다른 곳으로 간다고 해도 아무도 비난하지 못할 겁니다."

톨스타의 용기를 의심하진 않았지만, 숲에 남아서 그렇게 무시무시한 적과 싸울 거라고 기대하긴 어려웠다.

톨스타의 표정이 딱딱하게 굳어지더니 목털이 곤두섰다.

"바람족은 이미 숲에서 한 번 쫓겨난 적이 있소. 또 그런 일을 당할 수는 없소. 우리 영역은 우리의 것이고, 영역을 지키기 위해 싸울 것이오. 천둥족도 함께하겠소?"

파이어스타가 대답하기도 전에 천둥족 고양이들의 외침이 여기저기서 들려왔다. 저항하겠다는 강한 의지에 찬 목소리였다.

"우리도 싸우겠습니다."

파이어스타가 단호하게 말했다.

"긍지를 가지고 바람족의 곁에서 나란히 싸울 것입니다."

두 지도자는 서로의 눈을 들여다보았다. 말은 안 했지만 파이어스타는 톨스타 역시 두려워하고 있다는 것을 알았다. 침략자들과 맞서 싸우겠다는 결심이 두 종족 모두를 파멸로 이끌 수도 있기 때문이었다.

"그럼 이제 돌아가서 준비를 해야겠소."

톨스타가 마침내 말했다.

"사흘 뒤 새벽에 여기서 다시 만납시다."

"네, 사흘 뒤 새벽에."

파이어스타는 되풀이해 말했다.

"별족이 우리 모두와 함께하시기를."

그는 바람족 고양이들이 언덕을 올라가 영역으로 돌아가는 모습을 지켜보다가, 자신의 전사들을 향해 고개를 돌렸다. 그들은 침울해 보였고, 불안감에 사로잡혀 눈을 크게 뜨고 있었다. 하지만 파이어스타는 다가오는 전투에서 조금이라도 물러설 고양이는 아무도 없다는 것을 알고 있었다. 그들은 전투를 각오하고 그를 따라서 나무 네 그루까지 왔다. 비록 적은 누구도 상상할 수 없을 만큼 무시무시했지만, 그들은 사랑하는 숲을 지키기 위해서 변함없이 저항할 것이다.

"여러분 모두가 자랑스럽습니다."

파이어스타는 조용히 말했다.

"피족을 몰아낼 수 있는 고양이가 있다면, 그건 바로 여러분입니다."

샌드스톰이 그에게 걸어와 어깨에 코를 바짝 댔다.

"파이어스타가 우리를 이끌어 준다면 우리는 무엇이든 할 것입니다."

순간 파이어스타는 감정이 격해져서 말을 이을 수가 없었다. 전사들의 기대감은 사기를 올려 주는 것이 아니라 오히려 그를 무겁게 짓눌렀다.

"진영으로 돌아갑시다."

마침내 그는 간신히 입을 뗐다.

"할 일이 많습니다. 그레이스트라이프, 클라우드테일, 먼저 가서 정찰을 해 주겠어? 스커지가 습격하려고 매복하고 있을지도 모르니까."

두 전사는 천둥족 진영을 향해 성큼성큼 달려갔다. 잠시 후 파이어스타는 나머지 고양이들을 이끌고 출발했다. 더스트펠트가 후방을 맡았다. 빠르게 숲을 달려가는 동안 파이어스타는 스커지의 싸늘하고 사악한 눈동자가 자신들의 발걸음을 따라오는 기분이 들었다. 개 떼가 숲을 배회했을 때 그는 숲에서 먹잇감이 된 기분을 느꼈었다. 그리고 지금, 같은 고양이가 그들을 먹잇감으로 노릴지도 모른다는 사실은 더욱 끔찍한 기분이 들게 했다.

피족 지도자가 지켜보고 있는지는 몰라도 숲에는 어떠한 기척도 없었다. 천둥족 전사들은 아무런 방해도 받지 않고 골짜기 꼭대기에 도착했다.

파이어스타는 브램블포가 뒤처지고 있다는 것을 알아챘다. 훈련병의 꼬리가 땅에 질질 끌리고 있었다.

"왜 그러느냐?"

파이어스타는 부드럽게 물었다.

브램블포가 눈을 들어 스승을 바라보았다. 파이어스타는 깜짝 놀랐다. 훈련병의 눈에는 끔찍한 공포가 드리워져 있었다.

"저는 제가 아버지를 증오한다고 생각했어요."

브램블포가 조용히 말했다.

"아버지의 종족에 들어가기도 싫었어요. 하지만 그런 식으로 죽기를 바라진 않았어요."

"그래, 나도 안다."

파이어스타는 어린 고양이의 옆구리에 코를 바짝 댔다.

"하지만 이제 다 끝난 일이야. 넌 아버지에게서 벗어난 거야."

브램블포는 시선을 돌렸다.

"전 절대로 아버지를 벗어날 수 없을 것 같아요. 이제 아버지는 죽었지만, 제가 타이거스타의 아들이라는 건 아무도 잊지 않을 거예요. 게다가 토니포는 어떻게 해요?"

브램블포는 목이 메어 제대로 말을 잇지 못했다.

"어떻게…… 그런 선택을 할 수가 있죠?"

"나도 모르겠구나."

파이어스타는 누이인 토니포의 배신이 브램블포에게 얼마나 큰 고통을 안겨 주었을지 짐작할 수 있었다.

"하지만 이번 일을 해결하고 나면, 토니포와 대화할 수 있는 방법을 찾아보겠다고 약속하마."

"토니포가 천둥족으로 돌아올 수 있게 해 주신다는 거예요?"

"지금은 아무것도 장담할 수 없다."

파이어스타는 솔직히 말했다.

"토니포가 돌아오고 싶어 하는지도 모르고. 하지만 해명할 기회를 주고, 내가 할 수 있는 한 최선을 다하겠다고 약속하마."

"고맙습니다, 파이어스타."

브램블포가 지치고 좌절한 목소리로 말했다.

"그 정도면 과분하죠."

훈련병은 스승에게 고개를 꾸벅 숙이고 가시금작화 굴길을 향해 걸어갔다.

파이어스타는 높은 바위에 올라서서, 거처에서 나와 바위 아래로 모여드는 천둥족 고양이들을 내려다보았다. 다들 겁에 질린 얼굴들이었다. 피족의 위협과 타이거스타의 끔찍한 죽음에 대한 소식이 벌써 진영에 퍼진 것 같았다. 그들에게 희망과 용기를 주는 것이 지도자의 의무였다. 하지만 자신에게도 남아 있지 않은 희망과 용기를 과연 종족 고양이들에게 줄 수 있을지 의문이었다.

해가 지면서 공터 모랫바닥 위로 바위의 그림자가 길게 드리워졌다. 저물어 가는 해의 다홍빛을 보며 그는 피로 물든 진영을 너무나 쉽게 상상할 수 있었다. 혹시 이것은 그들이 모두 죽을 것이라는 별족의 계시일까? 스커지가 타이거스타의 아홉 목숨을 앗아가고, 그의 피가 나무 네 그루의 성스러운 땅으로 흘러들 때에도 전사 조상들은 분노의 빛을 내비치지 않았다.

'아니야.'

파이어스타는 스스로를 나무랐다. 그렇게 생각하면 절망에 빠져서 아무것도 할 수 없었다. 피족을 물리칠 수 있다고 믿어야 했다.

파이어스타는 목을 가다듬고 말을 시작했다.

"천둥족의 고양이들이여, 여러분은 우리가 직면한 위협에 대해 들었을 것입니다. 두발쟁이 영역에서 온 피족이 숲을 지배하겠다고 주장하고 있습니다. 그들은 우리가 달아나길 원합니다. 싸우지 않고 숲을 차지하려는 것입니다. 하지만 지금부터 사흘 뒤, 우리는 바람족과 힘을 합쳐서 피족에 맞서 싸울 것입니다. 피족이 숲에서 쥐꼬리만 한 땅이라도 차지하려면 우리와 싸워야 할 것입니다!"

클라우드테일이 벌떡 일어나 동의의 함성을 질렀다. 여러 고양이들이 그를 따라 외쳤지만, 몇몇은 불안한 얼굴로 서로를 쳐다보고만 있었다. 피족과 그들의 무시무시한 지도자에게 맞서 살아남을 수 있을지 확신하지 못하는 표정이었다.

"강족과 그림자족은 어떻게 한답니까?"

화이트스톰이 물었다.

"그들도 싸우는 겁니까? 싸운다면 어느 편에 설까요?"

"좋은 질문입니다. 하지만 저도 답은 모르겠습니다. 호랑이족 전사들은 타이거스타가 죽자 모두 달아나 버렸습니다."

"그럼 그들이 어디로 갔는지 알아야겠군요."

화이트스톰이 말했다.

"제가 강족 영역으로 몰래 가서 확인해 볼 수 있습니다."

미스티풋이 나섰다.

"숨기 좋은 곳들을 아니까요."

"그건 안 됩니다."

파이어스타가 반대했다.

"강족 영역에 가면 다른 고양이들보다 더 위험할 수 있습니다. 호랑이족이 여전히 두 종족의 피가 섞인 고양이들을 핍박하고 있는지 알 수 없으니까요. 미스티풋을 잃고 싶지 않습니다. 천둥족에는 그대가 필요합니다."

순간 미스티풋은 반발하려는 듯 보였지만, 이내 고개를 숙이고 자리에 앉았다.

"필요한 정보는 대부분 경계 순찰을 통해 얻을 수 있습니다."

화이트스톰이 말했다.

파이어스타는 고개를 끄덕였다.

"순찰을 맡아 주십시오, 화이트스톰. 그림자족과 강족 경계 쪽으로 순찰을 늘려 주십시오. 그들이 무엇을 하고 있는지 알아내는 것이 주된 임무입니다. 하지만 피족의 동태도 계속 주시해야 합니다. 스커지가 사흘이 되기 전에 마음을 바꿔 공격해 올 수도 있는데, 낮잠을 자다가 당할 수는 없으니까요."

화이트스톰이 꼬리를 흔들어 동의했다.

"맡겨 주십시오."

부지도자의 침착한 대응은 다른 고양이들에게도 용기를 주었다. 파이어스타는 그들이 다시 두려움에 사로잡히기 전에 재빨리 말을 이었다.

"그리고 종족의 모든 고양이가 전투 준비를 해야 합니다."

"새끼 고양이들도요?"

소렐킷이 튕겨 오르듯 자리에서 일어나며 외쳤다.

"우리도 전투에 참가할 수 있어요? 우리도 훈련병이 될 수 있는 거예요?"

위급한 상황에서도 파이어스타는 웃음이 나올 것 같았다.

"아니, 너는 훈련병이 되기엔 아직 어려."

그는 소렐킷을 부드럽게 달랬다.

"너희를 전투에 데려갈 수는 없어. 하지만 만약 피족이 이긴다면 이곳으로 몰려올 것이다. 그러면 너희도 스스로를 지킬 수 있어야 한다. 샌드스톰, 새끼 고양이들의 훈련을 맡아 줄 수 있습니까?"

"알겠습니다, 파이어스타."

샌드스톰이 기특하다는 눈빛으로 소렐킷과 수트킷, 레인킷을 바라보았다. 그들은 한배에서 난 동기간이었다.

"훈련을 마치면 피족을 깜짝 놀라게 만들 수 있을 겁니다."

"브라이트하트는요?"

클라우드테일이 외쳤다.

"브라이트하트도 싸움 기술이 아주 뛰어납니다."

"저도 전투에 참가해서 싸우고 싶어요. 그래도 될까요, 파이어스타?"

브라이트하트가 간절한 목소리로 말했다.

파이어스타는 망설였다. 브라이트하트는 이제 몸이 회복되었고, 그동안 클라우드테일과 열심히 훈련해 왔다.

"생각해 보겠다. 평가를 받을 준비는 되었느냐?"

브라이트하트가 고개를 끄덕였다.

"언제든지요, 파이어스타."

"저희도 함께 싸우겠습니다."

미스티풋이 말했다. 그녀의 곁에 앉은 페더포와 스톰포도 단호한 표정으로 몸을 똑바로 펴고 그를 바라보고 있었다.

"천둥족 덕분에 우리 모두 기운을 차렸습니다."

"좋습니다. 나머지 분들은……."

파이어스타는 공터를 휙 둘러보았다.

"전사들, 훈련병들, 그리고 원로들은 들으십시오. 여러분에게 주어진 시간은 사흘입니다. 그레이스트라이프, 훈련을 감독해 줄 수 있겠습니까?"

친구는 눈을 반짝이며 귀를 쫑긋 세웠다.

"물론입니다, 파이어스타."

"다른 고양이 둘을 데리고 함께 하십시오. 그리고 돌아가면서 훈련을 받을 수 있게 하세요. 화이트스톰이 순찰대와 사냥조를 편성할 때 어려움이 없어야 합니다."

파이어스타는 주변을 둘러보다가, 고사리 굴길 근처에 앉아 있는 치료사를 발견했다.

"신더펠트, 부상자를 치료할 준비는 다 되어 있습니까?"

물어볼 필요도 없다는 것을 알고 있었다. 신더펠트가 준비되지 않은 적은 한 번도 없었다. 하지만 그녀의 입에서 나오는 대답을 들어야 다른 고양이들이 안심할 것 같았다.

신더펠트가 이해한다는 표정으로 그를 바라보며 대답했다.

"모든 것이 준비되었습니다. 하지만 일단 전투가 시작되면 할 일이 많아질 거예요. 저를 도와줄 훈련병이 있으면 좋을 것 같습니다."

"물론입니다."

파이어스타는 누가 좋을지 고민해 보았다. 펀포에게 시선이 머물렀을 때, 그녀가 다른 고양이들의 상처를 친절하고 세심하게 살피던 모습이 떠올랐다.

"펀포가 좋을 것 같습니다."

파이어스타는 더스트펠트가 안도하는 표정을 짓는 걸 볼 수 있었다.

"펀포, 괜찮겠니?"

회색 암고양이는 고개를 숙여 동의했다. 파이어스타는 잊은 게 있는지 잠시 생각해 보았다. 하지만 사흘 뒤를 대비해 무엇을 할 수 있을지 더 이상은 생각나지 않았다.

그는 종족 고양이들을 내려다보았다. 그들의 모습이 황혼 속에 녹아들고 있었다. 파이어스타는 숨을 깊이 들이마시고 명령을 내렸다.

"오늘 밤에는 잘 먹고, 잠도 푹 자 두십시오. 내일부터 준비를 시작할 겁니다. 사흘 뒤 우리는 모든 준비를 갖추고 있을 것입니다. 스커지와 피족에게 절대로 우리 숲을 넘볼 수 없다는 것을 깨닫게 해 줍시다."

24
피에 굶주린 종족

다음 날 아침 파이어스타가 거처에서 나왔을 때, 진영은 벌써 활기차게 움직이고 있었다. 마우스퍼는 순찰대를 이끌고 떠나는 중이었고, 샌드스톰은 윌로펠트의 새끼 고양이들을 데리고 훈련 분지로 가기 위해 가시금작화 굴길로 향하고 있었다. 새끼 고양이 셋은 그녀의 곁에서 신이 나서 폴짝폴짝 뛰었다. 미스티풋과 두 강족 훈련병도 그들을 따라 나섰다. 브래큰퍼는 싱싱한 먹이를 입에 물고 그들을 지나쳐 진영으로 들어왔다.

파이어스타는 화이트스톰이 브램블포, 애쉬포와 함께 진영을 둘러싼 가시덤불 방벽 앞에 있는 것을 보고 그들에게 걸어갔다. 부지도자가 그를 맞으러 다가왔다.

"방벽에 구멍이 있는지 점검하고 있었습니다. 혹시 피족이 이곳까지 오게 되면……."

화이트스톰은 근심 어린 눈으로 말끝을 흐렸다.

"좋은 생각입니다."

피족이 진영에 쳐들어 온다고 생각하니 파이어스타는 온몸이 오싹했지만, 간신히 두려움을 억눌렀다. 그때 가시금작화 굴길에서 뭔가 움직이는 모습이 보였다. 파이어스타는 깜짝 놀라 재빨리 화이트스톰을 쳐다보았다. 굴길에서 나타난 것은 레이븐포였다. 발리가 그 뒤를 따라 진영으로 들어왔다. 외톨이인 발리가 천둥족 진영에 온 것은 이번이 처음이었다.

파이어스타는 방벽 점검을 부지도자에게 마저 맡기고, 그들을 맞이하기 위해 달려갔다. 레이븐포는 당당하게 앞으로 걸어 나왔지만, 발리는 뒤로 처져 조심스럽게 주위를 둘러보았다. 이곳에서 자신이 환영받을 수 있을지 확신이 서지 않는 눈치였다.

"할 말이 있어."

레이븐포가 다급하게 말했다.

"어젯밤에 바람족 영역 경계에서 원위스커를 만났는데, 스커지와 피족에 대해 말해 주더라고."

레이븐포의 검고 윤기 나는 털이 쭈뼛 섰다.

"우리도 돕고 싶어. 그런데 더 중요한 건 발리가 몇 가지 알려줄 정보가 있다는 거야."

파이어스타는 고개를 숙여 반갑게 인사했다.

"다시 만나서 반가워. 어떤 도움이든 감사히 받을게. 내 거처로 가서 얘기하는 게 좋겠어."

파이어스타의 다정한 인사에 발리는 긴장을 풀었다. 두 외톨이는 파이어스타를 따라서 높은 바위 아래로 갔다. 이른 아침 햇살이 입구를 통과해 한적한 거처 안을 비스듬히 비추고 있었다. 스커지와 그의 전사들에게 위협받고 있다는 사실을 잠시 잊을 정도로 평화로운 광경이었다. 하지만 손님들의 심각한 표정은 숲의 미래에 드리워진 그늘을 너무나 또렷하게 일깨워 주었다.

"알려 줄 정보가 있다고요?"

두 고양이가 자리를 잡자 파이어스타가 물었다.

레이븐포는 경외심에 사로잡힌 표정으로 주위를 둘러보고 있었다. 아마도 블루스타를 떠올리고 있는 것 같았다. 그리고 자신과 함께 훈련병 시절을 보낸 고양이가 블루스타의 자리를 이어받았다는 사실에 좀 놀라워하는 듯했다.

발리는 불안한 표정이긴 했지만, 발을 몸 아래로 밀어 넣고 앉아 이야기를 시작했다.

"난 두발쟁이 영역에서 태어났다. 스커지와 그의 전사들에 대해서는 아주 잘 알아. 나도 한때는 피족의 일원이었다고도 할 수 있지."

파이어스타의 관심이 커졌다.

"계속해 보세요, 발리."

"내가 첫 번째로 기억나는 건, 형제들과 쓰레기장에서 놀던 일이야. 우리 어머니가 두발쟁이 쓰레기장에서 사냥하고 먹이를 찾는 법을 가르쳐 주셨어. 그 뒤에는 자기 자신을 방어하는 방법도 가르쳐 주셨고."

"어머니가 스승이었던 셈이네요?"

파이어스타는 놀라서 물었다.

"자식들을 모두 다 가르친 거예요?"

발리가 고개를 끄덕였다.

"피족은 스승과 훈련병이 체계적으로 정해져 있지 않아. 숲 고양이들이 아는 종족과는 전혀 다르지. 대부분의 고양이들이 스커지의 명령에 따르는 건 그가 가장 강하고 가장 악랄하기 때문이야. 본은 부지도자라고 할 수 있는데, 스커지 대신 온갖 궂은일을 처리하지."

"본이라고요? 혹시 덩치가 큰 흑백 얼룩 고양이 말씀이세요? 그 고양이도 나무 네 그루에 왔었어요."

"맞는 것 같구나. 본도 스커지만큼이나 나쁜 놈이야. 어떤 고양이든 시키는 대로 하지 않으면 쫓아내 버리지. 그건 운이 좋은 거고, 실은 죽는 경우가 더 많아."

파이어스타는 발리를 빤히 쳐다보며 물었다.

"새끼 고양이들과 원로들은 누가 돌보죠?"

발리가 어깨를 으쓱했다.

"어미 고양이가 새끼를 돌보는 동안에는 아마 그 짝이 사냥을 해 줄 거야. 스커지도 새끼 고양이가 없으면 조만간 종족이 없어진다는 걸 알거든. 하지만 원로들 혹은 아프거나 다친 고양이들은…… 그들은 스스로 살아남아야 해. 죽거나 죽이거나, 사냥하거나 굶어 죽거나 하는 거지. 약한 고양이는 살아남을 수가 없어."

파이어스타는 도움이 필요한 고양이들을 돌보지 않는 종족을 생각하니 소름이 끼쳤다. 그동안 종족에게 충분히 봉사한 고양이들이 자신을 돌볼 힘이 사라지면 죽게 되는 것이다.

"그런데 왜 고양이들이 스커지를 따르는 겁니까?"

파이어스타는 불쑥 물었다.

"죽이는 걸 즐기는 고양이들도 있어."

발리가 싸늘한 목소리로 말했다. 파이어스타는 볼 수 없는 무언가를 보는 듯 음산한 눈빛이었다.

"또 겁이 나서 아무것도 못 하는 고양이들도 있고. 두발쟁이들과 함께 사는 애완 고양이가 아니면, 두발쟁이 영역에서 자기 뜻대로 살아가기는 힘들어. 스커지와 한편이 되든가 아니면 그에게 맞서든가, 둘 중 하나야. 그런데 그와 맞서는 고양이들은 오래 버티지 못해."

레이븐포가 발리에게 가까이 다가가 옆구리에 코를 대고 달래주었다.

"발리도 그래서 떠난 거래. 파이어스타에게 그 얘기도 해 줘요, 발리."

"그건 별로 말할 게 없는데."

발리가 어두운 기억을 피하려는 듯 몸을 움츠리며 말했다.

"스커지가 하는 짓을 견딜 수가 없었어. 그래서 어느 날 밤에 몰래 빠져나왔어. 스커지나 그의 전사들에게 붙잡힐까 봐 두려웠지. 그러다가 두발쟁이 영역 끄트머리에 도착해서 천둥길을 건넜어. 숲에서 고양이들 냄새를 맡았는데, 그때는 그 고양이들도 스커지 패거리와 똑같을 거라고 생각했어. 그래서 계속 도망쳤고, 마침내 농장에 도착하게 된 거야. 아무런 문제도 없이 살 수 있을 것 같았어. 두발쟁이들은 날 가만히 내버려 두더라고. 그들에겐 쥐도 필요하지 않은 것 같고 말이야."

파이어스타가 재빨리 생각을 정리하는 동안 발리는 침묵했다.

이미 알고 있던 대로 스커지는 폭력적이고 위험한 적이었다.

"스커지도 약점이 있을 텐데요. 그를 물리치는 방법이 분명 있을 거예요."

파이어스타가 말했다.

발리는 파이어스타와 눈을 맞추고 몸을 가까이 기울였다.

"녀석의 강점이 동시에 치명적인 약점이야."

발리가 말했다.

"스커지와 그의 전사들은 별족을 믿지 않아."

파이어스타는 발리가 한 말이 무슨 뜻인지 어리둥절했다. 클라우드테일도 별족에 대한 믿음이 없지만, 여전히 충성스러운 천둥족의 고양이였다. 발리는 무슨 말을 하고 싶은 걸까?

"피족에는 치료사가 없어."

발리가 말을 이었다.

"말했잖아, 그들은 아픈 고양이들을 돌보지 않는다고. 그리고 별족을 믿지 않으니까 계시를 해석해야 할 일도 없어."

"그럼…… 전사의 규약도 지키지 않는 건가요?"

파이어스타는 어리석은 질문을 했다는 것을 깨달았다. 발리가 말해 준 모든 것, 그리고 그가 직접 목격한 스커지와 피족 전사들의 행동은 그들이 전사의 규약을 지키지 않는다는 것을 확실히 보여 주었다.

"그게 약점이라고요? 그건 그들이 명예나 약속 같은 제약 없이 내키는 대로 행동할 수 있다는 뜻 아닌가요?"

"맞는 말이야."

발리가 고개를 끄덕였다.

"하지만 잘 생각해 봐, 파이어스타. 전사의 규약이 없으면 너희도 피에 굶주린 스커지와 다를 게 없을지도 몰라. 그러면 그 녀석보다 더 잘 싸울 수 있을지도 모르지. 하지만 별족에 대한 믿음이 없다면, 그럼 너희는 뭐가 되겠어?"

발리가 흔들림 없는 시선으로 파이어스타의 눈을 마주 보았다. 파이어스타는 머릿속이 빙빙 도는 것 같았다. 발리의 말을 듣고 나니 피족이 더욱 두려워졌다. 하지만 마음 한구석에서 희미한 희망의 불꽃이 일고 있었다. 마치 별족이 그가 이해하지 못하는, 혹은 아직은 이해할 수 없는 무언가를 말해 주려고 애쓰는 것 같았다.

"고맙습니다, 발리. 말씀해 주신 건 잘 생각해 볼게요. 우리를 도와주려고 애쓰신 것도 잊지 않겠습니다."

"그게 다가 아니야."

레이븐포가 자리에서 일어나며 말했다.

"사흘 뒤에, 이제는 이틀 뒤가 되겠네, 스커지를 만난다고 들었어. 그때 우리도 함께 있을 거야."

파이어스타는 입을 벌린 채 친구를 바라보았다.

"하지만 종족 고양이도 아닌데……. 이건 우리가 감당할 문제야……."

"파이어스타, 스커지와 그 일당이 숲을 점령하면 우리라고 오래 버틸 수 있을 것 같아?"

발리가 끼어들었다.

"우리 헛간과 통통한 쥐들을 찾아내는 데 반달도 채 안 걸릴 거야. 쫓겨나든지 아니면 죽임을 당하든지, 둘 중에서 선택해야겠지."

"차라리 친구들을 위해 함께 싸우겠어."

레이븐포가 조용히 덧붙였다.

"고맙습니다."

파이어스타는 두 외톨이가 보여 준 깊은 신의 앞에서 자신이 초라하게 느껴졌다.

"모든 종족이 당신들을 명예롭게 기억할 것입니다."

발리가 콧방귀를 뀌었다.

"그런 건 모르겠고, 난 그냥 조용히 살고 싶을 뿐이야. 피족을 처리하기 전까지는 그럴 수가 없으니까 말이야."

"저희도 마찬가지입니다."

파이어스타는 귀를 씰룩거리며 동의했다.

"스커지가 숲에 있는 한 그 누구에게도 희망이 없어요."

파이어스타는 레이븐포와 발리에게 작별 인사를 하고 훈련 상황을 점검하기 위해 모래 분지로 향했다. 그때 골짜기를 뛰어 내려오는 롱테일과 프로스트퍼가 보였다. 파이어스타는 걸음을 멈추고 그들을 기다렸다.

"무슨 소식이라도 있습니까?"

롱테일이 고개를 끄덕이며 보고했다.

"그림자족 경계를 따라서 나무 네 그루까지 갔다 왔습니다. 그림자족 영역 쪽에서 피족의 냄새가 풍겨 왔습니다. 천둥길이 사이에 있는데도 악취가 코를 찔렀습니다."

"어딘가에 숨어 있는 게 틀림없어요."

프로스트퍼가 거들었다.

"그럴 수도 있겠네요. 그런데 그림자족은 어디로 갔을까요?"

"그 얘기를 하려던 참이었습니다."

롱테일의 눈이 흥분으로 커졌다.

"나무 네 그루에서 그림자족의 냄새를 맡았습니다. 여럿이서 같은 방향으로 이동하고 있었습니다. 강족 영역으로 들어간 것 같습니다."

"동맹을 맺은 강족에게 갔다는 거군요."

파이어스타는 생각에 잠겼다. 그림자족이 강족으로 가면 과연 환영을 받을 수 있을까? 이제 타이거스타가 죽었으니 레퍼드스타는 예전의 권한을 되찾을 수 있을까?

파이어스타는 어깨를 으쓱했다. 지금 레퍼드스타를 걱정할 때가 아니었다.

"고맙습니다, 롱테일. 꼭 필요한 정보였습니다. 가서 먹이를 좀 먹도록 하세요."

롱테일은 고개를 끄덕여 인사한 후 프로스트퍼와 함께 가시금작화 굴길로 향했다. 파이어스타는 그들이 가는 모습을 지켜보다가, 프로스트퍼의 꼬리 끝이 사라지자 다시 훈련 분지로 향했다.

그레이스트라이프가 툭 튀어나온 바윗부리에 앉아서 훈련병들을 살펴보고 있었다. 파이어스타가 다가가자 그는 귀를 쫑긋 세우고 반겨 주었다.

"어떻게 돼 가?"

"아주 잘하고 있습니다."

그레이스트라이프가 대답했다.

"스커지가 지금 우리를 봤다면 꼬리를 다리 사이에 감추고 두발쟁이 영역으로 달아났을 겁니다."

회색 전사는 고집스럽고도 단호한 표정이었다. 실버스트림과 금지된 관계를 맺고 있을 때 보였던 바로 그 얼굴이었다. 파이어스타는 달바위에서 꾼 꿈속에서 실버스트림을 보았다는 얘기를 친구에게 해 주고 싶었다. 하지만 그런다고 친구의 슬픔이 달래지지는 않을 것이다. 아름다운 강족 고양이가 죽었다는 사실에는 변함이 없었다. 파이어스타는 그레이스트라이프가 별족으로 가서 그녀를 만나기 전까지 오랜 시간이 남아 있기를 바랐다.

"어쨌든 우리는 숲에서 가장 뛰어난 전투력을 갖췄습니다."

그레이스트라이프가 말을 이었다. 브램블포와 쏜클로의 대결을 지켜보던 회색 전사의 눈이 커졌다.

"잠시만요. 브램블포에게 할퀴는 동작을 좀 가르쳐 줘야겠군요."

그레이스트라이프는 바위에서 뛰어내려 분지를 가로질러 걸어갔다. 혼자 남은 파이어스타는 주변을 둘러보았다. 가까운 곳에서 스페클테일과 스몰이어가 공격 기회를 노리면서 서로에게 접근하고 있었다. 다른 쪽에서는 샌드스톰이 윌로펠트의 새끼 고양이 셋을 훈련시키고 있었다. 파이어스타는 샌드스톰이 있는 쪽으로 뛰어내려 걸어갔다.

"자, 난 피족 전사야. 지금 막 진영으로 쳐들어왔어. 그럼 어떻게 할……."

샌드스톰의 마지막 말은 비명으로 변했다. 소렐킷이 달려들어 그녀의 꼬리를 콱 물어 버렸던 것이다. 샌드스톰은 획 돌아서서 발톱을 감춘 앞발을 들어 올렸다. 하지만 소렐킷을 떼어 내기도 전에 수트킷과 레인킷이 뒤에서 달려들었다. 샌드스톰은 꿈틀거리는 새끼 고양이들에게 파묻혀 버렸다.

파이어스타가 가까이 갔을 때 샌드스톰은 새끼 고양이들에게서 가까스로 벗어났다. 그녀의 눈동자에는 웃음기가 가득했다.

"잘했어! 내가 정말로 피족이었다면 지금쯤 겁을 집어먹고 달아났을 거야."

샌드스톰은 파이어스타를 돌아보며 덧붙였다.

"파이어스타, 이 녀석들 보셨어요? 몇 달 있으면 훌륭한 전사들이 될 거예요!"

"나도 그렇게 생각해."

파이어스타는 새끼 고양이들을 바라보았다.

"아주 잘하고 있구나. 너희는 좋은 스승을 만난 거야."

"제가 훈련병이 될 때 샌드스톰이 제 스승님이 되면 좋겠어요. 그래도 되죠, 파이어스타?"

소렐킷이 말했다.

"안 돼, 내 스승님이 될 거야!"

수트킷이 반발했다.

레인킷도 나섰다.

"아니야, 나야! 샌드스톰의 훈련병은 내가 될 거라고!"

샌드스톰이 고개를 절레절레 저으며 웃음을 터뜨렸다.

"훈련병의 스승은 지도자가 결정하는 거야. 자, 이제 방어 동작들을 보여 드리자."

파이어스타는 새끼 고양이들이 실랑이를 벌이며 공격과 방어를 하는 모습을 지켜보았다. 흥분한 상태에서도 그들은 샌드스톰이 가르쳐 준 것을 잘 기억하면서 능숙하게 몸을 피하거나, 재빨리 달려들어 공격자를 할퀴는 모습을 보여 주었다.

"아주 잘해."

샌드스톰이 조용히 말했다.

"특히 몸집이 작은 소렐킷이 잘하고 있어. 소렐킷을 가르치라고 하면 사양하지 않을게."

"좋아, 우리 둘 사이의 비밀로 해 두자. 때가 되면 소렐킷은 네가 가르치도록 해."

파이어스타는 다정하게 눈을 찡긋하며 그녀에게 약속했다.

샌드스톰과 새끼 고양이들을 비롯한 모든 고양이가 끔찍한 재앙을 눈앞에 두고 있었지만, 자부심과 희망은 여전히 멈추지 않고 샘솟고 있었다. 그는 샌드스톰의 옆구리에 코를 바짝 대면서 말했다.

"우리가 이길 거야. 난 그렇게 믿어야 돼."

샌드스톰은 대답하지 않았지만, 그를 바라보는 눈빛에는 모든 말이 담겨 있었다.

샌드스톰이 훈련을 계속할 수 있게 남겨 두고, 파이어스타는 분지 건너편에 있는 클라우드테일과 브라이트하트에게로 갔다. 애쉬포와 더스트펠트도 그들과 함께 있었다. 브라이트하트가 지금 막 더스트펠트를 쓰러뜨린 참이었다. 몸을 일으킨 더스트펠트가 모래를 뱉어 내며 말했다.

“그런 동작을 할 줄은 몰랐어! 다시 한 번 보여 줘.”

브라이트하트는 몸을 낮추어 공격 자세를 잡았다가, 파이어스타를 보고 자세를 풀었다.

클라우드테일이 꼬리를 높이 쳐들고 그에게 다가왔다.

“보셨어요? 브라이트하트는 이제 정말 잘 싸워요.”

클라우드테일이 자랑스럽게 말했다.

“계속해 보렴. 아주 흥미롭구나.”

브라이트하트는 긴장한 듯 성한 눈으로 그를 힐끗 보더니 다시 공격에 집중했다. 더스트펠트는 브라이트하트의 안 보이는 눈 쪽으로 접근하려고 했지만, 그녀는 앞뒤로 움직이면서 계속 상대를 시야에 가두어 놓았다. 더스트펠트가 펄쩍 뛰어오르자, 그녀는 쭉 뻗은 그의 발밑으로 미끄러져 들어가 뒷다리를 후려쳤다. 더스트펠트는 또다시 바닥을 굴렀다.

“알고 보니 그 털은 항상 흙먼지가 묻어서 그런 색이었군요.”

클라우드테일이 일어나서 먼지를 털어 내는 갈색 전사를 보며 농담을 했다.

“잘했다, 브라이트하트.”

파이어스타가 말했다. 그리고 귀를 움직거려서 클라우드테일을 조금 떨어진 곳으로 불렀다.

"네가 여기 있기를 바랐는데 잘됐구나. 프린세스를 만나러 갈 건데 같이 가겠니?"

그는 소리를 낮추어 말했다.

클라우드테일이 귀를 쫑긋 세웠다.

"경고를 해 주려고요?"

"그래. 피족이 숲을 활보하고 있으니, 프린세스에게도 위험을 알려야지. 숲으로 자주 들어오지는 않지만 그래도……."

"금방 올게요."

클라우드테일은 브라이트하트에게 알려 주기 위해 돌아갔다.

잠시 후 두 고양이는 큰 소나무 숲으로 향했다. 잎 없는 계절의 희미한 햇살이 화재가 남긴 잿더미를 비추었다. 다시 살아난 몇 안 되는 식물들은 말라서 쪼그라들어 있었다. 먹잇감의 냄새도, 소리도 나지 않았다. 피족이 불러온 위기가 아니더라도 이번 잎 없는 계절은 충분히 힘들었다.

그들은 프린세스가 사는 두발쟁이 보금자리에 도착했다. 파이어스타는 정원 울타리에 앉아 있는 예쁜 암고양이를 보고 마음이 놓였다. 숲 끄트머리에서부터 달려가 탁 트인 땅을 가로질러 울타리로 올라가자, 프린세스가 반가움에 소리를 질렀다. 클라우드테일도 그의 뒤를 따랐다.

"파이어하트!"

프린세스가 그의 옆구리에 코를 비비며 외쳤다.

"클라우드테일! 둘 다 정말 반갑다. 잘 지내고 있어?"

"응, 우린 잘 지내."

파이어스타가 대답했다.

“이제 파이어스타라고 불러야 해요. 종족의 지도자가 되셨거든요.”

클라우드테일이 끼어들었다.

“종족 지도자라고? 대단하다!”

프린세스가 기뻐하며 가르랑거렸다. 그녀는 종족의 지도자가 되었다는 것이 어떤 의미인지 잘 이해하지 못하겠지만, 파이어스타는 그녀가 자신을 자랑스러워하고 있다는 것은 알 수 있었다. 블루스타의 죽음이 가져온 슬픔이나, 지도자에게 따르는 무거운 책임감 같은 것은 그녀가 이해할 수 없는 부분이었다.

“정말 잘됐어. 그런데 둘 다 너무 말랐네.”

프린세스는 걱정스럽게 말하며, 뒤로 조금 물러나 오라비와 아들을 찬찬히 살펴보았다.

“잘 먹고 있는 거야?”

대답하기 힘든 질문이었다. 파이어스타와 종족 고양이들은 잎 없는 계절의 배고픔에는 익숙해져 있었다. 하지만 프린세스는 이 계절에 먹이가 얼마나 귀한지 알 리가 없었다. 그녀는 두발쟁이들이 매일같이 주는 애완 고양이의 먹이를 먹고 있기 때문이었다.

“우린 잘 지내고 있어요.”

파이어스타가 대답하기 전에 클라우드테일이 나서서 말했다.

“그런데 숲에 들어오지 마세요. 그 말을 하러 온 거예요. 사악한 고양이들이 돌아다니고 있거든요.”

파이어스타는 성미가 급한 조카를 못마땅한 눈으로 흘겨보았다. 프린세스가 놀라지 않게 좀 더 부드러운 방법으로 알려 주고 싶었던 것이다.

"두발쟁이 영역에서 온 고양이들이 숲에 들어왔어."

파이어스타는 프린세스의 옆구리에 몸을 바짝 대고 달래 주며 설명했다.

"아주 사나운 고양이들이야. 하지만 널 건드리진 않을 거야."

"숲에서 어슬렁거리고 다니는 건 본 적이 있어."

프린세스가 말했다.

"그리고 소문을 들은 적도 있어. 개들과 고양이들도 죽이는 것 같던데."

파이어스타는 스커지의 목줄에 박힌 이빨을 떠올리며, 그 소문이 사실일 거라고 생각했다. 그리고 머지않아 스커지로 인해 더 많은 희생자가 생길 것이다.

"소문은 과장되게 마련이니까."

파이어스타는 확신에 찬 목소리로 들리길 바라며 말했다.

"넌 걱정할 필요 없어. 하지만 되도록이면 정원에서 나오지 않는 게 좋을 거야."

프린세스가 그를 똑바로 마주 보았다. 파이어스타는 이번만큼은 그녀가 자신의 쾌활한 목소리에 속지 않았다는 것을 깨달았다.

"그럴게."

프린세스가 약속했다.

"이웃에 있는 다른 고양이들에게도 알려 줘야겠다."

"전혀 걱정할 필요 없어요. 우리가 곧 피족을 해치울 테니까요."

클라우드테일이 말했다.

"피족이라고?"

프린세스가 그 이름을 입에 올리며 진저리를 쳤다.

"파이어스타, 위험한 거지? 그렇지?"

파이어스타는 고개를 끄덕였다. 문득 그녀를 진실을 감당할 능력도 없는 애완 고양이로 취급하기 싫다는 생각이 들었다.

"맞아. 피족은 우리에게 사흘의 시간을 주고 숲을 떠나라고 했어. 하지만 우리는 떠나지 않을 거야. 그래서 그들과 싸울 수밖에 없어."

프린세스는 생각에 잠긴 표정으로 그를 한참 동안 바라보았다. 그러더니 꼬리 끝으로 그의 옆구리에 난 흉터를 어루만졌다. 너무 오래되어서 어디에서 생긴 건지도 잊어버린 상처였다. 파이어스타는 자신의 모습이 그녀에게 어떻게 비춰질지 깨달았다. 군살 없이 근육이 탄탄한 몸은 그녀에게 수척하고 여윈 모습으로 보일 것이다. 전투에서 입은 상처는 고달픈 숲 생활을 떠올리게 할 것이다.

"최선을 다할 거라는 걸 알아, 파이어스타. 너보다 훌륭한 지도자는 없을 거야."

프린세스가 조용히 말했다.

"네 말이 맞으면 좋겠다. 종족에게 그 어느 때보다 심각한 위협이 닥쳤거든."

파이어스타가 대답했다.

"넌 이겨 낼 거야. 난 알아."

프린세스가 혀로 그의 귀를 핥아 주면서 몸을 바짝 기댔다. 그녀는 겁에 질린 냄새를 풍기면서도 침착함을 잃지 않았다. 그녀의 상냥한 얼굴은 어느 때보다 진지했다.

프린세스가 속삭였다.

"무사히 돌아와야 해, 파이어스타. 제발 무사히."

25

별족의 도움

프린세스와 작별 인사를 나눈 뒤, 클라우드테일은 사냥을 하러 떠났다. 파이어스타는 혼자서 진영으로 돌아왔다. 골짜기에 도착할 무렵에는 어스름이 모여들고 있었다. 화이트스톰의 냄새가 나더니, 골짜기를 내려가는 흰색 전사의 모습이 보였다. 파이어스타는 가시금작화 굴길에 닿기 전에 그를 따라잡았다. 부지도자는 파이어스타를 보자 입에 물고 있던 들쥐를 내려놓았다.

"안 그래도 드릴 말씀이 있었습니다."

화이트스톰이 인사도 없이 서둘러 말했다.

"듣는 귀가 없으니 여기서 하는 게 좋겠습니다."

파이어스타는 가슴이 철렁했다.

"무슨 일입니까? 무슨 문제라도 생겼나요?"

"스커지 문제는 빼고 말입니까?"

나이 많은 전사가 비딱하게 물었다. 그는 반반한 바위에 자리를 잡고 앉아 꼬리로 파이어스타를 불렀다.

"아뇨, 아무 문제도 없습니다. 순찰대도 이상 없고 훈련도 잘돼

가고 있습니다. 하지만 계속 의문이 듭니다. 우리가 지금 뭘 하고 있는지 정말로 생각해 본 적이 있는지 말입니다."

파이어스타는 그를 멍하니 바라보았다.

"무슨 말씀이세요?"

천둥족 부지도자는 깊고 고통스럽게 숨을 들이쉬었다.

"스커지와 피족은 수적으로 우리를 압도합니다. 바람족과 함께 싸운다고 해도 말입니다. 우리 전사들은 숲을 구하기 위해서라면 마지막까지 최선을 다해 싸울 겁니다. 하지만 너무 큰 희생을 치를 것입니다."

"항복해야 한다는 말입니까?"

파이어스타의 목소리가 날카로워졌다. 부지도자에게서 이런 충고를 들으리라고는 꿈에도 생각하지 못했다. 화이트스톰이 의심할 여지없이 용감한 전사가 아니었다면, 그런 말은 겁쟁이나 하는 것이라고 쏘아붙였을 것이다.

"숲을 떠나자고요?"

"모르겠습니다."

화이트스톰은 지친 목소리였다. 파이어스타는 문득 부지도자의 나이가 생각났다.

"많은 것들이 변하고 있습니다. 아무도 그걸 부정할 수는 없습니다. 어쩌면 지금이 움직일 시기일지도 모릅니다. 높은 돌산 너머에도 틀림없이 영역이 있을 겁니다. 다른 곳을 찾아서……."

"절대로 안 됩니다!"

파이어스타가 그의 말을 자르고 끼어들었다.

"숲은 우리 것입니다."

"파이어스타는 젊습니다."

화이트스톰이 진지한 눈길로 지도자를 바라보며 말했다.

"당연히 싸워야 한다고 생각하겠지요. 하지만 많은 고양이들이 목숨을 잃을 겁니다, 파이어스타."

"저도 알고 있습니다."

파이어스타는 스커지와 싸워 이길 생각으로 전사들의 사기를 북돋아 주고 자기 자신을 격려하느라 온종일 분주했다. 그런데 화이트스톰은 지금, 그들이 승리한다 해도 끔찍한 희생을 치러야 할 거라는 사실을 일깨워 주고 있었다. 천둥족이 숲에서 침략자들을 몰아낼 수 있을지는 몰라도, 생존자는 몇 안 남을 것이다. 그들은 세력이 약해질 것이고, 그건 결국 패배한 것과 마찬가지였다.

"그래도 싸워야 합니다. 꼬리를 내리고 생쥐처럼 달아날 수는 없습니다. 화이트스톰의 말이 맞습니다. 하지만 달리 어떤 선택을 할 수 있겠습니까? 별족은 우리가 숲을 버리고 떠나는 걸 바라지 않을 겁니다. 그럴 리가 없습니다."

화이트스톰이 고개를 끄덕였다.

"그렇게 말씀하실 줄 알았습니다. 저는 제 생각을 말씀드린 겁니다. 그게 부지도자가 할 일이니까요."

"고맙습니다, 화이트스톰."

흰색 전사는 일어서서 들쥐를 향해 고개를 돌렸다가 다시 파이어스타를 돌아보았다.

"저는 타이거스타처럼, 아니면 파이어스타처럼 야망을 가져 본 적이 단 한 번도 없습니다. 지도자가 되고 싶었던 적도 없고요. 하지만 제가 지도자가 아닌 것이 지금처럼 다행스러웠던 적은 없었습니다. 제정신인 고양이라면 아무도 그런 결정을 내려야 하는 파이어스타를 부러워하지 않을 겁니다."

파이어스타는 뭐라고 말해야 할지 몰라 눈만 끔벅거렸다.

"저는 그저 때가 되면 온 힘을 다해 싸울 수 있기를 바랄 뿐입니다."

화이트스톰의 얼굴에 얼핏 불안감이 스쳤다. 파이어스타는 많은 고양이들이 그의 나이쯤 되면 원로의 자리로 물러난다는 사실을 깨달았다. 전투력이 떨어질 것을 염려하는 것은 자연스러운 일이었다.

"당연히 그러실 겁니다. 화이트스톰은 숲 전체에서 가장 고귀한 전사이십니다."

화이트스톰은 한참 동안 말없이 그를 바라보다가 들쥐를 다시 입에 물고 진영으로 들어갔다.

파이어스타는 바위에 혼자 남아 있었다. 화이트스톰의 말이 마음에 걸렸다. 문득 진영으로 돌아가기가 싫어졌다. 높은 바위 아래의 어둑어둑한 거처로 들어가고 싶지 않았다. 어차피 잠을 이룰 수도 없을 것 같았다.

밤이 찾아드는 소리에 한동안 귀를 기울이던 파이어스타는 일어나서 다시 골짜기를 올라갔다. 해가 사라진 자리에 희미한 붉은빛이 남아 있었지만, 머리 위 하늘은 어두웠다. 일찍 나온 몇 안 되는 별족 전사들만이 그를 내려다보고 있었다.

파이어스타는 조용히 덤불숲을 지났다. 발걸음이 자신도 모르게 해 드는 바위를 향하고 있었다. 숲 가장자리에 도착했을 때 날은 완전히 어두워져 있었다. 하늘을 배경으로 드러난 바위의 둥그런 형체는 마치 웅크린 동물의 등처럼 보였다. 바위 위에는 서리가 반짝였다. 저 너머에서는 돌 위로 흐르는 강물 소리가 들렸다. 그리고 훨씬 가까운 곳에서는 먹잇감이 조심스럽게 움직이는 소리도 들렸다.

파이어스타는 쥐 냄새를 맡고 입에 침이 고였다. 그는 발이 바닥에 거의 닿지 않을 정도로 사뿐사뿐 다가가 쥐를 덮쳤다. 먹이에 입을 대기 전까지도 얼마나 배가 고픈지 깨닫지 못하고 있었다. 파이어스타는 몇 입 만에 쥐를 모조리 먹어 치웠다.

기분이 한결 나아지자 바위 위로 뛰어올라 자리를 잡고 앉아 강을 내려다보았다. 검은 물 위로 별빛이 반짝였다. 바람은 수면을 흐트러뜨리고, 그의 털을 헝클어 놓고, 잎 없는 숲을 흔들었다.

파이어스타는 눈을 들어 별 무리를 바라보았다. 별족의 전사들이 그를 지켜보고 있었다. 하지만 이렇게 추운 밤에 그들은 차갑고 멀리 떨어져 있는 것 같았다. 그들은 정말로 숲에서 벌어지고 있는 일에 신경을 쓸까? 아니면 별족에게 분노를 터뜨리며 대항했던 블루스타가 옳았던 것일까? 그 순간 파이어스타는 블루스타가 느꼈을 끔찍한 외로움을 얼핏 알 것도 같았다. 그는 블루스타와는 달리 자신의 종족 전사들에 대한 믿음은 잃지 않았다. 따라서 그녀의 기분을 완전히 공감할 수는 없었다. 하지만 전임 지도자가 어쩌다가 별족을 의심하게 되었는지는 이해할 수 있을 것 같았다.

권력을 차지하려는 타이거스타의 포악한 몸부림 속에서 이미 많은 고양이들이 목숨을 잃었다. 별족은 그들을 구해 주지 않았다. 파이어스타는 선조 전사들이 도와줄 거라고 믿는 자신이 어리석은 것은 아닐까 의심스러웠다.

하지만 별족이 없다면 천둥족이 어떻게 살아남을 수 있겠는가? 그는 고개를 들어 별 무리를 향해 소리쳤다.

"제가 어떻게 해야 하는지 보여 주십시오! 우리와 함께한다는 걸 보여 주십시오!"

머리 위의 하얀 불꽃들은 아무런 대답이 없었다.

그는 하늘을 수놓은 별족에 비해 자신이 얼마나 왜소하고 보잘것없는 존재인지를 고통스럽게 깨달았다. 그때 바위에서 움푹 패인 공간 하나가 눈에 띄었다. 쌀쌀한 바람을 피할 수 있는 곳이었다. 잠을 잘 생각은 없었지만 지쳐 있던 그는 얼마 후 눈이 스르르 감겼다.

꿈속에서 그는 나무 네 그루에 앉아 있었다. 초록잎 우거진 계절의 따뜻한 공기와 달콤한 냄새에 마음이 편안해졌다. 별족의 전사들이 사방에서 그를 둘러싸고 있었다. 달바위에서 지도자의 아홉 목숨을 받을 때 보았던 모습과 똑같았다. 스파티드리프와 옐로팽이 눈에 들어왔다. 숲을 떠난 모든 전사가 그곳에 함께 있었다. 빛나는 대열에 새롭게 합류한 스톤퍼와 어린 훈련병 고스포도 보였다.

꿈에서 파이어스타는 벌떡 일어나 그들과 마주 섰다. 처음으로 선조 전사들에 대한 경외감이 느껴지지 않았다. 그들이 자신을, 그리고 숲 전체를 무시무시한 운명 속에 내던져 버렸다는 생각이 들었다.

"당신들이 숲을 지배하지 않습니까? 모임이 있던 밤에는 폭풍을 보냈죠. 그래서 타이거스타가 한 짓을 종족들에게 알리지 못했습니다. 당신들은 타이거스타가 스커지를 숲으로 불러들이는 걸 보고만 있었습니다! 우리에게 왜 이러는 겁니까? 우리가 다 죽기를 바라는 겁니까?"

파이어스타는 별족의 배신에 대한 분노를 모조리 쏟아 냈다.

익숙한 형체 하나가 앞으로 나왔다. 블루스타의 청회색 털이 별빛에 반짝였다. 그녀의 눈은 푸른 불꽃 같았다.

"파이어스타, 넌 이해하지 못하는구나. 별족은 숲을 지배하지 않는다."

파이어스타는 할 말을 잃고 그녀를 바라보았다. 그가 숲에 들어온 이후로 배웠던 모든 것이 틀렸단 말인가?

"별족은 숲에 있는 모든 고양이를 보살피는 것이다."

블루스타가 말을 이었다.

"눈먼 고양이부터, 힘없는 새끼 고양이와 햇빛을 받으며 누워 있는 원로 고양이까지, 우리는 모두를 지켜본다. 치료사에게 계시와 꿈을 보내는 건 우리가 맞지만, 폭풍을 보내는 건 우리가 아니다. 스커지와 타이거스타가 피를 흘려 권력을 잡으려 하는 것은 그들의 천성 때문이다. 우리는 지켜본다."

블루스타가 되풀이해 말했다.

"하지만 우리는 간섭하지 않는다. 만약 우리가 끼어든다면 네가 진정으로 자유로울 수 있겠느냐? 파이어스타, 너를 비롯한 모든 고양이는 전사의 규약을 따를지, 따르지 않을지 선택할 수 있다. 너희는 별족의 노리개가 아니다."

"하지만……."

블루스타는 그의 말에 개의치 않고 계속해서 말했다.

"지금 우리는 너를 지켜보고 있다. 파이어스타, 너는 우리가 선택한 고양이다. 너는 종족을 구할 불이다. 별족이 너를 이곳에 불러온 것이 아니다. 너는 제 발로 여기 온 것이다. 전사의 기상과 진정한 종족 고양이의 심장이 있기 때문에 가능한 일이었다. 별족에 대한 너의 믿음이 네게 필요한 힘을 줄 것이다."

블루스타의 말을 들으면서 파이어스타의 마음에는 평화가 깃들었다. 블루스타의 힘과 모든 별족 전사의 힘이 자신의 몸 안으로 흘러드는 것 같았다. 그는 피족과 싸우다 무슨 일이 벌어지든, 별족이 그를 버린 것이 아니라는 걸 깨달았다.

블루스타가 전사 임명식 때 그랬던 것처럼 그의 머리 위에 주둥이를 올렸다. 그 순간 별족 전사들의 희미한 불꽃이 사라지기 시작했다. 파이어스타는 깊은 잠의 따뜻한 어둠 속으로 빠져들었다. 눈을 떴을 때는 첫 새벽빛이 하늘을 물들이고 있었다.

파이어스타는 일어나서 기지개를 켰다. 꿈의 기억이 그의 발에 기운을 가득 불어넣어 주었다. 종족을 구하는 것은 지도자인 그의 의무였다. 그리고 파이어스타는 그를 도와주는 별족과 함께 길을 찾을 것이다.

26
넷은 하나가 되어

파이어스타는 종족 동료들이 그가 사라진 걸 알고 걱정하고 있을지도 모른다는 생각이 들었다. 곧장 진영으로 돌아가야 한다는 걸 알았지만, 바위 위에 조금 더 머무르면서 숲 위로 퍼지는 새벽빛을 바라보았다.

강 너머는 고요하고 잠잠했다. 파이어스타는 레퍼드스타가 어떻게 지내고 있을지 짐작해 보았다. 강족 영역으로 달아난 그림자족 전사들은 아마도 불청객이 되었을 것이다. 잎 없는 계절에는 나누어 먹을 먹이도 없었다.

그 순간 파이어스타는 털이 곤두서고 귀가 쫑긋했다. 그는 자세를 바로 하고 앉았다. 어떤 생각이 번뜩 떠올랐던 것이다. 왜 진작 그런 생각을 하지 못했을까? 어쩌면 천둥족은 그가 걱정하는 것처럼 수적으로 열세가 아닐 수도 있다. 강 건너에는 두 종족의 전사들이 있었고, 타이거스타가 죽었으니 그들이 피족을 지지할 이유는 전혀 없었다.

"쥐 대가리 같으니!"

파이어스타는 큰 소리로 중얼거렸다.

숲의 네 종족이 힘을 합친다면, 그들의 삶을 위협하는 위험한 고양이들을 숲에서 몰아낼 수도 있을 것이다. 넷은 둘이 되는 것이 아니라, 하나가 될 것이다. 타이거스타가 생각했던 것과는 다른 방식으로.

지평선 위로 반짝이는 햇살이 처음으로 모습을 드러냈을 때, 파이어스타는 바위에서 내려와 강 하류에 있는 디딤돌을 향해 달려갔다.

"파이어스타! 파이어스타!"

디딤돌이 보일 무렵 그의 이름을 부르는 소리가 들렸다. 고개를 돌리자 천둥족 순찰대가 숲에서 나타났다. 그레이스트라이프가 선두에 있었고 샌드스톰과 클라우드테일, 브램블포가 뒤를 따르고 있었다.

"어디 있었어? 얼마나 걱정했는지 알아?"

샌드스톰이 그에게 다가오며 화가 난듯 물었다.

"미안."

파이어스타는 사과의 뜻으로 샌드스톰의 귀를 핥아 주었다.

"생각할 게 좀 있었어."

"화이트스톰이 괜찮을 거라고 말하긴 했어."

그레이스트라이프가 말했다.

"신더펠트도 걱정하지 않는 것 같았고. 말해 주진 않았지만 뭔가 더 알고 있는 눈치였거든."

"어쨌든 난 여기 있잖아."

파이어스타는 힘차게 말했다.

"마침 잘 만났어. 지금 강족 영역으로 가려던 참이었거든. 전사들을 데리고 가면 모양새가 좀 나을 거야."

"강족이라고요? 강족에 가서 뭘 하시려고요?"

클라우드테일이 놀란 표정으로 물었다.

"내일 스커지에 맞서서 함께 싸우자고 할 거야."

어린 전사가 그를 빤히 쳐다보았다.

"제정신이세요? 그런 말을 들으면 레퍼드스타가 털을 다 뜯어 놓을 거라고요!"

"그렇지 않을 거야. 이제 타이거스타도 죽었으니 그들도 우리만큼이나 피족이 숲에 있는 걸 원하지 않을 테니까."

클라우드테일은 어깨를 으쓱했다. 그레이스트라이프도 확신이 서지 않는 눈치였다. 하지만 샌드스톰만은 눈을 환하게 빛내며 말했다.

"피족을 물리칠 방법을 생각해 낼 줄 알았어. 어서 가자."

파이어스타는 디딤돌 쪽으로 앞장서 가기 위해 몸을 돌렸다. 하지만 브램블포가 그를 가로막았다.

"파이어스타, 혹시 토니포가 거기 있으면 얘기를 좀 해 봐도 될까요?"

기대감을 가지고 질문하는 훈련병의 목소리가 파르르 떨리고 있었다.

"다시는 기회가 없을지도 몰라요."

파이어스타는 잠시 머뭇거렸다.

"그래, 혹시 만나게 되면 토니포 얘기도 한번 들어 보자꾸나. 그런 다음에 어떻게 할지 결정하자."

"고맙습니다, 파이어스타!"

브램블포가 안심한 듯 눈을 반짝였다.

파이어스타는 강기슭을 내려가 디딤돌이 있는 곳으로 향했다. 천둥족 전사들이 그 뒤를 따랐다. 그는 강 건너편을 주시하면서 앞장서서 강을 건넜다. 하지만 강족 영역에서는 아무런 움직임도 없었다. 해가 지평선 위로 한참 올라왔는데 강족 순찰대도 보이지 않았다.

건너편 기슭에 다다른 파이어스타는 강족 진영으로 가기 위해 상류 쪽으로 방향을 돌렸다. 진영에 다다르기 전에 뼈 무더기가 있는 공터로 이어지는 물줄기가 나왔다. 파이어스타는 지난번 이곳에 왔을 때의 기억이 떠올라 몸이 부르르 떨렸다. 까마귀 밥의 악취는 이제 희미해졌지만, 여러 고양이들의 냄새가 뒤섞여 바람에 실려 왔다. 파이어스타는 호랑이족 고양이들의 냄새라는 걸 알아챘다. 한때는 너무나 불길한 냄새였지만, 피족의 체취에 비하면 익숙했다.

"뼈 무더기가 있는 공터에 적어도 몇은 있을 거야. 가서 확인해 보자고."

파이어스타는 어깨 너머를 돌아보며 말했다.

"그레이스트라이프, 망을 봐 줘."

그레이스트라이프가 뒤로 빠져서 주변을 살피기 시작했다. 그 사이 파이어스타는 물줄기를 따라 조용히 갈대숲을 지나 공터 가장자리에 도착했다. 갈대를 헤치고 내다보니, 뼈 무더기는 이미 무너지기 시작해서 쓰레기 더미로 변해 있었다. 물줄기도 더 이상 썩어 가는 먹이 찌꺼기로 막혀 있지 않았다. 그리고 싱싱한 먹이가 한쪽에 조그맣게 쌓여 있었다. 고양이들이 새로운 진영을 세우기 시작한 것 같았다.

공터에는 몇몇 전사들이 웅크리고 있었다. 털은 헝클어져 있었고, 초점 잃은 눈은 멍하니 어딘가를 향해 있었다. 강족과 그림자족 고양이들이 함께 있는 것을 본 파이어스타는 깜짝 놀랐다. 강족 전사들은 옛 진영에 있고 그림자족 전사들만 이곳에 있을 줄 알았던 것이다.

뼈 무더기 아래에 레퍼드스타가 웅크리고 있었다. 그녀는 앞을 똑바로 응시하고 있었다. 파이어스타는 그녀가 분명히 자신을 보았을 거라 생각했다. 하지만 레퍼드스타는 아무런 신호도 보내지 않았다. 그림자족의 부지도자인 블랙풋이 근처에 누워 있었다. 파이어스타는 처음에는 놀랐지만 차츰 진정되면서 오히려 다행이라는 생각이 들었다. 두 종족을 모두 다스리고 있는 것처럼 보이는 레퍼드스타와 얘기해 보면 될 것 같았다.

파이어스타는 샌드스톰을 돌아보았다.

"뭐가 문제일까?"

그는 조그만 소리로 물었다. 전사들은 꼭 병든 것처럼 보였다. 하지만 공기 중에 질병의 냄새는 나지 않았다.

샌드스톰이 고개를 저었다. 파이어스타는 다시 공터 쪽으로 시선을 돌렸다. 그는 함께 싸울 고양이들을 찾으러 이곳에 왔지만,

이들은 반쯤 죽은 것처럼 보였다. 하지만 이제 와서 그냥 돌아가는 것도 말이 되지 않았다. 파이어스타는 자신의 전사들에게 꼬리로 따라오라는 신호를 보낸 뒤 공터로 들어섰다.

전사 한둘이 고개를 들고 그저 무심하게 바라볼 뿐, 아무도 그를 막아서지 않았다. 브램블포가 파이어스타에게 눈짓을 하고는 토니포를 찾기 위해 자리를 떠났다.

레퍼드스타가 가까스로 몸을 일으켰다.

"파이어스타, 무슨 일이오?"

며칠 만에 입을 여는 듯 목이 잠겨 있었다.

"얘기를 좀 나누러 왔습니다."

파이어스타가 대답했다.

"레퍼드스타, 어떻게 된 일입니까? 다들 무슨 일이 있는 겁니까? 왜 원래 진영으로 돌아가지 않았습니까?"

레퍼드스타가 그를 한참 동안 바라보다가 입을 열었다.

"난 이제 호랑이족의 유일한 지도자요."

멍한 눈동자에 당당한 빛이 잠시 반짝였다.

"강족의 옛 진영은 두 종족이 함께 지내기에는 너무 좁소. 어미 고양이들과 새끼 고양이들, 그리고 원로들을 거기서 지내게 하고, 그들을 지킬 전사들을 배치해 두었소."

갑자기 레퍼드스타가 조롱하듯 웃음을 터뜨렸다.

"하지만 그게 다 무슨 소용이겠소? 어차피 피족이 우리 모두를 죽일 텐데."

"그렇게 생각하면 안 됩니다."

파이어스타는 강족 지도자를 격려했다.

"우리가 모두 함께 맞서면 피족을 몰아낼 수 있습니다."

"쥐 대가리같이 멍청하기는!"

레퍼드스타의 눈에 사나운 빛이 번득였다.

"피족을 몰아낸다고? 어떻게 그럴 수 있단 말이오? 타이거스타는 이 숲에서 가장 위대한 전사였소. 그런데 스커지가 그를 어떻게 했는지 못 봤소?"

"알고 있습니다."

파이어스타는 밀려드는 두려움을 숨기며 침착하게 대답했다.

"하지만 타이거스타는 혼자서 스커지를 상대했습니다. 우리는 하나가 되어 그와 맞서 싸우고, 그 뒤에는 다시 네 종족으로 돌아갈 수 있습니다. 전사의 규약에 따라서 말입니다."

레퍼드스타의 얼굴에 비웃음이 얼핏 스쳤지만 아무런 대답도 하지 않았다.

"그럼 어떻게 하실 작정입니까? 숲을 떠나시겠습니까?"

파이어스타가 물었다.

레퍼드스타는 머뭇거리며 고개를 이리저리 흔들었다. 마치 파이어스타와 이야기를 나누는 것이 짜증스러운 듯했다.

"높은 돌산 너머에 머물 만한 곳이 있는지 살펴보도록 정찰대를 보냈소. 하지만 아직 어린 새끼 고양이들도 있고, 원로들 중 둘은 아픈 상태요. 모두가 갈 수는 없소. 여기 머무는 자들은 결국 죽게 되겠지."

"죽지 않아도 됩니다."

파이어스타는 간절한 마음으로 말했다.

"천둥족과 바람족은 피족과 맞서 싸울 겁니다. 우리와 함께해 주십시오."

그는 레퍼드스타가 다시 비웃을 거라 생각했지만, 그녀는 이번엔 진지한 얼굴로 그를 바라보았다. 근처에 있던 블랙풋이 일어나서 그녀의 옆으로 다가왔다. 블랙풋이 천둥족 고양이들을 마주 보고 서자 그레이스트라이프가 낮게 으르렁거리는 소리를 냈다. 파이어스타는 발톱을 세우는 회색 전사에게 꼬리를 흔들어 경고했다. 그 역시 그레이스트라이프만큼이나 블랙풋을 증오했지만, 지금은 더 위험한 적에 맞서기 위해 동맹을 맺어야 할 때였다.

"설마 진지하게 고민하는 겁니까?"

그림자족 부지도자가 으르렁대며 말했다.

"이 바보들과 한편이 되려는 건 아니겠죠? 이들은 피족을 당해낼 만큼 강하지 않습니다. 우리까지 모두 죽게 될 겁니다."

레퍼드스타가 블랙풋에게 싸늘한 시선을 던졌다. 파이어스타는 갑자기 희망이 솟아오르는 것을 느꼈다. 레퍼드스타 역시 누구 못지않게 블랙풋을 싫어한다는 걸 눈치챌 수 있었다. 그녀가 신뢰하던 부지도자 스톤퍼에게 발톱을 꽂은 고양이가 바로 블랙풋이었다.

"지도자는 나다, 블랙풋."

레퍼드스타가 꼬집어 말했다.

"결정은 내가 한다. 그리고 피족을 몰아낼 가능성이 조금이라도 남아 있다면 나는 포기하지 않을 것이다."

레퍼드스타는 다시 파이어스타를 바라보았다.

"어떤 계획이 있소?"

파이어스타는 좀 더 영리한 묘책을 제안하고 싶었다. 숲에 있는 모든 고양이의 목숨을 걸지 않고서도 피족을 몰아낼 수 있는 방법이 있다면 찾고 싶었다. 하지만 묘책 같은 건 없었다. 설령 승리를 향한 길이 있다고 해도, 그 길은 험난하고 고통스러울 것이다.

"내일 새벽에 천둥족과 바람족은 나무 네 그루에서 피족을 만날 것입니다. 그림자족과 강족이 우리와 함께한다면, 우리 전력도 두 배로 강해지겠지요."

"그럼 당신이 우리를 통솔하는 거요?"

레퍼드스타가 물었다. 그녀는 주저하면서 덧붙였다.

"난 지금 전투에서 우리 전사들을 지휘할 여력이 없소."

파이어스타는 깜짝 놀라 눈을 끔벅거렸다. 그는 레퍼드스타가 지휘권을 요구하리라 생각했었다. 자신에게 그녀를 대신해 종족을 통솔할 힘이 있다고는 생각도 해 보지 않았다. 하지만 지금은 선택의 여지가 없는 듯했다.

"그렇게 하길 바라신다면 제가 하겠습니다."

"우리를 통솔한다고?"

비웃음 섞인 목소리가 파이어스타의 뒤에서 들려왔다.

"고작 애완 고양이가? 정신이 나간 겁니까, 레퍼드스타?"

파이어스타는 누구를 마주하게 될지 예상하면서 뒤를 돌아보았다. 다크스트라이프가 옛 종족 동료들을 헤치고 앞으로 나왔다.

파이어스타는 그를 가만히 응시했다. 천둥족에 있을 때 다크스트라이프는 언제나 윤기가 자르르 흘렀다. 하지만 지금은 더 이상 단장하기를 포기한 듯 털가죽이 칙칙해져 있었다. 그는 초췌해 보였고, 꼬리 끝을 신경질적으로 씰룩거리고 있었다. 다만 그의 눈에 어린 차가운 적개심은 예전과 다름없었다. 지도자들 앞에 나와서 파이어스타를 위아래로 훑어보는 오만한 태도도 변함없었다.

"다크스트라이프."

파이어스타는 고개를 끄덕여 그를 아는 체했다. 다크스트라이프를 진심으로 동정할 일은 결코 없을 것이다. 그러나 태어난 종족을 배신한 죗값을 이미 치른 것처럼 겁에 질려 있는 눈동자를 보니 조금은 안됐다는 생각이 들었다.

레퍼드스타가 앞으로 나서며 말했다.

"다크스트라이프, 이건 네가 결정할 일이 아니다."

다크스트라이프가 파이어스타를 향해 으르렁거렸다.

"너를 죽이든지 쫓아내든지 했어야 되는 건데. 너 때문에 스커지가 타이거스타에게서 등을 돌린 거야. 너 때문에 타이거스타가 죽은 거야."

"나 때문이라고?"

파이어스타는 놀라서 숨을 몰아쉬었다. 다크스트라이프의 눈에서 증오심이 불타올랐다. 파이어스타는 그가 자기만의 방식으로 죽은 지도자를 애도하고 있다는 것을 알 수 있었다. 타이거스타가 죽었으니 이제 다크스트라이프는 정말로 혼자가 된 것이다.

"아뇨, 다크스트라이프. 그것은 타이거스타가 자초한 일입니다. 그가 피족을 숲에 들이지만 않았어도 아무 일도 일어나지 않았을 겁니다."

"도대체 어떻게 그런 일이 일어날 수 있었던 겁니까?"

그레이스트라이프가 끼어들었다.

"타이거스타는 무슨 생각을 하고 있었던 겁니까? 자신이 숲에 무엇을 끌어들이는지도 몰랐던 겁니까?"

"타이거스타는 그 방법이 최선이라고 생각했소."

레퍼드스타가 타이거스타를 변호하듯 말했다. 하지만 그녀의 말은 공허하게 들렸다.

"타이거스타는 숲의 고양이들이 자신의 통솔 아래 하나로 뭉치면 더 안전해질 거라고 믿었소. 그리고 자신의 생각이 옳다는 것을 피족이 확인시켜 줄 거라고 생각했지."

그레이스트라이프가 어이가 없다는 듯이 콧방귀를 뀌었다. 하지만 레퍼드스타는 아랑곳하지 않았다. 그녀가 꼬리를 흔들자 다른 고양이가 앞으로 나왔다. 한쪽 귀가 찢어진 깡마른 회색 수고양이였다. 파이어스타는 볼더를 알아보았다. 타이거스타가 그림자족에 데리고 들어간 떠돌이 고양이들 중 하나였다.

"볼더, 무슨 일이 있었는지 파이어스타에게 말해라."

레퍼드스타가 명령했다.

파이어스타와 눈을 맞춘 그림자족 전사는 여위고 지쳐 보였다.

"저는 한때 피족에 속해 있었습니다. 여러 달 전에 피족을 떠났지만, 타이거스타는 제 과거를 알고 있었습니다. 타이거스타가 자신을 두발쟁이 영역으로 데려다 달라고 했습니다. 그림자족이 숲을 지배하려면 더 많은 고양이들이 필요하기 때문이라고 했습니다."

그는 불안한 듯 귀를 씰룩거리며 발에다 시선을 고정했다.

"전…… 전 타이거스타에게 스커지는 위험하다고 말하려고 했지만, 우리 둘 다 그가 그런 짓까지 할 수 있을 거라고는 상상도 못 했습니다. 타이거스타는 스커지에게 싸움을 도와줄 고양이들을 데리고 온다면 숲을 나누어 주겠다고 제안했습니다. 그는 일단 다른 종족들이 모두 호랑이족에 합류하고 나면 피족을 제거할 수 있을 거라 생각했습니다."

"하지만 그 생각은 틀렸지."

파이어스타가 중얼거렸다. 발치에 누워 죽어 가는 숙적을 바라보면서 느꼈던 이상한 슬픔이 다시 한 번 느껴졌다.

"타이거스타가 죽다니 믿을 수가 없었습니다."

파이어스타와 같은 기억을 떠올리고 있는 듯, 볼더는 충격에 휩싸인 눈빛이 되었다.

"우리는 그 무엇도 타이거스타를 꺾지 못할 거라 생각했습니다. 타이거스타가 죽고 피족이 진영을 공격했을 때, 우리는 너무 큰 충격에 빠진 나머지 싸울 수도 없었습니다. 모두가 남아 있었던 것도 아니었지만요. 재그드투스를 비롯한 몇몇 고양이들은 스커지의 편에 가담하는 것이 더 안전하다고 생각했습니다."

볼더는 씁쓸한 목소리로 덧붙였다.

"배신자의 털에 발톱을 찔러 넣을 수 있다면, 피족과 싸우는 것도 해 볼 만한 일이라고 생각합니다."

"그럼 그렇게 하겠습니까?"

파이어스타는 주위를 둘러보았다. 공터에 있는 모든 고양이가 가까이 다가와서 잠자코 귀를 기울이고 있었다. 오직 블랙풋과 다크스트라이프만이 멀찌감치 떨어져 냉담하게 서 있었다.

"내일 천둥족과 바람족의 편에 서서 함께 싸우겠습니까?"

고양이들은 레퍼드스타의 입이 떨어지기를 기다리며 침묵을 지켰다.

"모르겠소."

레퍼드스타가 말했다.

"전투는 이미 패배한 거나 마찬가지일지도 모르오. 생각할 시간이 필요하오."

"시간이 많지 않습니다."

샌드스톰이 지적했다.

파이어스타는 꼬리를 휘둘러 자신의 전사들을 공터 한쪽으로 불러 모았다.

"지금 생각해 보십시오, 레퍼드스타. 기다리겠습니다."

강족 지도자는 반발하듯 그를 흘깃 노려보았다. 마치 필요한 만큼 충분히 생각할 시간을 가지겠다고 주장하려는 듯했다. 하지만 그녀는 아무 말도 하지 않았다. 대신 강족 전사들 두셋을 가까이 불러 낮고 다급한 목소리로 뭔가를 속삭였다. 블랙풋이 분노로 눈을 이글거리며 앞으로 밀고 나와 그들에게 합류했다. 나머지 고양이들은 얼어붙은 듯 침묵을 지키고 있었다. 파이어스타는 이런 고양이들이 과연 제대로 싸울 수 있을지 의심스러웠다.

"도대체 얼마나 멍청하길래 이러는 거야?"

클라우드테일이 그르렁거렸다.

"의논할 게 뭐 있어요? 안전하게 떠날 수도 없다면서요. 싸우는 것 말고 달리 뭘 할 수 있다는 거예요?"

"조용히 해라, 클라우드테일."

파이어스타가 명령했다.

"파이어스타."

브램블포의 목소리였다. 파이어스타는 꼬리 하나 정도 떨어진 거리에 서 있는 훈련병을 돌아보았다. 바로 옆에 토니포가 서 있었다.

"토니포가 드릴 말씀이 있답니다."

파이어스타의 눈을 마주 보는 어린 암고양이의 눈동자는 전혀 흔들림이 없었다. 그녀를 보니, 대하기 쉽지 않은 상대인 그녀의 어미 골든플라워가 떠올랐다.

"그래, 토니포. 말해 봐라."

"브램블포 말로는 제가 왜 천둥족을 떠났는지 꼭 말씀드려야 한다고 해서요."

토니포가 단도직입적으로 말했다.

"하지만 벌써 알고 계시잖아요, 그렇죠? 저는 있는 그대로의 모습으로 평가받고 싶어요. 아버지가 한 일로 평가받는 게 아니라요. 그리고 소속감을 느끼고 싶었어요."

"네가 천둥족이 아니라고 생각한 고양이는 아무도 없다."

파이어스타가 말했다.

토니포는 눈을 번득이며 파이어스타를 마주 보았다.

"파이어스타, 그 말은 믿을 수 없어요. 파이어스타도 그러지 않으셨잖아요."

파이어스타는 죄책감으로 털이 뜨겁게 달아오르는 것 같았다.

"내가 실수했구나."

그는 솔직하게 인정했다.

"너희 둘을 볼 때마다 내 눈에는 오직 타이거스타밖에 보이지 않았다. 다른 고양이들도 그랬겠지. 하지만 난 네가 떠나기를 바라지는 않았다."

"다른 고양이들은 제가 떠나기를 바랐어요."

토니포가 조용히 말했다.

"하지만 토니포는 지금이라도 돌아올 수 있잖아요, 그렇죠?"

브램블포가 애원하듯 말했다.

"잠깐만!"

토니포가 날카로운 목소리로 끼어들었다.

"전 지금 돌아갈 수 있는지 묻고 있는 게 아니에요. 저는 다만 새 종족에 충성하는 고양이가 되고 싶을 뿐이에요."

토니포의 눈이 반짝였다.

"저는 최고의 전사가 되고 싶어요. 그런데 천둥족에서는 그렇게 될 수가 없어요."

파이어스타는 그녀의 용기와 충성심을 잃는다는 사실이 견디기 힘들었다.

"네가 천둥족을 떠나다니 안타깝구나. 잘 자라길 바란다, 토니포. 나는 네 종족이 내일 함께 싸우면 숲을 되찾을 수 있을 거라고 진심으로 믿는다. 그렇게 되면 그림자족도 살아남아서 네가 자랑스러워할 수 있는 종족이 될 것이다. 그리고 그림자족은 너를 자랑스러워하겠지."

토니포가 그에게 살짝 고개를 숙였다.

"고맙습니다."

브램블포는 넋이 나간 표정이었다. 하지만 파이어스타는 더 이상 해 줄 말이 없다는 것을 알았다. 그는 자신의 이름을 부르는 소리에 고개를 돌렸다. 레퍼드스타가 공터를 가로질러 그를 향해 걸어오고 있었다.

"결정을 내렸소."

레퍼드스타가 말했다.

파이어스타는 가슴이 쿵쾅거리기 시작했다. 모든 것이 레퍼드스타의 결정에 달려 있었다. 강족과 그림자족이 아무리 처참한 모습을 하고 있더라도, 그들의 지원이 없다면 숲에서 피족을 몰아낼 희망은 없었다. 레퍼드스타가 그에게 걸어오는 짧은 순간이 마치 한 달처럼 길게 느껴졌다.

"강족은 내일 피족에 맞서 싸울 것이오."

레퍼드스타가 선언했다.

"그림자족도 마찬가지입니다."

블랙풋이 그녀의 뒤에 서면서 거들었다. 그는 레퍼드스타를 흘깃 보며 말없이 자신의 권한을 주장하고 있었다.

파이어스타는 그들이 싸우기로 결심한 것에 마음이 놓이긴 했지만, 몇몇 고양이들이 못마땅한 얼굴을 하고 있다는 걸 알아챘다. 소리 내어 의견을 말한 것은 다크스트라이프밖에 없었다.

"다들 미쳤어. 애완 고양이와 한패가 되겠다고?"

다크스트라이프가 쏘아붙였다.

"난 누가 뭐라고 하든 애완 고양이는 따르지 않을 거야."

"명령에 복종해야 한다."

레퍼드스타가 버럭 소리쳤다.

"복종하게 만들어 보시지."

다크스트라이프가 되받아쳤다.

"당신은 내 지도자가 아니니까."

레퍼드스타는 잠깐 동안 냉랭한 눈빛으로 그를 노려보았다. 그리고 어깨를 으쓱했다.

"네 지도자가 아니라서 얼마나 다행인지 모른다. 넌 죽은 여우만큼이나 쓸모가 없으니까. 잘 알겠다, 다크스트라이프. 원하는 대로 해라."

다크스트라이프는 머뭇거리면서 레퍼드스타와 블랙풋을 번갈아 바라보았다. 그리고 공터에 있는 다른 고양이들을 둘러보았다. 전사들은 여전히 자기들끼리 수군거리고 있었다. 다크스트라이프에게 관심을 갖는 고양이는 아무도 없었다.

그는 뭔가 할 말이 있다는 표정으로 다시 레퍼드스타를 바라보았지만, 강족 지도자는 이미 등을 돌려 버렸다. 다크스트라이프는 홱 돌아서서 파이어스타에게 사납게 으르렁거렸다.

"멍청이들! 너희는 내일 모두 갈기갈기 찢길 것이다."

완전한 침묵 속에서 그는 멀어져 갔다. 고양이들은 그가 지나갈 수 있도록 양쪽으로 갈라져 길을 내주면서, 갈대숲으로 사라지는 그의 모습을 지켜보았다. 파이어스타는 외로운 전사가 이제 어디로 갈 수 있을지 궁금했다.

레퍼드스타가 앞으로 나왔다.

"내일 새벽에 나무 네 그루에서 만날 것을 별족에게 맹세하겠소. 우리는 천둥족과 바람족과 함께 피족에 맞서 싸우겠소."

그녀는 더 힘차게 덧붙였다.

"셰이드펠트, 사냥조를 내보내게. 내일은 온 힘을 다해 싸워야 할 테니까."

진회색 암고양이는 꼬리를 흔들어 답하고, 고양이들 사이를 돌아다니며 사냥을 나갈 전사들을 선발하기 시작했다.

레퍼드스타가 슬픔에 잠긴 눈으로 뼈 무더기를 바라보았다. 그녀의 몸이 부르르 떨렸다.

"저걸 무너뜨려야겠다. 어두웠던 시절의 잔재니까."

레퍼드스타는 뼈 무더기에 발톱을 푹 찔러 넣었다. 그녀의 전사들이 머뭇거리며 천천히 다가왔다. 그들은 마치 타이거스타가 어디선가 나타나 배신자라고 비난하지는 않을까 두려워하는 것 같았다. 뼈가 하나씩 떨어져 내리면서 공터 여기저기에 흩어졌다. 블랙풋과 몇몇 그림자족 고양이들은 조금 떨어진 곳에 서서 지켜보고 있었다. 부지도자의 얼굴에 그늘이 드리워졌다. 그가 무슨 생각을 하는지는 짐작하기 어려웠다.

파이어스타는 자신의 전사들을 불러 모았다. 그는 이곳에 온 목적을 달성했다. 레퍼드스타의 용기도 존경받아 마땅했다. 하지만 공터에 있는 두 종족을 마지막으로 둘러보면서, 그는 만족감 대신 불길한 예감이 밀려드는 것을 느꼈다.

'혹시 내가 저들을 모두 죽음으로 몰아넣는 건 아닐까?'

27

결전의 날

새벽이 오기 직전이었다. 달은 저물었지만 지평선을 수놓는 희뿌연 햇살은 아직 보이지 않았다. 밤은 얼어붙은 강물처럼 고요하고 차갑고 캄캄했다.

파이어스타는 거처에서 걸어 나왔다. 공터는 비어 있었지만 전사들이 깨어나는 소리가 이곳저곳에서 희미하게 들렸다. 바닥에 내려앉은 서리가 반짝거렸고, 머리 위에는 별 무리가 하늘을 가로지르는 강처럼 흘러가고 있었다.

익숙한 고양이들의 냄새가 가득한 밤공기를 들이마시던 파이어스타는 털 하나하나가 곤두서는 느낌이 들었다. 이것이 진영에서 맞는 마지막 아침이 될지도 몰랐다. 모든 종족에게 마지막 아침이 될 수도 있었다. 모든 것이 자신의 통제를 벗어나 빙빙 돌고 있는 것 같았다. 별족이 자신의 운명을 지켜본다는 사실에 힘을 얻으려고 해 봤지만, 불안감만 커질 뿐이었다.

파이어스타는 한숨을 내쉬면서 몸을 털어 내고, 신더펠트의 거처로 이어지는 고사리 굴길로 향했다. 치료사는 약초와 열매들을 공터로 끌어내고 있었다. 펀포는 그것들을 옮길 수 있도록 꾸러미로 만들고 있었다.

"준비는 다 됐어?"

파이어스타가 물었다.

"그런 것 같아요."

신더펠트의 파란 눈동자에는 고통이 가득했다. 곧 자신의 도움을 필요로 할 고양이들을 이미 보고 있는 것 같았다.

"이걸 나무 네 그루까지 옮기려면 고양이들이 더 필요하겠어요. 펀포와 저 둘이서는 감당할 수가 없어요."

"훈련병들을 시키도록 해. 펀포, 훈련병들에게 가서 좀 말해 줄래?"

어린 암고양이는 고개를 꾸벅 숙이고 서둘러 떠났다.

"일단 나무 네 그루에 도착하면, 훈련병들도 나가서 싸워야 할 거야. 하지만 펀포는 데리고 있어도 좋아. 전투가 벌어지는 곳에서 멀리 떨어진 장소를 찾아봐. 시내 건너편에 몸을 숨길 만한 곳이 있는 것 같았는데……."

신더펠트가 털을 곤두세웠다.

"파이어스타, 진심이세요? 싸움이 벌어지는 곳에 있지 않으면 제가 무슨 소용이 있겠어요?"

"하지만 고양이들에겐 네가 필요하니까. 네가 다치기라도 하면 어떡해?"

"펀포와 제가 알아서 할게요. 우리는 힘없는 새끼 고양이들이 아니라고요. 아시잖아요."

톡톡 쏘는 신더펠트의 말투는 옐로팽을 떠오르게 했다.

파이어스타는 한숨을 쉬면서 치료사에게 다가가 코를 비볐다.

"그럼 알아서 해. 내가 무슨 말을 한다고 해도 마음을 바꾸지 않겠지. 하지만 제발…… 조심해 줘."

신더펠트가 다정하게 가르랑거렸다.

"걱정 마세요, 파이어스타. 우린 괜찮을 거예요."

"혹시 별족이 전투에 대해서 무슨 계시를 주셨어?"

파이어스타는 용기를 내서 물었다.

"아뇨, 아무런 계시도 받지 못했어요."

치료사는 눈을 들어 별 무리를 바라보았다. 새벽으로 접어들면서 하늘에서 별빛이 희미해지고 있었다.

"이렇게 중요한 일을 앞두고 조용하다니, 별족답지 않네요."

"내가…… 실은 내가 꿈을 꿨어, 신더펠트."

파이어스타는 머뭇거리며 털어놓았다.

"하지만 내가 제대로 이해했는지 모르겠어. 그리고 지금은 전부 얘기해 줄 시간이 없어. 그냥 우리에게 좋은 뜻이기를 바랄 뿐이야."

꿈을 꿨다는 말에 신더펠트의 파란 눈동자에 호기심이 어렸다. 하지만 그녀는 아무것도 묻지 않았다.

파이어스타는 다시 공터로 나와 원로들의 거처로 향했다. 가는 길에 보초를 서고 있는 브래큰퍼가 보이자, 꼬리를 흔들어 인사를 해 주었다.

원로들의 거처가 있는 쓰러진 나무는 지난 초록잎 무성한 계절에 진영을 휩쓸고 간 불에 까맣게 타 버린 채 남아 있었다. 파이어스타가 도착했을 때 원로들은 모두 자고 있었고, 스페클테일만 꼬리로 발을 감싸고 앉아 있었다.

파이어스타가 다가가자 그녀가 몸을 일으켰다.

"때가 된 건가요?"

"네, 곧 출발할 겁니다……. 하지만 원로들은 함께 가지 않을 겁니다, 스페클테일."

"뭐라고요?"

스페클테일의 어깨 털이 빳빳하게 일어섰다.

"왜죠? 우리가 원로일지는 몰라도 쓸모없는 고양이들은 아니잖아요. 우리더러 뒤에 물러나 앉아서 그냥……."

"스페클테일, 제 말 좀 들어 보세요. 이건 아주 중요한 일입니다. 솔직히 말하자면 스몰이어와 원아이는 나무 네 그루까지 가시기도 힘들잖아요. 싸우는 것은 말할 것도 없고요. 그리고 대플테일도 무척 쇠약해진 상태예요. 그런 원로들을 이끌고 전장에 나갈 수는 없어요."

"그럼 나는요?"

"스페클테일이 싸움을 잘하시는 것은 저도 잘 압니다."

파이어스타는 말을 신중하게 골랐다. 하지만 자신을 노려보고 있는 원로 앞에서는 다시 신참 훈련병이 된 기분이었다.

"그래서 스페클테일이 여기 남아 계셔야 한다는 거예요. 원로 셋과 윌로펠트의 새끼 고양이들이 진영에 남을 거예요. 새끼 고양이들도 방어 동작을 배우긴 했지만 아직은 부족해요. 그래서 우리가 진영을 떠나 있는 동안 스페클테일이 여기를 책임지고 맡아 주셔야 한다는 겁니다."

"하지만 나는……. 아!"

스페클테일은 파이어스타가 자신에게 무엇을 부탁하고 있는지 이해하고 말을 멈췄다. 곤두섰던 어깨 털도 차츰 반반하게 가라앉기 시작했다.

"알겠습니다, 파이어스타. 날 믿고 맡겨 주세요."

"고맙습니다."

파이어스타는 눈을 끔벅거리며 인사했다.

"만약 전세가 불리해지면 후퇴해서 진영을 방어할 겁니다. 하지만 돌아오지 못할 수도 있습니다. 만약 피족이 여기까지 온다면, 여기 남은 분들이 천둥족의 전부가 될 거예요."

그는 스페클테일의 눈을 마주 보았다.

"스페클테일이 새끼 고양이들과 원로들을 피신시켜 주셔야 해요. 강을 건너세요. 그리고 발리의 농장을 찾아가세요."

스페클테일이 힘차게 고개를 끄덕였다.

"알겠습니다. 최선을 다하겠습니다."

그녀는 브라이트하트가 잠들어 있는 쪽으로 고개를 돌렸다.

"브라이트하트는 어떻게 할 건가요?"

"브라이트하트는 이제 다른 전사들과 마찬가지로 싸울 수 있습니다."

파이어스타는 대답을 하면서 기운이 났다.

"우리와 함께 갈 것입니다."

그는 어린 암고양이에게 걸어가 한 발로 슬며시 밀었다.

"브라이트하트, 일어나라. 갈 시간이야."

브라이트하트가 다치지 않은 눈을 깜박거리다가 번쩍 떴다. 그리고 몸을 일으켜 기지개를 켰다.

"네, 파이어스타. 전 준비됐어요."

공터로 달려가려는 그녀에게 파이어스타가 소리쳤다.

"브라이트하트, 이번 전투가 끝나면 앞으로 전사들의 거처에서 지내도록 해라."

브라이트하트가 귀를 쫑긋 세우더니, 몸을 더 꼿꼿이 폈다.

"고맙습니다, 파이어스타!"

그녀는 잠에서 완전히 깨어난 듯 재빨리 달려갔다.

파이어스타는 스페클테일에게 고개를 숙여 인사하고 브라이트하트를 뒤따라 공터로 나왔다. 이제 다른 고양이들도 하나둘 거처에서 나오기 시작했다. 페더포와 스톰포를 비롯한 훈련병들은 각자 약초 다발을 하나씩 입에 물고 신더펠트 주위에 모여 있었다. 더스트펠트는 그 곁에서 펀포에게 낮은 목소리로 무언가를 속삭이고 있었다.

전사들의 거처 근처에 브라이트하트와 함께 있는 클라우드테일의 모습이 보였다. 마우스퍼와 롱테일은 서로에게 접근하면서 마지막으로 싸움 동작을 연습하고 있었다. 파이어스타가 지켜보는 동안 전사들의 거처를 가린 나뭇가지 사이로 그레이스트라이프와 샌드스톰이 나왔다. 쏜클로와 미스티풋이 그 뒤를 따랐다. 화이트스톰은 고양이들에게 싱싱한 먹이를 먹어 두라고 권하고 있었다.

파이어스타는 자부심이 솟구치는 것을 느꼈다. 이들은 하나같이 용감하고 충성스러운 자신의 고양이들이었다.

앙상한 나뭇가지가 하늘을 배경으로 시커멓게 윤곽을 드러내기 시작했다. 결전의 시간이 다가오고 있다는 생각이 들자 공포가 엄습했다. 파이어스타는 당당하게 걸어가려고 안간힘을 쓰면서, 공터를 가로질러 싱싱한 먹이 더미 근처에 있는 화이트스톰에게 향했다.

"이제 때가 되었군요."

화이트스톰이 말했다.

파이어스타는 먹이 더미에서 들쥐를 골랐다. 긴장감으로 속이 요동쳤지만, 억지로 몇 입이라도 먹으려고 애썼다.

잠시 후 화이트스톰이 다시 입을 열었다.

"파이어스타, 요즘처럼 힘든 시기에는 블루스타라도 종족을 이보다 더 잘 이끌진 못했을 겁니다. 이 말씀을 꼭 드리고 싶었습니다. 부지도자로서 파이어스타를 모실 수 있어서 너무나 자랑스러웠습니다."

파이어스타는 부지도자를 빤히 바라보았다.

"화이트스톰, 그 말씀은 꼭……."

그는 자신이 걱정하는 걸 차마 말로 옮길 수 없었다. 선임 전사가 자신을 그렇게 존중해 준다는 것은 말로 다할 수 없을 정도로 뜻깊은 일이었다. 만일 화이트스톰이 전투에서 돌아오지 못한다면 어떻게 견딜 수 있을지 상상조차 할 수 없었다.

화이트스톰은 파이어스타의 시선을 피해 찌르레기를 먹는 일에만 집중했다. 그리고 더는 아무 말도 하지 않았다.

진영은 여전히 캄캄했다. 스페클테일이 떠나는 전사들을 배웅하기 위해 다른 원로들과 함께 나왔다. 윌로펠트의 새끼 고양이들도 서둘러 보육실에서 나와 어미와 샌드스톰에게 작별 인사를 했다. 그들은 종족이 어떤 일을 겪게 될지 아직 제대로 이해하지 못하고 마냥 흥분해 있었다.

"파이어스타, 준비는 다 되셨나요?"

클라우드테일이 물었다. 그리고 초조하게 꼬리 끝을 씰룩거리며 덧붙였다.

"저는 일단 움직이기 시작해야 마음이 놓일 것 같아요."

파이어스타는 마지막 남은 들쥐를 꿀꺽 삼키고 대답했다.

"나도 그렇구나. 가자."

몸을 일으킨 그는 꼬리로 신호를 보내 종족을 불러 모았다. 그의 시선이 샌드스톰과 마주쳤다. 그녀의 연녹색 눈동자에 빛나고 있는 신뢰와 사랑을 확인하니 힘이 솟았다.

"천둥족의 고양이들이여!"

파이어스타는 힘차게 외쳤다.

"이제 우리는 피족과 맞서 싸우러 갑니다. 우리는 혼자가 아니라는 걸 기억하십시오. 숲에는 네 종족이 있고, 앞으로도 언제나 있을 것입니다. 다른 세 종족이 오늘 우리와 함께 싸울 것입니다. 우리는 저 사악한 고양이들을 몰아낼 것입니다!"

천둥족 전사들이 함성을 내지르며 벌떡 일어났다. 파이어스타는 그들을 이끌고 가시금작화 굴길을 빠져나가, 나무 네 그루를 향해 골짜기를 올라갔다.

골짜기 꼭대기에 올라선 그는 잠시 걸음을 멈추고 마지막으로 한 번 더 진영을 돌아보았다. 사랑하는 집을 다시 볼 수 있을지 확신할 수 없었다.

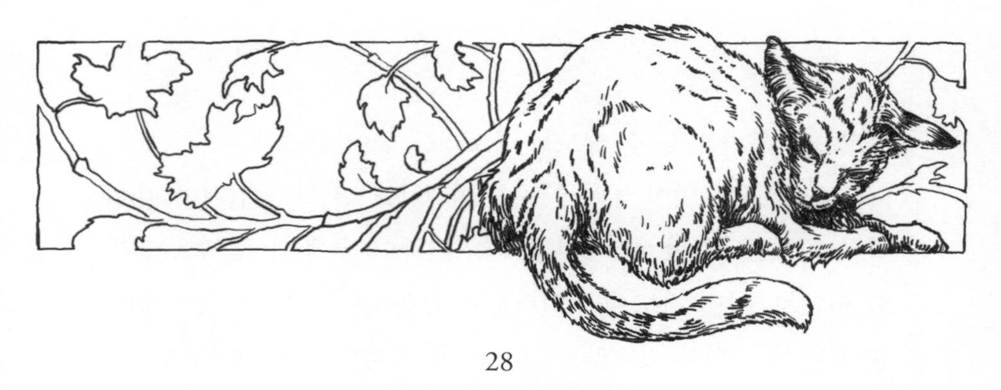

28

사자족의 함성

희미한 첫 새벽빛이 비칠 무렵, 파이어스타는 나무 네 그루에 가까워지고 있었다. 기슭에 잠시 멈춰선 그는 뒤따르는 전사들을 바라보았다. 그들 하나하나에 시선이 닿을 때마다 자부심으로 가슴이 벅차올랐다. 사랑하는 샌드스톰, 어느 누구도 가지지 못할 진정한 친구 그레이스트라이프, 명민하고 충성스러운 브래큰퍼, 현명한 부지도자 화이트스톰, 첫 전투를 앞두고 의욕에 넘쳐 있는 어린 전사 쏜클로, 마침내 진심으로 충성을 바칠 곳을 찾은 롱테일, 얕잡아 볼 수 없는 암고양이들인 프로스트퍼와 마우스퍼, 내성적이지만 성실한 더스트펠트와 그의 훈련병 애쉬포, 털을 곤두세운 채 눈을 반짝이고 있는 자신의 훈련병 브램블포, 제멋대로이지만 종족에 헌신하는 클라우드테일, 죽음의 문턱에서 살아돌아온 브라이트하트. 이 모두가 얼마나 소중한 존재들인지 깨달으면서, 그리고 이들이 어떤 무시무시한 위협에 직면해 있는지 깨달으면서 파이어스타는 심장을 발톱으로 찢는 듯한 통증을 느꼈다.

그는 모두가 들을 수 있도록 목소리를 높여 말했다.

"우리 앞에 무엇이 놓여 있는지 여러분도 잘 알 것입니다. 내가 말하고 싶은 건 단 한 가지입니다. 별족이 숲에 네 종족을 있게 한 이래로, 어떤 지도자도 여러분과 같은 전사들을 둔 적은 없었습니다. 무슨 일이 있더라도 그 사실을 기억하시기 바랍니다."

"당신 같은 지도자도 없었습니다, 파이어스타."

그레이스트라이프가 말했다.

파이어스타는 고개를 저었다. 목이 메어 말을 할 수가 없었다. 블루스타와 같은 위대한 지도자들과 자신을 비교하다니, 그레이스트라이프다운 말이었다. 하지만 그는 자신이 얼마나 부족한지 잘 알고 있었다. 다만 친구들의 믿음을 저버리지 않도록 최선을 다하리라 다짐할 뿐이었다.

시내를 건너던 파이어스타는 강 쪽에서 살금살금 움직이는 소리를 들었다. 비탈 아래를 내려다보니, 강족과 그림자족 고양이들이 만나기로 약속한 장소를 향해 조용히 이동하고 있었다. 파이어스타는 주위로 모여드는 고양이들에게 꼬리로 인사를 했다. 전력이 점점 강화되고 있었다.

강족과 그림자족이 약속을 지킨 것을 확인하고 파이어스타는 마음이 놓였다. 하지만 블랙풋의 표정에는 적개심이 가득했다. 마치 이번에는 같은 편이 되어 싸우지만, 그림자족은 결코 천둥족의 친구가 될 수는 없다는 것을 말해 주는 듯했다.

파이어스타는 그림자족 전사들 사이에서 볼더를 발견했다. 토니포도 있었다. 그녀는 불안해하면서도 결연한 의지를 빛내고 있었다. 미스티풋이 잠시 머뭇대다가 앞으로 걸어 나갔다. 그녀는 강족 고양이들 사이에 있는 친구들과 인사를 나누고 셰이드펠트와 코를 맞댔다. 두 종족의 치료사인 러닝노즈와 머드퍼는 나란히 도착했다. 치료용 물품을 운반하는 훈련병을 하나씩 데리고 온 그들은 몰려드는 고양이들을 헤치고 신더펠트를 찾아냈다. 힘을 합친 세 종족은 파이어스타와 레퍼드스타를 앞세우고 함께 나무 네 그루로 향했다.

분지가 내려다보이는 언덕 위에 올라서자 모든 것이 잠잠했다. 바람은 그들이 있는 곳에서 그림자족 영역을 향해 불고 있었다. 파이어스타는 두려움으로 털이 따끔거렸다. 그들은 적이 어디에 있는지 전혀 모르는데, 그들의 냄새는 바람에 실려 적에게 전해질 것이다.

"그레이스트라이프와 마우스퍼는 분지 주변을 정찰해 주십시오. 들키지 않도록 몸을 잘 숨기고, 고양이들이 보이면 즉시 돌아와서 알려 주십시오."

두 고양이는 반대쪽으로 조용히 빠져나갔다. 어스름한 빛 속에서 그림자도 거의 보이지 않았다. 파이어스타는 차분하고 당당하게 보이려고 애쓰며 기다렸다. 화이트스톰과 샌드스톰이 곁에 있어서 다행이었다. 앞으로 무슨 일이 일어날지 생각할 겨를도 없이 그레이스트라이프가 또 다른 고양이와 함께 나타났다. 톨스타였다.

"파이어스타, 바람족 전사들은 모두 도착했소. 그리고 당신의 친구들인 발리와 레이븐포도 같이 왔소."

바람족 지도자가 이름을 말하자 두 외톨이가 모습을 드러냈다.

“약속한 대로 우리도 도우러 왔어.”

레이븐포가 파이어스타와 꼬리를 휘감으며 인사를 나누었다.

“받아 준다면 함께 싸울게.”

“받아 주다니? 당연히 환영하지. 잘 알면서.”

파이어스타는 고마움에 가슴이 벅차올랐다.

“같이 싸우게 되어서 영광이야.”

발리가 말했다.

샌드스톰이 다가와서 옛 종족 동료를 반갑게 맞았다. 두 고양이는 샌드스톰 옆에 자리를 잡았다.

“피족이 어디 있는지 아십니까?”

파이어스타는 톨스타에게 물었다.

톨스타는 절망적인 시선으로 분지 건너편 그림자족 영역을 바라보았다.

“아마도 저쪽 어딘가에서 우리를 지켜보고 있겠지.”

톨스타의 목소리는 침착했다. 파이어스타가 그 평정심과 흔들림 없는 용기가 부럽다고 생각한 순간, 바람족 지도자가 겁에 질린 냄새를 풍기면서 중얼거렸다.

“별족이시여, 도와주십시오! 우리가 맞서 싸울 적을 보여 주십시오!”

연륜이 깊은 톨스타도 그와 마찬가지로 두려워하고 있었던 것이다. 파이어스타는 어쩐지 바람족 지도자가 더욱 존경스러워졌다. 톨스타는 종족 앞에서는 결코 두려움을 드러내지 않았다. 지도자의 의무를 다하기 위해서 자신의 감정들은 철저히 숨기는 것이다. 파이어스타는 자신도 그럴 수 있기를 바랐다.

어둠 속을 응시하며 마우스퍼가 돌아오는지 살피고 있을 때, 그를 향해 달려오는 마우스퍼의 모습이 보였다. 그리고 동시에 아래쪽 공터에서도 움직임이 일었다. 어두운 형체들이 맞은편 언덕 아래 있는 덤불 밖으로 쏟아져 나왔다. 피족은 한 줄로 늘어서서 위협적으로 전진하고 있었다. 앞으로 나서는 스커지를 보자 파이어스타는 두려움으로 속이 뒤틀리는 것 같았다.

"거기 있는 걸 다 알고 있다! 모습을 드러내라!"

피족 지도자가 소리쳤다.

파이어스타는 뒤에 있는 고양이들을 돌아보았다. 그들은 분명 겁에 질려 있었지만, 얼굴에는 오로지 맹렬하고 결연한 투지만 빛나고 있었다. 사자족은 전투 준비가 되어 있었다.

"시작하시오, 파이어스타. 앞장서 주시오."

레퍼드스타가 조용히 말했다.

파이어스타는 톨스타를 바라보았다. 톨스타가 고개를 끄덕이며 말했다.

"전에도 우리를 대신해서 말해 주지 않았소. 지금 우리를 이끌어 줄 지도자는 당신이오. 우리 모두 당신을 믿소."

파이어스타는 하나로 단결한 종족들을 이끌고 공터로 내려갔다. 스커지는 거대한 바위 아래에서 기다리고 있었다. 검은 털가죽을 말끔하게 다듬은 그는 다리를 배 밑에 깔고 앉아 있었다. 그의 눈은 얼음 조각 같았다. 목줄에 박힌 이빨이 떠오르는 햇살에 비쳐 번득였다.

"어서 오시오."

스커지가 말했다. 그는 먹음직스러운 먹잇감을 눈앞에 둔 것처럼 혀로 입을 스윽 훑었다.

"떠나기로 결정하셨소? 감히 피족에 맞서 싸울 수 있을 거라고 생각하는 건 아니겠지?"

"꼭 싸우지 않아도 된다."

파이어스타는 차분하게 대답했다. 놀랍게도 그는 냉정할 정도로 마음이 차분해졌다.

"평화롭게 두발쟁이 영역으로 돌아갈 수 있게 해 주겠다."

스커지가 싸늘하게 웃음을 터뜨렸다.

"돌아가라고? 설마 우리가 그런 겁쟁이들이라고 생각하나? 아니, 우리는 돌아가지 않는다. 이곳은 이제 우리의 집이다."

마지막 희망이 발끝에서 빠져나가는 것을 느끼며, 파이어스타는 스커지의 뒤에 줄지어 서 있는 피족 전사들에게 시선을 돌렸다. 군살 하나 없이 억센 고양이들이었다. 대부분은 스커지처럼 지난 전투에서 전리품으로 얻은 이빨이 박힌 목줄을 걸고 있었다. 몇몇 고양이들은 개 이빨로 더 강력하게 만든 발톱을 세우고 있었다. 그 모습을 보니 스커지가 발톱으로 타이거스타의 배를 가르던 모습이 떠올랐다. 그들은 눈을 반짝이면서 공격 명령을 기다리고 있었다.

"숲은 우리 것이다."

파이어스타는 스커지를 똑바로 보고 말했다.

"우리는 별족의 뜻에 따라 이곳을 다스린다."
"별족이라고?"
스커지가 비웃었다.
"옛날이야기는 새끼 고양이들에게나 해라, 숲에 사는 멍청이들아! 별족은 너희를 돕지 않을 거다."
스커지가 벌떡 일어났다. 털을 곤두세우자 몸집이 두 배는 커 보였다.
"공격하라!"
그가 명령하자 피족 전사들의 대열이 전진하기 시작했다.
"사자족이여, 공격하라!"
파이어스타는 공격 명령을 내리고 스커지에게 달려들었다. 하지만 피족 지도자는 재빨리 옆으로 피했다. 거대한 얼룩무늬 수고양이가 그 자리에 뛰어들어 파이어스타의 옆구리를 가격해 쓰러뜨렸다. 공터의 침묵은 깨졌다. 파이어스타는 뒷다리로 피족 전사를 후려쳤다. 분지 여기저기에서 고양이들이 덤불을 뚫고 나오는 소리가 들렸다. 레퍼드스타가 톨스타와 함께 덤불에서 뛰쳐나왔다. 빽빽하게 모여 있는 그림자족 전사들의 선두에 선 블랙풋도 앞으로 달려 나갔다. 화이트스톰은 천둥족 고양이들을 이끌고 앞장서서 돌진했다. 숲의 네 종족이 모두 공터로 쏟아져 들어와, 으르렁거리며 적에게 덤벼들었다.
파이어스타는 피족 고양이를 떼어 내고 다시 일어섰다. 스커지는 사라지고 없었다. 파이어스타는 뒤엉킨 고양이들 무리에 둘러싸여 있었다. 이렇게 순식간에 혼란이 찾아들 수 있다는 것이 놀라웠다. 그레이스트라이프는 몸집이 크고 검은 수고양이와 용감하게 싸우고 있었다. 윌로펠트는 삼색얼룩 고양이의 어깨를 이빨로 꽉 물고 바닥을 구르고 있었다. 롱테일도 근처에 있었다. 그는 피족 전사 둘에게 깔려 몸부림치고 있었다. 파이어스타가 달려들어 피족 전사 하나를 끌어냈다. 전사는 힘센 근육질의 몸으로 파이어스타를 공격했다. 파이어스타는 발톱이 어깨를 파고드는 것을 느끼며 피족 전사의 얼굴을 할퀴었다. 적의 이마에 상처가 나면서 피가 솟구치더니 눈으로 흘러들었다. 시야가 흐려진 전사는 파이어스타를 붙잡고 있던 발을 놓았다. 파이어스타는 마지막 일격을 날리고 뒤로 펄쩍 물러나 롱테일을 찾기 시작했다.

롱테일은 다른 피족 전사를 해치웠지만, 어깨와 옆구리에 깊은 상처를 입고 피를 흘리고 있었다. 신더펠트가 재빨리 덤불에서 나왔다. 그녀는 롱테일을 일으켜 부축하고, 싸움이 한창인 곳을 피해 자리를 옮겼다.

파이어스타는 다시 전투에 뛰어들었다. 원위스커가 그를 휙 스쳐 지나가며 피족 전사를 쫓았다. 미스티풋은 페더포, 스톰포와 함께 싸우고 있었다. 브라이트하트는 자신보다 덩치가 두 배는 큰 얼룩무늬 고양이 앞에서 이리저리 움직였다. 그녀의 새로운 전투 기술은 덩치 큰 수고양이를 혼란에 빠뜨리고 있었다. 클라우드테일은 그녀의 옆에서 싸우고 있었다. 적이 발을 쭉 내뻗자, 브라이트하트는 몸을 피하면서 발톱으로 상대의 코를 할퀴어 버렸다. 얼룩무늬 고양이가 돌아서서 달아나자 클라우드테일이 의기양양하게 함성을 내질렀다. 두 고양이는 마치 한 몸인 듯 방향을 바꾸어 뒤엉킨 고양이들 속으로 뛰어들었다.

멀지 않은 곳에서는 발리와 레이븐포가 둘이 꼭 닮은 회색 수고양이들과 싸우고 있었다. 이빨이 박힌 목줄을 두른 날렵한 전사들이었다.

“네가 누군지 알아!”

회색 전사 하나가 발리에게 소리쳤다.

“넌 스커지를 따를 용기도 없었지.”

“난 적어도 떠날 용기는 있었다.”

발리가 되받아쳤다. 그는 뒷다리로 버티고 서서 회색 전사의 귀를 겨냥해 두 앞발을 휘둘렀다.

“이제 네가 떠날 차례다. 여긴 네 자리가 아니야.”

발리의 옆에서 레이븐포가 앞으로 밀고 나가자, 두 피족 전사는 서서히 덤불로 뒷걸음쳤다. 그들 바로 옆으로 하얀 털의 피족 전사가 나타났다. 모닝플라워가 그의 엉덩이를 사납게 할퀴고 있었다.

“고스포! 고스포!”

그녀는 죽은 아들의 이름을 애타게 부르며 울부짖었다. 모닝플라워는 적에게 달려들어 쓰러뜨린 다음, 하얀 털을 한 뭉텅이 쥐어뜯었다.

파이어스타는 스커지를 찾아 두리번거렸다. 피족 지도자가 죽기 전까지 승리란 있을 수 없었다. 잠시 숨을 돌리던 그는 숲을 지키기 위한 마지막 전투의 상대가 타이거스타가 아니라, 타이거스타를 죽인 고양이라는 사실이 이상하다는 생각이 들었다.

피족 지도자는 어디에도 보이지 않았다. 이빨과 발톱을 드러내고 거대한 바위 아래로 향하던 그는 깡마른 회색 암고양이와 맞닥뜨렸다. 그녀는 초록색 눈동자에 증오심을 번득이며 그에게 달려들었다. 그녀의 이빨이 파이어스타의 어깨에 깊이 박혔고, 목줄에 박힌 이빨이 얼굴을 짓눌렀다. 그는 목털을 뜯기면서 몸을 비틀어 피족 전사의 이빨에서 벗어났다. 그리고 무방비 상태로 노출된 적의 배를 향해 덤벼들어 발톱으로 죽 내리그었다. 암고양이는 뒤로 펄쩍 물러나더니 덤불 속으로 달아났다.

파이어스타는 잠시 숨을 헐떡이며 서 있었다. 어깨에서 피가 솟구쳤다. 힘이 다할 때까지 얼마나 더 버틸 수 있을까? 분지에 있는 피족 전사들의 수는 전혀 줄지 않은 것 같았다. 모두 강하고 힘이 셌으며, 전투에 능했다. 이 전투는 결코 끝나지 않는 게 아닐까?

피족의 삼색얼룩 고양이가 눈앞에 나타났다. 적은 얼굴을 일그러뜨린 채 증오 섞인 비명을 질렀다. 그와 동시에 덤불에서 어두운 형체가 뛰쳐나오더니, 삼색얼룩 고양이의 옆구리를 들이받아 파이어스타에게서 떼어 놓았다. 놀랍게도 그는 다크스트라이프였다. 줄무늬 전사가 드디어 천둥족에게 충성하기로 결심한 걸까?

파이어스타는 곧 자신이 엄청난 착각을 했다는 것을 깨달았다. 다크스트라이프는 홱 돌아서서 그를 마주 보며 으르렁거렸다.

"넌 내가 처리하겠다, 애완 고양이. 이제 네가 죽을 차례야."

파이어스타는 공격에 대비에 방어 자세를 취했다.

"그래서 지금 타이거스타를 죽인 고양이의 편에서 싸우겠다는 겁니까? 당신에게는 충성심이라는 게 있기는 합니까?"

"더 이상은 없다."

다크스트라이프가 으르렁거렸다.

"숲에 있는 모든 고양이가 까마귀 밥이 되든 말든 내 알 바 아니다. 난 네가 죽는 꼴을 보고 싶다. 내가 원하는 건 그게 다야!"

다크스트라이프가 달려들자 파이어스타는 얼른 옆으로 피했다. 하지만 다크스트라이프가 한 발로 옆머리를 잡아채는 바람에 균형을 잃고 말았다. 줄무늬 전사는 파이어스타의 위에 올라타고 꼼짝 못 하게 눌렀다. 파이어스타는 뒷발을 빼내려고 몸부림쳤다. 다크스트라이프의 배를 마구 할퀴었지만 그를 떨쳐 낼 수가 없었다. 줄무늬 전사는 파이어스타의 목을 노리며 이빨을 드러냈다. 파이어스타는 마지막 공격을 시도하기 위해 기운을 모았다.

그때 갑자기 다크스트라이프의 몸이 떨어져 나갔다. 파이어스타는 벌떡 일어났다. 그레이스트라이프가 소리를 지르며 다크스트라이프와 뒤엉켜 싸우고 있었다. 회색 전사의 어깨는 찢겨 있었고, 앞선 싸움에서 입은 상처에서 피가 번들거리고 있었다. 하지만 파이어스타가 미처 움직이기도 전에 그레이스트라이프가 다크스트라이프를 바닥에 메다꽂고 그 위에 올라탔다.

"배신자!"

그레이스트라이프가 숨을 헐떡이며 외쳤다.

다크스트라이프는 땅에 발톱 자국을 남기며 격렬하게 몸부림쳤지만, 회색 전사를 떨어뜨릴 수 없었다.

"여우 똥 같으니라고!"

다크스트라이프는 고개를 돌려 이빨로 그레이스트라이프의 목을 물려고 했다.

그레이스트라이프가 앞발을 휘둘렀다. 그의 발톱이 다크스트라이프의 목을 뚫고 들어가자 피가 울컥울컥 뿜어져 나왔다. 줄무늬 전사는 몸을 부르르 떨며 경련을 일으켰다. 숨이 차올라 입이 저절로 벌어졌다.

"아무것도…… 남지 않았어……."

그가 간신히 내뱉었다.

"캄캄해……. 모든 것이 사라졌어……."

다크스트라이프의 눈이 게슴츠레해지더니 곧 무시무시할 정도로 텅 비어 버렸다. 몸부림이 점점 약해지면서 그의 몸이 축 늘어졌다.

"숲에 배신자가 하나 줄었군."

그레이스트라이프가 경멸하듯 내뱉으며 그의 몸에서 내려왔다.

파이어스타는 그레이스트라이프의 어깨에 코를 댔다. 그 순간 그레이스트라이프의 몸이 뻣뻣하게 굳었다. 그는 파이어스타의 어깨 너머를 멍하니 바라보고 있었다.

"파이어스타……."

파이어스타는 몸을 홱 돌렸다. 샌드스톰과 더스트펠트가 나란히 싸우고 있었다. 그들은 도움이 필요한 것 같지 않았다. 처음에는 그레이스트라이프가 무엇을 보고 괴로워했는지 알 수 없었다. 그때 움직이는 고양이들 사이로 피족의 덩치 큰 부지도자, 본의 모습이 나타났다. 그는 힘없이 꿈틀거리는 고양이 위에 올라타 있었다. 희생자의 털에 피가 너무 많이 엉겨 붙어 있어서 색깔조차 알아보기 힘들었다. 그는 잠시 후에야 그 고양이가 화이트스톰이라는 것을 알 수 있었다.

"안 돼!"

파이어스타는 울부짖으며 본에게 달려갔다. 그레이스트라이프가 뒤를 바짝 쫓았다.

본은 뒤로 펄쩍 뛰어 물러나다가, 파이어스타와 동시에 달려온 브램블포, 애쉬포와 부딪혔다. 브램블포가 거대한 부지도자의 등에 올라타자, 애쉬포가 뒷다리를 물었다.

두 고양이가 본을 얼마간 괴롭혀 줄 거라 생각한 파이어스타는 화이트스톰 옆에 웅크리고 앉았다. 그는 주변에서 일어나는 전투도 거의 의식하지 못하고 있었다. 파이어스타를 알아본 듯 화이트스톰의 눈이 언뜻 반짝이더니 꼬리 끝이 씰룩거렸다.

"안녕히 계십시오, 파이어스타."

"화이트스톰, 안 돼요!"

파이어스타는 가슴속에 차오르는 고통을 견딜 수가 없었다. 부지도자를 이 전투에 데려오지 말았어야 했다. 화이트스톰은 이번이 자신의 마지막 전투가 되리라는 것을 진작부터 알고 있었던 듯했다.

"그레이스트라이프, 신더펠트를 불러와."

"너무 늦었습니다."

화이트스톰이 속삭이듯 말했다.

"저는 별족과 사냥을 하러 가겠습니다."

"그럴 수 없어요. 종족에게는 화이트스톰이 필요해요! 전 당신이 필요해요!"

"다른 전사를……."

화이트스톰이 급격히 흐려지는 눈빛으로 그레이스트라이프를 바라보았다.

"마음이 가는 대로 하십시오, 파이어스타. 이미 알고 계시잖습니까? 별족이 당신의 부지도자로 선택한 고양이는 그레이스트라이프라는 것을."

화이트스톰은 긴 한숨을 내쉬며 눈을 감았다.

"화이트스톰……."

파이어스타는 어린 새끼 고양이처럼 엉엉 울고 싶었다. 그는 부지도자의 피에 젖은 털에 코를 파묻었다. 이것이 전투에서 허락된 유일한 추모 의식이었다.

파이어스타는 그레이스트라이프를 향해 고개를 돌렸다. 회색 전사는 충격에 사로잡혀 선임 전사의 시신을 멍하니 바라보고 있었다.

"화이트스톰이 한 말 들었지? 그는 널 선택했어."

파이어스타는 몸을 일으키며 전장의 아우성을 넘어 목소리를 높였다.

"화이트스톰의 시신 앞에서 이 말을 하니, 그의 영혼이 내 선택을 듣고 허락해 주길 바랍니다. 그레이스트라이프가 천둥족의 새 부지도자가 될 것입니다."

뒤에서 찬성의 외침이 들려왔다. 깜짝 놀란 파이어스타가 돌아보니, 샌드스톰과 더스트펠트가 잠깐 싸움을 멈추고 서서 그레이스트라이프에게 고개를 끄덕여 주고 있었다. 그들은 곧바로 다시 전투에 뛰어들었다.

그레이스트라이프는 파이어스타에게 시선을 고정한 채 꼼짝도 하지 않았다.

"정말…… 정말 확신할 수 있어?"

"이보다 더 확신할 수는 없어."

파이어스타가 말했다.

"자, 이제 정신 차려, 그레이스트라이프!"

피족의 부지도자가 브램블포와 애쉬포에게서 벗어나려고 몸부림치고 있었다. 파이어스타가 그에게 달려들려는 순간, 전투의 소란을 뚫고 도전적인 함성이 들려오더니 훈련병 여럿이 공터를 가로질러 달려왔다. 그들은 곧장 피족의 부지도자에게 돌진했다. 사나운 어린 고양이들에게 깔린 본은 거의 보이지 않을 지경이었다. 브램블포와 애쉬포, 페더포와 스톰포, 그리고 토니포까지 합세해 있었다. 얼마 지나지 않아 본은 저항을 멈추었다. 그의 몸이 머리끝부터 꼬리 끝까지 경련을 일으키기 시작했다. 그리고 마침내 움직임을 멈추었다. 애쉬포가 승리의 환호성을 내질렀다.

바로 그때 재그드투스가 불쑥 나타났다. 떠돌이였던 그는 한때 그림자족의 일원이 되었다가, 이제는 전사의 규약을 모독하는 피족이 된 고양이였다. 거대한 전사가 훈련병들에게 몸을 날렸다. 그는 가장 가까이 있는 브램블포를 이빨로 콱 물어 본의 시신에서 끌어냈다. 토니포가 즉각 떠돌이 고양이에게 덤벼들었다.

"브램블포를 놔줘!"

나머지 훈련병들도 그녀와 함께 달려들자, 재그드투스는 브램블포를 떨어뜨리고 꼬리를 돌려 달아났다. 훈련병들이 공터를 가로지르며 그 뒤를 추격했다.

파이어스타는 거친 숨을 몰아쉬며 주변을 둘러보았다. 전세를 가늠해 보던 그는 속이 울렁거렸다. 다크스트라이프와 본은 죽었고, 재그드투스는 몰아냈다. 하지만 공터에는 여전히 피족 전사들이 득실거렸고, 아직도 더 많은 전사들이 분지로 달려 내려오고 있었다. 천둥족은 화이트스톰을 잃었다. 전투를 벌이고 있는 고양이들 사이에서 바람족의 톤이어가 움직임 없이 누워 있는 모습도 얼핏 보였다. 브래큰퍼와 마우스퍼는 나란히 싸우고 있었지만, 브래큰퍼는 다리를 절뚝거렸고 마우스퍼는 한쪽 옆구리에 발톱 자국이 깊게 나 있었다. 공터 가장자리에서는 프로스트퍼가 펀포의 도움을 받아 덤불 속으로 몸을 피하고 있었다. 멀지 않은 곳에서 그림자족 치료사인 러닝노즈가 블랙풋의 어깨에 난 상처에 거미줄을 대 주고 있었다. 그림자족 부지도자는 곧 치료사를 물리고 다시 싸움에 뛰어들었다. 레퍼드스타의 모습은 아주 잠깐 보였다. 그녀는 큰 소리로 전사들을 격려하다가 몰려드는 피족 고양이들 틈으로 사라져 버렸다.

'지고 있어.'

파이어스타는 당황하지 않으려고 애썼다.

'스커지를 찾아야 해!'

피족 지도자의 죽음으로 이 전투를 끝낼 수 있었다. 두발쟁이 영역에서 온 고양이들은 전사의 규약을 지키는 전통도, 충성심도 없었다. 그런 그들을 하나로 모으는 것은 바로 스커지였다. 스커지가 없으면 그들은 아무것도 아니었다.

마침내 스커지의 모습을 발견한 그는 털이 곤두섰다. 스커지는 거대한 바위 아래에 웅크리고, 자신이 잡아 둔 전사를 발톱으로 베려 하고 있었다. 그 전사는 원위스커였다.

파이어스타는 위협적인 고함을 내지르며 달려갔다. 스커지가 뒤를 휙 돌아보았다. 원위스커는 피를 흘리며 기어서 그 자리를 벗어났다.

피족 지도자가 이빨을 드러내고 으르렁거렸다.

"파이어스타!"

그는 어떤 경고도 없이 바로 덤벼들었다. 몸을 굴려 피한 파이어스타는 스커지 위에 올라타고 한 발로 목을 내리눌렀다. 하지만 물어뜯을 새도 없이 스커지가 뱀처럼 빠르게 몸을 빼냈다. 그리고 파이어스타의 어깨를 발톱으로 할퀴었다. 발톱에 달린 개의 이빨이 번쩍거렸다.

극심한 고통이 파이어스타의 몸을 관통했다. 그는 움츠리지 않으려고 안간힘을 쓰면서 다시 달려들어 스커지를 거대한 바위로 세게 밀쳐 버렸다. 검은 고양이는 잠시 멍하니 정신을 잃었고, 그 틈에 파이어스타는 그의 앞다리를 물었다. 피족 지도자의 발톱이 다시 한 번 그를 공격하면서, 불에 타는 듯한 고통이 온몸을 휩쓸었다. 그 충격으로 파이어스타는 스커지를 놓쳐 버렸다.

피족 지도자는 뒷다리로 버티고 서서 치명적인 일격을 노리며 앞발을 치켜들었다. 파이어스타는 벗어나려고 허우적거렸지만, 제때 몸을 피하지 못했다. 이빨이 달린 발톱이 내리찍히면서, 머리가 깨질 듯한 통증이 그를 덮쳤다. 눈에 불꽃이 화르르 일었다가 사라지면서 암흑만이 남았다. 부드럽고 검은 물결이 치솟아 그를 삼켜 버렸다. 마지막으로 힘을 모아 일어나 보려고 했지만, 다리가 버티지 못했다. 그리고 그는 아무것도 없는 어둠의 나락으로 떨어져 버렸다.

29

다섯 번째 종족

파이어스타는 눈을 떴다. 그는 나무 네 그루의 풀밭에 누워 있었다. 달빛이 그를 에워싸며 밀려들었고 머리 위에서는 나뭇잎이 흔들리는 소리가 들렸다. 그는 잠시 초록잎 우거진 계절의 따스한 공기를 한껏 즐기며 편안하게 긴장을 풀고 누워 있었다.

그때 문득 마지막으로 보았던 나무 네 그루의 광경이 떠올랐다. 잎 없는 계절이 한창인 시기에 나뭇가지들은 검고 앙상했고, 공터에는 전투를 벌이는 고양이들의 비명이 가득했었다.

파이어스타는 벌떡 일어나 앉았다. 그는 혼자가 아니었다. 별족의 전사들이 공터에 줄지어 서 있었다. 그들의 빛나는 털가죽과 반짝이는 눈동자가 공터를 밝히고 있었다. 대열의 맨 앞에는 그에게 아홉 목숨을 준 고양이들이 보였다. 블루스타, 옐로팽, 스파티드리프, 라이언하트……. 그리고 새로 들어온 화이트스톰이 있었다. 부지도자는 젊은 시절의 활기를 되찾은 모습이었다. 두툼한 털은 별빛으로 반짝거렸다.

“어서 오십시오, 파이어스타.”

흰색 전사가 말했다.

파이어스타는 비틀거리며 일어섰다.

"왜…… 왜 저를 여기로 데려오신 거죠? 전 돌아가야 합니다. 싸워서 종족을 구해야 합니다."

파이어스타는 따지듯 물었다.

대답을 한 것은 블루스타였다.

"잘 봐라, 파이어스타."

블루스타 옆에 어떤 공간이 있었다. 처음에 파이어스타는 그저 빈자리라고 생각했다. 그런데 불현듯 그곳에 불꽃색 털가죽을 가진 고양이의 아주 희미한 윤곽이 드러나기 시작했다. 고양이의 초록색 눈동자는 너무나 흐릿한 빛을 내고 있어서, 분지를 가득 채운 별빛도 거의 비치지 않을 정도였다. 하지만 파이어스타는 단번에 그 고양이를 알아보았다.

"파이어스타, 첫 번째 목숨을 잃었구나."

블루스타가 부드러운 목소리로 말했다.

파이어스타의 온몸에 전율이 흘렀다.

'죽는다는 건 이런 기분이구나.'

그는 호기심과 두려움이 뒤섞인 눈으로 공터 한가운데에 있는 자신의 희미한 형체를 바라보았다. 그 고양이와 시선이 마주치자, 털이 너덜너덜 찢긴 채 피를 흘리며 웅크리고 있는 자신의 모습이 보였다. 눈에는 절망의 빛이 타들어 가고 있었다.

파이어스타는 더 이상 보지 않으려고 고개를 돌렸다. 이럴 시간이 없었다. 아홉 개의 목숨을 받은 것은 계속 살아가기 위한 것이 아니겠는가?

"돌려보내 주십시오. 이 전투에서 지면 피족이 숲을 지배할 것입니다."

블루스타가 앞으로 한 걸음 나왔다.

"기다려라, 파이어스타. 너의 몸은 회복할 시간이 필요하다. 곧 돌아가게 될 것이다."

"하지만 때를 놓칠 수도 있습니다! 블루스타, 왜 이런 일이 일어나게 두는 거죠? 별족은 이런 상황에서도 우리를 도와주지 않을 건가요?"

천둥족의 전임 지도자는 대답하지 않았다. 대신 그녀는 자리에 앉아서 지혜가 가득한 푸른 눈을 반짝였다.

"너는 지금껏 천둥족을 위해 그 누구보다 잘해 왔다."

블루스타가 말했다.

"너는 숲에서 태어나진 않았지만, 진정한 종족 고양이의 심장을 가지고 있다. 타이거스타나 다크스트라이프보다도 훨씬 더……. 그들은 너를 애완 고양이라고 비웃었지만 결국 둘 다 자신의 야망을 채우기 위해 자신의 종족을 배신하지 않았느냐."

파이어스타는 조바심을 내며 풀밭에서 발을 움직거렸다. 이런 공허한 칭찬이 다 무슨 소용이란 말인가? 현실의 공터에서 벌어지고 있는 일에 자꾸만 신경이 쓰였다. 그곳에서는 충성스러운 고양이들이 싸우면서 죽어 가고 있었다.

"블루스타……."

블루스타가 꼬리를 들어 그의 말을 가로막았다.

“어쩌면 타이거스타와 대립하면서 너는 필요한 힘을 얻었는지도 모르겠구나. 너는 그동안 변함없이 옳다고 생각하는 대로 행동해 왔다. 종족 동료들이 반대할 때도 그렇게 했지. 넌 외로움과 불안에 시달렸지만, 그 덕분에 지금의 네가 만들어진 것이다. 재능 있고 현명한 지도자, 가장 어두운 시기에도 종족을 이끌 수 있는 용기를 가진 지도자가 되었다.”

“하지만 저는 지금 종족을 이끌고 있지 않잖아요!”

파이어스타가 외쳤다.

“그리고 그들을 구할 수가 없어요. 전 그렇게 강하지 않습니다. 전투에서 우리가 지고 말 거예요. 블루스타, 이것이 별족의 뜻일 리가 없잖아요! 우리는 항상 선조 전사들이 숲에 네 종족이 있기를 바란다고 믿어 왔습니다. 우리가 잘못 알고 있었던 겁니까?”

맨 앞줄에 있는 별족 전사들 사이에서 물결처럼 움직임이 일었다. 블루스타가 일어났고, 파이어스타에게 목숨을 주었던 다른 고양이들이 그녀와 함께 모여들었다. 공터 한가운데에 반항적으로 서 있는 젊은 고양이를 아홉 전사가 에워쌌다.

어떤 목소리가 들려왔다. 이번에는 블루스타의 목소리가 아니라, 파이어스타의 머릿속에서 울리는 메아리 같은 것이었다. 마치 아홉 고양이가 한꺼번에 말하는 것 같았다.

“파이어스타, 그건 잘못된 생각이다. 숲에 네 종족이 있었던 적은 한 번도 없었다.”

파이어스타는 충격을 받아 뻣뻣하게 굳어 있었다. 목소리는 계속 들려왔다.

"숲에는 언제나 다섯 종족이 있었다."

지혜롭게 빛나는 아홉 쌍의 눈이 그를 바라보았다.

"용감하게 싸워라, 파이어스타. 이제 전장으로 돌아가도 좋다. 별족의 영혼도 너와 함께 갈 것이다."

별족 전사들의 형체가 빛 속으로 사라지기 시작했다. 파이어스타는 마른땅을 적시는 물처럼 그들의 힘이 자신의 몸속에 흘러드는 것을 느꼈다. 그는 믿음과 함께 용기를 다시 얻었다.

파이어스타는 눈을 떴다. 전투의 소음이 귓가에 밀려들자 그는 벌떡 일어났다. 눈앞에서 클라우드테일이 스커지와 싸우고 있었다. 클라우드테일은 피를 흘리며 바닥에 누워 있었고, 스커지는 그의 목덜미를 물고 흔들며 옆구리를 발톱으로 할퀴어 댔다. 하지만 그때 클라우드테일이 스커지의 다리를 이빨로 꽉 물었다. 어린 전사는 심각한 부상을 입었지만, 스커지를 단단히 물고 놓아주지 않았다.

"스커지, 내가 상대해 주마!"

파이어스타가 소리쳤다.

검은 고양이는 휙 돌아서더니 소스라치게 놀라며 클라우드테일을 놓아주었다.

"어떻게……. 내가 분명 널 죽였는데."

"그랬지."

파이어스타가 쏘아붙였다.

"하지만 난 아홉 개의 목숨을 가진 지도자다. 나는 별족과 함께 싸운다. 너도 그런가?"

처음으로 스커지의 차가운 눈에 불안한 빛이 스쳤다. 파이어스타는 그제야 발리가 했던 말을 이해할 수 있었다. 별족에 대한 믿음이 없다는 것은 스커지의 가장 큰 약점이었다. 숲에 사는 고양이들과 달리 믿음도 규율도 전통도 없는 스커지에게는 진정한 지도자만이 가질 수 있는 아홉 목숨이 없었던 것이다. 스커지는 한 번 죽으면 영원히 죽는 것이었다.

피족 지도자의 불안감은 오래가지 않았다. 그는 클라우드테일에게 마지막 일격을 가한 뒤, 힘이 빠진 전사를 거대한 바위로 던져 버렸다.

파이어스타는 적을 향해 달려들었다. 달리는 걸음마다 별족 전사들이 함께하는 것을 느낄 수 있었다. 힘이 넘치는 라이언하트, 유연하고 탄탄한 몸을 가진 러닝윈드, 짙은 색 털에 빨간 꼬리를 흔드는 레드테일, 발톱을 세운 옐로팽, 재빠르고 단호한 스파티드리프, 모든 전투력을 회복한 블루스타가 그와 걸음을 맞춰 달리고 있었다.

파이어스타는 발에 날개가 달린 듯이 달려갔다. 그는 스커지의 옆구리를 따라 발톱을 죽 내리그었고, 그의 첫 번째 목숨을 앗아 갔을 때와 똑같이 머리를 잡아채려는 스커지의 발을 재빨리 피했다.

하지만 스커지의 움직임은 날쌨다. 그는 쭉 뻗은 파이어스타의 다리 사이로 배를 노리고 덤벼들었다. 타이거스타를 죽였을 때처럼 발톱으로 배를 가르려는 것이었다.

파이어스타는 뒤로 물러나면서 가까스로 공격을 피했다. 그는 휘두르는 발톱을 피하면서, 스커지에게 접근해 일격을 날리려고 했다. 마침내 그는 피족 지도자의 꼬리 밑동을 움켜잡는 데 성공했다. 두 고양이는 풀밭 위에서 구르고 또 굴렀다. 이빨과 발톱이 뒤엉키며 요란한 소리를 내다가 마침내 둘은 떨어져 나갔다. 파이어스타는 풀밭 위에 후드득 뿌려지는 자신의 피를 볼 수 있었다. 다시 힘이 빠지기 전에 빨리 이 싸움을 끝내야 했다.

문득 예전에 즐겨 쓰던 속임수 하나가 파이어스타의 머릿속을 스치고 지나갔다. 스커지와 같은 싸움꾼에게 그 방법이 통할 것 같지는 않았지만, 달리 뾰족한 수가 생각나지 않았다. 그는 피로 얼룩진 풀밭에 앞발을 파묻으며 적 앞에 항복하듯 웅크렸다. 하지만 속으로는 반격을 준비하며 모든 근육을 긴장시키고 있었다.

스커지가 승리의 함성을 내지르며 그에게 달려들었다. 그와 동시에 파이어스타는 몸을 벌떡 일으켜 스커지의 배를 들이받았다. 뒤로 밀쳐진 스커지는 배를 드러내고 바닥에 벌렁 나자빠졌다. 파이어스타는 스커지의 털가죽을 발톱으로 죽 베었고, 뜨겁게 쏟아져 나오는 피 맛이 느껴질 때까지 이빨로 목을 물어뜯었다. 스커지의 발톱이 어깨를 마구 후려쳤지만, 그는 참아 냈다. 그리고 어깨를 치는 힘이 약해질 때까지 뒷발로 적의 배를 할퀴었다.

파이어스타는 머리를 흔들어 눈에 뿌려진 진득한 핏방울을 털어 냈다. 그는 스커지의 목에서 이빨을 떼고 뒤로 물러났다. 그리고 마지막 일격을 날리기 위해 발을 쳐들었다. 하지만 그럴 필요가 없었다. 증오로 가득 찬 캄캄한 구멍 같은 스커지의 눈이 그에게 고정되어 있었고, 몸은 뒤틀리며 경련을 일으키고 있었다. 저항하며 으르렁거리려고 했지만 찢어진 목에서는 꾸르륵꾸르륵 피가 솟는 소리만 들릴 뿐이었다. 꿈틀거리던 다리는 차츰 잠잠해졌고, 눈은 멍하니 하늘을 향했다.

파이어스타는 고통스럽게 숨을 몰아쉬면서 죽은 적을 내려다보았다. 이 고양이의 영혼은 어디로 향하고 있을까? 별족에게 가지 않는 것만은 확실했다.

꼬리 두엇 정도 떨어진 곳에서 깡마른 흑백 얼룩 고양이가 톨스타와 싸우고 있었다. 생명이 다한 스커지의 몸을 본 피족 전사는 몸이 얼어붙어 버렸다. 정신이 아뜩해진 그는 톨스타가 발톱으로 머리를 할퀴는 것도 알아채지 못하는 것 같았다.

"스커지! 안 돼, 안 돼!"

피족 전사는 주춤주춤 물러나다가 돌아서서 달아나기 시작했다. 덤불로 뛰어가던 그는 또 다른 피족 전사와 부딪혔다. 새로 나타난 피족 전사가 사납게 소리치며 파이어스타에게 달려들었지만, 공격을 해 보기도 전에 그 역시 죽은 지도자의 몸을 보고 말았다.

그는 끔찍한 비명을 내질렀다.

"스커지! 스커지가 죽었다!"

전투의 아우성을 뚫고 비명 소리가 울려 퍼지자, 피족 전사들은 움찔거리며 싸움을 멈췄다. 지도자를 잃었다는 사실을 깨달은 피족 고양이들은 돌아서서 달아나기 시작했다. 그들은 더 이상 사나운 전사들이 아니었다. 다만 숲에는 머물 곳이 없는 평범한 고양이들이었다. 바람족보다 느리고, 강족보다 둔하고, 그림자족보다 깡마른 고양이들.

모든 위협이 사라졌다. 숲에 사는 고양이들은 승리의 함성을 지르며 피족 고양이들을 분지에서 쫓아 버렸다.

파이어스타는 너무 지쳐서 아무런 감각이 없었다. 자신의 종족, 사자족이 승리했다는 사실을 깨닫는 것조차 버거웠다. 숲은 다시 별족의 것이 되었다.

30
찬란한 새벽

공터에는 침묵이 흘렀다. 나무 사이로 차가운 햇살이 내리비치자, 풀밭에 얼룩진 피가 번들거렸다. 클라우드테일이 가까스로 몸을 일으켜 휘청거리며 파이어스타에게 걸어왔다. 그는 생명이 빠져나간 스커지의 몸뚱이를 내려다보았다.

"해내셨군요, 파이어스타. 숲을 구하셨어요."

클라우드테일이 헐떡이며 말했다.

파이어스타는 어린 전사를 핥아 주었다.

"우리 모두가 해낸 일이다."

파이어스타는 클라우드테일이 처음 숲에 왔을 때 일으켰던 소동들을 돌이켜 보았다. 그 당시에는 제멋대로인 조카를 이렇게 대견하게 여길 날이 오리라고는 상상도 하지 못했다.

"가서 신더펠트를 찾아봐라. 상처를 치료해야지."

클라우드테일은 고개를 끄덕이고 절뚝거리며 공터를 가로질러 갔다.

네 종족의 전사들이 모두 공터 가장자리에 있는 각 종족의 치료사 주변으로 모여들고 있었다. 하나는 다시 넷이 되었다. 더 이상 사자족은 없었다.

샌드스톰의 모습이 보이지 않는다는 걸 깨닫고 파이어스타는 더럭 겁이 났다. 샌드스톰을 잃는다면 견딜 수 없을 것 같았다. 그때 공터 건너편에서 녹초가 되어 비틀거리는 그녀가 보였다. 한쪽 옆구리에 피가 말라붙어 털이 뻣뻣하게 굳어 가고 있었지만, 심각한 부상은 아니었다.

"별족이시여, 고맙습니다!"

파이어스타는 낮은 목소리로 외치고 한달음에 달려갔다. 샌드스톰이 고개를 돌려 그를 바라보았다. 그녀의 눈에는 안도감이 가득했다.

"우리가 해냈어. 우리가 피족을 물리친 거야."

샌드스톰이 말했다.

파이어스타는 갑자기 머리가 어지러웠다. 주변이 빙글빙글 도는 것 같았다.

"가만히 있어."

샌드스톰이 어깨로 그를 부축하며 말했다.

"피를 너무 많이 흘려서 그래. 신더펠트에게 가 보자."

파이어스타는 비틀거리며 걸어갔다. 샌드스톰의 냄새를 마시고 그녀의 보드라운 털을 느끼니 마음이 편안해졌다. 신더펠트에게 도착하자마자 그는 곧바로 바닥에 쓰러져 버렸다. 또 한 번 목숨을 잃는 것은 아닌지 걱정스러웠지만, 여전히 공터에서 나는 모든 소리를 들을 수 있다는 것을 깨달았다. 펀포가 상처에 거미줄을 붙이기 시작하자 통증은 사라지지 않고 더욱 욱신거렸다.

"괜찮아?"

그레이스트라이프의 목소리가 들렸다.

"이봐, 파이어스타! 이제 와서 포기하면 안 돼!"

"괜찮아. 그냥 좀 피곤해서 그래."

파이어스타는 눈을 끔벅거리며 친구를 바라보았다.

"걱정하지 마. 아직은 지도자가 되지 않아도 돼."

"파이어스타, 다른 고양이들이 오고 있어."

샌드스톰이 부드럽게 어깨를 두드리며 말했다.

파이어스타는 일어나 앉았다. 레퍼드스타를 앞세운 강족 고양이들이 그에게 걸어오고 있었다. 강족 지도자가 파이어스타에게 고개를 숙였다. 그녀의 털가죽에는 온통 발톱 자국이 나 있었다. 하지만 눈빛은 또렷했고 꼬리도 꼿꼿이 서 있었다.

"잘하셨소, 파이어스타. 스커지를 죽였다고 들었소."

"모두가 잘 싸웠습니다. 모든 종족이 함께 뭉치지 않았다면 이길 수 없었을 겁니다."

"맞는 말이오. 하지만 이제는 다시 각자의 종족으로 나뉘어야겠지요. 나는 강족을 데리고 집으로 돌아가겠소. 부상자들을 치료하고 전사자들을 추모해야 하니까."

"그럼 그림자족은 어떻게 되는 겁니까?"

파이어스타가 물었다.

"그림자족은 그림자족 진영으로 돌아가야 하오."

레퍼드스타가 단호하게 말했다.

"나는 새 부지도자를 임명했소. 그림자족이 우리 영역을 넘본다고 해도 우리 전사들이 충분히 방어할 수 있소."

"새 부지도자는 누구입니까?"

파이어스타는 호기심에 찬 얼굴로 물었다.

"미스티풋이오."

강족 지도자가 눈을 반짝이며 대답했다.

파이어스타가 깜짝 놀라 서 있는 사이에 천둥족 고양이들 틈에 섞여 있던 미스티풋이 앞으로 걸어 나왔다. 페더포와 스톰포가 그녀의 뒤를 따르고 있었다.

"전 레퍼드스타와 함께 가겠습니다."

미스티풋이 어미를 꼭 닮은 파란 눈으로 파이어스타를 바라보며 말했다.

"파이어스타가 베풀어 주신 은혜는 절대로 잊지 못할 겁니다. 하지만 저는 강족 고양이입니다."

파이어스타는 고개를 끄덕였다. 그는 처음부터 미스티풋이 종족을 바꾸리라고는 기대하지 않았다.

"하지만 부지도자라니……. 스톤퍼가 그런 일을 당했는데도……?"

파이어스타는 말끝을 흐렸다.

미스티풋의 눈에 깊은 슬픔이 어렸지만, 그녀의 결심은 흔들리지 않았다.

"전투가 시작되기 직전에 레퍼드스타가 부탁했어요. 생각해 보겠다고 대답했는데, 이제는 알 것 같아요. 스톤퍼를 위해서, 그리고 종족을 위해서 제가 그 일을 맡아야 합니다."

파이어스타는 그녀가 어렵게 내린 결정을 존중하는 뜻으로 고개를 숙였다.

"부디 별족이 함께하시기를. 그리고 언제나 천둥족의 친구로 남기를."

미스티풋의 곁에 있던 두 어린 고양이가 불안한 눈빛으로 파이어스타와 레퍼드스타를 번갈아 보았다.

"저희도 가겠습니다. 강족은 전사들을 많이 잃었어요. 우리가 필요해요."

스톰포가 말했다.

페더포가 그레이스트라이프에게 다가가 코를 비볐다.

"우리를 만나러 올 거죠?"

"오지 말라고 해도 갈 거야."

그레이스트라이프가 잠긴 목소리로 대답했다. 두 종족의 피를 물려받은 새끼 고양이들을 바라보는 그의 눈은 고통으로 가득 차 있었다.

"최고의 전사가 되도록 해라. 내가 너희를 자랑스러워할 수 있게 말이다."

"아버지에게 부끄럽지 않은 전사가 되어야 한다."

파이어스타가 거들었다.

"너희 아버지는 천둥족의 부지도자가 되었거든."

두 훈련병은 아버지에게 바짝 달라붙어 서로 꼬리를 휘감았다. 레퍼드스타는 그들이 인사를 나눌 수 있도록 기다려 준 뒤, 떠나자는 신호를 보냈다. 어린 고양이들은 그녀의 뒤에 줄지어 섰다. 강족 고양이들은 덤불을 헤치고 자신들의 영역으로 이어지는 언덕을 올라갔다.

멀지 않은 곳에 그림자족 고양이들이 모여 있었다. 브램블포가 그곳에서 누이와 얘기를 나누고 있었다. 파이어스타는 몸을 일으켜 천천히 그들을 향해 걸어갔다. 블랙풋이 자리에서 일어나 그를 맞이했다.

"파이어스타, 결국 우리가 이겼군요."

그림자족 부지도자가 눈을 가늘게 뜨고 말했다.

"네, 그렇습니다. 이제 어떻게 하시겠습니까, 블랙풋?"

"종족을 데리고 집으로 가야지요. 그리고 높은 돌산으로 갈 채비를 할 겁니다. 이제 제가 그림자족의 지도자니까요. 할 일이 많겠지만, 숲에서의 삶은 평소와 다름없이 계속되겠지요."

"그럼 다음 모임에서 만나죠. 그리고 블랙풋, 예전 지도자의 실수에서 많이 배웠기를 바랍니다. 뼈 무더기 앞에서 당신이 스톤퍼에게 한 짓을 보았습니다."

블랙풋의 눈에 어두운 그늘이 휙 스치고 지나갔다. 그는 아무런 대답도 하지 않았다.

파이어스타는 꼬리를 흔들어 브램블포를 불렀다. 훈련병은 토니포의 옆구리에 코를 잠깐 댔다가, 그림자족 고양이들 사이를 빠져나와 스승의 곁으로 다가왔다. 블랙풋이 자신의 고양이들을 불러 모아 앞장서서 공터를 떠났다. 맨 뒤에서 따라가던 그림자족의 치료사 러닝노즈가 파이어스타를 돌아보았다. 파이어스타는 나이트스타, 타이거스타와 함께하면서 어려움을 겪었던 러닝 노즈가 새 지도자와는 잘 지내기를 바랐다.

천둥족이 있는 곳으로 가기 위해 돌아서던 파이어스타는 발리와 레이븐포를 마주쳤다.

"나라면 블랙풋을 믿지 않겠어."

덤불 속으로 사라져 가는 그림자족의 뒷모습을 바라보며 레이븐포가 말했다.

"블랙풋은 말썽꾼이야."

"알아. 하지만 걱정하지 마. 무슨 짓을 하더라도 천둥족은 잘 대처할 수 있으니까."

"어쨌든 스커지가 죽었으니 두발쟁이 영역의 고양이들도 평화롭게 살 수 있을 거야."

발리가 말했다.

"이제 좀 더 나은 삶을 살 수 있겠지."

"두발쟁이 영역으로 돌아가려는 건 아니겠죠?"

파이어스타가 물었다.

"그럴 일은 절대 없지! 집으로 바로 갈 거야."

발리가 꼬리를 꼿꼿이 치켜들며 말했다.

"천둥족과 다시 함께 싸울 수 있어서 좋았어."

레이븐포가 말했다.

"천둥족도 둘의 은혜를 잊지 않을 거예요. 우리 영역에는 언제든 자유롭게 들어와도 돼요."

파이어스타는 다정하게 말했다.

"높은 돌산에 갈 때는 우리 농장에 꼭 들러야 돼. 쥐 한두 마리는 나눠 먹을 수 있을 테니까."

발리가 돌아서며 말했다.

강족과 그림자족과는 작별 인사를 나누었으니, 이제 천둥족 고양이들을 모아 진영으로 돌아가기 전에 바람족을 살펴볼 차례였다. 치료사인 바크페이스 주변에 몇 안 되는 바람족 고양이들이 모여 있었다. 하지만 다른 고양이들은 보이지 않았다. 톨스타도 없었다. 파이어스타의 마음에 두려움이 밀려들었다.

그때 공터 저편 덤불에서 바람족 지도자가 모습을 드러냈다. 머드클로, 모닝플라워, 훈련병 둘이 함께 있었다. 다섯 고양이는 모두 달리기라도 한 것처럼 가쁜 숨을 몰아쉬고 있었다. 파이어스타는 그들에게 성큼성큼 다가갔다. 혹시라도 적들에게 쫓겨 온 것이 아닐까 걱정스러웠던 것이다.

"무슨 일입니까? 피족이 쫓아왔습니까?"

"아니오, 파이어스타. 우리가 쫓아내고 오는 길이오. 천둥길까지 추격했소. 아마 한동안은 돌아오지 못할 것이오."

톨스타가 만족스럽게 가르랑거리며 대답했다.

"잘하셨습니다."

파이어스타는 감사하는 마음으로 말했다.

모닝플라워 역시 톨스타와 같은 눈빛을 하고 있었다. 마침내 고스포의 죽음에 대한 복수를 했다고 느끼는 것 같았다.

파이어스타는 숨을 깊이 들이쉬면서 톨스타에게 고개를 숙여 인사했다.

"이제 사자족은 더 이상 필요가 없겠습니다. 숲에는 다시 네 종족이 있게 되었습니다."

파이어스타는 나이 많은 지도자가 자신의 말을 이해했다는 것을 알 수 있었다. 그들은 이제 더 이상 동맹이 아니었다. 그들은 모임에서만 우정을 나누는 경쟁자들로 돌아간 것이다.

"파이어스타 덕분에 자유를 얻게 되었소."

바람족 지도자가 말했다. 그는 파이어스타에게 고개를 숙인 후 자신의 전사들이 있는 곳으로 향했다.

혼자가 된 파이어스타는 거대한 바위 위로 올라가 보았다. 사방에서 피비린내가 진동했지만, 바위 위에서 숲을 내다보니 머지않아 오늘의 전투도 하나의 기억으로 남게 되리라는 생각이 들었다.

그는 별족의 영혼이 자신을 둘러싸고 종족을 함께 이끌어 주는 모습을 그려 보았다. 마지막 목숨을 마치고 별족에게 가는 날까지 모든 걸음마다 그들이 함께해 주리라.

"고맙습니다, 별족이시여."

파이어스타는 조용히 말했다.

"우리와 함께해 주셔서 고맙습니다. 숲의 다섯 번째 종족이시여, 어떻게 이 전투를 저 혼자 감당해야 한다고 생각했던 걸까요?"

갑자기 익숙한 냄새가 풍겨 왔다. 그는 스파티드리프의 부드러운 털가죽이 자신을 스치는 것을 느낄 수 있었다. 귓가에 그녀의 따뜻한 숨결이 닿았다.

"넌 결코 혼자가 아니란다, 파이어스타. 너의 종족은 계속 살아나갈 거야. 그리고 내가 언제까지나 너를 지켜볼 거야."

순간 파이어스타는 그녀를 잃은 고통을 새삼 느꼈다. 마치 사랑하는 치료사가 여러 달 전이 아니라 이번 전투에서 목숨을 잃은 것 같았다. 발톱이 바위를 긁는 소리가 들리더니 스파티드리프의 향기는 사라져 버렸다. 그레이스트라이프와 샌드스톰이 바위로 올라오고 있었다. 브램블포가 그 뒤를 따랐다.

샌드스톰이 파이어스타의 옆구리에 몸을 바짝 기댔다.

"블루스타의 말이 맞았어. 불이 종족을 구한 거야."

"그리고 이제 다시 네 개의 종족이 되었어. 원래대로 말이야."

그레이스트라이프가 거들었다.

'아니, 다섯이야.'

파이어스타는 속으로 생각했다. 그는 공터와 그 너머로 쭉 펼쳐진 숲을 내려다보았다. 그가 살고 있는 숲의 냄새와 소리가 감각을 가득 채웠다. 수천 가지 비밀스러운 속삭임이 그에게 말해 주고 있었다. 새잎 돋는 계절이 차가운 땅을 뚫고 새잎을 돋우고 있다고, 잎 없는 계절의 기나긴 잠에서 먹잇감들을 깨우고 있다고.

해가 떠오르면서, 숲 위로 눈부신 햇살이 쏟아졌다. 공터에는 빛과 온기가 밀려들었다. 파이어스타에게는 그 어느 때보다도 찬란한 새벽이었다.

〈1부 끝〉

전 세계가 열광한 베스트셀러 작가,
에린 헌터의 『전사들』 시리즈 제1부!

WARRIORS 전사들

첫 번째 이야기 **예언의 시작** (완간)

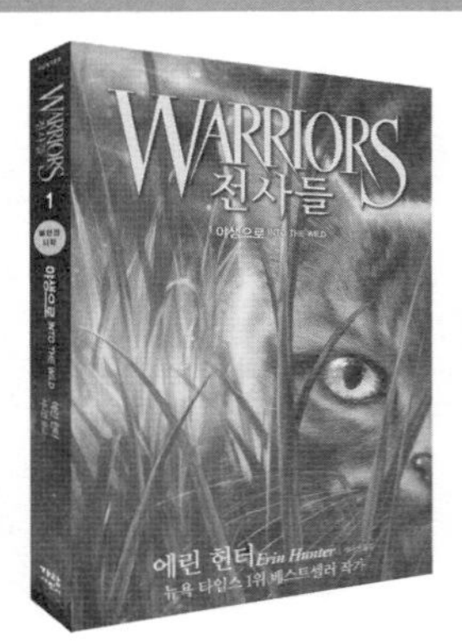

1 야생으로

2 불과 얼음

3 비밀의 숲

4 폭풍 전야

5 위험한 길

6 짙은 어둠의 시간

거친 숲에서 자유롭게 살아가는 전사 고양이들이 있다. 그리고 안락한 삶을 버리고 야생으로 뛰어든 애완 고양이 한 마리가 있다. 그의 운명을 예견한 전사 조상들의 예언은 이루어질 것인가? 애완 고양이에서 종족 지도자가 된 파이어스타의 흥미진진한 성장기!

전 세계가 열광한 베스트셀러 작가,
에린 헌터의 『전사들』 시리즈 제3부!

WARRIORS
전사들

세 번째 이야기 **셋의 힘**(완간)

1 보이는 것

2 어둠의 강

3 추방

4 일식

5 길어진 그림자

6 일출

"셋이 있을 것이다. 너의 혈육의 혈육이며, 그 셋의 발에 별의 힘이 깃들 것이다."
별의 힘을 발에 지닌 특별한 세 고양이의 탄생! 하지만 셋을 둘러싼 어두운 비밀과 신비로운 예언은 그들의 앞날에 문제가 생길 것을 암시한다. 별족조차 두려워하는 막강한 셋의 힘은 종족을 위해 올바르게 쓰일 수 있을까?

생생한 만화로 재탄생한 전사 고양이들의 이야기
『전사들』 그래픽 노블!

그래픽 노블

WARRIORS 전사들

그레이스트라이프의 모험

레이븐포의 길

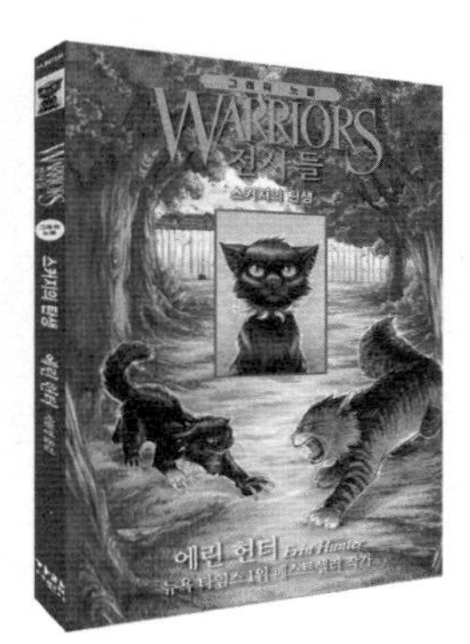

스커지의 탄생

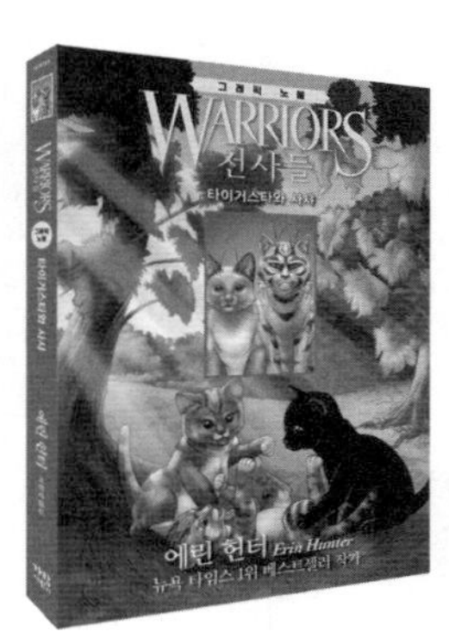

타이거스타와 사샤

하늘족과 낯선 고양이

『전사들』 시리즈의 숨겨진 뒷이야기가 만화적 상상력과 묘사를 더해 재탄생했다!
두발쟁이에게 잡혀간 부지도자 그레이스트라이프, 종족을 탈출한 훈련병 레이븐포, 최고의 악당 스커지, 어둠의 전사 타이거스타의 사랑, 하늘족과 솔의 이야기까지, 『전사들』에 열광하는 독자들의 마음을 사로잡을 이야기들이 펼쳐진다.